도그 스타

THE DOG STARS
by Peter Heller

이 도서의 국립중앙도서관 출판예정도서목록(CIP)은
서지정보유통지원시스템 홈페이지(http://soeji.nl.go.kr)와
국가자료공동목록시스템(http://www.nl.go.kr/kolisnet)에서 이용하실 수 있습니다.
(CIP제어번호: CIP2016029031)

도그 스타

The Dog Stars

피터 헬러 장편소설 | 이진 옮김

문학동네

일러두기

1. 주석은 모두 옮긴이주이다.
2. 본문 중 고딕체는 원서에서 이탤릭체나 대문자로 강조한 부분이다.

킴에게

The Dog Stars

— 차례 —

1부

I

나는 항상 비스트를 날게 하고, 100LL* 항공유의 양을 점검하고, 공격을 예측한다. 나는 젊다면 젊고 늙었다면 늙었다. 한때는 송어 낚시를 이 세상 그 무엇보다 사랑했다.

내 이름은 힉, 한 자다. 굳이 한 자가 더 필요하다면, 빅 힉.

만약 내가 한밤중에 울면서 깨어난 적이 있다면, 물론 실제로 그랬다는 건 아니지만, 아마도 송어가 전부 사라져버렸기 때문일 것이다. 브루키, 레인보우, 브라운, 컷스로트, 컷보,** 전부.

---

* 옥탄가가 100인 연료로, 불완전연소가 잘 발생하지 않고 납 함유량이 적어(Low Lead) 고출력 엔진에 사용된다.

** 생김새에 따라 붙여진 송어의 이름들.

호랑이도 떠났고, 코끼리도, 원숭이도, 개코원숭이도, 치타도 떠났다. 박새도, 군함새도, 펠리컨(회색)도, 고래(회색)도, 염주비둘기도 떠났다. 슬프긴 하지만. 마지막 송어가 짐작건대 좀더 차가운 물을 찾아 상류로 헤엄쳐 가버릴 때까지는 울지 않았다.

나의 아내 멀리사는, 늙은 히피였다. 그렇게 많이 늙진 않았다. 보기 좋았다. 지금부터 하는 이야기 속에서 멀리사가 이브일지는 몰라도, 나는 아담이 아니다. 카인*에 가깝다. 아담과 이브에겐 나 같은 형제가 없었다.

성경을 읽어보았는가? 내 말은 한 권의 책처럼 앉아서 제대로 성경을 읽어보았느냔 뜻이다. 애가**를 읽어보기를. 그것이 우리의 현실이다, 상당히 흡사한. 애도에 상당히 가깝다. 우리의 심정을 물처럼 쏟아내는 것에 상당히 가깝다.

종말이 오면 일단 더워졌다가 다시 추워질 거라고들 했다. 아주 추워질 거라고. 아직은 기다리는 중이다. 이 오래된 지구는 하나의 놀라움이고, 총 맞은 거위의 짝처럼 제 주위를 돌고 또 돌던 달과 분리되기 이전부터 커다란 놀라움의 연속이었다.

---

* 아담과 이브의 맏아들. 야훼가 자신이 바친 제물은 받지 않고 동생 아벨이 바친 제물만 받자 질투심에 동생을 죽였다.

** 정식 명칭은 '예레미야 애가'. BC 586년 예루살렘이 함락되고 성전이 파괴된 일을 슬퍼하며 읊은 다섯 편의 서정시.

더이상 거위는 없다. 몇 마리뿐. 지난 10월 황혼이 질 때 늙은 거위 울음소리를 들었고 녀석들을 보았는데, 다섯 마리가 피로 씻어낸 듯한, 차가운 파란 하늘을 배경으로 산등성이에 서 있었다. 다섯 마리 전부 죽었는지, 이듬해 4월에는 한 마리도 보이지 않았다.

햇빛이 강하지 않을 때 나는 공항의 오래된 연료 탱크에서 100LL 항공유를 수동 펌프로 뽑아낸다. 연료 운반용 트럭도 있다. 운항경로를 인접 지역으로 제한할 경우 내 평생 비스트가 태우고도 남을 분량의 연료가 비축되어 있다. 그럴 계획이고, 그래야만 한다. 비스트는 경비행기고, 1956년형 세스나 182이고, 진짜 멋진 녀석이다. 크림색과 파란색. 비스트가 숨을 거둘 때쯤이면 아마도 나는 이미 죽었을 것이다. 그 농장을 살 생각이다. 브루키와 커트*들이 바글바글한 아직은 차가운 냇물이 자줏빛 산에서 흘러내리는, 건초와 옥수수가 나는 강변 저지대 80에이커의 땅을.

그전에 순찰을 할 것이다. 둘러보고 돌아와야지.

★

나에겐 이웃이 있다. 한 명. 산에서 몇 마일 떨어진 조그만 시골 공항엔 우리 둘뿐이다. 골프장에서 사는 골퍼들처럼 경비행기 없이

* 아가미 주위에 붉은 반점이 있는 송어.

는 잠을 못 이루는 사람들을 위해 집을 몇 채 지어놓은 비행 훈련장이다. 뱅리는 그의 낡은 트럭 등록증에 기재된 이름이고, 그 트럭은 더이상 굴러가지 않는다. 브루스 뱅리. 비스트에 싣고 다닐 타이어 압력측정계를 찾다가 사물함에서 건진 정보다. 휘트리지* 의 주소지와 함께. 그러나 그 이름을 부르진 않는다. 부를 일이 뭐가 있겠는가, 우리 둘뿐인데. 적어도 8마일 반경 내엔 우리 둘뿐이고, 그것이 바로 산자락 끝의 향나무 숲까지 펼쳐진 들판의 거리다. 나는 그냥 이봐, 라고 부른다. 향나무 숲 뒤로는 참나무 숲이 이어지고 그 뒤로는 검은 숲이다. 아니, 갈색 숲. 벌레들이 나무를 죽이고 말렸다. 수많은 나무들이 죽은 채로 서서, 마치 수천 구의 해골처럼 흔들리고 수천 명의 유령처럼 한숨을 쉬지만, 그래도 다 죽진 않았다. 드문드문 녹색 숲이 보이고, 나는 그 숲의 열렬한 팬이다. 나는 이곳 평지에서 그들을 응원한다. 어서어서 자라거라 쑥 쑥 쑥! 이것이 우리의 응원가다. 낮게 비행할 때면 창문에 대고 이렇게 외친다. 녹색 숲은 해마다 면적을 넓혀가고 있다. 생명이란 조금만 용기를 북돋워주면 그렇게 질긴 법이다. 그들이 내 목소리를 듣는다고 장담할 수 있다. 그들이 나에게 손을 흔들어준다. 양쪽으로 낮게 내린 가냘픈 팔을 앞뒤로 흔드는 모습이 기모노를 입은 여자를 연상시킨다. 종종걸음 혹은 제자리걸음을 하며 양팔을 흔들흔들.

틈이 나면 걸어서 산에 오른다. 더 푸른 숲이 있는 곳으로. 말하

---

* 콜로라도 주 덴버 근처에 있는 마을.

고 보니 우스운 게, 그러려고 시간을 따로 비워두거나 해야 하는 건 아니다. 나는 바람을 쐬기 위해 그곳에 간다. 다른 바람. 위험한 일이고, 굳이 없어도 될 아드레날린의 분출이다. 엘크의 흔적을 보았다. 그리 오래되지 않은. 엘크가 아직 남아 있다면. 뱅리는 절대 그럴 리 없다고 한다. 있다, 하지만. 한 마리도 본 적은 없다. 사슴은 여러 마리 보았다. 나는 308구경 총을 들고 다니면서 어린 사슴 한 마리를 쏘아 카약에 싣고 온다. 카약의 갑판 부분을 톱으로 잘라내 썰매로 만들었다. 나의 초록색 썰매. 사슴은 토끼, 들쥐와 함께 남아 있다. 털빕새귀리*가 남아 있고, 그걸로 충분한 것 같다.

산에 올라가기 전에 나는 두 차례 산 위를 비행한다. 한 번은 낮에, 한 번은 밤에 야간 망원경을 쓰고서. 숲이 너무 빼곡하지만 않으면 야간 망원경을 쓰는 게 훨씬 보기 편하다. 사람은 박동하는 초록색 그림자로 보인다. 잠든 상태에서도. 그렇게라도 보이는 게 안 보이는 것보단 낫다. 그다음엔 남쪽과 동쪽을 한 바퀴 돌고 북쪽에서 다시 돌아온다. 30마일, 여행자에겐 적어도 하루 거리다. 완전히 트여 있고, 전부 평지고, 세이지와 풀밭과 래빗브러시**와 낡은 농장 들뿐이다. 목발 자국 같은 들판 위 갈색 동그라미들이 초원 속으로 흐릿해져간다. 산울타리와 바람막이 노릇을 했던 나무들 절반이 부러지고 날아갔지만, 습지나 냇물 가장자리에 아직 몇 그루가 초록빛으로 남아 있다. 그러면 나는 뱅리에게 말한다.

* 볏과의 여러해살이풀.

** 북미 서부에 자라는 노란 꽃이 피는 국화과 식물.

난 빈 썰매를 끌고 나갈 때면 두 시간 만에 8마일을 가로지를 수 있고, 그 뒤로는 숨을 곳이 있다. 움직이기도 편하다. 그러나 사슴 한 마리를 끌고 돌아오는 길은 멀다. 그것도 탁 트인 벌판에서. 벌판의 반 정도까지 오면 뱅리가 나를 엄호한다. 우린 아직도 무전기를 갖고 있고 아직도 태양열 전지로 무전기를 충전한다. 일본 사람들이 만든 물건이고, 그래서 다행이다. 뱅리는 408 체이탁 저격용 소총*을 직접 만든 거치대에 설치했다. 거리계도 있다. 나는 참 복도 없지. 총 애호가. 무척 냉혹한 총 애호가. 그는 1마일 거리에서도 사람을 쏠 수 있다고 말한다. 실제로 그렇게 했다. 내가 본 것만도 여러 번이다. 지난여름에는 벌판에서 날 쫓아오던 소녀를 쏘았다. 허깨비 같은 어린 소녀를. 총성을 듣는 순간, 나는 멈춰 서서 썰매를 내려놓고 왔던 길을 되돌아갔다. 소녀는 바위로 날아가 있었고, 허리가 있어야 할 자리에 커다란 구멍이 뚫려 몸뚱이가 두 동강 나 있었다. 소녀는 가슴을 들썩였고, 거친 숨을 몰아쉬었고, 머리가 한쪽으로 비틀어졌고, 반짝이는 검은 한쪽 눈으로 날 쳐다보았다. 두려움이 아니라 질문을 품은 불타는 눈동자였다. 지금까지 목격해온 수많은 일들 중에 이것이 가장 믿을 수 없다는 듯한. 그런 눈빛이었다. 씨발, 도대체 왜? 라고 묻는 것 같은.

그것이 내가 뱅리에게 던진 질문이었다. 씨발, 도대체 왜.

* 장거리 대물 저격 소총.

걔가 널 잡을 수도 있었어.

그러라지? 나한텐 총이 있었고, 걘 조그만 칼을 갖고 있었어. 말하자면 나로부터 자신을 보호하기 위해서였겠지. 어쩌면 먹을 것을 얻으려 했는지도 몰라.

어쩌면. 어쩌면 한밤중에 네 목을 딸 수도 있었고.

나는 그를 쳐다보았다. 그의 생각은 그렇게 멀리까지, 한밤중의 나와 그 소녀에게까지 가 있었다. 젠장. 나의 유일한 이웃. 뱅리에게 내가 무슨 말을 할 수 있겠는가? 그는 나를 여러 번 곤경에서 구해주었다. 나를 곤경에서 구하는 게 그의 일이다. 나에겐 비행기가 있고, 나는 눈目이고, 그에겐 총이 있고, 그는 근육이다. 그가 그 사실을 알고 있음을 내가 안다는 걸 그도 안다. 그는 날지 못하고 나는 사람을 죽일 배짱이 없다. 상황이 조금이라도 달랐다면 아마 우리 둘 중 한 명만 남았을 것이다. 아무도 남지 않았거나.

나에겐 재스퍼도 있다. 재스퍼는 데이지가 나은 수컷이고, 최후의 경보장치다.

그래서 토끼나 연못의 개복치를 잡는 게 따분해지면 사슴을 잡는다. 무엇보다도 나는 그저 그 산에 올라가고 싶다. 그곳은 마치 교회처럼 나를 신성하게 하고 서늘하다. 흔들리며 속삭이는 죽은 숲, 한숨으로 가득찬 녹색 숲. 사슴의 잠자리에서 풍겨오는 사향

내. 송어 한 마리만 보게 해달라고 내가 늘 기도하는 개울. 새끼 한 마리라도. 바위의 초록색 그림자 속에 자신의 초록빛 그림자를 드리운 채 어슬렁거리는 위대한 최후의 생존자.

산이 시작되고 나무들이 처음 나오는 곳까지 8마일의 들판. 그게 우리의 구역이다. 우리의 안전지대. 그게 나의 소관이다.

그래야 그가 서쪽에 화력을 집중할 수 있다. 뱅리가 하는 말이다. 서쪽을 제외한 방향은 반경 30마일이 전부 높은 평원이고, 걸어서 하루 이상 거리이지만, 서쪽으로는 나무가 처음 나올 때까지 겨우 몇 시간 거리이기 때문이다. 남쪽 10마일 거리에 살고 있는 가족들은 우릴 귀찮게 하지 않는다. 나는 그들을 그렇게 부른다. 그들은 서른 명 남짓한 메노파 교도*들로 전염병이 돌고 나서 혈액병에 감염되었다. 흑사병과 비슷하지만 좀더 서서히 죽어가는 병이다. 내 생각엔 에이즈 비슷한 건데, 전염성은 더 높을 수도 있다. 아이들도 그 병을 지니고 태어나고 그 병 때문에 모두 아프고 허약하고 해마다 몇 명씩 죽는다.

우리에겐 구역이 있다. 하지만 누가 숨어든다면. 낡은 농장 가옥에. 세이지 덤불에. 개울을 따라 늘어선 버드나무들 틈에. 제방이 침식된 소협곡에도. 한번은 그가 나에게 물었다. 어떻게 아느냐고. 누가 우리 구역에 숨어들지 않았다는 걸, 이 텅 빈 마을 어딘가에,

---

* 네덜란드의 종교개혁가 메노 시몬스가 창시한 재세례파의 최대 교파.

숨어서, 우릴 공격할 때를 노리고 있지 않다는 걸 어떻게 아느냐고. 하지만 사실 나는 많은 걸 볼 수 있다. 손바닥 들여다보듯 보는 건 아니다. 그건 너무 간단하다. 어떤 노인들에게 성경이 그렇듯, 내가 이미 읽고 수도 없이 다시 읽은 책처럼. 나는 알아차릴 것이다. 제자리를 벗어난 문장. 공백. 하나가 찍혀야 하는데 두 개가 찍힌 마침표. 나는 안다.

내 생각에, 나는 알고 있다. 만약 내가 죽는다면—만약이 아니겠지만—산에 갔다가 죽으리라는 걸. 썰매에 짐을 가득 싣고 벌판을 가로지르다 죽으리라는 걸. 등에 화살을 맞고서.

오래전에 뱅리가 무기 창고에서 방탄조끼를 하나 찾아 나에게 주었다. 그는 온갖 허섭스레기들을 다 갖고 있다. 방탄조끼가 권총이나 화살은 막아주겠지만 소총의 경우엔 종류에 따라 다르다면서, 운이 따라주는 게 좋을 거라고 했다. 나는 그 말을 곱씹어보았다. 우리는 가족들을 제외하면 수백 평방마일 내에 유일하게 살아있는 영혼들이고, 유일한 생존자들이고, 운이 따라주는 게 좋을 거라고. 그래서 나는 조끼를 입는다. 따듯하기 때문이다. 그러나 여름에는 대체로 입지 않는다. 방탄조끼를 입을 때면, 내가 뭔가를 기다리는 것 같은 기분이 든다. 열차 승강장에서 몇 달째 오지 않는 열차를 기다리는 건가? 어쩌면. 때로는 이 모든 게 꼭 그런 상황처럼 느껴진다.

★

초기에는 두려움이 있었다. 그때까지만 해도 전염병이 많이 진행되지 않아서 걷기도 하고, 얘기도 했다. 얘기를 많이 하진 않았지만, 건강한 몸에—정신도 멀쩡했다. 알아서 판단하기를. 이 주 동안 계속 열이 났고, 사흘은 40도에서 40.5도를 오갔고, 열 때문에 뇌가 맛이 갔다는 걸 알았다. 뇌염 아니면 어떤 다른 병. 뜨거웠다. 그 안에 들어 있던 생각들, 한때는 서로를 편안해했던 생각들이, 서로 어그러졌고, 불안해했고, 우울해했다. 전에 책에서 본, 러시아 교수가 시베리아 북극해로 옮겨왔다던 털이 텁수룩한 노르웨이 조랑말들처럼. 그는 빙하기를, 많은 식물과 동물을, 소수의 인간을 재창조하려 했다. 만약 그가 앞날을 내다볼 수 있었다면 다른 취미를 찾았을 텐데. 그 조랑말들의 반이 죽었고, 아마도 스칸디나비아의 숲에 대한 향수병 때문에, 연구실에 묶어놓고 먹이를 준 나머지 반도 결국엔 죽었다. 내 생각들이 가끔 그런 상태다. 긴장할 때. 뭔가 신경쓰이는 일이 있고 그게 좀처럼 사라지지 않을 때. 물론 내 사고력은 꽤 훌륭하고 제 기능을 하지만, 종종 엉뚱한 곳에 있는 것 같은 기분이 들고, 조금 서글퍼지고, 때로는 여기서 만 마일 떨어진, 백만 평방마일 가까이 펼쳐진 노르웨이의 추운 가문비나무 숲에 있어야 하는 게 아닌가 하는 생각마저 든다. 때로는 내 생각들이 그 숲을 찾아 달아나지 않을 거라고 장담할 수 없다. 어쩌면 문제는 나의 뇌가 아닐지도, 우리가 처한 상황에서는 지극히 당연한 일일지도.

나는 혼란에 빠지고 싶지 않다. 우리는 구 년째 버티고 있다. 전염병으로 사람들이 거의 다 죽었고, 그다음엔 혈액병으로 더 죽어 나갔다. 남아 있는 사람들은 대부분 착한 사람들이 아니고, 그게 우리가 이 벌판에 나와 살고 내가 매일 순찰 비행을 하는 이유다.

불시 공격에 대비해 들판에서 자기 시작했다. 생존자들은 지도를 보고 찾아오는 것 같다. 커다란 호수? 확인. 그렇다면 물도 있겠지? 확인. 당연히 연료도 있겠지? 확인. 공항이니까, 확인. 안정적인 전력? 글을 읽을 줄 아는 사람이라면 다 알 텐데, 공항이야말로 가장 이상적인 장소니까, 확인. 집집마다 태양전지판이 있고 FBO는 대개 바람을 타고 움직인다. 확인. FBO는 운항지원업체Fixed Base Operator*의 약자다. '공항을 운영하는 사람들'이라고 말해도 좋을 것이다. 그들이 앞날을 예측할 수 있었다면 모든 걸 이렇게 복잡하게 만들지 않았을 텐데.

침입자들은 주로 밤중에 쳐들어왔다. 혼자 오기도 했고, 무리 지어 오기도 했고, 무기를 들고 왔고, 사냥용 소총을 들고, 칼을 들고, 마치 불을 보고 달려드는 나방처럼 내가 포치에 켜놓은 등불로 몰려왔다.

내가 잠을 자지 않는 그 집엔 60와트짜리 전지판이 네 개나 있어서, LED 전구 하나 정도는 밤새 켜놓아도 큰 문제가 없다.

---

* 하역, 급유, 정비 등 항공기 운항에 필요한 각종 업무를 대행해주는 업체.

나는 그 집에 없었다. 100야드 정도 떨어진 둔덕 뒤쪽 트인 들판에서 담요를 덮고 잤다. 오래된 공항이고, 완전히 트인 들판이다. 재스퍼의 낮은 으르렁거림. 녀석은 후각이 엄청 발달한 블루 힐러 잡종이다. 나는 깨어난다. 무전기로 뱅리에게 신호를 보낸다. 뱅리에게 이런 상황은 일종의 스포츠인 것 같다. 내가 산에 올라가는 것처럼, 그에겐 이런 상황이 탄소를 배출할 기회인 것이다.

높은 둔덕이고 커다란 흙무덤이었는데, 우리가 더 높게 만들었다. 뒤로 지나다닐 수 있을 정도로 높다. 뱅리가 어슬렁거리며 둔덕으로 올라와 내 옆에 바짝 붙고, 나는 이미 망원경으로 들판을 관찰하고 있고, 그러다가 그의 거친 숨냄새를 맡는다. 뱅리도 갖고 있다, 망원경을. 사실 네 개인가 갖고 있는데 그중 하나를 나에게 주었다. 뱅리 말이, 우리가 망원경을 사용하는 속도를 계산해볼 때 다이오드가 앞으로 십 년 혹은 이십 년은 버틸 수 있을 거라고 했다. 그다음엔 어떻게 될까? 작년에 내 마흔번째 생일을 축하했다. 재스퍼는 간(암사슴)을 먹었고, 나는 복숭아 통조림을 한 통 먹었다. 나는 멀리사를 초대했고 멀리사는 그녀답게 찾아왔다. 속삭임과 전율로.

십 년 후엔 첨가제가 연료의 신선도를 유지해주지 못할 것이다. 그리고 십 년 후면 나도 이 생활을 청산했으리라. 아마도.

자주 있는 일이지만, 달이 떴거나 별빛이 있거나 눈이 왔을 때 뱅리는 망원경이 필요 없다. 그에겐 빨간 점이 있는데, 그 빨간 점의 중심을 움직이는 형상에, 가만히 서 있거나 웅크리고 있거나 속삭이고 있는 형상에 맞춘다. 낡은 대형 쓰레기 수거함의 그림자에 빨간 점의 중심을 맞추고, 어느 몸통 하나를 조준한다. 탕. 그는 여유를 갖고 후속 작업을 진행한다. 탕 탕 탕. 총을 쏘기 직전, 그의 숨이 무거워지고 거칠어진다. 누군가를, 아마도 그 자신인 누군가를 조지기 직전처럼.

우리가 맞이했던 가장 큰 무리는 일곱이었다. 뱅리가 내 옆에 누워 중얼거리며 머릿수 세는 소리가 들렸다. 쉿 온 어 쉥글*, 그가 중얼거리고는 껄껄거리며 웃었다. 기분이 좋지 않을 때 그는 그런 식으로 웃었다. 그러니까 내 말은, 평상시보다 훨씬 더 기분이 안 좋을 때 말이다.

힉, 그가 속삭였다. 자네도 좀 거들어야겠어.

나에겐 반자동 AR-15가 있고, 꽤 능숙한 편이다. 그가 야간 조준경을 달아주었다. 나는 그저.

그렇게 했다.

---

* shit on a shingle. 크림소스에 다진 소고기를 넣어 빵에 얹어 먹는 미국 군부대의 대표 음식을 뜻하는 속어로, 여기서는 욕설처럼 사용했다.

첫 총격전에서 세 명이 살아남았고 그뒤로 제대로 된 총격전이 벌어졌다. 그러나 그들은 야간 망원경이 없었고 지형도 알지 못했기 때문에 그리 오래 걸리지 않았다.

그렇게 시작되었다, 이 야외 취침은. 꼼짝없이 집안에 갇힐 순 없었다. 용은 금은보화를 깔고 잔다지만, 나는 아니었다. 나는 밖으로 멀리 나와 있다.

두번째 여름이 지난 뒤 방문객은 뜸해졌다, 마치 수도꼭지를 잠글 때처럼 똑, 똑. 한 철에 한 명쯤 나타났다가 이내 아무도 오지 않았다. 근 일 년 동안 아무도 없었고, 그러다가 네 명의 침입자가 하마터면 우릴 쓸어버릴 뻔했다. 그때부터 나는 직업처럼 일상적으로 비행을 하기 시작했다.

이젠 들판에서 잘 필요가 없다. 우리에겐 나름의 체계가 있고, 자신감도 붙었다. 두려움은 멀미의 기억과도 같다. 얼마나 끔찍했는지도 혹은 차라리 죽여달라고 부탁할 참이었다는 것도 기억하지 못하게 마련이다. 그러나 나는 기억한다. 들판에서 잔다. 한겨울에 20파운드는 족히 나갈 담요 여러 장을 뒤집어쓰고. 난 이게 좋다. 갇혀 있지 않은 것. 지금도 나는 포치 전등을 켜놓고 둔덕 뒤에서 잠들고, 재스퍼는 내 다리 옆에 웅크린 채 꿈속에서 낑낑거리고 여전히 제 담요 밑에서 떨고 있다. 내가 보기에 녀석은 거의 귀가 먹어서 경비견으로는 쓸모가 없고 우리는 그 사실을 뱅리에게 절대 알리지 않을 것이다. 뱅리, 속을 알 수가 없다. 그는 꽁한 데가 있다. 내가 고기를 나눠 먹는 걸 못마땅해할지도 모른다. 뱅리는 세상의 모든 것은 쓸모가 있어야 한다고 믿는다.

예전에 별에 관한 책을 한 권 가지고 있었는데 지금은 없다. 내 기억력은 여전하지만 별처럼 반짝이지는 않는다, 원 참. 그래서 내가 별자리를 만들었다. 어쩌면 그 자리가 아닌지도 모르지만 곰자리와 염소자리를 만들었고, 한때 존재했던, 내가 알고 있던 동물들을 위해 별자리를 만들었다. 멜리사의 별도 만들었는데, 겨울밤이면 그녀의 온전한 자아가 하늘에서 미소 지으며 날 내려다본다. 내 속눈썹에 서리가 내리고 턱수염에 깃털이 앉을 때에도. 작은 천사*의 별도 하나 만들었다.

★

멜리사와 난 덴버의 호숫가에 살았다. 대형 서점, 레스토랑, 영화관이 있는 시내에서 칠 분 거리였고, 그래서 좋았다. 그 작은 집의 커다란 창문으로 풀과 물, 산을 볼 수 있었다. 거위들도. 토종 거위도 있었고 봄가을에는 큰 V자 대형으로 날아드는 캐나다 거위들도 왔는데, 아마도 토종 거위들과 섞이고, 아마도 짝짓기를 하고, 다른 곳으로 이주하는 것 같았다. 그들은 요란하고 거친 파도처럼 떠났다. 나는 야생 거위들 속에서 뜨내기 거위들을 분간할 수

* '잘 자란 자식'을 뜻하기도 한다.

있었다. 적어도 나는 분간할 수 있다고 생각했다.

10월이나 11월이면 우리는 저녁식사 전에 호숫가를 산책하면서 서로에게 뜨내기 거위들을 짚어 보이곤 했다. 내가 보기에 멀리사는 항상 틀렸다. 멀리사는 펄펄 뛰곤 했다. 그녀는 상당히 똑똑했지만 거위에 대해서는 나만큼 알지 못했다. 나는 스스로가 정말 정말 똑똑하다고 생각해본 적이 없지만 늘 직감으로 모든 걸 안다.

강아지 재스퍼를 얻었을 때 나는 확신했다. 녀석이 겁 많은 야생 거위만 쫓아다니고 성질 더러운 토박이는 쫓지 않으리란 걸. 뭐 어디까지나 내 이론이다.

우리에겐 자식이 없었다. 그녀가 아이를 갖지 못했다. 병원에 가보았다. 병원에서는 치료를 권했지만 우리는 거부했다. 우린 서로만으로 충분했다. 그러던 어느 날 기적처럼 성공했다. 그녀가 임신한 것이다. 우리는 서로에게 익숙해진 상태였고 나는 한 사람을 더 사랑할 수 있을지 자신이 없었다. 그녀가 잠든 모습을 바라보며 나는 생각했다. 난 이 세상 그 무엇보다 당신을 사랑해.

그로부터 얼마 전, 재스퍼와 설퍼 강에서 낚시를 하면서 나는 정점을 찍었다. 무슨 말이냐면, 내 심장이 금방이라도 터질 것 같았다는 뜻이다. 심장이 터지는 것은 찢어지는 것과 다르다. 더이상 아름다움을 감당할 수 없는 상태. 아니, 그렇게만 말할 수는 없는 것이, 단지 아름다움의 문제만은 아니었다. 나에게 얼마나 맞는 삶인가의 문제였다. 매끄러운 바위들이 만드는 강의 굴곡, 가파른 낭떠러지들. 가문비나무 향기, 개울의 검은 물속에서 조용히 원을 그리는 작은 컷스로트. 감사할 필요조차 없었다. 그저 있을 뿐. 그저 물고기일 뿐. 냇물을 따라 걷고, 어두워지고, 추워지고, 그 모든 것이 한 조각이었다. 나의 한 조각, 왠지는 몰라도.

멀리사도 같은 원의 일부다. 그러나 경우가 좀 다른 것이, 우리에겐 영혼이 깃들어 있다. 나는 양손으로 감싸듯 아주 조심스럽게 그녀를 붙잡을 수 있어서 좋았고, 조심조심 그녀를 품을 수 있어서 좋았고, 마을은 그럴 수 없지만 그녀는 그렇게 할 수 있어서 좋았는데, 어쩌면 사실은 그녀가 날 붙잡고 있었던 건지도 모르겠다.

세인트빈센트 병원은 호수 바로 맞은편에 있었다. 오렌지색 헬리콥터들이 그곳에 내리곤 했다. 마지막 순간이 다가왔을 때 우리는 서쪽으로 날아갈까 생각했지만 너무 늦었고, 거기 병원이 있어서 그곳으로 갔다. 그것들이 점령한 건물들 중 한 곳으로. 시체로 가득찬 그곳으로.

★

뱅리는 느닷없이 나타난다. 나는 연료를 갈고 있다. 비행기 동체의 금속 측면을 두드릴 수도 있지만 그는 그러지 않는다. 내게 심장마비를 일으키길 좋아한다. 유령처럼 내 옆에 불쑥 나타난다.

뭘 또 꼬물거리고 있어?

젠장, 나 심장마비 걸리면 누구한테 순찰 비행을 시키려고?

사람을 찾아봐야겠지? 신문에 광고도 내고.

미소가 직선으로 얼굴을 가로지르지만 그의 눈은 결코 웃지 않는다.

어쨌든 나도 이 망할 놈의 비행기를 몰 수 있어.

툭하면 하는 소리다. 마치 경고처럼. 무엇을 위한 경고? 그가 이 황량한 구역을 혼자 차지하고 싶었다면 벌써 그렇게 하고도 남았다. 아주 오래 전에.

재스퍼가 더러운 담요에서 깨어나 으르렁거린다. 재스퍼는 침입자가 있어서 주둥이 닥치고 한 팀이 되어야 하는 긴급 상황이 아닌 한 뱅리를 못 견뎌한다. 한번은 뱅리가 나타나자마자 재스퍼가 그의 팔을 물었고 뱅리는 허리에 차고 있던 프라이팬만한 총을 꺼내 재스퍼에게 겨누었고 내가 소리를 질렀다. 딱 한 번. 나는 재스퍼를 쏘면 우리 모두 죽는다고 말했다.

뱅리가 눈을 깜빡였고 특유의 미소를 지었다. 우리 모두 죽는다니 무슨 말이야?

내가 상공에서 순찰을 하고, 그게 우리 구역을 지킬 유일한 방법이니까.

그 말. 과녁을 맞힌 유일한 말이었다. 그 말이 그의 귀로 들어가 혈관을 타고 뇌로 들어가는 것을 나는 거의 본 것 같았다. 구역. 지키는 유일한 방법. 그가 눈을 껌뻑였다. 턱을 양옆으로 움직였다. 그는 냄새가 고약했다. 사슴을 도살할 때 나는 묵은 피냄새처럼.

그게 아직 내가 살아 있는 유일한 이유다. 그렇지 않고서야 내가 어떻게 이런 데서 혼자 살겠는가?

그렇게 해서 거래가 성사되었다. 협상도 없었다. 다른 말이 아닌 그 말로. 나는 비행했다. 그는 죽였다. 재스퍼는 으르렁거렸다. 우리는 그렇게 서로를 인정했다.

참, 그 얘기를 하고 있었지. 내가 비스트의 연료를 갈고 있는데 그가 유령처럼 내 옆에 나타났다.

드루이드*들한테 왜 가는 건데? 그가 묻는다.

---

* 고대 켈트족의 종교였던 드루이드교의 사제 계급.

드루이드가 아니라 메노파 교도야.

그가 신음 소리를 낸다.

나는 필터 렌치*를 내려놓는다. 바퀴 달린 상자 위에 놓는다. 그리고 펜치를 집어든다.

뱅리는 그 자리에 서 있다. 나는 그를 보기 전에 냄새부터 맡는다. 필터 아랫부분 테두리의 구멍에 철사를 집어넣고 펜치로 꼰다. 안전 결선이다. 만약의 사태에 대비해 필터를 잡아준다. 설명서대로. 미연방항공국의 규정대로. 진동 때문에 오일 필터가 풀리고 떨어져나가 연료를 전부 공중에 뿌리고 엔진이 부서지면 안 되니까. 그런 사고가 난 적이 있다. 미연방항공국의 모든 규정은 실제 사고에 기초한 것이라고 한다. 따라서 지름 0.032인치 안전 결선은 어쩌면 어느 조종사에 대한 일종의 추모일지도. 어쩌면 그의 가족에 대한 추모일지도.

뱅리가 나무 가시로 이를 쑤시며 나를 바라본다. 도구 상자 위에는 낡은 티셔츠를 네모로 자른 작업용 걸레가 있다. 빛이 바래긴 했지만 만화 캐릭터인 분홍색 여자들이 아직 보인다. 큰 가슴, 작은 가슴 다양한 여자들이 있고 그 밑에 '멜론들' '복숭아들' '주전자들' '자두들' '건포도들'이라고 적혀 있고 맨 위에는 '카보'**라고 적혀

* 엔진 오일 필터를 교환하기 위해 필터를 풀거나 조일 때 사용하는 공구.

있다. 나는 걸레를 들어 처음부터 끝까지 모든 걸 한번 더 닦기 전에 과일 이름들을 읽는다. 찌르는 듯한 통증. 단지 그것. 걸레를 접는다. 만화 한 편. 우리는 이토록 단단하게 주입되어 있다. 만화 속 젖가슴의 조그만 곡선 두 개 혹은 동그라미 두 개가 어떤 추억을, 체온을, 변화를, 조여오는 듯한 복부의 통증을, 사타구니의 스멀거림을 일으킬 수 있다. 기이한 일이다. 나는 반쯤 숨을 들이켠 상태로 잠시 그대로 서 있다가, 숨을 내쉰다.

멀리사는 캔털루프***였다.

카보는 900마일에 달하는 반도 끄트머리에 자리잡고 있다. 아마 물고기도 많겠지. 그곳의 오래된 시립 공항에도 낡은 마울****의 연료를 갈고, 매일 순찰하고, 스키 관광지 콜로라도 주의 티셔츠를 작업용 걸레로 쓰는 나 같은 생존자가 있을까? 방부제 냄새가 여전히 진동하는 무너져가는 방파제에서 낚시를 하는 사람이 있을까? 스키를 타는 건 어떤 기분일까 궁금해하면서.

왜 콜로라도 티셔츠엔 젖꼭지가 없는 거지? 내가 뱅리에게 묻는다.

우리의 B는 그다지 유머 감각이 있는 편은 아니다.

** 카보산루카스. 멕시코의 바하칼리포르니아 주 최남단에 위치한 휴양 도시.

*** 멜론의 일종. 껍질이 녹색이고 과육은 오렌지색이다.

**** 경비행기 제조회사.

나는 격납고 북쪽 벽으로 가서 에어로셸 점도 등급 50의 스트레이트 웨이트 윤활제 한 상자를 무더기에서 꺼낸다. 나무로 만든 스툴 위에 내려놓는다. 햇빛이 콘크리트 바닥을 가로지르며 열린 출입문을 통해 물러나고 있다. 뱅리는 달그락거리는 무기를 몸에 걸치고 있다. 밤이나 낮이나. 언젠가 그가 개울 하류의 연못에 메기를 잡으려고 들어갔는데 턱수염을 기르고 곰처럼 체격이 좋은 남자가 잎이 가는 보리수나무 숲에서 튀어나와 그를 공격했다. 뱅리가 해준 얘기다. 뱅리는 그의 덥수룩한 머리에 구멍을 뚫었다. 찢어진 바지를 세 겹 입고 밴디지 부츠를 신은 다리 한 짝을 들고 왔다. 왼쪽 다리. 그것을 격납고 앞에 던져놓았다.

개나 주려고 가져왔다고 그가 말했다. 화가 나 있었다. 내가 일을 제대로 하지 않은 것이다. 그에게는. 내가 이 구역을 지키지 못한 것이다.

모르몬 교도들한테는 왜 가는 거지? 그가 다시 말한다. 나를 갖고 놀고 있다. 화가 날 때 그는 대쪽같이 꼿꼿하고 몸을 아주 조금 앞으로 숙인다.

나는 윤활제 상자의 덮개를 젖혀본다. 풀이 너무 단단히 붙어 있어서 다른 쪽을 찢어보니, 검은색 1쿼트*들이 통이 세 개씩 네 줄

---

* 액량의 단위. 1쿼트는 영국, 캐나다에서는 약 1.14리터, 미국에서는 0.94리터다.

있다. 길쭉한 직사각형 용기마다 측면에 얇고 맨들거리는 줄이 나 있는데 그 부분이 투명해서 안에 든 오일의 양을 볼 수 있다. 턱시도 바지를 연상시킨다. 바지 옆선의 세로줄 장식. 열두 명의 조그만 신랑 들러리.

내가 거기 가는 걸 어떻게 아는데?

화산처럼 내부의 압력이 서서히 증가하면서 뱅리는 점점 더 화가 치민다. 코 정맥이 자줏빛이 된다. 그러니까 내 말은 평상시보다 더 화가 났다는 뜻이다. 그는 언제 폭발할지 모르는, 심지어 다른 평범한 산처럼 꼭대기에 구름이 걸려 있을 때조차 폭발할 수 있는 에콰도르의 화산 같다.

합의했잖아, 그가 말한다. 미국지질조사국인지 뭔지 하는 곳에서 그래프에 나타난 불길한 떨림을 관찰하는 지질학자 꼴이다. 덕스 언리미티드* 군용 모자 바로 밑의 이마 핏줄이 불거지기 시작한다.

아니, 자네가 합의했지. 자네 혼자서.

출입 금지. 거긴 출입 금지야.

---

* 습지 및 물새를 비롯한 야생동물 보존을 위해 설립된 비영리기구.

자네가 뭔데? 기지 사령관이라도 되나?

뱅리에게 이런 식으로 말해선 안 된다. 말하는 순간 나도 깨닫는다. 다만 그의 태도가 역겹고 그래서 죽을 것 같다. 그는 턱 근육을 앞뒤로 움직이고 있다.

나는 낡은 오일 용기를 반으로 잘라 만든 깔때기를 다른 윤활제 통들 위에 도로 내려놓는다. 그를 마주보고 선다.

이봐 뱅리 진정해. 콜라 들겠나?

두 달에 한 번 나는 커머스시티의 텅 빈 대로에 비행기를 세우고 연료 열 상자를 싣는다. 어느 날 거기 가는 길에 코카콜라 트럭을 발견했다. 거기서 매번 네 상자를 들고 오는데, 두 상자는 그의 것이고 두 상자는 내 것이다. 가족들한테 가져다주려고 스프라이트 한 상자도 들고 오는데 그 얘긴 그에게 하지 않는다. 여러 차례 얼었다가 녹은 탓에 캔들은 거의 터졌지만 플라스틱병들은 살아남았다. 뱅리는 매번 자기 콜라를 나보다 훨씬 빨리 마셔버린다.

그러다 우리 둘 다 죽어. 합의했잖아.

내가 콜라 한 병을 건넨다. 자, 진정해. 심장에 안 좋아.

뱅리에겐 동맥경화증이 있었다. 아니, 있다. 한번은 그가 말했다. 난 시한폭탄이야. 굳이 내게 알려줄 필요가 없는 사실이었다.

내가 콜라 뚜껑을 따고 이제 그에겐 선택의 여지가 없다. 병 따는 소리와 김빠지는 소리에 그가 얼굴을 찌푸린다. 마치 콜라 한 병이 더 스러졌다는 듯이, 세상의 콜라가 한 병 더 줄었다는 듯이.

자.

힉 자네가 우릴 둘 다 죽일 거야. 그가 마신다, 마시지 않을 수가 없다. 콜라가 그의 목을 타고 가슴으로 들어가는 게 보인다.

한 병을 다 비우기 전에 그가 멈춘다. 기침 한 번이면 끝장이야, 그가 말한다. 마지막에 사람들은 그렇게 말했다. 혈액으로만 감염되는 게 아니라고.

체액이 오가야지. 내가 메노파 교도하고 섹스를 하는 건 아니잖아.

기침으로도 체액이 전달돼. 눈에 튈 수도 있고. 말하려고 입을 벌릴 때라든가.

과학적으로 증명된 건 없는 걸로 아는데.

증명됐건 안 됐건 그게 무슨 상관이야? 여기까지 와서 결국 혈액 감염으로 죽고 싶어?

여기까지. 나는 생각만 하고 말은 하지 않는다. 여기까지. 뱅리와 재스퍼와 저지방 식단. 글쎄.

자네가 내 선택까지 해줄 순 없어 힉.

나는 숨을 들이쉰다.

우리가 하는 일은 전부 위험해. 그 사람들도 가끔은 내 도움이 필요하고.

뭘 위해서? 씨발 뭘 위해서? 그 사람들이 얼마나 살겠어? 이 년, 삼 년, 기껏해야 오 년? 그나마 억세게 운좋은 사람들 얘기겠지. 몇 달에 한 명씩 죽어나가잖아. 자네가 죽상을 하고 왔다갔다하는 거 보면 다 알아. 도대체 왜지? 종기, 발진, 각혈기침, 고열에 시달리려고?

그들도 사람이야. 살아보려고 하루하루 애쓰고 있다고. 어쩌면 몇 명은 살 수도 있겠지. 생존자가 있다는 소문도 있어.

그는 여전히 몸을 앞으로 숙이고 있고 짧게 자란 턱수염에 신선한 콜라 한 방울을 묻히고도 여전히 핏줄이 불거져 있다.

그 사람들은 우리한테 위협이 되지 않아 브루스.

성이 아니라 이름을 듣는 순간 그의 눈이 휘둥그레진다. 그는 나에게 이름을 말해준 적이 없고, 늘 난 뱅리라고 해, 하는 식이었고, 앞에서 말했듯 나는 그 호칭을 거의 사용하지 않는다.

가족들은 15피트 간격을 유지해야 한다는 걸 알고 있어. 내가 그렇게 훈련시켰거든. 단 한 번도 공격성을 보인 적 없고, 오직 감사의 마음만 표했고, 그나마도 펌프를 고쳐주거나 냇가에 어망 놓는 법을 가르쳐준 것뿐인데 고마워해서 내가 다 민망하더군. 솔직히 그들을 위해서이기도 하지만 나 자신을 위한 일이기도 해. 그 일은 내 마음속의 무언가를 느슨하게 해. 거의 얼어붙어 있던 무언가를.

뱅리가 턱을 움직이며 나를 쳐다본다. 내 마지막 말—마치 내가 완벽한 일본어로 한 단락 전체를 말하고는 마지막에 고개까지 살짝 숙였다는 듯이. 첫째, 그는 내가 그런 말을 했다는 사실 자체를 믿을 수가 없고, 둘째, 그는 내가 한 말을 한마디도 이해하지 못한다. 정신 나간 헛소리, 영혼의 언어에, 글쎄, 그는 전혀 반응을 보이지 않는다.

언젠가 그에게 그 이상의 뭔가가 있다고 생각하느냐고 물었다. 우리는 내가 결코 들어가지 않는 우리집 포치에, 밤마다 켜두어 침입자들을 잡는 살충장치 역할을 하는 전등 밑에서 귀한 콜라 두 병을 함께 마시며 앉아 있었다. 저녁이었고 10월의 태양이 산속으로 저물어가고 있었다. 마치 편안히 휴식을 취하는 노부부처럼. 두 개의 고리버들 의자는 페인트가 벗겨졌고 우리가 체중을 옮길 때마다 삐걱거렸다. 그의 의자에는 리듬이 있었는데 아마도 흔들의자에 앉았던 기억을 떠올리는 듯했다. 내가 알기로 그가 예전의 삶을 언급한 건 그때가 유일했다. 그는 오클라호마에서 자랐다. 그가 들려준 이야기다.

자네가 생각하는 것과는 달라, 그가 덧붙였다. 얘기가 길어.

그게 다였다. 작은 수수께끼. 난 딱히 어떻게도 생각하지 않았다. 그 역시 공들여 설명하지 않았다. 그래도 우리의 관계는 친밀감을 향해 엄청난 도약을 하는 것처럼 보였다.

나는 예전에 집 짓는 일을 했다고 말했다.

어떤 집?

목조 주택. 벽돌집. 이상한 전통 가옥 같은 것. 책도 한 권 썼지.

집 짓는 일에 관한 책?

아니. 조그만 책. 시집. 아무도 안 읽었어.

허접한 글이었나? 그가 나를 보면서 병을 기울여 계산된 분량의 콜라 한 모금을 마셨고, 병을 도로 허벅지 위에 올려놓으며 나를 바라보았고, 나를 다시 보는 것 같았지만, 더 좋게 보는 건지 나쁘게 보는 건지는 읽을 수 없었다. 맥락의 재구성.

잡지에 기고를 하곤 했지. 주로 낚시나 야외 활동에 관한.

구름 그림자를 밀어낸 듯 그의 얼굴에 안도감이 스쳤다. 나는 하마터면 웃음을 터뜨릴 뻔했다. 그의 내부 구조가 보이는 것 같았다. 휴, 야외 활동이라니 다행이군. 힉 이 친구, 호모는 아니었어.

어려서부터 나는 작가가 되고 싶었다. 위대한 작가. 여름이면 건축 현장에서 골조 작업 따위를 했다. 작가로 생계를 유지하기란 쉽지 않았다. 어쨌든 내가 특출나진 않았던 것 같다. 결혼을 했고 집을 샀고. 그렇게 한 가지 일이 또다른 일로 이어졌다.

얘기가 길어, 내가 말했다.

뱅리는 양손으로 무릎 위의 콜라병을 잡고 있었다. 아마도 기억을 떠올리려는 듯 몸을 앞으로 웅크리고 있었다. 갑자기 그의 영혼이 더 안전한 거리를 두고 물러나듯 아득히 멀어졌다. 관망하기 위해. 멀리서. 흔들리지 않는 의자를 여전히 흔들면서.

꽤 긴 시간 동안 우리는 침묵 속에 있었다. 태양이 높은 봉우리들 중 하나를 건드렸고, 피 묻은 노른자위처럼 천천히 풀어졌다. 바람이 일었고, 바로 그 순간 메마른 래빗브러시를 흔들었다. 추웠다.

나는 그에게, 그저 하루하루 생존하는 것 이상의 뭔가가 있다고 생각하느냐고 물었다. 정찰, 비행기 수리, 다섯 가지 채소를 키우는 것, 덫을 놓아 토끼를 잡는 것. 우리가 기다리고 있는 건 과연 무엇인지.

그의 의자가 끽, 끽, 소리를 내다 멈췄다. 바람결에 짐승의 냄새를 맡은 사냥꾼처럼 그가 침착해졌다. 가까이에 있는 듯. 그가 깨어난 듯.

다시 말해봐.

이것 이상의 뭔가가 있느냐고. 하루하루.

그가 턱을 움직였고, 광물성 눈동자가 저물어가는 햇살 속에서 잿빛이 되어가고 있었다. 내가 도를 넘어섰다고 말하는 듯이.

그만 가보겠다고 그가 말했다. 일어섰다. 손가락 하나를 플란넬 셔츠 앞주머니에 넣었고, 병뚜껑을 꺼냈고, 뚜껑을 돌려서 닫았다. 콜라를 들고 부서진 계단을 삐걱거리며 포치에서 내려갔다.

그게 아마 이 년째의 어느 날이었을 것이다. 그래서 나는 이제 격납고에서 마음 한편이 느슨해지는 이야기로 그의 공감을 얻을 수는 없다는 걸 알고 있다. 뱅리와 함께 있는 시간의 절반을 나는 절대 해선 안 될 말들을 생각하며 보낸다.

나는 오일 용기를 반으로 잘라 만든 깔때기에 오일 용기를 기울여 자신의 쌍둥이 위에 안착시킨다. 흘러들어가도록 내버려둔다. 그를 마주본다.

앞으로 우리한테 그들이 필요하게 될지 누가 알아. 모르는 일이야.

하. 말 같지도 않은 얘기라는 듯한 기침. 그럴 일은 없어 힉. 장례 절차에 관해서라면 또 모를까.

그는 그들을 곤경에 처하게 만들었고, 그렇게 되기를 바랐다. 그들이 전부 죽기를.

유일한 생존자가 되고 싶나? 자네라면 그래도 충분히 행복하겠지. 지상에 남은 빌어먹을 유일한 인간.

그렇게 되어야만 한다면. 다른 상황보단 낫겠지. 어쨌든 나한텐 자네가 있잖아. 그가 콜라병을 다시 기울이고 콜라병 너머로 나를 쳐다보았다.

그가 말하는 다른 상황은 다 죽는 것이다. 내 생각엔 그렇다. 이 말을 하진 않았다. 언젠가 비스트를 타고 멈추지 않고 서쪽으로 계속 날아가야지.

아니 못할걸, 그가 말했다.

뭘?

지금 자네가 생각하는 것. 여기 말고 안전한 곳은 없어. 아마도 지구상에는. 우리에겐 우리 구역이 있고, 물, 전력, 식량, 무기가 있어. 사냥감이 귀해지면 깊이 들어가볼 산도 가까이에 있고. 자네와 나 둘뿐이니까 내부 갈등도, 정치 문제도 없지. 찢어질 내부 조직도 없고. 모르몬 교도들이나 살아남지 못한 다른 사람들과는 달리. 단순하니까 살아남은 거야.

그가 미소 짓는다.

촌놈들은 어떻게든 살아남아.

그가 가장 좋아하는 문구.

나는 지상에 남아 있는 나의 유일한 친구를 바라본다. 내 생각에 그는 나의 친구다.

섣불리 돌아다니다 우리를 죽게 만들지 마, 그가 말하고 자리를 뜬다.

★

그래도 나는 그들이 부탁하면 간다. 순찰 항로는 산이 시작되는 서쪽으로 갔다가 거기서 다시 남쪽으로 향하는 것이다. 강을 따라 늘어선 나무들을 훑는다. 발전소의 굴뚝들과 저수지에 이르면 북서쪽으로 기수를 돌린다. 메노파 교도들은 시냇가에 모여 있다. 오래된 칠면조 농장. 여덟 채의 양철집이 사선으로 주차한 차들 같은 각도로 네 채씩 두 줄로 서 있다. 백 살은 되었을 나무들이 바람막이로 줄지어 서서 작은 숲을 이루었고 그 한복판에 커다란 벽돌집의 아스팔트 지붕이 높이 솟아올라 있다. 시냇물은 두 개의 연못으로 흘러든다. 둘 중 한 연못 위에 떠 있는 물체, 빈 카누가 보인다. 양철집 남쪽으로 태양열 전지판의 행렬, 풍차 두 대, 물 끌어올리는 기계 하나. 애당초 그들이 이곳에 온 이유다.

들판에, 공터에, 30피트 길이의 깃대가 있다. 깃발은 이미 오래전에 사라졌는데, 어쩌면 아기 이불로 쓰려고 누군가 떼어 간 건지도. 도움이 필요할 때면 그들은 찢어진 빨간 작업복을 걸어놓는다. 신호용 깃발이자 풍향계. 바람이 거세지면 마치 머리 없는 사람처럼 뻣뻣하게 팔다리를 벌린다.

나는 오래된 카운티 도로에서부터 서쪽으로 T자를 이루며 곧게 뻗은 비포장도로에 착륙한다. 바람에 빙글빙글 도는 신호 깃발이 보인다. 도로 맨 앞쪽에 있는 두 개의 기둥에 금속 팻말을 철사로 묶어놓았는데, 팻말에는 빨간 해골과 X자 모양 뼈다귀가 그려져 있고 위험 우리의 혈액은 감염되었습니다라고 적혀 있다. 길은 물이 넘치고, 바퀴자국으로 파이기도 한다. 그러면 사람들이 삽을 들고 나와 파인 구멍들을 메운다. 그 사람들은 그런 일에 소질이 없고, 대부분의 경우 너무 힘이 없지만, 활주로만큼은 항상 깔끔하게 보수해놓는다. 거의 매번 330도 방향의 강력한 측풍이 있다. 나는 비스듬히 하강하기 위해 외활 선회하다가, 왼쪽 날개를 낮추고, 앞머리가 남쪽 방향으로 향하도록 세게 방향타를 밟고, 거의 사선으로 진입로에 접근하다가 마지막 순간에 수평을 잡는다. 들판에 나와 있던 아이들이 펄쩍펄쩍 뛴다. 200피트 상공에서도 아이들이 웃는 모습이 보인다. 그 아이들이 웃는 건 오직 그때뿐이다.

★

재스퍼는 조종석으로 펄쩍 뛰어올라올 수 있었는데 이제는 그럴 수가 없다. 사 년째 되던 해 우리는 다투었다. 내가 무게를 줄여 짐을 더 싣기 위해 조수석을 떼어내고 플란넬 침낭을 펴놓았는데, 침낭에는 사냥꾼이 꿩을 쏘고 있고 그의 사냥개가 세 다리로 서서 사냥감을 가리키는 그림이 반복해서 그려져 있었다. 왜 진작 그러지 않았는지. 침낭의 개는 재스퍼처럼 생기진 않았지만 그래도. 나는 재스퍼를 안았다. 남자와 개 그림 위에 올려놓았다.

다음 생에서 너와 나의 모습이야, 내가 녀석에게 말한다.

재스퍼는 비행을 좋아한다. 어쨌든 녀석을 뱅리와 단둘이 남겨 둘 순 없다.

내가 의자를 떼어냈을 때 녀석은 울적해했다. 좌석에 앉아 전망을 볼 수 없었기 때문이다. 녀석은 방향타 페달을 밟으면 안 된다는 걸 알고 있다. 한번은 윈드시어* 때문에 녀석이 페달 위로 미끄러졌고 하마터면 둘 다 죽을 뻔했다. 그뒤로 내가 4인치 길이의 나무 울타리를 만들었는데, 녀석이 살펴보더니 비행을 거부하겠다는 듯 비행기에서 뛰어내려서 떼어버렸다, 젠장. 모욕감을 느꼈던 것이다. 그 모든 것에서. 나는 엔진의 굉음과 프로펠러 소음을 걱정했고, 무전으로 대화할 사람이 없는데도 헤드셋을 썼는데 그건 소음을 줄이기 위해서였다. 하지만 재스퍼가 걱정되었고, 그래서 녀석만의 청력 보호 장치를 만들려고 노력했는데, 이 헬멧 같은 것이, 도무지 붙어 있지를 않았다. 어쩌면 그래서 지금 녀석이 거의 귀머거리가 된 건지도.

연료 등등을 점검한 뒤 나는 퀼트 침낭을 짐 위에 올려놓고 재스퍼가 밖을 내다볼 수 있게 해주었다.

보이지? 내가 말했다. 적어도 여행길의 반은 좋은 시간을 보낼 수 있잖아. 대부분의 사람들은 그마저도 못해.

---

* 비행기의 착륙을 방해하는 돌풍의 하나로 강한 바람이 다양한 지형지물과 부딪친 뒤 하나로 섞이는 과정에서 형성되는 소용돌이 바람.

재스퍼가 내가 변명을 둘러대고 있다고 생각한다는 걸 알 수 있었다. 녀석은 조금도 신나하지 않았다. 그래서 이제는 물건을 실으러 가는 게 아닐 때, 그냥 비행만 할 때, 물론 대부분의 경우가 그렇지만, 나는 좌석을 다시 설치하는데, 몇 분 정도 걸린다. 우리에게 시간이 없는 건 아니니까. 처음 다시 의자에 똑바로 앉게 되었을 때 녀석은 뭐가 그렇게 오래 걸렸어? 하고 묻는 것 같은 표정으로 날 쳐다보다가 매우 진지한 표정으로 앞을 보았다. 마치 부조종사처럼 이마에 깊은 주름을 만들면서. 녀석의 기분이 한결 나아졌다는 사실은 날씨만큼이나 명백했다.

녀석은 늙어가고 있다. 나는 햇수를 세지 않는다. 7을 곱하지 않는다.*

사람들은 온갖 목적으로 개를 사육해왔다. 물고기를 잡는 용도로까지. 그런데 왜 좀더 오래 살게, 사람처럼 오래 살게 만들진 않았을까?

★

한 가지 이상한 사실. GPS 위성항법장치가 아직 작동한다는 것. 군용

* 개가 사람의 일곱 배로 나이를 먹는다는 의미에서 한 말.

이건 뭐건 인공위성들이 여전히 우리 주위를 돌아다니면서 우리가 어디에 있는지 알려주고, 여전히 신호를 보내고, 내 위치를 삼각형으로 표시해주고, 내가 고지대에 너무 근접했다 싶을 때면 조종간 위에 장착된 가르민* 내비게이션을 통해 여전히 경고를 보낸다.

나는 언제나 고지대에 너무 가까이 있다. 세상이 끝장났을 때 생기는 또 한 가지 문제. 나는 더는 엔진 고장을 걱정하지 않았다. 가르민에는 최단 거리 버튼이 있다. 그래도 누군가는 생각이란 걸 하고 있었다. 그 버튼은 가장 가까운 공항이 어디고 얼마나 먼지 알려준다. 가까운 공항들의 목록, 고유 기호, 거리, 방위, 관제탑의 주파수를 띄워준다. 내가 걱정이 많던 시절 최단 거리 버튼은 조종사의 가장 친한 친구였다. 날씨라든가 다른 문제가 발생하면 또는 연료가 떨어지면 그 버튼을 눌렀고 목록이 떴고 훑어내리다가 선택하고 이동 버튼을 누르면 곧바로 항로를 보여주었다. 호의 중심으로 돌아가기 위해 화살표를 따라간다. 유유히.

여전히 유용하지만 구 년이 흘렀고 많은 활주로들이 못쓰게 되었거나 2피트짜리 구멍이 정확히 어디에 있는지 알아야 하고 그 주위로 피해야만 한다. 얼마나 빠른지 놀랍다. 공항이 얼마나 빨리 풀과 흙으로 돌아갔는지. 언젠가 〈라이프 애프터 피플: 인류 멸망 그 후〉라는 TV 프로그램을 본 적이 있다. 전편을 다 보았다. 녹화도 했다. 홀딱 빠졌다. 이런 생각 때문에. 천 년 뒤 뉴욕의 모습. 강 하

* 전 세계 위치 확인 시스템과 각종 내비게이션을 제작하는 다국적 전자기업.

구. 늪지. 강. 숲. 언덕. 그게 좋았다. 이유는 모르겠다. 그저 가슴이 설렜다.

그 정도로 빨랐다. 강철 대들보가 물과 바람에 노출되면 얼마나 빠르게 부식되는지, 토대가 얼마나 빠르게 쪼개지는지 정말 놀랍다. 다 무너져버린다. 오, 그러니 활주로도 마찬가지. 구 년은 그리 긴 시간이 아닌 것 같지만, 보수되지 않은 아스팔트에는 긴 시간이고 살아보려고 애쓰는 뇌가 맛이 간 사람에게도 긴 시간이다. 목록을 만들 수도 있다. 구 년은 더럽게 긴 시간이다,

뱅리의 헛소리를 견디며 살기에.

급성 전염병 병동을 기억하기에 그리고.

그 이후 아내를 그리워하기에.

낚시를 생각하면서 낚시하러 가지 않기에.

그리고 기타 등등.

그러나. 어느 저녁 베넷 남쪽에서 엔진 실린더 하나를 잃었다. 지금처럼 도시의 상공을, 너무 낮지 않게, 보일 정도로만 날고 있었다. 그런데. 마치 엄마처럼 똑 똑 똑 하는 진동. 착륙해서 점검하는 게 최선이었다. 어쩌면 단순히 점화장치의 고장일 수도. 가르민이 알려주지 않아도 버클리 공군기지가 서쪽으로 12마일 거리에 있다는 건 알고 있었다. 나는 비스듬히 날아 황금빛 태양을 두 눈에 담으며 하강했고, 진동이 점점 더 커졌고, 금방이라도 부품을 쏟아낼 기세였고, 햇빛 때문에 앞이 거의 보이지 않았다. 왼쪽 보도 가장자리를 지표 삼아 착륙한 뒤, 여전히 엉덩이가 떨어져나갈 것 같은

상태로 100피트가량 더 달려가서, 어쩌면 계기판에 표시된 대로 70피트가량 더 달려가서, 쾅! 비스트의 앞바퀴와 기체 왼쪽이 아니었다면, 그리고 내가 아니었다면, 그대로 토스트가 되었을 것이다. 재스퍼도 마찬가지. 나는 뒤로 가서 확인했다. 구멍은 문자 그대로 허리 높이였고, 깔끔한 사각형이었고, 프레리도그*들이 조그만 굴착기로 파낸 것 같았다. 씨발. 내 등. 그 충격. 나는 구멍 안으로 다리를 내리고 앉아 흔들었고, 재스퍼도 늘 하던 대로 내 곁에 앉아 기대고는, 민첩하고도 공손하게, 진심으로 걱정하는 표정으로 나를 흘긋 보았다. 그렇게 앉아 있자니 언젠가 멀리사가 데려갔던 일본 레스토랑이 떠올랐다. 의자 대신, 방석과 쿠션 대신, 발을 내려놓는 우물 같은 곳이 있었다. 몸이 뻣뻣한 서양인들을 위한 가짜 마룻바닥처럼. 태양이 활주로에 우리의 그림자를 반 마일 정도 드리웠다. 사고가 사고이니만큼, 충격으로 지지대에 금이 갔다. 그래서 그때 나는 용접을 배웠는데 태양열로 용접하는 것도 가능했다.

나는 구멍에 다리를 넣고 앉아 어깨를 흔들며 말했다. 도대체 뭐가 문제야? 지금 이게 장난이야?

쉽사리 대답이 나오지 않았다.

너 오늘 살고 싶어?

* 북미 대초원 지대에 사는 다람쥣과 동물.

응.

내일도 당연히 살고 싶겠지? 그리고 그다음날도?

응.

그럼 좀 치밀해져봐. 남는 게 시간이잖아.

그래서 나는 조사를 실시했다. 우리가 구획지도라고 부르는 지도를 들고 100마일 이내의 모든 활주로를 날았다. 센테니얼을 비행했고, 콜로라도스프링스를 비행했고, 에어포스 아카데미도 비행했고, 커비도 비행했고, 예전의 네브래스카도 비행했고, 샤이엔도 비행했다. 그 모든 곳을 대낮에 약 30피트 상공에서 날며 기록했다. 그러다 몇 번이나 죽을 뻔했는지 생각해보면 놀랍다. 크랜턴에서 활주로와 평행으로 아주 낮게 저공비행을 하던 중 어떤 외국인 혐오자가 기체에 구멍을 뚫었고 그때 거의 죽을 뻔했다. 총탄이 바로 내 옆 창문 위쪽을 뚫고 나가는 바람에 알았다. 그렇게 크랜턴에 이웃이 있다는 걸 알게 되었다.

그러니까 최단 거리 버튼이 아직 작동은 하지만 그 공항들 중 절반 정도는 더이상 사용할 수가 없다. 오래된 들판에 착륙하는 편이 낫다. 한때 그것은 '최단 거리 안식처'였지만 이제는 '최단 거리 죽음의 덫'을 의미한다. 어쨌든 전부 유용한 정보.

★

지금도 나는 무전기를 확인한다. 몸에 밴 습관은 좀처럼 없어지지 않는다. 모든 공항에는 주파수가 있어서 관제탑 없이도 항공기끼리 교신이 가능하다. 이륙할 때나 공항에 진입할 때 다른 비행기가 어디 있는지 아는 건 중요하다. 중요했다. 매년 충돌 사고가 일어났다. 공항 간에 서로 교신할 수 있도록 고안된 특별한 장치는 없지만 긴급 주파수인 121.5가 있다. 공항 활주로에 접근할 때 나는 그 옛 채널에 접속한다. 5마일 이내로 접근했을 때는 무전을 보낸다. 무전을 몇 번씩 보낸다.

러브랜드 트래픽 여기는 세스나 식스 스리 스리 스리 알파 남쪽 5마일 지점 6000피트 상공에서 그릴리로 향하고 있다. 반복한다. 누구 없어요? 내가 탄 비행기는 이곳의 빌어먹을 유일한 비행기고 세상이 끝날 때까지 그럴 확률이 높다. 어쩌면 다른 우주의 다른 행성에서 사람들이 또다시 세스나를 발명할 수도. 하!

나는 웃는다. 폭소를 터뜨린다. 조금 우울한 일이다. 재스퍼가 개답게 어수룩하니 당혹스러워하면서 흘긋 곁눈질한다.

나는 윌리엄 스태퍼드의 시집 한 권을 가지고 있다. 내가 돌아갔던 이유는 오직 그뿐이다. 내 시집들. 한밤에 전기도 불빛도 없이, 낡은 킹 수퍼 마트 주차장에 착륙했다. 낮은 차량들 사이 1000피트 정도 길게 비어 있는 공간, 날개는 차 지붕 위로 지나갔고 가로등은 없었다. 집은 거기서 1마일 거리였다. 서쪽과 남쪽에서 불길이 치솟았고 간헐적으로 총성이 들려왔다. 혹시라도 비스트를 건드릴 사람이 남아 있을지 몰라서 다리 사이에 AR-15를 끼고 반시간을 기다렸다가 길을 나섰다.

나는 소총을 들고 호숫가를 가볍게 달렸다. 예전에 아침저녁으로 수없이 그랬던 것처럼. 예전엔 조깅도 했다. 벽난로 위에 놓인 사진들, 계단을 따라 걸린 사진들은 외면했고, 쳐다보지 않았고, 낡은 배낭과 더플백에 책들만, 시집들만 가득 챙겼다. 멀리사가 내게 처음으로 선물한 책 『우리는 홀로 죽는다』를 손끝으로 쓸어내렸다. 제목만으로도 섬뜩할 정도로 예언적이다. 그 책의 화자는 2차대전 때 실존했던 노르웨이 특공대원이다. 그는 독일군 두 개 사단 전체를 스키를 타고 따돌리고 살아남아 자신의 회고록 뒤표지에서 목 부분이 말린 털스웨터를 입은 중후한 중년 신사의 모습으로 멋지게 포즈를 취하고 있었다. 나는 늘 그를 부러워했는데, 그는 노르웨이의 훈훈한 전쟁 영웅이고 아마도 피오르랜드 위에 별장과 수천 명의 친구들, 멀드 사이다* 혹은 아콰비트** 혹은 뭐가 됐건 그들이 파티에서 마시는 술을 엄청나게 보유하고 있을 것이고 오직 재미로만 스키를 탈 것이기 때문이었다. 그가 지상의 지옥을 상상할 수 있었더라면 아마도. 그는 지옥의 그림자를 보았을 것이다. 나는 그 책을 손가락으로 쓸어내린 뒤, 표지글을 읽지 않고 도로

* 향신료와 감귤류 과일을 넣어 데운 사과주.

** 스칸디나비아 지역 사람들이 즐겨 먹는 술. 라틴어로 '생명의 물'이라는 뜻인 '아쿠아 비타이(aqua vitae)'에서 명칭이 유래했다.

책장에 꽂아놓았다. 이젠 그만. 무엇을 위해서건 우는 거라면 이제 할 만큼 했다는 생각이 들었다.

주차장으로 돌아와 밖에서부터 천천히 원을 그리며 다가가니 비행기의 열린 문 쪽에 두 사람이 몸을 기울이고 있었고 그중 한 명이 비행기에 올라타려는 참이었다. 나는 욕을 내뱉은 뒤 안전장치를 확인했고, 심장이 방망이질을 했고, 그 자리에 멈춰 서서 당장 거기서 꺼지라고 소리쳤고, 그들이 사냥용 소총과 엽총을 집어드는 순간 20야드 거리에서 처음으로 사람을 쏘았다. 시를 위해. 나는 그들의 총을 뱅리에게 주었고, 그가 물었을 때 대답하지 않았다.

스태퍼드의 시집 제목은 『사실일 수도 있는 이야기들』이다. 그중에는 「대평원의 농장」이라는 시가 한 편 있는데 이렇게 시작한다.

전화선이 차갑게 식고
새들은 가는 곳마다 전선을 밟는다.
대평원 뒤쪽 어느 농장에서
그 선의 한쪽 끝을 잡아당긴다.
나는 해마다 그 농장에 전화한다.
전화벨이 울리고, 귀를 기울인다, 지금까지도.

그는 아버지에게 전화한다. 어머니에게 전화한다. 세상을 떠난 지 오래고 전화는 신호만 가는데도. 그래도 여전히 전화를 건다.

내가 지나려는 공항에서 아무도 응답하지 않으면 나는 긴급 주파수로 의례적인 신호를 보낸다.

메이데이 메이데이 세스나 식스 트리플 스리 알파 끔찍하게 외롭다.

칠 년째 되던 해 누군가가 신호에 답했다. 나는 조종간에서 손을 떼고 헤드셋을 귀에 눌렀다. 뇌우를 맞은 듯 팔을 따라 털이 곤두섰다.

도플러효과 때문에 잦아드는 잡음 속에서 목소리가 들렸다.

트리플 스리 알파…… 소리의 눈보라 속으로 멀어져갔다.

트리플 스리 알파…… 잡음…… 그랜드정…… 자기풍磁氣風으로 때리는 듯한 탕 소리.

그랜드정크션……

나는 기다렸다. 나는 고개를 저었다. 헤드셋 안의 관자놀이를 실제로 두드렸다. 조종간의 버튼을 엄지로 눌러 마이크를 켰다.

그랜드정크션? 그랜드정크션? 트리플 스리 알파 여기는 롱몬트 상공. 롱몬트 상공이라고, 젠장! 안 들린다. 반복한다. 안 들린다!

나는 선회했다. 더 높이 선회했다. 1만 5000피트까지 올라가 저

산소증으로 현기증이 날 때까지 돌았다. 1만 3000피트까지 내려와 연료측정기가 십오 분 남았다고 경고할 때까지 두 시간을 선회하다가 다시 동쪽으로 향했다.

누군지는 몰라도 조종사 또는 관제사였다.

그게 처음이자 마지막이었다.

★

격납고에서 식사를 준비한다. 뱅리가 나타난 날로부터 한 달 뒤, 나는 그에게 활주로 동쪽에 있는 근사한 맥맨션* 부엌에서 비질런트** 우드스토브 가져오는 것을 도와달라고 했다. 기본적으로 정비용 창고나 다름없는 곳에서 임시로 식사를 하다보니 아무것도 영원히 지속되지 않을 것 같은 기분이 드는 건지도 모른다. 집에 들어가 살지 않는 것도 부분적으로는 그런 이유 때문이다. 격납고에 살고 들판에서 자면서는, 어딘가에 진짜 집이 있고, 거기에 누군가가 살고 있고, 내가 그 누군가에게 돌아갈 수 있는 척하는 것이 가능하니까. 하지만 누가 누구에게 그런 척을 한다는 건지. 멀리사는 돌아오지 않고, 송어도 돌아오지 않고, 코끼리도, 펠리컨도 마찬가

* 건축 공법이나 속도가 맥도널드의 패스트푸드처럼 효율적이고 신속한 대형 주택.
** 스토브, 벽난로, 그릴 등을 제조, 판매하는 미국 버몬트 캐스팅스 그룹의 스토브 브랜드.

지다. 어쩌면 대자연이 반점이 있고 도도하고 차가운 물을 견디는 물고기를 다시 만들어낼지는 몰라도 희한하게 생긴 코끼리 따위는 다시는 만들지 않을 것이다.

하지만 지난여름 쏙독새를 보았다. 몇 년 만에 처음이었다. 따스한 해질녘, 황혼 속에서 날개의 흰 줄을 번득이며 벌레를 잡으러 쏜살같이 날아가던. 그 여리고도 강렬한 울음.

어쨌건 그래서 격납고가 내가 요리하고 식사하는 장소다. 뱅리처럼 집안 식탁에서 식사하려 애썼고, 며칠 그렇게 해봤지만 지속되지 않았다.

비행장 주변의 집 벽들이 전부 평생 쓸 분량의 장작이었다. 대형 망치에 쇠 지렛대 하나만 있으면 몇 시간 내에 일주일 분량의 장작을 팰 수 있다. 고급 가구들은 말할 것도 없고.

체리목이나 월넛 같은 고급 목재 가구와 단풍나무 마룻바닥을 때려부수는 데 익숙해지기 전 몇 번인가 움찔하긴 했다. 하지만. 가치는 필요에 의해 결정되는 법. 그런데도 나는 허접한 집들을 먼저 해체한다. 이국적인 목재로 지은, 너무도 아름다운 소형 주택 네다섯 채까지 결국 부수게 될진 모르겠지만, 결국 거기까지 가더라도 그즈음엔 이미 그런 모습은 남아 있지 않을 것이다. 어쩌면 그저 태울 때 조금 새로운 향기가 나는 나무로 보일지도. 또다른 암묵적인 합의하에 우리는 활주로 서쪽 비교적 저렴한 주택에서 땔감을 조달했는데, 그는 북쪽을, 나는 남쪽을 맡았다. 덕분에 나는 격납고까지 그리 오래 손수레를 끌지 않아도 되었다.

가끔은 뱅리가 어슬렁거리며 돌아다니다가 나와 함께 식사를 하기도 한다. 그는 음식을 만들 줄 모르고 나는 만들 줄 안다. 노크를 하라고, 그게 안 된다면 유령처럼 나타나 속삭이지는 말라고 했지만 그는 듣지 않았고, 그가 그렇게 나타날 때마다 도대체 얼마나 오랫동안 날 보고 있었는지 알 길이 없어 소름이 끼친다.

저녁식사가 좀 이르네.

씨발 뱅리, 하마터면 끓는 물에 델 뻔했잖아.

요리를 즐기는 사람처럼 음식을 만들고 있군.

뭐?

프라이팬과 칼을 들고 움직이는 폼이, 여기가 부엌이라도 되는 것 같아. 무슨 요리 프로그램처럼.

유난히 기분이 좋을 때면 늘 그러는 것처럼 그의 콧구멍이 아가미의 리듬으로 벌렁거린다.

나는 잠시 그를 바라본다.

배고파?

앞치마 두르고 하는 그런 요리 프로그램 있잖아. 빌어먹을 저녁 식사 준비하는 게 무슨 춤이라도 추는 것처럼. 랄랄라 하면서.

나는 신선한 햇감자를 가득 담은 팬을 스토브 위에 올려놓는다. 처음에는 식용유 대신 사슴 기름을 사용했지만 음식이 너무 빨리 상했다.

글쎄 난 앞치마를 두르지 않았는데, 보다시피, 춤을 추고 있지도 않고.

집집마다 저장고에는 식용유가 거의 남아 있지 않았다. 사람들이 마지막 몇 달 동안 열량을 섭취하려고 들이마신 게 분명했다. 그러다 파이퍼 레인 건너편 거대한 바우하우스* 지하에서 5갤런들이 올리브유 두 통을 발견했다. 새 벽돌 더미 뒤쪽에 숨겨져 있었다.

노래까지 흥얼거리던데. 뱅리가 특유의 경직된 미소를 지어 보인다. 미소 때문에 오히려 더 냉혹해 보인다.

* 1910년대 독일 바이마르에 있던 조형학교들을 중심으로 유행한 건축사조로, 장식이 없고 단순화한 디자인을 강조했다. 여기서는 그런 조형 양식을 따른 건물을 뜻한다.

스토브가 2×4인치로 자른 캐나다 전나무 땔감으로 달구어진다. 빨리 열을 내는 데 최고의 땔감이다. 기름이 튀고 나는 자른 감자를 휘저어 대부분의 감자 조각들이 팬 밑바닥에 닿게 한다. 쇠 주걱으로 스토브의 크롬 레버를 돌려 연통을 닫아 화력을 줄인다. 나는 생각한다. 만약 내가 다르게 생겨먹었다면, 그래서 이곳을 나 혼자 지킬 수 있다고 생각했다면, 지금 저 자리에 서 있는 뱅리를 쏘았을 거라고, 다 끝내버렸을 거라고. 그럴 수 있을까? 아마도. 그러고 나서는 날마다 치렀던 이 신경전을 그리워하겠지. 가슴 한구석이 뻥 뚫린 듯 허전하겠지. 어느덧 우리는 진짜 결혼한 부부처럼 되어버렸다.

노래를 부르진 않았던 것 같은데, 마침내 내가 말한다.

노래 불렀어 힉, 불렀다고. 조니 캐시*는 아니던걸. 그가 미소 짓는다.

마치 그것이 자기 사전에서 유일하게 허가된 노래라는 듯이.

씨발 그럼 무슨 노래였는데?

그가 어깨를 으쓱한다. 알면 좋게. 무슨 여자 가수 노래던데. 라디오에서 들었던 게 어렴풋이 기억나.

---

* 미국의 싱어송라이터 겸 배우.

어렴풋이 기억나. 일주일 동안 기른 턱수염에 꾀죄죄한 몰골로 승리의 미소를 머금고 서 있는 꼬락서니 하고는. 나는 욕설을 내뱉는다. 웃음을 터뜨린다. 바로 이것이 그가 하는 짓이다. 웃음을 터뜨릴 수밖에 없는 지경까지 내 짜증을 돋우는 것. 기가 차는 지경에 이르면 퓨즈가 터지고, 스위치가 꺼지고, 나는 웃는다. 우리 둘 모두에게 다행스러운 일이다.

앉아 뱅리. 의자 가져와. 메기, 바질을 곁들인 민들레 샐러드, 포테이토 오 그라탱*은 아니고 그냥 햇감자야.

그렇지? 그가 말한다. 꼭 그런 요리 프로그램들 같다니까. 아까 자네 기분이 약간 들떠 있던 게 아니라면 내가 유대인이야.

나는 그를 바라본다. 더 크게 웃는다.

★

나는 가끔 음악을 튼다. MP3, CD, 레코드, 다 있다. 내 격납고는 FBO 발전소에서 전원을 끌어왔는데 풍력발전기로 돌아가기 때문에 전력은 문제가 되지 않는다. 분위기에 딱 맞아야 했다. 조심해야

---

* 주재료에 빵가루나 치즈를 씌워 오븐에서 노릇하게 익힌 요리.

지, 그러지 않으면 내가 다시는 가고 싶지 않은 그곳으로 가게 될 테니까. 예전에 즐겨 듣던 음악은 안 된다. 우리는 병 밖으로 기어나오고 시골길을 달리는 구닥다리 싱어송라이터*에 열광하는 사람들이라, 위스키타운, 토플리, 시네이드에 열광했다. 딕시 칙스도 좋아했는데, 하긴 누군들 안 좋아했을까. 어메이징 리듬 에이시스, 오픈 로드, 스위트 서니 사우스, 리얼 타임 트래블러스, 소박하고 정겨운 블루그래스** 밴드들과 옛날 그룹들. 그때 우린 그 음악들이 애절하다고 생각했다. 화창한 초봄 아침 겪납고 문을 열어놓고 흰이마딱새 한 마리가 아스팔트 위를 나선형으로 돌 때 그 음악을 틀어보라.

그리고 난 당신의 인동나무 향을 기억해요 아직도 그 향기를 사랑해요
이제 당신이 나를 원하지 않는다니 믿을 수가 없네요……

아니면 달콤하게 망가진 마운틴 테너*** 브래드 리 포크가 부르는 〈Hard Times〉.

고개를 떨군 집 없는 이들, 빗속에 길 잃고 서 있네……

내 나이 마흔에 노인이 될 거라고는 생각지 못했다.

내가 틀 수 있는 음악은 블루스다. 그녀는 블루스를 좋아하지 않

---

* 데이비드 앨런 코의 노래 〈(If I Could Climb) The Walls of The Bottle〉과 존 덴버의 노래 〈Take Me Home Country Road〉를 언급한 것이다.

** 1950년대 이후 미국 남부 애팔래치아 산악 지방 사람들이 불렀던 마운틴 뮤직에서 파생한 컨트리 스타일의 음악.

*** 산간 지역 출신의 높고 쓸쓸한 음색을 지닌 남자 가수들을 칭하는 말.

았다. 나는 라이트닝과 코튼, BB와 클랩턴 그리고 스티비 레이의 음악으로 마음을 달랠 수 있다. 나는 선 실스가 부르는 〈Dear Son〉을, 하모니카 솔로 부분에서 냇가의 코요테들이 하늘을 찢어놓을 듯한 고음으로 화음을 넣을 때까지 요란하게 틀어놓는다. 하늘을 찌를 듯한 울음소리와 비명소리. 코요테는 노래 때문에 괴로워하는 것 같기도 하고 좋아하는 것 같기도 하다. 가만히 생각해보면 그게 바로 블루스다.

★

밤이면 둔덕 뒤쪽에 재스퍼와 함께 눕는다. 초봄이고, 오리온자리*가 톱니바퀴 모양의 산등성이를 비틀거리며 넘어가는 조금 늦거나 아주 이른 시간이다. 소리를 지르지 않고 고요한 것이, 마치 황소가 자신을 덮치기 전에 쏘아 죽이려는 것 같다. 때때로 그는 지극히 평화롭지만 오늘밤은 그렇지 않다. 오늘밤 그는 목숨을 건 사투를 벌이고 있다.

재스퍼는 줄이 풀려 있고 내 왼쪽 허벅다리 옆에서 잠들었지만, 나의 상념들은 단단히 줄에 묶여 있다. 나는 상념들이 팽팽한 원을 그리도록 내버려둔다. 온실과 격납고에 비질을 해야 하는데. 곰이

* 달의 여신 아르테미스를 사랑한 대가로 그녀의 화살에 맞아 죽임을 당한 사냥꾼 오리온의 별자리.

굶주려서 경계를 늦추는 봄에 곰 사냥이나 떠나볼까.

녀석은 늘 하던 대로 낮게 코를 곤다. 들이마실 때 작은 콧소리를 내고 내쉴 때는 칭얼대는 듯한 소리를 낸다. 그 순간 나의 모든 계획에 반하여 그랜드정크션의 신호가 떠오른다. 눈보라를 헤치고 달려오는 기차처럼 주파수 안으로 탕 하고 들어왔다가 쓸쓸하고 긴 여운을 남기고 잡음의 눈보라 속으로 돌아가버린. 놓쳐버린. 트리플 스리 알파…… 그랜드정…… 그랜드정크션…… 그 목소리는 가파른 계단을 향해 소리치는 노인처럼 나이가 지긋한 듯했고, 친절했고, 근심이 어려 있었다.

몇 년 전이었더라? 이 년 혹은 삼 년. 내 기억으로는 여름이었다. 여름 산불에서 솟아올랐던 연기가, 연기 속에서 선회하던 비스트가 기억난다. 그날 저녁 황혼은 대학살의 현장과도 같았다. 내가 어떻게 선회했고 어떻게 상승했고 얼마나 더 크게 선회했고 마이크를 켜고 또 켰는지 기억난다. 나는 미친듯이 주파수를 찾았다. 세상에는 상황을 초월하는 것도 있는지, 몇 년째 그 어떤 관제탑도 작동하지 않았는데 그 신호는 어떻게 그렇게 멀리까지 올 수 있었을까. 노련한 목소리. 나이가 많은 사람이었다는 것. 그건 기억한다. 그 목소리는 잡음을 뚫고 왔다. 또다른 조종사였다고, 분명히 조종사였다고 나는 확신했다.

나는 거니슨까지 날아갔다가 남은 연료로 아마도 델타 쪽으로 가볼 것이다. 아마도—왕복 모두 바람이 도와준다면. 지극히 드문

일이다. 생각은 해보았다. 하고 또 했다. 정크션은 그 뒤쪽으로 반 시간 이내 거리다. 그리고 그다음엔. 어쩔 것인가? 다른 공항의 다른 조종사는 훨씬 안전하지 않을 수도 있다. 하지만.

그들은 어쨌든 전력을 보유하고 있었다. 그 사람들은—그는—칠 년을 버텼다. 어쩌면 아직도 버티고 있을지도.

재스퍼가 뒤척이고 꿈결에 발을 죽 펴면서 내 쪽으로 등을 밀다가 잠에서 깨어난다. 킁킁거린다. 다시 고개를 떨어뜨린다.

베개에서 머리를 들고
서리 낀 달을 바라보네.
고개를 숙이면서 내 집을 생각하네.

이백*의 가장 유명한 시.

그때조차도, 종말이 오기 아주 한참 전에도, 바닥을 알 수 없는 그리움은 있었다. 우리들 거의 모두가, 결코 내 집에 있지 않았다.

나는 스티로폼을 집어넣은 더플백에 기대어 눕는다. 그것을 베개로 쓰고 있다. 쉽게 더러워지지도 않고, 예전에 쓰던 침대가 생각나게 하지도 않는다. 울 모자의 밴드 부분을 이마 위로 밀어본다. 하늘은 종소리처럼 맑고, 산불은 6월 중순까진 없을 것이고, 은

* 중국 당나라 시대의 시인, 이태백.

하수는 헤아릴 수 없는 심오한 깊이로 흐르는 별들의 강이다. 그러니까, 사람이 이해할 수 있는 것보다 더 깊이. 재스퍼가 한숨을 쉰다. 바람이 거의 없다. 그나마 있는 것은 오른쪽 귀를 서늘하게 식히는, 북쪽에서 불어오는 나른한 산들바람이다.

그랜드정크션의 조종사를 만나면 좀더 내 집처럼 편안할까? 남쪽의 덴버가 좀더 활기차게 살아 있는 도시라면? 늘 그랬던 것처럼 멀리사가 재스퍼 맞은편에 잠들어 있다면? 대체 나는 누구와 있을 때 좀더 편안해질까? 나 자신과?

지금도 나는 그 조종사의 목소리를 생각한다. 그 노련함과 열망. 어떻게든 닿아보려는. 그곳에 갔어야 한다는 생각이 든다. 연료 밸브를 누르고, 트로틀*을 당기고, 저공비행하면서, 대충 18평방** 정도를, 어느 아침에 갔어야 한다고. 확인하기 위해. 무얼 확인하려는 것인지는 나도 모른다. 아직 그 근처에도 못 가봤다. 그곳에 가는 것이, 인정한다, 난 두려웠다. 보고 보고 또 보았던 것처럼 그 끼어든 목소리의 죽음을 발견하는 것이. 오직 그것뿐. 그리고 항공모함처럼 고지대의 평지에 좁고 길게 나 있는 세븐 빅터 투, 파오니아 공항 활주로로 돌아오기 전에 연료가 고갈되는 것이. 델타 동부 어도비 점토평원***에서 연료가 고갈되는 것이. 그랜드메사****의 그

* 유량 조절 장치. 이것을 당기면 엔진 출력이 높아진다.

** 단위를 생략하고 있지만 18평방마일을 의미하는 것으로 추정된다.

*** 홍수, 해빙 뒤에 생기는 완만하게 경사진 점토질의 평지.

**** 콜로라도 주 서부에 있는 거대한 탁상고지.

늘 속으로 추락하는 것이.

예전에, 어밀리아 에어하트*를 찾았다는 기사를 읽었다. 단정적이었다. 보고된 바에 따르면 1940년에 수색한 어느 섬에서. 입을 벌린 조개껍데기, 칼날이 떨어져나가고 부서진 잭나이프, 낚시용 창으로 추정되는 물건. 불 피운 흔적이 있는 구덩이. 오래되어 삭은 화장품. 비행기 창문의 플렉시 유리. 여자 구두 한 짝. 뼈. 뼛조각들. 뼈의 DNA를 생존해 있던 에어하트의 사촌과 대조해보기도 했다. 당연히 그곳은 그녀의 섬이었을 것이다. 그녀와 조난한 조종사들의 섬이었을 것이다, 그들이 굴복할 때까지. 하지만 무엇에? 하늘에서 보면 환초環礁, 중앙에 석호潟湖가 있는 타원형 오아시스다. 바깥쪽의 평평한 산호는 물이 빠져나가면 주차장 같았을 것이다. 록히드 일렉트라**는 착륙 과정에 돌입하며 55mph의 실속속도失速速度를 유지하고 있었고, 더도 말고 700피트 정도의 고도가 필요했을 것이다. 그나마 갖고 있던 보잘것없는 식량을 들고 아마도 부상을 입은 채로 해변으로 걸어갔을 것이다. 어쩌면 간조가 아니었을 수도 있고, 파도에 기체가 파손되었을 수도 있다. 어쩌면 물속에서 출혈이 있었을지도. 태평양에서 연료가 떨어지면 무슨 일이 닥치든 감사해야 하는 법이다. 작은 섬까지 갈 수 있었다는 것만 해도 어딘가. 조개껍데기와 빗물로 연명하면서.

* 미국의 여성 비행사. 1937년에 적도 주변을 도는 긴 항로로 세계 일주 비행에 도전했다 실종되었다.

** 어밀리아 에어하트가 실종 당시 탔던 비행기.

조개껍데기와 빗물.

그리고 또 한 명의 동반자, 딱 한 사람.

굶주림. 젖은 나무에 붙은 불길처럼 서서히 시간을 태우는. 뼛속까지 허약해지고, 걸어다니는 해골이 되고, 그러다 어느 날 한 명이 죽고, 나머지 한 명이 죽는다. 혹은 지나가던 원주민에게 공격을 당할 수도 있고 어쩌면 그편이 더 나을지도.

그 시간 동안 무얼 가장 그리워했을까? 얼굴 없는 시끌벅적한 군중, 명성, 파티, 팍 하고 터지는 플래시? 연인들, 흥겨움, 샴페인? 유명세에서 오는 고독, 유명 호텔의 넓은 책상에서 램프 하나 켜놓고 항로를 뚫어지게 바라보는 것? 룸서비스, 해 뜨기 전의 커피? 한 명, 혹은 두 명의 친구? 선택. 그 모든 걸 가질 것인가 말 것인가? 일부만 가질 것인가 말 것인가? 지금, 혹은 지금이 아닌 어느 때, 어쩌면 나중에?

지금 내게는 그중 어떤 것도 없다. 그러한 선택들이 없다. 하지만 그럼에도. 연료가 떨어져 서부 거니슨 계곡의 사막으로 추락해 재스퍼와 함께 집으로 300마일을 걸어오다가 죽고 싶진 않다. 집. 비록 누추하지만. 가진 게 아무것도 없어 잃을 것도 없지만. 아무것도 아닌 것도 어쨌든 무언가다.

★

재스퍼가 으르렁거린다. 나는 공상을 하다 잠이 들었다.

낮고, 심술궂고, 심각한 으르렁거림.

나는 숨을 죽였고, 귀를 기울였다. 천천히 일어나 앉았다. 녀석은 대체로 귀가 먹은 게 사실이지만, 후각은 예민하다.

코요테들일 수도 있다. 아니면 늑대들일 수도. 지난 이 년 동안 산속의 늑대들이 성글게 무리 지어 내려오곤 했다. 늘어가는 수에 따라 커져가는 압박감. 왜냐하면 전에도 산속에 상당한 수의 늑대들이 살고 있었고 이제 다시 살고 있기 때문이다.

재스퍼가 어둠 속에서 으르렁거렸고 나는 담요 속에서 일어나 앉았고 가슴이 두근거렸다. 나는 가만있어 하고 속삭인 뒤 둔덕 위로 기어올라갔다.

재스퍼는 안다. 상황이 심각해지면 녀석은 안다.

녀석이 엉덩이를 대고 앉아 으르렁거리는 소리를 중간으로 줄이고 진심으로 걱정스러운 표정으로 그러나 한편으로는 이런 상황을 즐기는 사냥꾼의 날 선 침착함으로 날 쳐다본다. 녀석은 잔뜩 흥분했다. 나도 마찬가지. 한동안, 반년 가까이 없던 일이고, 그래서 나 자신이 좀 굼뜨고, 어딘가 서툴게 느껴진다. 몇 년 전이라면 이런 상황에 이미 둔덕 꼭대기에 올라가 왼손을 AR의 리시버에 올려놓고 망원경으로 주위를 살펴보고 있을 텐데. 나는 차갑고 축축한 방수포와 더플백 뒤쪽 사이에 있던 소총을 끄집어내야 했다. 그 옆 낡은 울 양말 속에 망원경이 들어 있었다. 적어도 잠을 잘 때 그 둘을 챙겨야 한다는 생각은 여전히 하고 있다. 나는 망원경을 이마에 착용하고 끈을 머리 뒤쪽으로 고정한 다음, 천천히, 조용히 소총의 노리쇠 손잡이를 잡고 뒤로 당겨 총을 장전했다. 둔덕에 천천히, 더 조심스럽게 올라갔다.

재스퍼는 꼼짝 않고 있었다. 냄새를 쫓아 어둠 속으로 튀어나가고 싶은 욕구를 애써 억누르면서. 아니면 어떤 소리가, 어떤 주파수의 어떤 소리가, 귀머거리에 가까운 녀석의 귀를 파고들었는지도 모른다. 나는 둔덕 뒤쪽의 가파른 경사면을 올라갔다. 제발 코요테이기를, 심지어 늑대이기를 기도했다. 사람을 죽일 기분이 아니었다, 털끝만치도. 내가 죽일 기분도 아니었고, 뱅리에게 알려줄 기분도 아니었다.

둔덕 위 매끄러운 꼭대기에 소총을 반듯하게 밀어놓고 차가운 흙바닥에 몸을 낮춘 다음 시야를 확보할 때까지 꿈틀거리며 올라갔다.

포치에 켜놓은 전구 불빛 속에서 나는 그들을 보았다. 하나 둘 셋넷다섯…… 피전* 하나둘셋넷다섯 개를 격파하듯이…… 전부 다섯이고 모두 어른이고 그중 한 명만 아마도 조금 작거나 아마도 조금 어리다.

젠장.

첫해 여름 우리는 무진 애를 써서 대형 쓰레기 수거함을 지렛대로 밀고 굴려 집에서 남쪽으로 대략 100피트 지점에 쓰러뜨려두었다. 모로 누워 있었고, 열린 윗부분이 어둠을 삼키고 있었다. 냇가의 둑은 가파르고 깊었다. 물이 그 둑을 돌며 흘러서 공항은 우각호 안쪽에 자리잡은 형국이었다. 완벽한 해자垓字. 건널 만한 유일한 여울은 해자 밑바닥에서 이 집으로, 우리가 유일하게 불을 켜놓은 집으로 이어지는 길이었다. 따라서 그들은 당연히 쓰레기 수거함 뒤에 모여 있었다. 수거함 남쪽으로 전구 불빛의 그림자가 드리워져 있었고, 수거함이 그들을—직업군인은 아닌 것 같은 그들을—그들이 위협 혹은 전리품으로 상상하고 있을 집으로부터 가려주었다.

독 안에 든 쥐. 혹은 머지않아 죽을 불행한 자들을 뜻하는 은유라면 어떤 것이든.

나는 사슴을 죽인다. 사슴을 죽이는 데는 아무 문제가 없다. 다듬기, 자르기, 먹기.

---

* 클레이 사격에 쓰이는 진흙으로 만든 원반 표적. 공중에 던져올린 뒤 쏘아 맞춘다.

이제는 심장이 갈비뼈 밖으로 나가려고 펄떡거리는 작은 눈먼 짐승처럼 쿵쿵거린다. 나는 벨트 밑을 더듬거리며 무전기 양옆을 꽉 움켜쥐고 엄지손가락으로 마이크 버튼을 세 번 누른다. 그리고 세 번, 또 세 번. 그런 다음 숫자를 세기 시작한다. 내가 이백을 세기 전에 뱅리가 총 두 자루를 들고 어슬렁거리며 뒤에서 나타날 것이다. M4 돌격 소총과 가벼운 저격용 소총, 아마도 AR-10 308구경을 들고서. 나는 숫자를 세면서 총을 둔덕 위 모래주머니에 받친 뒤 개머리판을 오른쪽 어깨 밑에 넣고 조준 망원경을 본다. 90피트. 우리가 거리를 정확히 측정해두었다.

백삼십일 백삼십이

그들은 웅크려 앉아 자기들끼리 이야기를 나누고 있고, 속삭이고 있고, 내겐 그들의 목소리가 들리지 않는다. 바람은 약했고, 목 뒤쪽이 서늘했다. 내게서 그들 쪽으로 부는 서풍이다. 소리를 싣고서. 총을 쏘기 위해 아주 천천히 엄지로 안전핀을 젖혔고, 딸깍 소리가 들렸고, 얼굴을 찌푸렸고, 소리가 너무 큰 것 같았고, 작은 레버를 앞으로 밀어 완전 자동으로 전환했다.

백칠십구 백팔십

그들은 단지 프로가 아닌 정도가 아니었다. 그들은 모여 앉아 하나의 표적이 되었고 현재 거리에서는 그 자체로 망원경을 채웠고,

채우는 것 이상이었다. 그들은 농부이거나 보험 외판원이거나 기계 수리공이었다. 아마도. 불운으로 모여 있는. 그러나. 나는 망원경을 움직였고, 어깨 안쪽에서 약간의 압력이 느껴졌다. 그들을 훑어보니 총을 지니고 있었다, 각자 하나씩. 그들을 훑는 동안, 내 심장의 박동과 함께 눈앞의 광경도 전율했다. 이 단계까지 왔다면 그들은 암살자들이었다. 쌍방과실이 있는 우리의 역사 속에서 그렇다는 것이다. 몇 명이나, 얼마나 잔인하게 죽였는지 말할 수 있는 자 누구인가. 지금 이 시점에 그들은 무장공격 태세로 모여 있었다. 누군지는 몰라도 저 집에 가까스로 살아남은 가족을 공격할 태세로. 그리고.

그 잔혹성에 정신이 번쩍 든다. 그들과 저 집, 저 가상의 가족, 나와 그들의 관계, 우리 중 누구라도 이 자리에 있을 수 있었다는 것. 씨발 생각하지 마, 힉. 그러다 우리 둘 다 죽어. 뱅리는 툭하면 그렇게 외쳤다.

이백오 이백육. 뱅리는 없다. 이런 씨발. 이백이 넘도록 뱅리가 오지 않은 적은 한 번도 없었는데, 보통 그보다 더 빨랐는데.

나는 망원경에서 눈을 떼고 고개를 돌려 왼쪽을 본다. 그림자가 없다. 사람의 형상도, 이쪽으로 다가오는 뱅리도 없다. 씨발. 눈을 다시 망원경에 댄다. 방아쇠에 올려놓은 손이 떨린다. 떨리기 시작한다.

그들은 자기들끼리 이야기하고 있었다. 나는 떨리는 왼손으로 레버를 젖혀 망원경 잠금장치를 풀고 레일에서 빼냈다. 소총의 철제 가늠자 구멍 옆에 내려놓았다. 시야가 트였다.

어렸을 때도, 살육은 내가 가장 싫어하는 대목이었다. 피트 삼촌과 사냥하는 건 좋았다. 그는 어니스트 헤밍웨이나 잭 런던처럼 글도 쓰고 행동도 하는 외골수였는데, 볼룸댄스를 가르친다는 것만 달랐다. 크루즈에서. 삼촌과 루이스 숙모는 이십 년 정도 그 일을 했는데 숙모가 세상을 뜨자, 활기 넘치고 수다스러웠던 삼촌은 조용하고 진지해졌다. 여전히 재미있긴 했다. 그는 어느 방면에도, 글에도 행동에도, 그다지 뛰어나지 않았지만, 나는 아주 오랫동안, 필요 이상으로 오래 그를 우상화했고 그래서 열두 살 때 처음으로 삼촌과 엘크 사냥을 떠났다.

나는 꽤 잘했다. 내 말은, 내가 마치 사슴 전문가들과 함께 자란 아이처럼 영역과 서식지를 곧바로 파악했고, 바람의 방향과 내 배낭 코듀라 천에 나뭇가지가 스치는 소리, 그리고 그 소리를 덮는 물소리에 민감했고, 기민한 추적자이자 캠프의 쓸모 있는 존재였으며 얼음처럼 쨍한 11월 중순 산속의 한기에서도 새벽 다섯시에 침낭에서 빠져나오는 아이였다는 뜻이다. 나는 그 모든 것을 사랑했고, 카우 엘크를 시야에 확보하는 데 아무 문제가 없어 보였지만, 내가 총을 쏘는 순간 녀석이 바위 쪽으로 비틀거리다가 목을 꺾으며 구르던 모습, 그리고 나를 향해 빛내던 그 눈빛과 쓸모없어진 다리를 바위들 위에서 양옆으로 버둥거려 결국 겁에 질린 내가 녀석의 머리에 다시 총을 쏜 것은, 그러자 녀석의 눈과 다리에서 생명이 빠져나가고, 엘크를 손질할 때 얼어붙은 바닥으로 쏟아진 피가, 여전히 붙어 있는 젖에서 흘러나온 따뜻한 젖과 섞여 분홍색을 이룬 것은……

그런 건 마음에 들지 않았다. 그뒤로 오랫동안, 냉동실에 엘크를 저장하는 일을 포함한 그 모든 과정을 사랑했지만, 그 대목만큼은 아니었다. 벌레 한 마리 죽이는 것도 싫었다.

이백이십삼 이백이십사

뱅리는 오지 않는다. 한 번 협상을 시도해본 적이 있다. 내가 죽음에 가장 가까이 다가간 순간이었다.

예전의 방식은 이제 끝이야 힉. 딱따구리의 전철을 밟은 거지. 빙하와 정부와 함께 사라져버린 거야. 새로운 세상이 왔어. 새로운 세상 새로운 법. 협상은 금물이야.

사람을 쏘아 죽이려고 자세를 잡기 전 그가 즐겨 하던 말이다.

다섯이면 꽤 큰 무리고, 지난 이 년 동안 가장 큰 무리다. 그들은 웅크리고 앉아 있었다. 쓰레기 수거함에서 가장 가까이에 있는 제일 체격 좋은 남자가 조준 망원경이 달린 소총을 든 채 몸을 옆으로 틀고 이야기하면서, 오른손으로 손짓을 하며 비스듬히 쓰고 있던 워치 캡*을 만지작거렸고, 그 바로 옆에 있는 사람은 돌격 소총, 아마도 AK인 것 같은 총을 들고 있었다. 나머지 셋 중 둘은 엽총을, 하나는 소총을 들고 있었는데, 90피트 거리라 망원경을 통해 모두 사정권 안에 들어왔다. 왼쪽에서 세번째, 엽총을 든 남자는 키가 작고 카우보이모자를 썼다. 그들은 한데 모여 금방이라도 행동을 취하려는 듯 고개를 끄덕이고 있었다. 손이 떨렸다. 그들이 이렇게 촘촘한 표적을 이루는 상태는 다시 오지 않을 것이다.

오른쪽에서 왼쪽으로 쓸어버릴 생각이었다. 완전 자동. 가늠자를 맨 끝에 있는 남자의 몸 중앙에 조준하고 무리의 중심 쪽으로 가로지를 생각이었다.

오른쪽 집게손가락을 차가운 방아쇠로 옮겼고, 숨을 깊이 들이마셨고, 배운 대로 깊은숨을, 살아 있는 깊은숨을 천천히 내쉬었다. 그리고

갈라져 터졌다. 그 밤이. 내가 쏜 게 아니었다. 내 오른편 아래쪽 주변부에서 분출된 불꽃의 맥박, 트럭의 거대한 몸체, 속사포의 집중 포화, 어지럽게 허물어지는 내 시야 속 무리, 치명적인 벌레처럼 공중을 가로지르는 빨간 점이 그들의 그림자를 위로 올렸다가 땅으로 떨어뜨렸고, 녹색 땅이 그것을 삼켰다.

---

* 미 해군의 수병이 선상에서 쓰는 니트 모자.

내가 아니었다.

나는 방아쇠를 당기지 않았다.

비명과 고함. 한 명이 신음하고, 다른 한 명이 몸부림치고 또 흐느낀다. 트럭 뒤에서 걸어나오는 뱅리가 보였고, 그가 45구경 권총을 빼들고 벌판으로 나서며 세 발을 더 쏘자, 흐느끼던 사람들이 갑자기 잠잠해진다.

약한 바람, 차다. 귓속으로 피가 몰려들고, 비명을 헹구어낸다. 정적.

그가 흩어져 있던 총들을 주워 모아, 다섯 자루 모두 어깨에 걸쳤다. 둔덕을 돌아 걸어와, 총들을 내려놓았고, 총들이 바닥에서 서로 세게 부딪치는 소리가 들렸고, 재스퍼에게 낮게 중얼거렸고, 여전히 엎드려 있는 나에게 다가왔다. 나는 방아쇠에 손가락을 올린 채 얼어붙은 상태였다고 할 수 있을 텐데 그보다는 믿을 수가 없어서 가만히 있었다고 해야 할 것 같다.

씨발 뭐야.

잘했어, 그가 말했다. 잘했어. 네 안에 그게 아직 있는지 잘 몰랐는데.

내가 쏘았을 거란 뜻이었다. 내 손가락이 방아쇠에서 움직였을 거라고. 그가 상황을 접수하기 전에.

무슨 개소리야 뱅리. 내 안에 그게 아직 있는지 몰랐다니?

정적. 내가 그게 무슨 말인지 알고 있다는 걸 그도 알았다.

난 망할 놈의 그걸 한 번도 가져본 적 없어. 그래도 난 해. 도대체 무슨 생각을 하는 거야? 만약 내가 자넬 보고 저들 중 하나로 착각했으면 어쩔 뻔했어?

그럴 일은 없어. 자넨 날 알아봤겠지. 천만에. 그런 일은 없어.

나는 입을 열었다가 닫았다. 씨발 잘도 없겠다, 내가 말했다. 만약 저 사람들이 흩어졌다면. 바로 돌격했다면. 더 빨리.

정적. 처음부터 그가 상황을 관찰하고 있었다는 걸 내가 이제야 깨달았다는 걸 그는 안다.

내가 방아쇠를 당길 거란 걸 어떻게 알았어? 왜 내가 그렇게 하도록 내버려두지 않았지?

정적. 그가 그들보다 나를 더 면밀히 관찰하고 있었다는 걸 내가 이제야 깨달았다는 걸 그가 안다. 우릴 죽일 수도 있는 망할 놈의 새끼들을 지켜보면서 내 망할 놈의 손가락을 살피고 있었을 것이다. 내내 놈들을 조준 망원경으로 잡아놓고서. 내가 크게 숨을 들이마시는 순간 아마도 잠깐 긴장을 풀었을 것이다. 삼각대에 받쳐놓은 성능 좋은 야간 망원경을 나에게 고정한 채, 기겁하고 놀라서 움찔하는 나를 지켜보면서, 거의 쳐다보지도 않고 첫번째 남자에게 총을 쏘는 그의 모습이, 그러고 나서 무심하고 효율적인 동작으로 다시 총으로 돌아가 나머지 사람들을 쓸어버리는 그의 모습이 그려진다. 쓸어버린 건 아니다. 뱅리는 완전 자동 방식을 신뢰하지 않는다. 겁에 질려 펄쩍 뛰어오르는 그림자를 향해 두 발을 쏘았을 것이다. 타닥. 한 발 한 발이 그만큼 빨랐을 것이다. 한 무리의 영혼들을 거둬들이는 내내 그는 어리둥절해하는 내 모습을 비웃었을 것이다.

이리 와봐 힉. 보여줄 게 있어.

둔덕 꼭대기를 넘어 아래로 내려간다. 재스퍼는 여전히 둔덕 아래, 이쪽 편에서 떨고 있다. 두려움에 떠는 게 아니다. 별빛 아래 녀석의 모습이 보인다. 엉덩이를 대고 앉아 근심 어린 표정으로 내 움직임을 좇으면서 애써 행동을 자제하고 있다. 적어도 누군가는 자기가 해야 할 일을, 자기가 해야 할 일만을 제대로 하고 있다.

이리 와. 내가 낮게 휘파람을 분다. 재스퍼가 펄쩍 뛰어오른다. 예전처럼은 아니지만 아직 둔덕 꼭대기를 넘을 수 있을 정도로는 빠르다. 뱅리는 바닥에 널브러진 검은 사람들 틈에 서 있다. 재스퍼는 이미 한 사람에서 다른 사람에게로 옮겨가면서, 멈추지 않고 킁킁거리면서 낮게 으르렁거리고 있다.

이것 좀 봐 힉. 이 사람들 그러지 말아야 했어.

목소리가 그리 불쾌한 눈치는 아니다.

뱅리가 손을 뻗어 모자에 밴드로 장착한 LED 램프를 켰다. 그는 모자를 거꾸로 쓰고 있다. 그가 키 작은 남자에게 불을 비춘다. 카우보이모자를 쓴 사람이었는데, 모자는 몇 피트 아래 도랑으로 굴러가 있다. 남자아이였다. 아마도 아홉 살쯤. 그 나이쯤 됐을 텐데. 멀리사의 뱃속에서 임신 칠 개월째였던 아이는. 구 년 전이었다. 소년은 가냘팠고, 머리카락이 푸석하고 엉켜 있었다. 머리카락에 매의 깃털이 묶여 있었다. 얼굴이 퀭했고, 흙과 햇빛에 노출되어 그늘이 드리워졌다. 태어날 때부터 이런 상황이었겠지. 구 년 동안 이렇게 살았겠지. 이 세상의 퍼즐을 맞추며 자기 머릿속에 들어 있던 거대한 그림을 완성해가다가 결국, 뱅리의 놀이에 등장하는 엑스트라로 이렇게 끝난 거겠지.

그가 툴툴거린다. 어린애 손에 총을 들리다니. 두고 왔어야지.

어디에?

뱅리가 어깨를 으쓱하고, 고개를 쳐들고, 불빛이 내 눈을 비추고,

시야를 흐린다.

냉혹한 하얀 불빛에 눈살을 찌푸리지만 고개를 돌리진 않는다.

그러면 이 녀석이 내일쯤 배가 고파 냇가를 서성거릴 때 자네가 저 사람들한테 그런 것처럼 쏠 거잖아. 훤한 대낮에, 30피트가 아니라 300야드 거리에서.

불빛 말고는 아무것도 보이지 않지만 뱅리의 미소가 직선으로 번지며 굳어지는 건 알 수 있다.

힉 자넨 그 오랜 세월 동안 하나도 배운 게 없군. 자넨 과거 속에 살고 있어. 지금 상황이 어떤지 알고나 있는지 의문이야, 젠장.

그가 돌아서서 가버린다. 그 말은 나에게 자격이 있느냐는 거다. 살 자격.

나는 재스퍼가 일을 보도록 남겨두고 돌아선다. 우리는 내일 그들을 묻을 것이다.

이것이 내가 하는 일이고, 또 해온 일이다. 나는 허리 팔 가슴 엉덩이 장딴지를 저민다. 얇게 저며 소금물에 담그고 재스퍼를 위해 며칠 동안 말린다. 안데스산맥의 럭비팀 이야기*를 기억하는지. 송장은 송장이고 이미 죽었다. 그들은 생존을 위해 그렇게 했다. 나도 다르지 않다. 나는 재스퍼를 위해 이 짓을 한다. 나는 사슴고기, 물 밑바닥에 사는 물고기, 토끼, 샤이너** 같은 것들을 먹는다. 재스퍼가 먹을 육포는 밀폐된 양동이에 보관한다. 녀석은 모든 음식 중 이걸 가장 좋아하는데, 소금 때문일 거라고 확신한다. 내일 나는 또 다시 그 작업을 하겠지만 소년은 건드리지 않을 생각이다. 연민이나 후회 없이 단지 그의 매 깃털과 함께 온전하게 묻어줄 것이다.

우리가 처한 상황. 우리만의 금기를 다시 만들고 본래의 이유들을 잊어버리고 그러면서도 여전히 경계를 늦추지 않는다. 나는 둔덕을 둘러 걸어서 돌아간다. 도로 담요 속에 누워 거대한 묘비 같은 둔덕에 머리를 대고 잠들어야 한다. 그래야 내일 상쾌한 기분으로 비행할 수 있을 테니까. 하지만 오늘밤 나는 자지 않을 것이다. 나는 총을 내려놓고, 그저 총만 내려놓고, 총을 더플백 밑에 집어넣고 계속 걷는다.

---

* 1972년 10월, 우루과이 대학교 럭비팀이 비행기를 타고 칠레로 친선경기를 하러 가던 중 안데스산맥에서 추락한 사건. 생존자들은 인육을 먹으며 칠십이 일을 견디다가 구조되었다.

** 골든 샤이너. 배가 황금색으로 빛나는 은색의 잉엇과 물고기.

II

그 당시 나는 평생 하고 싶었던 일을 한다는 생각으로 비행을 시작했다. 비행하는 사람들 중 상당수가 그런 기분을 느끼는데, 나는 그것이 구속받지 않는 자유의 느낌이나 하늘을 날아오르는 영혼에 대한 은유보다는 나무 꼭대기 혹은 절벽 꼭대기를 좋아하는 유전자와 관련 있다고 본다. 발밑에서 세상이 정리되는 느낌 말이다. 배수로, 낙하하는 물의 모세혈관과 동맥을 중심으로 모든 풍경이 들어맞는 방식, 산비탈들이 뭉치고 주름지고, 협곡과 냇물, 움푹한 곳, 깊은 틈새로 몸을 구겨넣는 방식, 주름이 얼굴 표면을 규정하듯 낮은 땅이 뾰족한 산과 봉우리와 작은 언덕들을 규정하는 방식, 더 낮은 곳에는 협곡의 골이 있고, 그다음엔 풀이 무성한 습지대와 가장 낮고 비탈진 계곡들이 있고, 구불구불한 강줄기와 한때 물이 흘렀던 메마른 강바닥이 언덕과 고원의 굴곡을 지탱하고 있는 것처럼 보인다. 그 반대가 아니라. 마을이 퍼져 있다가 강들을 중심으로 모여들고 강줄기가 만나는 곳마다 예외 없이 큰 덩어리를 이루는 방식. 나는 생각했다, 우리를 놀라게 해야 마땅한 풍경이지만 놀랍지 않다고. 우린 전에도 이런 풍경을 본 적이 있고 그래서 냇가의 둑을 걸으면서 어디에 발을 디뎌야 할지 아는 것처럼 주변 지형을 편안하게 해석한다고.

그러나 첫 비행 훈련에서 내가 가장 사랑했던 것은 그 깔끔함, 모든 것이 제자리에 있는 것 같은 느낌이었다. 농장들은 반듯한 구역 안에 들어앉아 있고, 사등분된 카운티 도로들은 나침반의 네 기본방위를 따라 뻗어 있고, 아침이면 방풍림이 서쪽으로 긴 그림자를 드리우고, 둥글게 말아놓은 건초 더미와 흩어진 소들, 하늘에 뿌려진 별처럼 그 무늬가 완벽하고 옆구리에 똑같은 불그스름한 태양을 낀 말들이 있고, 들판엔 트럭들이 있고, 트레일러는 사선으로 세워져 있고, 규격형 주택들이 측창이 난 지붕의 각도를 되풀이하고, 야구장의 다이아몬드와 자동차 경주 트랙의 타원, 심지어는 폐차장조차도, 녹슨 자동차들과 고철 더미가 만드는 비죽비죽한 선들마저도 긴 그림자를 드리워 강물에 그림을 그리는 미루나무들처럼 필연적이고 사랑스러웠다. 발전소 굴뚝에서 피어오르는 흰 연기는 세탁한 면직물처럼 아침 바람을 맞으며 산뜻하게 동쪽을 향했다. 그때는 그랬다. 이곳 하늘에서 보면 참혹함도, 고통도, 불화도 없고, 그저 무늬와 완벽함만 있었다. 한 편의 풍경화에 담긴 불멸의 정적. 저 나무들은 결코 헐벗을 수 없으리…… 심지어 고속도로를 따라 달리는 구급차의 반짝이는 불빛조차도 마음을 편안하게 해주는 귀뚜라미 울음소리의 리듬으로 고동쳤다.

그리고 비행하는 동안에는 잠시나마, 이 모든 풍경을 한 마리 매의 시선으로 바라보면서, 구질구질한 것들을 모두 털어낸 나 자신의 모습이 될 수 있다. 나는 슬픔에 병들어 있지도 않고 관절이 뻣뻣하지도 않고 결코 외롭지도 않고, 살인의 욕지기 속에 살면서 또다시 살인을 해야만 하는 운명에 갇힌 사람도 아니다. 그저 이 모든 걸 내려다보며 하늘을 나는 사람일 뿐. 그 무엇도 날 건드릴 수 없다.

이런 얘기를 할 상대는 없지만 그래도 정확하게 말하는 게 무척 중요한 것 같다. 현실에 대해 그리고 그것에서 벗어나는 게 어떤 기분인지에 대해. 지금도 그 일탈은 때로 감당하기 벅찰 정도로 아름답다.

또한 뱅리의 내면은 그리고 뱅리 같은 사람들의 내면은 어떻게 생겨먹은 건지 궁금하다. 그는 마치 종 안에 울려퍼지는 종소리처럼 자신의 고독을 편안해한다. 그편을 더 좋아한다. 죽을 때까지 그것을 지킬 것이다. 송골매가 하늘에서 다른 새를 죽이려고 살듯 그는 그 삶을 지키려고 산다. 자신의 내면에서 죽음과 아름다움이 서로에게 어떤 짓을 하는지 이야기하려 하지 않는다.

그가 이곳에 온 첫 주에 나는 그를 태우고 비행을 했다. 그는 우리 구역을, 가장 취약한 지점을 확인하고 싶어했다. 나는 그를 조수석에 비집어 앉히고 나에게 말을 할 수 있도록 헤드셋을 주었다.

나는 바깥쪽으로 점점 더 넓게 원을 그리며 돌다가 날아오르는 매처럼 솟아올랐다. 도랑들은 여전히 어둠 속에 있고 갈매기 한 무리가 우리와 땅 사이에서 하얗게 질려 있는 청명한 아침이었다. 10마일 1000피트 지점에서 그가 말했다.

드루이드 교도들. 낮게 선회해보게.

그런 얘기 못 들었는데.

들어오는 길에 그 사람들을 만났어, 그가 말했다. 혈액병에 걸렸더라고. 들판 맞은편에서 소리를 지르더군. 두 발을 쐈는데 아슬아슬했어. 지금 소이탄이 있으면 좋을 텐데.

나는 그를 쳐다보았다. 그 충격이란. 그런 얘길 들은 적은 없지만 그가 결국 나한테 오리란 걸, 내 파트너가 되리란 걸 그들이 어떻게 알았겠는가.

칠면조 우리에서 남루한 아이들이 뛰어나와 손을 흔들며 펄쩍펄쩍 뛰었다. 뱅리가 비좁은 좌석에서 구부정한 어깨를 틀어 나를 보았다.

아는 애들이야?

알지. 내가 도와주고 있어. 쟤들은 드루이드 교도가 아니야. 메노파야.

그의 시선이 얼굴에 느껴지다가 이내 사라졌다. 돌아오는 길에 그는 아무 말도 하지 않았다. 산을 따라 낮게 날다가 바위산 봉우리에서 새로 내리는 눈이 바람에 흩날리는 모습을 봤을 때조차도.

III

그래서 굳이 이런 얘기를 하고 싶은 욕구는 무엇인지 궁금하다.

가장 심오한 아름다움의 죽음과도 같은 정적에 어떻게든 생기를 불어넣는 것. 이야기를 통해 숨을 불어넣는 것.

살아 움직이는 모든 것을 쏘아 죽여야 한다는 뱅리의 원칙에 위배되는 것이리라.

★

내가 방아쇠를 당기지 않은 일방적 총격전이 있던 밤 나는 서쪽 격납고를 지나 계속 걸었다. 재스퍼는 후각이 예민했고 어느 순간 고개를 들었는데 내가 걱정되면 날 따라오리란 걸 알았다. 파티를 즐기는 녀석을 휘파람으로 불러 데려가고 싶진 않았고, 하룻밤 분량의 살육은 충분했기 때문에 뱅리가 내 개를 못살게 굴지 않으리란 것도 잘 알았다. 야간 망원경도 총도 지니지 않았다. 뱅리는 항상 허리 벨트에 총을 차고 다녔는데, 틀림없이 잘 때도 차고 있을 거다. 그가 잠든 모습을 본 적은 없지만 그가 둔덕 아래 잠든 우리를 얼마나 여러 밤 관찰했는지 궁금하다. 뱅리로 말하자면 여러모로 나를 섬뜩하게 하지만 그중에서도 그게 가장 끔찍하다. 끊임없이 감시당하는 듯한 기분. 캐나다의 크리 원주민이 모기들과 함께 살아야만 하듯 나도 그를 견디며 사는 법을 터득했다. 살아남았다. 그러나 두려움은 좀처럼 잦아들지 않는다. 만약 혼자서도 충분히 이곳을 지킬 수 있다고 판단될 정도로 외부의 공격이 뜸해지면, 혹은 내가 가족들을 찾아가는 것이 너무 위험하다고 판단되면, 그는 우리 둘을, 나와 재스퍼를 자기 집 현관에서 쉰 발자국 떨어진 곳에서, 아무 거리낌 없이 단 두 발의 총탄으로 죽여버릴 것이다. 그런 관점에서 생각해보면 내가 들판에서 자는 건 미친 짓이지만, 어떻게 보면 만약 뱅리가 날 죽이려고 작정한다면 죽일 기회는 어느 날이고 얼마든지 있을 것이기 때문에, 나는 처음부터 저승사자를 계산에 넣지 않고 일상의 선택들을 해왔다.

그래서, 이런 식으로, 서쪽의 마지막 격납고를 지나 포치에 밝혀둔 전등으로부터 멀어져 별이 빛나는 평원의 칠흑 같지 않은 어둠을 향해 걸으며, 나는 생각했다. 다섯 명의 방문이 이런 식으로 잠시나마 나의 생존을 보장해준 셈이라고. 당분간 재스퍼와 나는 꼭 필요한 존재였다. 비록 뱅리가 글자 그대로 한쪽 눈만 뜬 채 무리를 신속하게 처치했고, 살육의 역할을 수행했지만.

나는 낡은 연료 탱크 주위를 돌았는데, 그것은 대낮에 보면 초록색이고 지금은 검은색으로, 키 큰 세이지 덤불 속에 우두커니 자리 잡고 있었고, 내 발은 아무 생각 없이 산 쪽으로 난 닳고 닳은 길로 향한다. 나의 길. 지난 구 년 동안 재스퍼와 내가 걷고, 뱅리가 자기 탑으로 가느라 걸어서 닳은 길. 이리Erie 공항에는 관제탑이 없고, 통제되지 않는 구역이었고, 그것은 곧 조종사들이 오랜 세월 통용되어온 규약에 따라 서로 교신하며 문제를 해결했다는 의미였지만, 뱅리와 나는 벌판 바깥 4마일 지점에 우리만의 관제탑을 설치했다. 산이 시작되는 지점까지 반 정도 나간 자리였고, 살육을 위한 탑이었다. 탑을 짓는 데 두 달이 걸렸는데, 1970년대의 초등학교를 연상시키는 파이퍼 레인의 흉측하고, 묵직하고, 현대적인 목조 건물을 어렵게 해체해서 목재를 조달했다. 뱅리의 픽업트럭이 아직 굴러갈 때 목재를 현장으로 옮겼고, 트럭에 연결된 드라이밴 트레일러*에 목재를 실었다. 그가 처음 이곳에 올 때 총기들, 온갖 살상용 무기, 지뢰, 통조림 식품, 탄약들을 싣고 나타났던 트레일러였다. 우리는 북쪽에 위치한 전기를 쓰지 않는 격납고들 중 한 곳에서 발전기를 끌어왔고 항공유로 발전기를 돌려 전기톱과 드릴을 사용했다. 뱅리는 타고난 목수는 아니었고 그가 신이 나서 직접

* 온도 조절이 필요하지 않은 일반적인 화물을 수송하는 데 가장 보편적으로 사용되는 컨테이너.

뭔가를 만든 건 그때가 처음이자 마지막이었는데, 지금은 그때 그가 408구경으로 정확하게 장거리 사격을 할 희망에 부풀어 그랬다는 것을 안다. 그는 탑 꼭대기에 올라가 작업대에서 설계하는 데만 몇 시간이 걸린 소총 받침대와 잠금 기능이 있는 회전대를 설치하고 싶어 안달을 했다. 저격용 망원경과 레이저 거리 측정기를 설치할 영구적인 거치대도 만들었다. 그는 그중 어떤 것도—총도, 망원경도, 거리 측정기도—탑 위에 남겨두지 않았다. 그러나 풍속 풍향 표시기는 자체의 장대에 끼워서 지붕 위에 남겨두었는데, 바람의 방향이 바뀌거나 회오리바람이 불어도 떨어져나가지 않을 위치였다. 탄도 제원표도 내가 못을 쓰지 않고 주먹장 맞춤 방식으로 만들어준 깔끔한 서랍에 넣어두었다.

그가 좋아하는 거리는 1400야드였다. 살인을 보장할 정도로 가까우면서도 자존심을 지켜줄 정도로 먼 거리. 다시 말해 지난 몇 년 동안 수많은 사람들이 이 슬픈 세상의 풍경을 마지막으로 본 한 지점이 있다는 뜻이다. 그 지점은 실제로 피로 흠뻑 물들어 있었다. 그곳 지면에, 길 남쪽의 높이 자란 세이지 덤불과 북쪽의 높고 무성한 래빗브러시 덤불 사이의 흙에, 쏟아진 피의 구릿빛 미네랄 성분으로 거무스름해진 지점이 있는데, 마치 앞마당이나 비포장도로에서 자동차 오일을 갈다가 생긴 것 같은 얼룩이 져 있었다. 그날 밤 나는 4마일하고도 400야드를 한 시간도 못 되어 걸었다. 거리를 의식하지 못했고 시간도 의식하지 못했다. 내 달력에 의하면 4월 21일 밤이었고 내가 알기로 그날은 하지도 춘분도 아니었지만, 매달 21일이 그렇듯 내겐 의미 있는 날처럼 느껴졌다. 멀리사의 생일이기도 했다. 멀리사는 파티를 좋아하지 않았기 때문에 우리는 한 번도 파티를 열지 않았다. 조용한 외식을 즐겼고, 주로 스시를 먹었는데, 멀리사는 스시가 황당할 정도로 퇴폐적인 음식이라고 생각하면서도 일 년에 두 번 정도는 즐겼다. 마지막에는 그녀가 가장 좋아하는 참치와 방어, 자연산 연어가 사라지고, 남은 대부분의 사람들이 가기에 가격도 너무 비싸져서 우리도 더는 가지 않았다.

나는 항상 그녀에게 책을 주었다. 중고 책방의 같은 칸에 꽂힌 낡은 하드커버 책이었는데, 하디 보이스나 낸시 드루, 곰팡내 나고 낙서가 끼적여진 『호빗』 같은 책들이 있었고, 삽화가 그려진 종이 표지는 종종 찢기거나 없어진 상태였다. 그러나 표지 중 어떤 것은 헝겊이나 하드커버 자체에 뒷다리로 선 야생마라든가 아주 오래된 느릅나무 무늬 같은 삽화의 모티프가 남아 있어서, 눈을 감고 거친 표지를 손으로 문지르다보면 뛰어오르는 야생마의 날렵한 곡선, 뻗어가는 나뭇가지 문양을 느낄 수 있었다.

내가 가장 좋아하는 책은 연못에 사는 생물들에 관한 삽화를 곁들인 가이드북이었는데, 무척 어린 꼬마가 수달 그림이 있는 페이지마다 그림 밑에 연필로 이렇게 적어놓았다.

나는 수달을 사랑해.

사향쥐 그림 밑에는

나는 사향쥐를 사랑해.

비버 밑에는 이렇게.

나는 비버를 사랑해.

★

어둠 속에서 탑을 지나쳤다. 덤불숲을 가로지르는 길이 은하수 빛을 빨아들였다 뱉어내 구불구불한 길이 더 선명해졌다. 나는 표적 지점을, 세이지 덤불의 그림자가 아닌 검은 얼룩을 지나쳤다. 몸서리를 치지도 않았고 별다른 감흥을 느끼지도 않았다. 바람을 느꼈다. 산에서부터 서쪽으로 부는 바람이라 차가운 눈을 머금어 차가워야 했지만, 따스했고 흙냄새가 배어 있었고, 산비탈 낮은 곳의 삼나무 향과 높은 곳의 가문비나무 향이 배어 있었다. 얼음에서 솟아오른 바위 냄새. 이끼 냄새. 그런 냄새 같았다. 바람에서 봄냄새가 났다.

4월 중순이니 얼음이 완전히 녹기엔 너무 일렀지만, 계절을 알리는 오래된 징표들은 대부분 추억이 되었다. 올겨울엔 산에 눈이 내렸지만 산봉우리에 아무것도 쌓인 것 없이 메마른 상태로 이 년이 흐른 뒤였다. 나는 그것이 외부의 공격이나 질병보다 더 두려웠다.

송어가 사라진 건 끔찍했다. 냇물이 사라지는 건 또 전혀 다른 얘기였다.

나는 여전히 산속에서 낚시를 했다. 송어가 사라진 건 냇물이 너무 따뜻해졌기 때문이지만 그래도 나는 예전처럼 님프*로 강바닥을 훑었고, 빨대잉어와 잉어를 잡았다. 빨대잉어가 잡히면 힘겨루기라고 부르기조차 뭣한 그 질척거리는 저항, 부푼 입과 비늘에 대한 혐오감을 떨쳐내려 애썼다. 나는 그 맛과 뼈에 익숙해지려 노력했다. 송어가 사라지자 잉어들이 편한 자리를 점령하는 법을 깨닫고 점점 더 수면 위로 올라와 먹이를 먹었기 때문에, 가끔은 드라이 플라이**로 낚시를 했다. 잡은 고기를 뱅리에게 가져다주진 않았다. 그는 결코 이해하지 못할 테니까. 그걸 잡으려고 쏟아부은 시간을. 산짐승이나 방랑객이 반드시 지나가게 되어 있는 냇가에 완전히 몰입한 상태로 그토록 오래 있는 위험을.

그러나 나는 그렇게 했다. 아마도 그는 취미 생활이라고 부를 것이다. 그는 우리의 생존, 혹은 살인, 혹은 결국은 같은 것으로 귀결되는 살인 계획과 직접적인 연관이 없는 모든 것을 경멸조로 그렇게 불렀다. 젠장 힉 지금 우리가 취미 생활이나 할 때야? 이거야 원. 사슴 사냥은 얘기가 달랐다. 한 번의 성공적인 사냥 여행으로 얻는

---

* 플라이 낚시에 사용하는 인조 미끼.

** 미끼를 잘 보이는 실로 바늘에 묶어 수면에 띄워서 물고기를 잡는 방법. 미끼를 물속에 넣는 웨트 플라이(wet fly)와 대조되는 방식이다.

질 좋은 단백질은 여행에 수반되는 위험을 상쇄했다. 그러나 그는 내가 가고 싶어한다는 사실, 그것이 내게 필요하다는 사실—거기에 올라가서, 이곳에서 벗어나서, 숨통을 틀 필요가 있다는 사실—은 간과했다. 만약 내가 그 여행을 싫어했다면 아마 그는 더 좋아했을 것이다. 비행도 마찬가지였다. 내게 비행은 삶 그 자체라는 걸 그는 알았다. 그렇다 하더라도 순찰 비행으로 우리가 목숨을 구한 횟수는 그의 열 손가락으로도 다 꼽을 수가 없었다.

그는 내 상사가 아니었고 나는 내 할 일을 했지만, 그는 못마땅한 티를 내지 않고는 못 배겼고, 시간이 흐르자 그런 얘기를 그의 면전에서 꺼내지 않는 게 차라리 편해졌다. 하루하루 잎사귀 속에 바늘을 숨겨놓고 사는 셈이었다.

나는 낚시를 했다. 여전히 푸른 나무 뒤에 배낭을 내려놓았다. 카약 썰매. 내 소총. 나는 죽은 딱정벌레를 지나쳤고, 거센 바람에 부러지고 쓰러진 채 서 있는 나무들을 지나쳤고, 녹음 속으로 더 깊이 들어갔다. 나는 늘 아직 죽지 않은, 혹은 다시 살아나고 있는 숲 한 자락을 찾았다. 배낭을 내려놓고 흐르는 물 냄새를, 차가운 바위 냄새를, 전나무와 가문비나무 냄새를, 마치 어머니가 양말 서랍에 넣어둔 향주머니 냄새를 맡듯 맡았다. 나는 향을 들이마셨고 정확히 신이라고 할 수는 없지만 아직 이곳에 남아 있는 무언가에게 감사했다. 우리가 어렸고 많은 것들이 여전히 살아 있던 예전으로 거의 돌아간 것 같은 기분이 들었다.

나는 냇물 소리에, 그리고 바람 소리에 귀기울였고 그 바람이 묵직하고 검은 나뭇가지를 움직이는 것을 지켜보았다. 발아래 물웅덩이의 어두운 수면은 초록색 꽃가루로 덮여 있었다. 나무뿌리가 둑 위로 드러나 뱀처럼 물위에 뻗어 있었고 그 사이 공간에 드리운 오래된 거미줄은 바람에 흔들렸고 그 리듬에 맞춰 가는 줄들이 반짝였다.

나는 헝겊에 싼 낚싯대 네 개를 꺼내 가이드*의 위치를 확인해가며 연결하고 그 반짝이는 금속 고리들을 돌려 반듯하게 고정했다. 고등학교 때부터 갖고 있던 세이지 소형 4호 낚싯대였다. 아버지 집으로 들어온 직후 내 열여섯 살 생일날 아버지가 내게 준 것이다. 아버지는 그 이듬해에 나에게 낚시를 가르쳐주기도 전에 췌장암으로 세상을 떠났지만, 나는 피트 삼촌에게 물어가며 혼자 낚시하는 법을 터득했다.

아버지가 낚싯대와 함께 준 오르비스** 릴을 꺼냈다. 내 인생의 다른 모든 일들이 꼬여 돌아갈 때조차 나는 릴을 닦고 기름을 쳐두었다. 팽팽한 릴풋***을 코르크 핸들 위의 알루미늄 슬롯에 넣고 너트를 조였다. 너트가 낚싯대와 릴시트**** 전체를 조여주는데, 엄지와 검지로 잡기 편리하게 다이아몬드 무늬가 깊게 찍혀 있었다. 쉽게

---

* 낚싯줄이 통과하도록 낚싯대에 장착해놓은 금속 고리.
** 플라이 낚시 전용 릴 제조사.
*** 릴을 낚싯대에 고정시키는 받침대.
**** 낚싯대에 릴풋을 장착하는 자리.

돌아갔고 단단히 조여졌다.

이 모든 것, 모든 동작, 절차, 이 정적, 실개천과 꼴깍거리는 소리, 개울의 여울, 키 큰 침엽수의 뾰족한 잎사귀 사이로 쏴 하고 부는 바람. 내가 낚싯줄을 걸 때. 나는 수백 가지를 속속들이 알고 있고, 아마도 지금까지 수천 번은 해보았을 것이다. 나에게 이 모든 것은 생각이 필요 없는 의식이었다. 양말을 신는 것처럼. 다만 그 의식은 나를 아주 순수한 무언가에 닿게 한다. 다시 말해 낚시를 통해 나는 평생에 걸쳐 나의 가장 좋은 면을 끌어낼 수 있었다. 주의력, 조심성, 위험을 감수하려는 자세, 그리고 사랑. 인내심. 무슨 일이 벌어지고 있건 간에. 나는 아버지가 죽은 직후 낚시를 시작했고 아버지라면 했을 법한 방식으로 낚시를 하려 애썼다. 지금 생각해보면 조금 이상한 일이다. 한 번도 낚싯줄 던지는 걸 본 적 없는 사람을 모방하려 하다니, 더구나 그는 아들인 나에게 아버지 노릇을 제대로 해본 적도 없는데 그렇게 열정적으로.

고등학교 시절 여자친구를 잃었을 때, 낚시를 했다. 분노와 절망에 휩싸여 글쓰기를 그만뒀을 때도, 낚시를 했다. 멀리사를 만나고 지금까지 내가 알던 모든 것을 초월하는 방식으로 사랑할 수 있는 사람을 찾은 건지도 모른다는 희망을 감히 품게 되었을 때도, 낚시를 했다. 나는 낚시하고 낚시하고 낚시했다. 송어가 전염병에 감염되었을 때도, 낚시를 했다. 우리집에서 500야드도 떨어지지 않은 엘크스 홀이 병원으로 개조되고 그곳이 죽어가는 환자들의 침상들로 가득차고 결국 전염병이 그곳에서 그녀의 목숨을 앗아갔을 때에도, 낚시를 했다.

그녀를 매장하는 것은 허락되지 않았다. 그녀는 다른 사람들과 함께 화장되었다. 나는 낚시를 했다. 식료품이 고갈되어가고 주유소 줄이 길어지고 소요가 늘어나는 혼란 속에서도, 나는 낚시를 했다. 그때쯤 나는 님프 낚시로 잉어를 잡았다. 그저 현실에서 벗어나 한줄기 물을 좇기 위해, 죽은 아내의 몸만큼이나 속속들이 알고 있는 곡선과 분위기를 좇기 위해.

공항에서 살아온 긴 시간 동안 나는 계속 낚싯대를 들고 산속으로 들어갔다. 배낭을 내려놓고 낚싯대를 조립하고 숨을 쉬었고, 재스퍼는 그것을 신호로 알고 구경하기 좋은 둑에 눕곤 했다. 나는 밑창에 끈끈한 고무를 댄 목이 긴 신발처럼 생긴 가벼운 계류화를 신었고, 물위로 드러나 흙이 묻고 잿빛인 매끄러운 바위들을 밟고 내려갔고, 물속으로 들어갔다. 강바닥의 바위들은 물에 젖고 덮이는 순간 초록색, 적갈색, 파란색과 함께 살아났다. 나도 그랬다. 꼭 그런 기분이었다. 한기가 내 발을 놀라게 하고 내 정강이를 압박해올 때면.

더는 계류화를 신지 않았다. 다리를 스치는, 흐르는 물의 한기가 그저 좋았다.

산으로 난 길을 따라 걸으며 그 일을 생각했고, 또 기억했다. 내가 일 년 넘게 낚시를 하지 않았음을, 여름에도 전혀 하지 않았음을 생각했고, 왜 그랬는지 생각했고, 낚싯대와 재스퍼가 있으면 좋겠다고, 총 없이 하룻밤 지낼 배낭만 있으면 좋겠다고 생각했고, 그러면 뱅리 따위는 엿이나 먹으라고 하고 사냥 가는 척도 하지 않을 수 있을 거라고 생각했다. 그러나 그럴 수 없었다. 내겐 아무것도 없었다. 나는 오리온이 산 너머로 사라질 때까지, 아마도 한 시간 반 정도 걷고 나서 걸음을 멈추었다. 심호흡을 했고 처음으로 주위를 둘러보았고 산이 시작되는 곳의 맨 앞줄 나무들과 아주 가까이 있음을 깨달았다. 나는 혼자였다. 들판에서 벗어나면서 하마터면 재스퍼를 부를 뻔했지만 그제야 처음으로 재스퍼가 곁에 없다는 사실을 깨달았다. 싸늘한 두려움이 내장을 옥죄었고 나는 돌아서서 공항까지 터벅터벅 되돌아갔다.

IV

날씨가 금방 따뜻해졌다. 봄은 아무 저항 없이 물러났다. 격납고 합판에 내가 적어놓은 달력에 의하면 작년보다 이 주가 빨랐다. 나는 밤 서리의 위협을 가늠했고 텃밭에 고랑을 파고 줄을 묶었고, 내 뒷목을 따스하게 하고 내 손바닥에 닿는 재스퍼의 등 털을 기분 좋게 데워주는 상냥한 햇살 아래 땅을 파고 씨를 뿌리고 심었다.

해마다 심던 대로 똑같이 심었다. 강낭콩, 감자, 옥수수. 내가 만든 콜드프레임*에 조그만 토마토와 함께 키운 시금치.

도시를 탈출하기로 결심했던 마지막 며칠, 그것들이 바로 우리집 뒷마당 헛간에서 챙겨 나온 것들이었다. 씨앗 주머니들이 담긴 흙

* 씨앗을 발아시키거나 작은 식물을 추위로부터 보호하기 위한 작은 온상 같은 틀.

묻은 바구니와 감자씨 한 바구니. 해마다 똑같은 다섯 가지, 이번이 열번째 파종이다. 식물들이 튼튼하게 자랄 수 있도록 가족들과 씨앗을 교환해야 하는데, 왜 진작 그러지 않았는지 모르겠다. 묘목을 얻으려고 이 년 정도는 어느 주택의 온실에 씨를 심었는데 된서리에 매번 벽돌 바닥이 품은 온기를 추위에 빼앗기고 죽어버렸다. 그렇다고 우드스토브에 넣어 따뜻한 상태를 유지하는 번거로움까지 감수할 수는 없었다. 그래서 일 년 내내 시금치를 먹고 봄에 토마토를 키울 수 있도록 콜드프레임을 만들었다. 대체로 성공이었다. 감자는 겨우내 먹을 수 있도록 예년보다 늦게 심고 늦게 수확했다. 나와 뱅리 단둘이기 때문에, 가진 것으로 우리가 먹고도 남을 만큼 절임을 만들어 유리병에 쟁여놓을 수 있었고 전구를 밝혀놓은 우리집의 지하 서늘한 공간에 감자를 한 무더기 쌓아놓을 수 있었다. 뱅리에게 말한 적은 없지만 나는 여름에 신선한 채소를 가족들에게 가져다주었고 절임을 담은 병도 연말에 가져다주었는데, 그들에게도 텃밭이 있었지만 병 때문에 밭을 가꿀 여력이 없었다.

늦은 4월 오후 한낮의 따스함을 음미하면서 천천히 일하고, 겨울을 지낸 나의 뼈에 햇살이 스며들게 했다. 일하는 내내 재스퍼와 이야기를 했다.

우리에겐 두둑이 필요해, 삽을 집어들면서 내가 소리쳤다. 감자를 심으려면 두 줄은 제대로 파야 한다고.

재스퍼가 이마를 찌푸리며 동의했고, 햇볕에 따뜻해진 땅바닥에 흐뭇하게 누워 날 감독했다.

전에 쓰던 콩 말뚝 어디 갔지? 우리가 그거 어디에 뒀더라?

재스퍼가 귀를 쫑긋 세우고 입을 벌렸는데 제 딴에는 미소를 짓는 거였다. 재스퍼는 말뚝이 어디 있는지 몰랐다. 그게 어디 있든 쥐뿔도 관심 없었다.

인생이 저렇게 단순하면 얼마나 좋을까, 나는 생각했다, 전에도 여러 번 그런 것처럼. 개 팔자처럼 단순하다면.

나는 언덕을 삽으로 파고 씨눈 달린 감자 조각을 심었다. 콩 말뚝으로 사용했던 쪼갠 나무들을 찾아 땅에 박은 다음 줄로 묶고 6피트 높이로 뻗어오르는 콩 줄기를 지탱해줄 3단 사다리 형식으로 만들었다. 콩 줄기의 벽, 내 키보다 높이 자라 잎을 살랑거리는 콩 줄기의 벽보다 더 큰 만족감을 주는 건 지상에 없었다.

나는 서두르지 않았다. 오늘 못 심은 건 내일 심으면 되니까. 옥수수를 심을 수 있을 정도로 날씨가 따뜻한 것 같았다. 한낮에 북쪽으로 웅덩이를 만들던 우리 그림자가 봄 햇살이 북서쪽으로 기울어가며 밭고랑으로 길게 늘어졌다. 나는 노래라고 할 수도 없는 소리를 흥얼거렸다. 멀리사는 내가 일할 때마다 무심결에 매일같이 흥얼거렸던 그저 멜로디에 가까운 노래를 놀리곤 했다. 늘 똑같았던 노래 아닌 노래. 그 위안. 나는 콩을 심을 작은 골을 파고, 골을 따라 콩을 뿌린 다음, 그 위를 흙으로 단단히 다졌다. 삽질에 날린 흙이 내 팔의 털을 덮었고 손등으로 코를 문지를 때 내 얼굴을 더럽혔다. 개울을 둑으로 막아 만든 연못에서 물을 끌어와 밭이 시작되는 곳의 얕은 도랑에 대고, 다시 삽 끝으로 도랑을 네 갈래로 나누어 밭에 물이 스며들게 했다. 갈아엎은 땅 위의 은빛 물줄기들이 낮게 기운 태양과 함께 불그스름하게 녹았다. 물줄기의 양옆 흙을 물들이면서. 자정쯤이면 밭 전체가 흠뻑 젖을 것이다.

나는 피곤했다. 내일은 나머지를, 토마토와 옥수수를 심어야지. 그다음날 날씨가 좋으면 재스퍼랑 썰매를 끌고, 이번에는 플라이 낚싯대를 들고, 스프링벅*을 잡으러 산에 가야지.

사슴은 평지에서도 돌아다녔지만 어떻게 그랬는지 공항 근처에는 오면 안 된다는 걸 알아차렸고 탁 트인 초원에서 녀석들을 추적할 땐 운이 따르지 않았다. 나는 산짐승을 잡는 사냥꾼이었고 어쨌든 냇물의 수위가 너무 높아지기 전에 산에 올라가고 싶었다.

때때로 뱅리는 자기 집 2층 창문을 열고 모래주머니를 받쳐놓고 앉아 재미 삼아 장거리 사격을 하곤 했다. 엄청나게 먼 거리에서 잿빛 늑대 두 마리를 죽였고 그뒤로는 녀석들도 가까이 오지 않았다. 뱅리는 늑대의 목덜미 털을 작업용 겨울 코트에 꿰매어 트로피나 되는 양 입고 다녔다.

* 남아프리카에 주로 사는 작은 영양.

나는 새로 만든 텃밭에서 물러나 태양이 산을 건드리고 갈아엎은 땅과 물줄기들을 붉게 물들이는 것을 지켜보았고 그 순간 행복을 닮은 무언가가 가슴속에서 꿈틀거리는 걸 느꼈다.

그 감정에 이름을 붙일 수는 없었다. 적어도 그때는. 두려웠으니까. 하지만 이제는 이름 붙일 수 있다.

가자, 재스프.

내일 쓰려고 삽을 헐거워진 땅에 꽂아놓고 격납고로 향했다. 재스퍼가 몸을 흔드는 둔탁한 탁탁 소리와 저벅저벅 나를 쫓아오는 소리가 들렸다.

★

이틀이면 돼, 내가 말했다. 어쩌면 사흘.

재스퍼가 먹을 육포를 2갤런들이 지퍼백에 담아 배낭 밑부분에 넣었다. 구역질은 이미 한참 전에 극복했다. 언젠가 피트 삼촌이 말했다, 문간에 죽어 있는 염소를 밟고 지나가는 것도 언젠간 익숙해진다고. 염소가 아니라 죽은 사람이면 또 어떤가.

왜 사흘씩이나? 뱅리가 물었다.

나는 털 스웨터를 가방에 넣었다. 이십대 후반에 카벨라스*에서 주문한 부피가 크고 얼룩진 갈색 스웨터인데 숲으로 사냥을 갈 때면 늘 가지고 갔다. 그 위에 내가 먹을 육포, 사슴고기를 넣었고, 천막을 칠 나일론 방수포, 낙하산 줄 한 롤도 넣었다.

왜 이틀, 사흘이나 걸려? 눈이 많이 왔어 힉. 사슴이 산밑까지 내려왔을 거야.

딱히 할말이 떠오르지 않아서 내가 말했다. 지난 11월에 사냥 갔을 때 엘크의 흔적을 봤어. 맹세할 수 있어. 미친 소리처럼 들리겠지만 분명히 봤다고. 커다란 엘크의 흔적을. 좀더 보고 싶어. 젠장, 엘크 한 마리만 잡을 수 있다면.

나는 그를 바라보지 않았다. 침묵.

우리는 가장 중요한 것들에 대해 진실을 말하지 못하는 부부 같았다. 멀리사에게 병을 이겨낼 수 있을 거라고 말한 것 말고는 나는 한 번도 거짓말을 하지 않았다. 멀리사는 그 말이 거짓말인 줄 알면서도 따지지 않았다. 살 수 있을지 걱정하기에 멀리사는 너무 아팠다. 이질 비슷한 구역질에 설사가 심했고 폐는 염증이 가득차

* 미국 전역에 지점을 갖춘 대형 아웃도어 용품점.

서 너무나 공포스러웠다. 마지막에 멀리사는 끝내고 싶어했다. 베개, 그녀가 나에게 속삭였다. 눈은 멀겋고 초점이 없었고, 머리카락은 땀에 젖었고, 손은 끔찍할 정도로 가벼웠고, 내 손 위에서 거의 생기를 잃었다. 그리고 차가웠다. 베개. 나는 울고 있었다. 나는 울지 않으려고, 나의 세상이, 그리고 그 세상 속에서 그나마 의미를 지닌 모든 것이, 내 손아귀를 빠져나가는 것을 지켜보면서 울지 않으려고 사력을 다했다. 이제 와서 얘기지만, 나는 겁에 질린 상태로, 침대 위 베개의 위치를 다시 잡아주었고, 그녀가 정확히 어떻게 베개를 받쳐주길 원하는지 알지 못했고, 덕분에 그녀의 머리가 조금 더 위로 올라갔다.

아니, 멀리사가 말했다. 겨우 숨을 쉬었다. 그녀의 손이, 내 손을 잡고 싶지만 그럴 수 없다는 듯, 내 손등을 갈퀴처럼 긁었다.

이걸로.

나는 멀리사를 바라보았다.

힉. 산소가 들어오지 못하게 두세 번 숨을 막아줘. 제발.

그녀의 눈은 멀겠지만 그래도 여전히 푸른빛을 머금은 잿빛이었고, 나는 늘 그 눈빛이 구름 낀 날의 투명한 바다 같다고 생각했다. 그 눈빛이 깊어지면서 내 눈에 초점을 맞추려고 몸부림쳤다.

제발.

제발.

나는 의사 혹은 직원 한 명이 담당하고 있는 간이침대로 가득 찬 복도를 둘러보았다. 개중에는 그나마 버텨보려는 사람도 있었지만, 대부분은 너무 아프거나, 혹은 구토와 기침을 시작한 상태였고, 복도는 마치 지옥의 링과도 같았고, 아무도 없었다. 악취, 기침의 소음 그리고 고통.

그녀의 손이 내 손을 긁었고 눈은 내 얼굴을 떠날 줄 몰랐다.

나는 조심스럽게 그녀의 머리 뒤를 들어 베개를 빼고 더러운 시트에 머리를 내려놓은 뒤 베개를 들고 사랑한다고 말했다. 하느님의 우주 속 그 무엇보다 사랑한다고. 그리고 그녀의 시선이 내 눈에 고정되었고 그녀는 한마디도 하지 않았고 나는 그녀의 얼굴을 베개로 덮고 눌렀다. 내 아내의 얼굴을.

그녀는 두어 번 쌔근거렸고, 몸부림쳤고, 약하게 움켜쥐었다가, 잠잠해졌다. 복도의 소음은 잦아들지 않았다. 신음 소리도, 기침 소리도. 멈추지 않았다.

나는 그녀를 사랑했다.

이것이 바로 내가 안고 사는 기억이다.

베개에서 머리를 들고
서리 낀 달을 바라보네
고개를 숙이면서 내 집을 생각하네

뱅리가 말했다. 힉 자네 왜 그래? 똥 씹은 표정이군.

나는 몸을 부르르 떨었다. 재스퍼가 그러는 것처럼.

아무것도 아니야.

어쩌면 휴가가 좀 필요한 건지도 몰라 힉. 그동안 텃밭에서 일을 너무 열심히 했잖아. 인간은 본래 농부가 될 운명은 아니었어, 내가 보기엔 그래. 인간이 시작한 건 전부 개판이 됐으니까.

그의 말은 우리집 그늘에 매달아놓은 해먹에 누워 휴식을 취하라는 뜻이었다. 장식용으로 심은 노르웨이산 가문비나무와 사시나무 사이에 묶어놓은 해먹, 내겐 언제나 조금 길 잃은 것처럼 보이는, 그들이 있어야 할 산을 향해 외롭게 가지를 흔드는 것처럼 보이는 나무 두 그루 사이의 해먹.

나는 심호흡을 했다. 자네 말이 맞는지도 몰라. 하지만 아무래도 난 산에 올라가야겠어. 엘크가 있다면 말이야. 젠장. 우린 왕이 부럽지 않을 거야.

우린 이미 왕이 부럽지 않아 힉. 세상이 쫑나서 그렇게 된 거지만.

그가 웃기 시작했다. 기침 소리를 닮은, 거슬리는 웃음소리. 듣기 싫은 소리.

우리가 하루라도 왕처럼 살아보라고 세상이 쫑난 거야. 안 그래 힉? 우린 운명의 주인이야. 하!

그러고 나서 그는 진짜 기침을 했다. 짧은 발작성 기침이었다. 기침이 잦아들자 그가 말했다. 그럼 산에 올라가. 낚시를 좀 해. 취미 생활. 긴장도 풀고. 있지도 않은 빌어먹을 엘크를 가져와. 하지만 사슴도 가져와, 힉 그래주겠어? 우리가 먹을 수 있는 것.

그가 경직된 미소를 지으며 강바닥에 박힌 자갈처럼 반짝이는 눈빛으로 나를 바라보았다.

하지만 사흘을 넘겨선 안 돼. 진심으로 말하는 거야. 자네가 싸돌아다니는 동안 우린 절대 안전하지 않아.

나는 비스듬히 고개를 기울이고 그를 바라보았다. 내가 쓸모 있는 존재임을 그가 처음으로 인정한 순간이었다.

잠을 잘 못 자거든, 그가 말했다. 솔직히 말하면.

그가 한 차례 더 기침을 한 뒤 겨납고 문밖에 가래를 뱉었다. 그럼, 행운을 빌어, 그가 말하고, 돌아서서 가버렸다.

내가 없으면 그는 잠을 잘 자지 않았다. 마치 아내처럼. 뱅리 이 씨발놈. 하필 영영 사라져줬으면 하고 생각하던 찰나에.

★

우리는 다음날 아침 일찍 어두울 때 출발할 예정이었다. 차가운 별빛 아래에서 8마일을 걸으면 하늘이 잿빛이 되고 거칠어질 무렵 숲에 도착할 수 있을 것이다. 사흘치 짐을 꾸렸지만 혹시라도 엘크를 발견하면 좀더 길어질 수도 있다고 생각했다. 뱅리는 어떻게든 버텨야 할 것이다. 배낭을 썰매에 묶어 끌고 갈 수도 있지만 나는 가볍게 챙겨 어깨에 메고 썰매는 거의 무게 없이 뒤에 끌고 가는 편을 선호했다. 개울의 위치를 꿰고 있었고 배수로에서 배수로로 움직일 것이기 때문에 물은 2쿼트만 챙겼다.

나는 한번 더 비행을 하기로 했다. 사냥할 곳을 정찰하고 세 방향 모두 안전하다는 사실을 뱅리에게 하루 더 확인해주기 위해. 산 쪽에서 산들바람이 불어오는 화창한 오후였고 햇살이 따사로웠지만 겨납고 그늘에는 겨울의 추위가 남아 있었다. 우드스토브에 불을 지피고 그 위에 주전자를 올렸다, 김을 내뿜었다. 말려서 병에 담아둔 여름 꽃과 잎사귀를 우려내 차를 만들었다. 산딸기, 블랙라즈베리, 민트. 어느 저택 거실에서 가져다놓은 밸디즈 리클라이너에 앉았다. 밸디즈라는 브랜드 이름은 알래스카에서 난파되어 기름을 유출했던 엑손 밸디즈 유조선에서 따온 것이었다.

무두질한 가죽으로 만든, 아마도 부부용인 듯한 2인용 의자로, 지금은 나와 재스퍼가 사용하고 있다. 양쪽에 레버가 달려 있고 최고급 송아지 가죽이었다. 가죽이 무척 보드라웠다. 재스퍼 자리에 집안 대대로 쓰던 퀼트를 놓아주었다. 그림이 그려진 파란색과 노란색 천을 이어붙인 조각보인데, 조각천에 프린트된 네모와 세모들이 반복해서 오두막 모양을 만들고, 오두막은 제각기 다르게 생겼지만 굴뚝에서 새어나오는 꼬불거리는 연기 모양은 똑같고, 페이즐리 무늬도 있고 땡땡이 무늬도 있고 여러 가지 빛깔의 줄무늬도 있어서, 기하학적 들판에서 곡식이 익어가는 시골에 자리잡은 어느 환상의 마을 같았고, 모두들 하루 일과가 끝나고 집에서 따뜻한 불을 쬐며 즐기고 있을 것만 같았다. 우리처럼. 그걸 바라보고 있으면 왠지 마음이 편안해졌고 스토브에서 배어나오는 온기 속에 레버를 움직여 의자를 반쯤 뒤로 젖히고 앉아 차를 마시는 것도 편안했다.

거의 예전으로 돌아갔다고 상상할 수 있었다. 재스퍼와 내가 조금 긴 여행을 떠나온 것뿐이고 조만간 돌아갈 거라고, 모든 게 다시 돌아올 거라고, 우리는 이런 재앙의 여운 속에 살고 있지 않다고. 우리 목숨을 제외한 모든 것을 잃어버린 적 없다고. 어제와 똑같이 오늘도 텃밭에 서 있는 거라고. 때로는 이런 생각이 들었다. 이나마도 괜찮다고. 이것만이라도. 이 단순한 아름다움은 여전히 견딜 만하다고. 만약 내가 순간에서 순간으로 산다면, 텃밭에서 스토브로 그리고 하늘을 나는 행위로 산다면, 평화를 누릴 수도 있을 거라고.

그것은 마치 이중성 속에서 사는 것과 같았다. 그 이중성은 다양한 단계의 죽음의 잿빛 위에 드리워진 파란색과 초록색의 지독한 생명력이었고, 나는 마치 격납고 앞의 서늘한 그늘 속을 드나드는 것처럼 너무도 쉽게 이편에서 저편으로 옮겨갈 수 있었다. 어쩌면 내가 그늘로 들어서는 것이 아니라, 내 팔에 소름을 돋게 하며 지나가는 구름의 그림자처럼 그 그늘이 나를 스쳐지나가는 것인지도.

삶과 죽음은 서로의 내면에 살고 있었다. 그게 바로 내가 깨달은 사실이다. 죽음은 우리 모두의 내면에 있었고, 더 따스한 밤이 오기를 기다리고 있었고, 지금 산에서 검게 죽어가는 나무에 살고 있는 한 마리 딱정벌레처럼, 면역력이 떨어진 신체기관이었다. 삶 역시 죽음 안에 있었고, 마치 독감처럼 지독하고 집요했다. 그래야만 했다.

나를 쓰러뜨린 것은 기억이었다. 기억하지 않으려고 애썼지만 매번 기억해냈다.

스펜서가 그 아이의 이름이었다. 이름이 될 예정이었다. 여자아이라면 소피. 무척 영국적인 이름. 임신 삼 개월이 지나고 2기에 접어들자 우리는 알고 싶었다. 멀리사의 가족은 스코틀랜드 출신이었다. 멀리사는 일곱 살 때 멜로즈에서 건너와 웨스트 덴버 초등학교에 입학했는데, 다른 아이들이 낄낄거리고 교사들이 귀여워 죽겠다는 표정을 짓고 있는 동안 교실 앞에서 연산산수arithmetic 같은 단어들을 반복해서 발음해야 했다. 두 달 만에 스코틀랜드 억양을 완전히 버릴 수 있었다고 했다. 일곱 살 아이였기에 가능한 적응력이었다.

그녀의 아버지 이름이었다.

아프지 않았다, 한 번도, 임신 기간 내내. 헛구역질 한 번 하지 않았다. 아보카도나 아이스크림 따위를 먹고 싶어 못 견디지도 않았다.

그녀는 사냥을 전혀 좋아하지 않았지만 낚시는 정말 좋아했다. 시간이 나면 나와 함께 낚시를 했다. 어떤 면에서는 나보다 나았다. 낚싯줄을 던지는 거리나 정확도 같은 건 좋지 않았지만 아마도 그녀는 살아 있는 모든 인간 중에 그 누구보다도 송어처럼 생각할 줄 알았을 것이다. 그녀는 냇가의 둑 위에 서서 숨을 고르면서 햇살 속을 들락거리는 벌레들을 관찰하곤 했다.

낚시 가이드들, 낚시광들은 처음 잡은 물고기를 고무공 같은 걸로 부풀려서 녀석들이 무얼 먹고 있었는지 관찰하곤 했다. 미끼를 물고, 그물에 걸리고, 타는 듯한 공기 속으로 내동댕이쳐지는 것만으로는 충분히 잔혹하지 않다는 듯이. 그들이 물고기를 놓아주긴 했지만 그 수술 뒤에 녀석들이 살아갈 수 있었을까. 그들은 살 수 있을 거라고 주장했지만 나는 그 말을 의심했다. 멀리사는 그런 짓 따위는 하지 않았다. 그녀는 반쪽짜리 낚싯대를 서로 끼워 길게 연결한 다음, 탑 가이드에서 릴의 윙 소리와 함께 줄을 뽑아 가느다란 손가락에 리더*, 티펫**을 미끄러뜨리고 양키스 야구 모자 챙을 뒤로 젖히며 내게 물었다.

힉 어떤 걸 끼워야 해?

나는 햇살 속에서 날아가거나 수면에서 떼 지어 몰려다니는 해치***를 살펴보았고 유충을 보려고 돌멩이 몇 개를 뒤집었다.

밑에는 쿠퍼 존**** 18호, 위에는 리오 그랜드 킹 하나, 큰 걸로.

그녀는 나를 바라보면서 마치 내가 자기를 미끼로 끼울 거라는 듯 입술을 씰룩이곤 했다. 그러고 나서 비드 헤드 프린스나 엘크 헤어 캐디스를 타잉*****하곤 했다. 큰 것과 작은 것을 반대로. 아니면

---

* 낚싯줄과 플라이, 즉 미끼를 연결하는 줄.

** 플라이 라인의 가장 가는 부분으로, 대상어와 미끼의 크기에 따라 굵기를 달리한다.

*** 수생곤충이 번데기에서 날개 있는 성충으로 변하는 '우화(羽化)'를 뜻하는 말로, '매치 더 해치(Match the hatch)', 즉 현장에서 우화하는 곤충에 맞춰 플라이를 선택하는 것이 플라이 낚시의 기본이다.

**** 플라이 낚시에서 님프라고 부르는 가짜 날벌레의 명칭. 리오 그랜드 킹, 비드 헤드 프린스, 엘크 헤어 캐디스 등도 마찬가지다.

***** 각종 동물과 새의 깃털을 낚싯바늘에 감아 가짜 날벌레를 만드는 과정.

뾰족한 청동 머리가 달린 퍼플 울리 버거를 만들곤 했는데, 마치 헤엄치는 미노우*를 모방한 것 같았고 전혀 다른 전략이었다.

왜 나한테 물어? 내가 말했다. 물어보고 그 반대로 할 거면서.

그녀의 미소는, 환하면서도 느닷없이 번지는 그 미소는 내가 이 세상에서 가장 좋아하는 것 중 하나였다.

당신 말을 무시하는 건 아니야 힉. 설문 조사를 하는 거지. 내가 아는 가장 뛰어난 낚시꾼을 기준으로 내 생각을 가늠해보는 거랄까.

이거 우쭐해지는데? 이런. 어서 던져.

그녀는 보통 나보다 많이 잡았다. 멀리 던지는 게 유리한 넓은 강, 거니슨, 그린, 스네이크 강 같은 곳에선 예외였지만. 마지막으로 낚시하러 갔을 때 우리는 엄청 싸웠다.

나는 차를 마셨다. 문득 재스퍼가 역사상 그 어떤 개보다 특별한 퀼트를 갖고 있다는 생각이 들었다. 밸디즈 리클라이너에 깔아놓은 오두막 퀼트가 있고, 비행할 때 쓰는 사냥개 퀼트가 있고, 밖에서 잘 때 쓰는 후빌** 사람들로 뒤덮인 퀼트도 있고. 재스퍼는 옆

* 작은 미끼용 물고기를 일컫는 말.

** 닥터 수스의 동화에 등장하는 가상의 마을.

으로 누워 내게 엉덩이를 대고 퀼트 쿠션 위로 뻣뻣한 다리를 뻗은 채 코를 골고 있었다.

너무도 처절하게 사랑해서 삶이 견디기 힘들어질 수도 있을까? 짝사랑 말고, 사랑에 빠져 있는 상태에서 말이다. 사랑에 깊이 빠져 있는데 처절하다. 그 사랑도 결국 끝나리라는 걸 알기 때문에, 세상 모든 건 결국 끝나니까. 끝.

처음엔 술을 마셨다. 모든 종류의 식량이, 심지어 말고기조차 첫해에 다 소진되었지만, 술만은 여전히 찬장마다, 벽장마다, 창고마다 쌓여 있었다. 뱅리와 나는 상처를 치료할 때 술을 썼다. 뱅리는 술을 마시지 않았고 그건 그의 철칙 중 하나였다. 뱅리가 자신을 군인으로, 혹은 투사로 생각하는지는 잘 모르겠지만, 그는 진정한 생존자였다. 혈기왕성했던 젊은 시절 자신이 겪은 모든 것은 보다 근본적이고 보다 순수한 무언가를 위한 훈련이라고 생각하는 것 같았다. 그는 평생 종말을 기다려왔다. 예전에는 술을 마셨는지 몰라도 이제는 술을 마시지 않았다. 생존을 위한 것이 아니면 그 어떤 일도 하지 않았다. 만약 그가 자신이 생각하기에 자연스럽지 않은 다른 이유로 죽음을 맞이하게 된다면, 그리고 암흑이 밀려들기 전에 그에게 잠시 생각할 시간이 주어진다면, 아마도 그는 자기 삶이 끝난다는 것보다 게임에서 졌다는 사실에 더 낙담할 것이다. 사소한 요인들까지 다스리지 못했다는 것에. 죽음보다 한 수 앞서지 못했다는 것에. 대학살로 강력해진 또다른 탁발 수행자와의 두뇌 싸움에서 밀려 죽게 된다면 그보다 더 끔찍할 것이다.

때로는 그가 나를 곁에 두는 유일한 이유가 하루하루 자신이 일구어내는 승리를 목격할 누군가가 필요해서일지도 모른다는 생각이 든다. 간밤의 소동도 나에게 자신의 존재를 각인시키기 위한 게 아니었을까. 날마다 우리의 생존을 책임져주는 사람이 그 자신이라는 것. 기억해, 힉.

언젠가 난파선에 관한 우스갯소리를 들은 적이 있다. 트리파 샌즈라는 이름의 여자 모델이 십대 남자아이들의 방 벽에 걸린 포스터의 주인공이던 시절이었다. 커버 걸 중의 커버 걸, 섹시함의 대명사. 어느 날 그녀가 유람선을 타고 휴가를 즐기고 있는데, 배가 카리브 해의 암초에 걸려 침몰한다. 그녀는 우리의 친구 제드와 함께 외딴섬으로 떠내려간다. 단 두 명의 생존자. 그들은 해변가로 떠내려가고, 파도가 거품으로 그들에게 세례를 주고, 그들은 넝마를 걸치고 있고, 거의 알몸이나 다름없고, 서로의 눈을 바라보자 자신들이 처한 이 고독한 상황의 특수성에 대한 깨달음이 밀려들고, 나무에서 떨어지는 코코넛처럼 사랑이 그들을 덮쳐온다. 두 사람은 걷잡을 수 없이 서로에게 빠져든다. 다행히 섬에는 낮게 매달린 온갖 과일들과 맑고 깨끗한 물과 대나무 바구니 속으로 뛰어들어오는 굴과 물고기들이 넘쳐나서 생계를 유지하는 건 식은 죽 먹기고, 덕분에 서로의 눈을 들여다볼 시간은 남아돌고 그들은 세상의 종말이 허락하는 불같은 사랑을 나눈다. 일주일쯤 지났을 때 제드가 말한다, 트립?

아. 음. 왜, 우리 향기로운 정력 대왕?

부탁이 있어.

뭐든지, 나의 매끄러운 전동 드릴. 뭐든지. 당신을 위해서라면.

며칠 동안 내 카우보이모자를 쓰고 있어줄 수 있어?

물론, 얼마든지!

다음날 그는 말한다, 트리파?

응, 우리 귀염둥이?

부탁이 있어.

우리 귀여운 망고를 위해서라면 뭐든지.

이 석탄으로 콧수염 좀 그릴 수 있어?

흠. 우리 큼직한 금귤을 위해서라면, 뭐든지.

다음날 두 사람은 조수가 바뀌도록 쉬지 않고 사랑을 나누었다. 두 사람이 거북 등딱지 벤치에 앉아 하늘빛 물에 폭풍이 밀려오는 것을 지켜보고 있고, 트리파는 모자를 쓰고 콧수염을 그린 채일 때, 그때 제드가 말한다. 자기?

응 귀요미.

음, 당신을 조라고 불러도 될까?

아, 물론, 바다로 뛰어드는 해머 대가리 상어 같은 자기.

제드가 그녀를 붙잡고 어깨를 흔든다.

조! 그가 외친다. 조! 조! 나 지금 트리파 샌즈 따먹고 있어!

지금 생각해도 우습다. 별로 우습지 않은 나와 뱅리를 생각하지 않을 수 없다. 내가 조가 되어 뱅리 자신이 얼마나 멋지게 살아남았는지 봐주기를 원한다는 것이. 생존에 관한 일이라면 나 씨발 좆같이 잘하지 않아, 힉? 그는 자신이 자란 환경에 대해, 내가 짐작하는 것과 다르다는 이야기 말고는 한 적이 없지만, 그의 어머니는, 만약 그에게 어머니가 있었다면, 참으로 감동시키기 힘든 사람이었을 것이다.

뭐. 내 짐작일 뿐. 뒤척이다가 머리를 밸디즈 밖으로 떨어뜨린 채 여전히 코를 골고 있는 재스퍼에게 그렇게 말한다. 녀석의 갈비뼈 부근 털 속에 손을 넣고 문질러준다.

비행기 타러 가자.

★

늦은 오후, 새벽 다음으로 내가 좋아하는 시간. 나는 연료를 채운다. 펌프는 태양열 전지판으로 작동한다. 예전에는 배터리와 인버터를 썼지만 배터리가 다 닳았기 때문에 펌프를 직접 인버터에 연결했고 그래서 지금처럼 햇볕이 좋을 때만 연료를 채울 수 있다. 필요하면 수동 펌프를 쓸 수도 있지만, 몹시 불편하다. 내가 사다리 위에 올라가서, 양쪽 날개의 마개 달린 주입구로 연료를 채워야 하는데, 바닥에 내려와 펌프질을 하고 중간중간에 사다리를 타고 올라가 주입구 구멍으로 연료 탱크 속을 들여다보고 연료의 수위를 확인해야 한다는 게 짜증난다. 어림짐작해서 최대치에 가깝게 넣을 수도 있지만, 그보다는 사다리 위에 올라가서 자동차 연료를 채우던 때처럼 펌프 호스에 달린 방아쇠를 당기고 마음을 편안하게 해주는 윙 하는 전기음과 미터기의 숫자가 딸깍거리는 소리를 듣는 게 훨씬 편하다.

자동차 연료를 채우던 때처럼. 세상에는 아직 엄청난 양의 연료가 남아 있지만 문제는 자동차 연료가 일 년 혹은 이 년이 지나면 부패한다는 거다. 내가 쓰는 100LL은 십 년 정도 버틸 수 있다. 그러니 조만간 못 쓰게 될 것이다. PRI 연료 첨가제를 넣어 수명을 십 년 정도 늘릴 수는 있다. 그다음에는 영구적이라고 말할 수 있는 제트기 연료인 등유를 찾아야 할 것이다. 그게 어디 있는지, 가장 가까운 곳이 어디인지 안다. 지금으로서는 내가 그 장소를 아는, 아니면 적어도 그 연료를 꺼내는 방법을 아는 유일한 생존자인 걸로 안다. 그러나 로키마운틴 공항에 착륙할 때마다, 다른 공항에서와는 달리 내가 취약하게 느껴진다. 그 공항은 너무 크다. 수십 개의 건물들, 격납고들, 창고들, 펌프들, 연료 탱크의 철판들이 벌판에 널려 있는 거대하고 낡은 제트기 공항.

그 상황이 닥치면, 뱅리와 내가 의논을 해봐야 할 것이다. 어쩌면 이곳 캠프를 해산해야 할 수도 있다. 상상할 수 없다. 아니면 연료를 채우러 갈 때마다 뱅리를 데리고 가서 날 엄호하게 해야 할 수도 있는데, 그건 그에게 파티나 다름없는 일이지만 그렇게 되면 이리 공항을 적어도 반시간 정도 무방비 상태로 방치해야 한다.

재스퍼는 제자리에 앉아 있고 나는 여전히 공항에 묶여 있는 전용기들의 행렬을 지난다. 전부 타이어의 바람이 빠졌거나 썩었고, 우박을 맞아 앞유리창에 금이 간 것도 여러 대다. 거센 바람에 밧줄이 닳고 낡아서 끊어지는 바람에 동체가 뒤집히거나 경사로 반대편 다른 비행기들에게 굴러가거나, 혹은 그보다 더 멀리 미끄러져간 것도 있었다. 지난봄에 돌풍이 불었고 그때 슈퍼 컵* 한 대가 활주로 맞은편 파이퍼 레인의 고급 주택가로 날아가 2층의 두꺼운

* 정식 명칭은 파이퍼 피에이-18 슈퍼 컵(The piper PA-18 Super Cub).

판유리창을 뚫고 들어갔는데, 이름 따라 간 셈이었다. 거리의 녹색 표지판이 마치 미리 만들어둔 묘비명 같았다.

왜 그 슈퍼 컵이나 허스키* 중 하나를 몰지 않느냐고? 실내 공간이 좁고(앞에 한 명, 뒤에 한 명이 탈 수 있는), 좀더 날렵하고, 가뿐하게 하강해서 착륙할 수 있는, 테니스 코트 정도의 공간에 이착륙할 수 있는 비행기를 타지 않느냐고? 왜 팔십 년 된 세스나 4인승 비행기를 타느냐고?

왜냐하면 좌석이 나란히 있기 때문이다. 그래야 재스퍼가 부조종사가 될 수 있으니까. 진짜 이유. 비행하는 동안 나는 재스퍼에게 말을 거는데, 녀석이 그 시간 내내 안 듣는 척하는 게 재미있기 때문이다.

우리는 비행기의 행렬들 사이로 활주한다. 아름다운 구형 비행기들도 있다. 색색의 줄무늬, 파란색과 황금색, 빨간색 줄무늬들은 그 빛을 잃어가고 있다. 숫자들도. 한때 내가 몰았던 비행기, 내려 닫는 둥근 창이 달린 자체 제작한 경비행기는 기수를 아스팔트에 박은 채 외로운 한 마리 새처럼 서 있고, 기체에 그려진 미 공군 표시는 불에 타서 빛바랜 얼룩이 되었다. 내 오랜 친구 마이크 개글러가 만든 비행기다. 알래스카 오지 비행사였던 그는 결국 항공사 제트기를 몰았고 취미로 비행기를 만들었다. 그는 남들이 하는

* 미국의 비행기 제조사 에비엇 에어크래프트에서 제작한 2인승 경비행기.

일은 절대 하지 말자는 주의였다. 그는 노란 집에서 가족들과 함께 일찌감치 생을 마감했고 내가 살고 있는 격납고 문을 열면 그의 집이 보인다. 그는 병원에 가기를 거부했고, 그건 정부가 죽은 사람들을 한곳에 몰아두려는 방편에 불과하다고 말했다. 그는, 오직 정신력에 의지해, 가족 중 마지막으로 죽었고, 덕분에 그의 아내와 두 딸은 마지막 순간에 안아줄 사람이 있었다. 나는 공항 굴착기가 아직 작동하던 때에 그들 네 사람을 묻어주었다.

초기에 나는 그 비행기, 마이크의 RV-8를 몰고 나갔고, 연료를 낭비했다. 불안해하는 재스퍼를 연료 펌프 옆에 홀로 앉혀놓고 태양을 향해 곧장 날아올랐고 하늘이 내 발밑에 펼쳐지고 지평선이 헬멧 가리개처럼 내 얼굴 위로 내려올 때까지 계속 조종간을 당겼다. 크고, 느리고, 멀미 나는 후방 선회들과 빠른 연속 횡전橫轉들. 달리 무엇을 해야 할지 몰라서 그런 짓을 했다.

그러고는 10피트 속도로 활주로를 달리면서 바닥에 엉덩이를 대고 앉아 두 눈으로 나를 좇고 있는 재스퍼를 보았고, 그 속도에도 재스퍼가 걱정하고 있다는 걸, 다른 모든 것들이 그랬듯 내가 자기를 떠날까봐 슬퍼하고 있다는 걸 알 수 있었고, 그때 그만두었다.

공항 한복판의 풍향계가 북쪽을 향했고, 다급함 없이 부풀어 있었고, 그래서 우리는 남쪽으로 방향을 틀어 유도로誘導路에 진입했고, 나는 트로틀을 당겼고, 우리는 이륙했다. 사람들이 전부 죽고 나면 지정된 활주로를 이용할 필요가 없어진다.

이제는 지정된 것이 아무것도 없다. 뱅리가 없었다면 내 이름마저 잊었을 것이다.

★

크게 원을 그리며 날다가 콜라를 신기 위해 멈출 생각이다. 네덜란드* 아래쪽 초원, 디바이드** 봉우리들 아래쪽을 정찰한 뒤 안쪽으로 나선을 그리며 들어가서, 아직 환할 때 도로들과 두 갈래 길을 확인해 적어도 하루 동안 세 방향에서 뱅리를 찾아오는 방문객은 없을 거라는 사실을 확인한 다음, 탄산음료 보급 창고에 착륙해 몇 상자를 챙겨 돌아올 계획이다. 그릴리를 향해 북동쪽으로 겨우 팔 분 거리였다. 화해의 선물. 터진 캔과 플라스틱병들의. 헤드램프를 끼고 보면 컨테이너 안쪽에 닥터페퍼가 쌓여 있는 게 보이는데, 어쩌면 지금이 그걸 선물할 기회인지도 모르겠다, 크리스마스처럼. 뱅리는 닥터페퍼 타입일 것 같다. 가족들에게 가져다줄 스프라이트 한 상자, 언제 한번 가봐야 하는데, 벌써 몇 주째 못 가고 있다. 왼쪽으로 선회하고 북쪽으로 향할 때, 기우는 태양이 유리를 녹이듯 스며든다.

* 미국 콜로라도 주 볼더 카운티에 위치한 타운.

** 로키산맥의 분수령인 콘티넨털 디바이드.

바로 밑을 내려다보면, 공항 북쪽 규격형 주택들의 진입로와 막다른 도로가 막대사탕 모양을 이루고 있고, 불탄 집들이 흐릿하게 보이도록 실눈을 뜨면, 평범한 늦봄 어느 날의 저녁을 상상해볼 수도 있다.

서쪽으로 계속 상승하며 선회하다가 800피트 지점에서 수평을 유지하고 정찰을 시작한다.

★

아무것도. 비행 내내 아무것도 없다. 도로는 텅 비었다. 다행히도. 언제나처럼. 만약 떠돌이들이 있었다면 다 꽝이었을 테고, 우리 사냥도 연기되었을 것이다. 그랬다면 급강하해서, 엔진을 끄고, 카세트테이프를 틀었을 것이다. 앰프와 스피커에 연결된 CD에는 네 곡의 노래가 들어 있다. 노래 제목은

북쪽으로 돌아가라 아니면 죽는다
남쪽으로 돌아가라 아니면 죽는다
동쪽으로 돌아가라 아니면 죽는다
서쪽으로 돌아가라 아니면 죽는다

가사는 외우기 쉬웠다. 제목만 계속 반복되니까. 그리고 다음과 같은 경고가 이어진다. 우리는 네가 이곳에 왔다는 걸 알고 있다. 너는 앞서 왔던 많은 사람들처럼 개밥이 될 것이다.

뱅리가 그 대목을 넣으라고 했다.

씨발 싫어, 내가 말했다. 불필요하고 역겨워.

뱅리가 나를 빤히 쳐다보았다, 미소를 반만 지은 채로.

사실이잖아. 안 그래 힉?

그 말에 한 방 얻어맞았다.

넣어, 그가 말했다. 이건 애들 장난이 아니야.

이 경고는 대체로 먹힌다. 알 수 없는 일이라면 겪을 만큼 겪었고, 죽을 고비를 넘길 만큼 넘긴 방문객들은 공항에 자기들을 찢어발기려고 기다리는 몽골 군단이 없으리라고 단정하지 못한다. 사실 그것이 우리의 실체이기도 하다. 단 두 명으로 이루어진 군단이지만. 아니, 셋. 그리고 그들은 생각할 것이다. 저 사람들에겐 공항이 있고, 커다란 스피커도 있고, 녹음 시설도 있는데, 그것 말고 또 뭐가 있을까? 우리에겐 뱅리가 있다고, 나는 생각한다. 당신들은 그게 어떤 의미인지 몰라. 그러니까 씨발, 돌아가는 게 좋을 거야.

그들에게 좀더 본때를 보여줘야 하는 경우를 대비해 나는 왼쪽으로 선회하면서 비행기 창밖으로 뱅리의 우지 기관단총을 꽤 잘

갈길 수 있게 되었다. 되도록 사람이 맞지 않게 조심하지만 가끔은 사람을 맞힌다.

나는 열네 번 총을 맞았다. 세 발은 기체를 관통했다. 사람들은 대체로 비행기를 향해 총을 쏠 때 어떻게 쏘아야 할지 모른다. 충분히 가까운 거리로 비행기를 유인하지 않는다.

현재로선 아무도 없다. 7번 고속도로 이상 무, 287번 교차로도. 우리의 서쪽 통행로도. 태양이 볼더 협곡으로 쏟아지면서 플랫아이언스* 꼭대기를 스친다. 경사면 아래 산길은 한때 우리가 가장 좋아하는 낮 시간의 하이킹 코스였다, 한때는. 북쪽으로 에번스 산이 핏빛 눈雪으로 붉어진다. 시간을 잘못 계산했다. 음료 배달을 하려면 지금 산을 정찰하고 있을 시간이 없다. 사실 나는 정찰할 필요가 없다. 산 위로 낮게 비행하는 게 아름다워서 비행을 하는 것이지, 우리는 사슴이 어디 있는지 이미 알고 있다. 설령 엘크의 흔적을 발견하더라도 지상에서 발견할 것이다. 나는 동쪽으로 선회해 일직선을 그으며 곧장 그릴리 남동쪽 세인트브레인 발전소 쪽으로 향한다. 그곳에는 반은 카운티 로드에, 반은 긴 농장 진입로에 걸쳐 있는, 잭나이프 모양으로 꺾인 두 개의 세미 트레일러**가 있다. 5마일 밖에서도 보인다. 마치 광고판처럼 햇빛을 붙잡고 있는 더러운 빨간색과 흰색의 트레일러. 짐작건대 휴대용 식수 때문에

* 콜로라도 주 볼더 부근에 있는 다섯 개의 바위산.

** 앞쪽 바퀴가 없이 견인차에 연결하는 트레일러.

습격을 받았을 것이다. 그 안에는 생수와 탄산음료가 들어 있었다. 처음 그 트럭을 보았을 때 그 주위에 시체 다섯 구가 널브러져 있지 않았다면 아마 착륙할 생각을 하지 않았을 것이다. 운전석 창에 사람 하나가 구부러져 있었다. 총격전의 정황이 나로 하여금 트로틀을 당기고 선회하게 만들었다.

확실히, 나는 전처럼 신속하게 판단하지 못한다. 때로는 안개가 보이고 때로는 털이 텁수룩한 조랑말이 보인다. 그런데 땅에 널브러져 말을 거는 시신들과 불에 탄 트럭이라니. 생각을 해, 힉. 콜라 트럭을 놓고 총격전이 벌어진 거야.

덕분에 한 달에 한 번 호사를 누리게 되었다.

그곳에 처음 갔던 날, 트레일러 동쪽에 위치한 농장 연못은 북쪽 둑을 따라 초승달 모양으로 검고 매끄럽게 반짝이다가, 나머지 부분은 주름져 있었기 때문에, 나는 선회하다가 북쪽으로 난 노란 점선을 따라 맞바람을 맞으며 착륙했다. 비행기에서 내려 재스퍼를 향해 돌아서서, 몸을 웅크리고 흥분한 채로 내 자리에서 기다리는 녀석을 내려주었다. 그런 다음 시체의 발을 잡고 풀이 자란 배수로로 끌어다놓았다. 재스퍼가…… 사용할 수 있도록. 일찌감치 발견된 경우에는 팔을 잡고 끄는 것보다 그편이 더 쉬웠다.

트레일러의 뒷문들에는 U자 모양의 단순한 청동 맹꽁이자물쇠가 채워져 있었다. 나는 농가로 가서 진흙탕이 된 앞마당을 가로질러 트랙터 창고에서 볼트 절단기를 찾았다.

뱅리를 태워 데리고 가면 그가 콜라를 실은 트럭을 몰고 우리 공항으로 돌아올 수도 있다는 생각은 몇 달 뒤에나 들었다. 그때 나는 한 번에 몇 상자씩 들고 오는 걸 즐겼다. 그때는 그게 우리 삶을 몇 년은 버티게 해줄 거라고 생각했다. 우리 삶에는 축하할 일이 거의 남아 있지 않았다.

한참 시간이 흐른 뒤에야, 긴 시간이 흐른 뒤에야, 캔이 얼었다가 녹아서 결국 못 먹게 되리란 걸 알았다. 상관없었다. 훌륭한 시스템이었다.

처음에 나는 상자 세 개를 비스트에 싣고 문을 닫은 뒤 자물쇠를 걸었다. 시동을 걸기 위해 자석발전기*에 열쇠를 넣고 돌렸고 다시 내려서 빨간 남자 셔츠 한 조각을 풍향계 삼아 마일 표지에 묶었다. 마일 4. 기억하고 있다. 22구경 총탄 세 발이 3인치 너비 구멍 안에 몰려 있었다. 솜씨가 좋았다. 농장 소년이 프레리도그를 잡으려고 연습한 모양이었다.

오늘은 다시 북쪽에서 분다. 바람이. 한 시간에 180 이내로 부는데 매년 이맘때의 전형적인 날씨다. 이맘때 이리 공항 활주로 양쪽 끝의 풍향계가 제각기 반대 방향을 가리키는 걸 본 적이 있는데,

* 영구 자석을 사용해 고전압 교류전기를 발전하는 기구.

그럴 때면 착륙이 재미있어진다.

도로의 동쪽 가장자리를 따라 전신주가 들어서 있다. 상관없다, 전신주는 충분히 멀찌감치 세워져 있다. 좁은 도로의 반사경 기둥과 마일 표지는 날개 밑으로 쉽게 지나간다. 나의 첫 교관이 말하기를, 포장도로에 비상 착륙하는 경우 정중앙에 착륙하기만 하면 거의 대부분 폭이 충분하다고, 어떤 기둥이나 표지판과의 거리도 충분하다고 했다. 위험한 건 오히려 널찍하고 근사해 보이는 비포장도로라고. 미처 보지 못한 표지판에 날개가 걸려 비행기가 재주넘기를 하게 된다고.

그런데도, 나는 왼쪽으로 선회하며 바람 속으로 마지막 접근을 시도하고, 아주 높은 지점에서 플랩*을 전부 내리고 기류를 타고 내려왔고, 왼쪽 도로의 한복판, 키 큰 미루나무 바로 옆을 목표로 하강하고, 어느 순간 지평선이 앞에 보이고, 지면이 나를 마중하러 올라오고, 내 밑으로 흐르고, 그 순간 나는 부드럽게 조종간을 뒤로 뒤로 뒤로 가슴까지 잡아당긴 뒤 기수를 약간 들어올리고, 가벼운 충돌 한 번과 함께 실속 경고음**이 울린다. 그 긴 세월이 흘렀는데도 여전히 짜릿한 멋진 착륙. 이 방향에서는 여러 번 착륙해보았고 브레이크에 의지할 필요조차 없다는 걸 알고 있고, 그저 기수만 들어주면서 비행기가 도로를 달려 트럭으로 향하게 하면 된다.

---

* 비행기의 날개 부분 중 45도 정도까지 접히는 부분. 이착륙 시 각도를 조절해 양력을 증가 혹은 감소시킬 수 있도록 고안되었다.

** 기체가 양력을 잃으면서 실속에 도달하는 순간 울리는 경고음.

브레이크를 한 번 툭 치자, 두툼한 퀼트가 깔린 부조종석에 앉아 있던 재스퍼가 몸을 조금 앞으로 숙이면서 앞발 위치를 바꾼다. 빨간 공기 혼합기 손잡이를 앞으로 당기고 엔진을 끈다. 털털거리는 소리가 조금 더 이어지고, 왱왱거리던 프로펠러가 점점 눈에 보이기 시작하고, 느려지다가 마침내 잠잠해진다.

바람이 유리창을 때리고, 비행기를 흔든다. 생각했던 것보다 바람이 거세다. 돌풍. 들판의 짧은 풀을 납작하게 만들고 바짝 자른 남자의 머리카락을 스치는 산들바람처럼 간헐적이다. 도랑의 자줏빛 과꽃이 고개를 끄덕인다. 창문은 열려 있고 나는 팔꿈치를 창틀에 올려놓는다. 썩은 것과 새것으로 비옥한 젖은 땅의 냄새. 오직 냄새만이 불러일으킬 수 있는 추억에 마음이 설렌다. 헛간 뒤쪽 사육장의 진창에 쌓인 묵은 거름 냄새가 여전히 코를 찌른다. 해마다 이맘때면 모든 게 불안정하다.

재스퍼를 돌아본다.

콜라의 도시에 오신 것을 환영합니다. 저희 똥개 항공은 이번에도 정시에 완벽한 착륙에 성공했습니다. 기체가 완전히 멈출 때까지 좌석에 앉아 계시기 바랍니다. 머리 위 짐칸을 여실 때는 각별히 주의하시기 바랍니다.

재스퍼가 마지못해 한 번 흘긋, 못마땅한 듯 쳐다보더니, 다시 앞

유리창으로 정면을 보면서, 훌륭한 부조종사라면 누구라도 그러듯 미간을 찌푸린다. 재스퍼는 근무중에 농담하는 걸 별로 좋아하지 않는다. 녀석은 우리가 트럭에 갈 거란 걸 알고 있고 그래서 20야드 거리에 있는 트럭을 쳐다보고 있다.

그때 녀석이 으르렁거린다. 짧게. 윗니를 덮은 늘어진 피부를 펄럭이게 하는 낮은 으르렁거림.

알았어 이제 완전히 멈췄어. 머리 위에 짐칸도 없고. 까다롭게 좀 굴지 마. 젠장.

이제 녀석은 더 낮게 으르렁거린다, 계속해서. 뒷목의 털이 곤두서고, 엉덩이의 거친 털도 단단한 피부에 납작하게 펴졌다. 두 눈은 콜라 트레일러에 고정되어 있다. 내 털, 내 뒷목에 난 짧은 털도 빳빳하게 곤두선다. 녀석의 시선을 따라가본다. 트레일러 뒤쪽의 빛바랜 빨간색 문에 달린 하얗게 페인트를 칠한 손잡이의 각도가 틀어져 있다. 그 사이에 검고 기다란 그림자가 있다. 양쪽 문 사이에. 오른쪽 문이 열려 있다. 아주 조금. 냄새가 북쪽에서 남쪽으로 풍겨온다. 우리 쪽으로.

나는 트럭에서 눈을 떼지 않은 채 AR 소총을 잡으려고 손을 뻗는다. 재스퍼의 자리 왼쪽 앞 고정된 거치대에 총구를 위로 향한 채 수직으로 꽂혀 있다. 그 옆에는 자동 권총이 있다. 엄지손가락으로 거치대의 금속 고리를 젖히고 소총을 꺼낸다. 뱅리의 배려.

좋아, 친구. 잘했어.

속삭이고 있다, 이유 없이.

좋아, 가자.

녀석에게 비행기에 있으라고 해봐야 소용없다. 그럴 녀석이 아니다. 이렇게 신나는 상황에서는 더더욱. 밖으로 뛰어내리려다 뼈를 접질리기라도 하면 안 된다. 나는 문을 연다. 두 걸음, 날개 버팀대를 바닥에 고정하고 반 바퀴를 돌아 한 팔로, 오른팔로 녀석을 끌어안아 아스팔트에 내려놓으니, 녀석의 발톱이 보도를 긁는다.

좋아. 따라와.

녀석은 알고 있다. 전에도 겪은 일이다. 너무도 여러 번.

우리는 60피트 아마도 55피트 정도 거리에 있다. 나는 비행할 때 라이플을 거치대에 꽂아놓는다. 공중에서 총을 쏘기란 너무 힘든 일이니까. 뱅리가 만들어준 접이식 개머리판을 펼친다. 엄지손가락으로 안전핀을 젖힌다. 레버를 완전 자동에서 반자동으로 조절한다. 짧은 순간 바람이 약해지고, 얼굴에 따스함이 느껴지고, 복잡한 냄새, 흙, 꽃, 어쩌면 소금 냄새까지 머금은 채 서쪽으로 돌아나간다. 바다의 소금. 얼마나 멀까? 적어도 900마일. 나는 귀를 기울인다. 왼쪽 귀로 감겨드는 건 산들바람뿐. 재스퍼의 으르렁거림은 멈추지 않는다. 나는 한 걸음을 내디딘다. 기다린다. 다시 한 걸음. 황조롱이 한 마리가 오른쪽에서 왼쪽으로, 높지 않게, 구부정하게, 보통 속도로 날아간다. 다시 한 걸음. 중간 지점에 이르러 멈춰 선다. 웅크리고 앉아 한쪽 무릎을 세운다. 엎드리지 않은 상태로 최대한 낮게. 엎드리는 게 최선이지만 엎드리면 빨리 움직일 수 없다. 이런 상황에서, 만약 놈들이 트레일러 밖으로 총을 쏜다면, 높이 쏠 거라고 확신한다.

내 고함소리에 내가 깜짝 놀란다.

너희들은 죽었다.

바람.

너희들은 죽었다. 총을 쏘고 달아나려는 순간 그 자리에서 죽는다.

재스퍼의 으르렁거림. 왼쪽 이마와 뺨에 닿는 햇살이 따스하다.

너희들은 독 안에 든 쥐다. 내 말 듣고 있나! 싸우려는 순간 지상에서의 마지막을 맞이하게 될 것이다. 무기를 버리고 나와. 당장 나와! 손을 보이게 하고. 그러면, 시키는 대로 하면 해치지 않겠다. 약속하지.

바람. 햇살. 새. 나는 생각한다, 내 말이 진심인가? 해치지 않겠다니. 나도 잘 모르겠다. 여기서 무슨 일이 일어나든 나는 살아야겠다.

셋 둘 하나—좋아 너희들 죽었어!

나는 금속 조준기로 조준한다. 트레일러 안쪽에 상자들이 천장까지 쌓여 있다는 걸 안다. 트레일러의 3분의 1은 비어 있다. 그렇다면 아마도, 병과 캔들을 박살내지 않을 공간이 충분하단 얘기다. 아마도. 높이 두 발을 쏘면—

아니 기다려야지. 쇠가 짤랑거리는 소리, 긁히는 소리. 문틈으로 쇠몽둥이를 든 손이 기어나온다.

쇠몽둥이, 손, 팔.

무기를 버려! 무기를 버려! 무기를 버려!

그가 쇠몽둥이를 놓는다. 쨍 소리와 함께 바닥에 떨어진다.

밖으로 나와, 양손은 보이게 들고.

커다란 손이다. 손등에 난 털이 더럽다. 틈새로 내민 손이 꼭두

각시 인형 공연을 하려는 불량배의 손 같다. 팔을 덮은 하늘색 스키 재킷은 소매가 그에게 너무 짧고, 때가 묻었지만 새 옷이다. 문이 조금 더 열린다. 각이 진 거대한 두상, 굵은 금발 레게머리, 야전 군모. 엉킨 턱수염. 거구의 남자가 범퍼에서 내려선다, 등을 보이는 것을 내켜하지 않으면서.

두 명이 더 있다.

거친 고함, 자갈 0.5톤을 굴리는 것 같은 목소리. 햇살 속에서 눈을 깜빡인다.

작동하는 비행기라니. 작동하는 비행기를 어디서 구했지? 젠장.

입 닥쳐 씨발. 네 친구들한테 말해. 똑같이. 손 먼저 내놓으라고.

야구방망이, 손들, 군용 방수코트를 입은 팔들, 또 한 명의 몽골인이 밖으로 나온다. 굵게 땋은 긴 머리카락, 초조한 눈빛. 내 얼굴, 총, 개, 도랑. 그는 도망치고 싶어한다. 재스퍼의 으르렁거림이 한 단계 더 낮아진다.

총알이 있을 리 없어. 온 세상 총알은 이미 바닥났다고. 내 말 들려, 커티스? 그가 소리친다. 서쪽으로 조금씩 움직이면서. 한 발자국 두 발자국.

조종사 양반께서 우리를 쏠 생각이신가본데. 민첩하게 살피는 눈. 총 그리고 도랑을.

쏘려면 벌써 쐈겠지. 쏘고도 남았을 거야. 이 친구 우리하고 얘기를 하고 싶은가봐.

내가 하는 생각: 지금까지 얘기는 자기 혼자 다 했으면서.

나와 커티스. 아주 훌륭한 상황이야. 30피트 거리에 웬 남자가 무릎을 꿇고 앉아서 총알도 없는 총을 들고 있거든.

한쪽만 열린 문에서 3피트 정도 거리에 있는 그가 내게서 가장 가깝다. 나는 두 눈을 다 뜬 상태로 그를 조준한다. 항상 그랬다. 이점이 있다. 나는 문을 볼 수 있다. 꼬인 철사처럼 저녁이 팽팽하게 당겨지는 게 느껴진다. 레게머리 남자가 박격포 관측병처럼 내 좌표를 외친다. 열기. 순수한 분노의 열기가, 화이트 가솔린처럼 순수하고 깨끗한 분노의 열기가 목안에서 치밀어오른다. 내 손가락이 방아쇠의 매끄럽고 차가운 곡선 위에 놓인다.

문이 젖힌다. 열린다. 그림자 하나. 커튼처럼 뒤로 젖히는 문 모서리, 뒤이어 빛이 들어가고, 빛이, 움직이는 남자를 비춘다, 활을 좌우 위아래로 흔드는. 나는 총을 쏜다. 두 번. 화살이 공중에 뚫린 구멍처럼, 높고 넓은 진공 상태의 성난 쉭 소리를 내고, 남자가 뒤로 날아가고 활이 덜걱거리며 바닥에 떨어지고, 앞쪽에 쌓여 있던 콜라 상자들이 무너지고 쏟아진다. 정적. 닥터페퍼 캔 하나가 도르르 굴러온다.

도로에 서 있던 두 명은 반사적으로 머리를 양팔로 감싼 채 반쯤 웅크린 상태로 얼어붙어 있다. 그놈이 그놈이다.

닥터페퍼 캔은 굴러, 말총머리 남자의 부츠에 부딪히고 멈춘다. 트레일러 가장자리에서 한줄기 피가 캔이 떨어진 보도로 흘러내린다.

잘하는 짓이다. 내가 외친다. 이 등신 머저리 같은 새끼들아. 다 망쳤잖아. 스무 상자는 날아갔겠네.

내 가슴이, 헐떡이고, 아드레날린과 분노로 전율한다.

네 친구도 죽었잖아. 잘하는 짓이다 씨발.

두 사람은 얼어붙은 채, 팔로 몸을 감싸고, 웅크리고 있다. 죽음을 앞둔 상황의 절박한 마지막 동작. 자기들이 죽으리란 걸 완벽하게 인식하고 있다. 총은 이미 레게머리를 겨누었고, 손가락을 방아쇠에 얹었다. 거친 숨. 나는 숨을 참는다. 그들을 죽일 것이다.

등신 같은 새끼들이 날 죽이려고 했다. 콜라 때문에. 그래. 하루치 콜라가 아니다. 한 상자에 스물네 개가 들었고, 한 달에 한 번 상자를 가져간다. 한 주는 콜라 없이 지낸다—다음번에 가져오는 콜라가 엄청난 특혜처럼 느껴지도록 일부러 그렇게 한다. 날 위해 그리고. 뱅리에게 내 가치를 높이기 위해. 똑똑히 알도록. 마치 신처럼 스프라이트 한 상자를 들고 가족들의 마을에 착륙하기 위해.

한 놈이 훌쩍인다, 금발머리. 목숨을 구걸하는 수고 따윈 하지 않는다.

놈들을 죽여야 한다. 남겨두면 놈들이 트럭을 비울 것이고, 도랑에, 방풍림 속에 숨겨놓을 것이고, 더이상 우리의 월간 파티는 없을 것이다. 그런 일은 얼마 남지 않았다. 기대할 만한 그런 일들은. 더구나 놈들은 날 죽이려 했다.

레게머리가 무릎을 꿇고, 까꿍 놀이 하는 어린애처럼 커다란 손으로 눈을 가리고 운다. 말총머리 남자는 양팔로 머리를 조인 채 극한의 공포에 휩싸여 나를 쳐다보면서, 얼굴을 반쯤 일그러뜨리고, 몸을 떨면서, 날아올 총탄에 대비하고 있다.

일어나.

빨리 끝내! 레게머리가 소리친다.

일어나. 너희들 죽이지 않아.

그 말이 꼭 액체질소 같다. 완전히 동결되는 순간의.

지금 당장 너희 친구를 도랑으로 끌고 간다. 한마디도 하지 마. 내 개가 저녁식사를 하는 동안 씨발 한마디도 하지 말라고.

두려움에 넋이 나간 그들의 마음속에서 그 장면들이 서로 부딪치고, 충돌한다. 그들의 목숨, 살았다는 안도감을 받아들이기도 전에, 믿기도 전에, 개밥이 된다는 두려움이 엄습해온다. 소용돌이를 일으킨다. 마주보며 서로 다른 방향의 바람에 흩날리는 공항의 두 깃발처럼. 두 사람이 떨기 시작한다. 미친듯이.

진심이야. 너희들을 쏘지 않을 거야. 너희 말대로 쏘려면 벌써 쐈겠지. 그러고도 남았겠지.

팔을 내리고 나를 쳐다본다. 콜라 때문에 놈들을 죽인다. 끼니도 아닌 기호품 때문에. 예전에 다이아몬드, 혹은 오일 때문에 서로를 죽였듯이. 이젠 아니다. 오늘은 아니다.

너희 친구를 도랑으로 끌고 간 다음 스무 상자를 싣는 거야, 콜라 열다섯 상자, 스프라이트 다섯 상자, 아, 그리고 닥터페퍼 두 상자까지 내 비행기 짐칸에 쌈박하게 실어주는 거야. 그러면 난 비행기를 타고 날아간다. 나머진 너희 가져. 내가 너희를 막을 수는 없을 테니까. 일단 이륙을 하면. 내가 너희를 죽이지 않으면. 물론 난 죽이지 않을 거야. 이미 죽일 만큼 죽였거든. 어서 움직여.

들판 위에 황조롱이가 있다. 바람은 짧은 풀 속에 있고, 태양은 거의 디바이드 정상에 있다. 녀석은 해가 저문 뒤에도 하늘을 선회하며 사냥할 것이다. 선회하고 하강하고, 선회하고 하강하고. 작은 헬멧을 쓴 채 지칠 줄 모르고 하늘을 날면서, 바람을 가르면서. 생쥐나 들쥐를 사냥할 것이다.

구역질이 난다. 길에다 토하고 싶지만 그러지 않는다. 내가 지키려는 것이 무엇이든 그것에 구역질이 난다.

★

그들이 캔을 실었다. 그들이 친구를 도랑으로 끌고 가자 나는 휘파람을 불고, 등을 돌렸다. 그들은 한 번에 상자 네 개를 날랐고, 일은 빨리 끝났다. 나는 그들에게 활과 화살도 실으라고 말했다. 말총머리가 몸을 숙이자 쪼그라든 가죽 쪼가리들이 달린 긴 목걸이가 흔들렸다. 둘 다 죽음의 냄새가 났다.

어차피 당신도 죽은 목숨이야, 말총머리가 상자를 들고 내 곁을 지나며 웅얼거렸다.

뭐라고?

아니야. 그가 비행기 짐칸의 문 안쪽 상자들에 대고 웅얼거렸다.

뭐라고 씨부렸어!

그가 돌아서서, 내 곁을 지나쳤다. 내가 AR 소총의 총열로 그를 세웠다.

죽은 목숨이라니 그게 무슨 뜻이지?

내가 총구로 그의 갈비뼈를 세게 밀쳤다. 그가 신음했다.

에이-럽스A-rabs. 당신이 우릴 죽일 순 있지만 에이-럽스가 당신을 죽일 테니까.

에이-럽스라니 그게 뭔 소리야?

소문을 들었어. 푸에블로에서. 아마추어 무선기로. 에이-럽스. 놈들이 왔어. 아니면 오는 중이거나. 우릴 다 죽일 거야.

그가 침을 뱉는다. 내 신발에서 몇 인치 떨어진 곳에.

그건 뭐지? 밀친다.

뭐?

그거. 목걸이.

그가 똑바로 서서, 침을 꿀꺽 삼켰다. 꽉 찬 마지막 태양 속에서 그의 눈동자가 황금빛 초록색을 띠었다. 조롱하고 있었다.

보지들이야. 말린 보지들.

나는 방아쇠를 당겼다. 놈을 찢어발겼다. 아무 생각 없이. 놈이 길바닥 위로 널브러지고, 창자가 쏟아졌다. 또 한 놈, 레게머리는 들고 있던 상자를 떨어뜨리고 튀었다. 남쪽으로. 초록빛 들판 사이의 남쪽으로. 장밋빛으로 물든 암초 같은 구름 아래 우스꽝스러운 사람의 형상이 하나의 점으로 줄어들고 있었다.

★

옳은 일을 하려고 하는데. 상황이 도와주지 않는다. 콜라 스무 상자를 갖고 뭘 한다? 뱅리한테 다 줘야 하나?

V

콜라 트럭 근처에서 일어난 사건을 이야기하자 뱅리는 조끼 주머니에서 새 코담배 캔을 꺼내 날카로운 엄지손톱을 뚜껑 이음새 부분에 넣고 빙 돌린 다음 뚜껑을 열었다. 작업대에서도 그 냄새를 맡을 수 있었다. 토탄을 뒤집어 한 삽 퍼낸 것 같은 강하고 찝찔하고 매캐한 냄새. 그는 담배를 혀 밑에 넣고 두 걸음 뒤로 물러나 격납고 문밖으로 뱉는다. 그를 훈련시켜 거둔 유일한 성과.

고마워.

젠장 힉, 이게 자네 부엌이 되고 공식 접견실이 되리란 걸 안 이상 어쩌겠나, 젠장.

그가 높은 스툴에 등을 기댔다. 내가 그를 위해 문 옆에 세워둔 의자였다. 그가 얘기를 하면서 몸을 돌려 담배를 뱉을 수 있도록. 그는 반은 기대고, 반은 서 있었다. 다리를 똑바로 펴고, 팔짱도 꼈지만, 결코 정식으로 앉지는 않았다.

그러니까 놈들한테 살 기회를 줬단 얘기네.

돌아서고, 뱉는다.

자넨 보이스카우트처럼 굴었어.

나를 지켜본다. 나는 그의 광물질 눈동자가 움직일 때마다 자갈 뒤섞는 소리가 난다고 상상했다.

자넨 우리의 소중한 카페인 공급처를 기꺼이 타협할 생각이었어. 탄산은 말할 것도 없고. 우리 삶엔 탄산이 별로 많지 않아, 힉. 우리에겐 뽀글이가 부족해.

그에게 미소 짓지 않을 수가 없었다. 그가 돌아섰고, 담배를 뱉었다.

네 목숨도 기꺼이 감수할 생각이었어. 두 차례나twice. 아니, 세 차례thrice였지. 네 차례는 뭐라고 하더라? 이젠 기억도 안 나네.

그는 팔짱 끼고 있던 한쪽 손을 빼더니 눈을 내리깔면서 찌푸렸고, 입술을 안으로 말아 다물고는, 중요한 말을 할 것처럼 뜸을 들였다. 얼굴에 사흘 기른 수염이 있었는데, 철사 같은 잿빛이었다. 체념했다.

어디 보자. 첫번째 실수는 트럭 전체 너비만큼 쏠 수 있고 후방을 확보할 수 있는 측면으로 가서 일을 처리하지 않았다는 거야. 자네가 말했지, 트레일러의 3분의 2가 차 있었다고. 흠. 엄청난 공간이야. 놈들이 문 옆에 웅크리고 있을 확률도 있었어. 탄약이 잔뜩 있었을 수도. 어쨌든 그랬다면 놈들을 싹 쓸어버릴 수 있었을 거야. 활을 든 놈이 화살을 장착할 틈도 없었을 거고.

그가 고개를 젓는다. 마음에 안 든다.

두번째는, 놈이 문 안에 있는 친구에게 자네 위치를 알려주었을 때. 자넬 조준한 거야, 힉. 저격수에게 각도와 거리를 알려준 거라고. 그렇게 대담한 행동에서 한 가지 이해할 수 있는 게 있다면, 놈들은 어차피 자기들이 죽은 목숨이란 걸 알고 있었고 마지막 한 번의 절박한 노력으로 기회를 잡으려고 했다는 거지. 내 말은, 놈들은 이 지구상의 다른 누구한테라도 죽을 수 있지만 우리 굼벵이 힉 손에 죽을 순 없다고 생각했다는 거야. 그건 셈에 넣지도 않았어. 천국에 가려고 노력하는 게 분명한 힉.

뱉었다.

그래서 놈들이 소리친 거야, 어떻게 하면 이 개자식을 쏠 수 있는지를. 자넨 그때 놈들을 조준하고 있었다고 했지. 바로 그때가 방아쇠를 한두 번 당길 수 있는 시점이었어. 적어도 세 번. 밖에 있는 놈, 길에서 가장 가까운 곳에 있고 트레일러 뒤로 돌아설 수 있는 놈을 맨 먼저, 아주 순식간에 해치우고, 그다음엔 안에 있는 놈, 그다음엔 트레일러 안쪽에서 자넬 죽이려 했던 놈을 쐈어야지. 탕 탕 탕.

뱉었다.

하지만 천만에. 우리의 힉은 절대 그럴 친구가 아니지. 언제나 내 기대를 저버리지 않아. 문이 열리고 시위를 당긴 활을 든 남자가 보일 때까지 기다리고, 혹시라도 그 남자가 자네 엉덩이를 쏘는 게 아니라 꿩 같은 걸 쏘려는 걸 수도 있으니 한 발 쏠 때까지 기다려주고—

그건 아니었어.

어쨌든 그놈이 한 번은 분명히 쏜 거지. 그렇지?

부질없는 실랑이였다. 나는 작업대에 기대고 팔짱을 꼈다. 나는 창피했다. 그것만은 말할 수 있었다.

좋아 어쨌든 그래서 자네가 놈을 쐈어. 아침 내내 한 행동 중 처음으로 올바른 행동이었어. 하지만 그 바람에 몇 상자나 날렸지?

만약 노련한 전술가답게 옆으로 빠졌더라면, 그래. 하지만 됐어. 그놈을 처단했으니까. 위협은 제거된 거지. 다른 두 놈이 그 틈을 타 공격하거나 달아나지 않고 계집애처럼 그 자리에 얼어붙어버렸으니까.

그가 고개를 저었다.

놈들은 우리 힉에게 마지막 절호의 기회를 준 거야. 자네도 알다시피. 자기들을 완벽한 표적으로 내세웠어. 사실상 끝내달라고 애원한 거지.

뱉었다. 팔짱을 풀었고, 땀으로 얼룩진 군용 모자의 챙을 들추고 숱이 성글어가는 머리를 긁적였다. 다시 모자를 썼다. 직선으로 가로지르는 미소.

하지만 아니. 우리는 또다시 치명적인 위험에 빠지게 될 거야. 앞으로 일어날 골칫거리를 생각하면 차라리 음료수 트레일러 전체를 줘버리고 싶을걸. 그건 그렇고, 힉, 그게 세미 트레일러였다는 말은 안 했잖아. 우리가 언제든 가서 끌고 올 수도 있었는데. 난 또 무슨 창고 같은 데 있는 줄 알았지. 물어볼 생각도 못했네.

몸을 틀고, 뱉었다. 반쯤 돌아선 상태로 햇살을 받으며 맞은편의 램프*와 활주로를 바라보았다.

다시 돌아섰다.

하긴, 자네 맘이지. 자네가 찾은 거니까. 그가 나를 쳐다보았다.

무슨 얘기 하고 있었더라? 아 그렇지. 내 말은 놈들은 우리를 죽이려 최선을 다했고, 우리가 할 수 있는 최선은 이거라는 거야. 놈들한테 콜라를 다 줘버리는 거. 위로 삼아 주는 상이지. 내 생각엔 그래. 놈들한테 콜라를 줘버렸어야 해, 하지만 자넨 놈들한테 먼저 우릴 죽일 기회를 줬어. 놈들한테 우리만의 자그마한 위로상을 비행기에 싣게 했고, 그 작업을 하는 동안 우리에게 근접할 기회를 줬고, 자넨 총으로 놈들을 건드릴 수 있을 정도로 가까이 있었고, 덩치 좋고 날쌘 놈들한텐 또 한 차례 공격을 시도하기에 완벽한 기회였어. 자넨 한 명, 놈들은 두 명, 전혀 통제되지 않은 상황, 싣고, 내리고, 끊임없이 움직이는 표적, 끊임없이 바뀌는 각도, 그 어떤 제약도 없고, 심지어 서로 묶여 있지도 않고. 마치 무슨 작업 팀처럼, 안 그래, 힉? 글쎄.

뱉었다.

어쩌면 자넨 그때 오늘 하루 중 최고의 휴식을 취할 뻔했어. 왜냐하면 자네의 행동은 전혀 현명하지 못했으니까. 하지만 자넨 운이 좋아 힉. 빌어먹을 그 한마디는 내가 해주지. 왜냐하면 바로 그

* 화물 적재, 항공기 탑승 등을 위한 경사면.

때 놈들이 자네한테 정보를 줬으니까. 밑도 끝도 없이. 씨발 묻지도 않았는데. 심지어 어떤 압박도 없었는데. 힉한테서는 없었지. 우린 에이-럽스에 대한 정보를 얻었어.

이번에는 진짜로 욕을 했다. 혼잣말로. 그런 다음 돌아서지 않고, 격납고 바닥에 침을 뱉었다.

에이-럽스에 대한 정보를 얻었는데 자넨 어떻게 했지? 쏴 죽였어. 그제야 놈을 쏴 죽인 거야. 놈이 너처럼 보이스카우트가 아니란 사실을 마침내 깨닫고, 냉혹하게 놈을 처단했어. 놈들이 너한테, 씨발 그게 무슨 소리인지 설명하기도 전에. 어쩌면 진짜 방문객에 대한 첫번째 정보였는데, 그러니까, 빌어먹을 근육을 가진 방문객, 어쩌면 진짜 침입일 수도 있었는데 자네가 대화를 끝내버린 거야. 왜냐하면 자네가, 아이고 깜짝이야, 그 새끼가 이 빌어먹을 나라에 살아 돌아다니는 모든 생존자들처럼 강간범에 살인자라는 사실을 깨달았기 때문이지. 이런 씨발. 얼마나 큰 충격이었겠나. 젠장.

그는 대놓고 열받았다. 목과 얼굴이 벌겋게 달아올랐다. 이마에서 불끈거리는 힘줄. 내 얼굴에도 그 열기가 느껴졌다. 그가 옳았다. 그게 바로 내 생각이다. 만약 내가 어느 날이고 붙잡혀서 살해당한다면 그건 내가 너무 나약해서일 거라고. 그렇지 않은가? 하지만 그게 아닌 다른 방식으로 살 가치가 있을까? 뱅리의 방식으로? 하긴, 나는 견습생이다. 지금도. 뱅리 학파의 시종이다. 단지 여기 산다는 이유만으로. 그리고 난 그다지 뛰어나지 않다. 여전히.

잘했어, 그가 말했다. 사냥 잘 다녀와.

일어섰고, 등을 폈고, 자리를 떴다.

뭐, 일이 썩 잘 풀리진 않았다. 나는 뱅리에게 선물을 갖다주려고 트럭에 갔다. 그를 생각해서. 허. 그는 콜라를 가져가지 않았다, 단 한 개도. 우리가 가고 없는 동안에도 그는 가져가지 않을 것이다. 그가 어떤 인간인지 나는 알았다. 한밤중에 야간 망원경으로 잠든 우릴 관찰할지언정 격납고 안의 물건은 털끝 하나 건드리지 않았다. 그의 규칙의 일부였다. 어쨌든 콜라는 이제 오염되었다. 나의 무능함으로 오염되었다. 대가를 치른 것이다. 설령 내가 그 조우에서 살아남았다 해도 대가라는 건 여전히 있기 때문이다. 다른 건 접어두고, 통계상의 대가라도. 뱅리 입장에서, 상어의 이빨이 가까이 다가올 때까지 우리가 마냥 등신 짓거리만 하고 있을 수는 없는 노릇이고, 따라서 트럭에서의 교전은 좋은 쪽이건 나쁜 쪽이건 내 점수판에 하나가 더 추가된 것을 의미하고 그것은 곧 그의 점수판이기도 하다. 바로 그게 그를 가장 열받게 하는 대목이다. 머저리를 참아준 덕분에 지고 싶진 않은 것이다.

나는 숨을 훅 내쉬었다. 그리고 생각했다. 산은 좋겠지. 거기 올라가면 좋을 거야. 맑은 공기도 마시고. 생각했다. 이상하군. 100평방마일 안에 가족들 빼고는 딱 한 사람뿐인데 여전히 내게 신선한 공기가 필요하다니.

VI

지금 우리는 어둠 속을 빠르게 걷고 있다. 나와 재스퍼, 그리고 우리 뒤에서 바닥을 긁는 썰매. 춥다. 기분좋게 춥다. 높은 별들이 검은 하늘에 돋아, 달도 없는 밤, 깊은 강을 건너듯 은하수 아래를 가로지른다. 은하수 저편으로 결코 가지 못하리. 우린 결코 가지 못하리.

뱅리와의 언쟁이 아직도 언짢다. 이제 우리 숨소리뿐. 겨우내 쌓인 지방이. 다리에서 느껴진다. 움직이기에, 빨리 움직이기에 좋다.

나는 썰매에 맨 줄을 오른손으로 끌다가 손을 바꾼다. 썰매에 짐을 싣고, 소총도 실었다. 이번에는, 고마워 뱅리, 소형 권총을 차고 있는데, 플라스틱 재질의 글록은 거의 무게가 나가지 않는다. 왠지 주변에 생존자가 더 많은 것 같은 느낌, 오가는 사람들이 많은 것 같은 느낌, 이유는 모르겠다.

오른쪽으로 탑을 지난다. 몸서리치지 않고 '그 지점'을 지난다. 빠른 걸음의 박자로 기억들이 되살아난다. 문간의 염소 한 마리에 익숙해지듯 살인에도 익숙해질 수 있다. 피트 삼촌. 술병과 시가릴로 그리고 이야기들. 루이즈 숙모와 함께했던 요트 생활. 알래스카 저인망 어선에서의 생활. 마치 물위를 떠다니면 삶이 더 재미있어진다는 듯이. 위스키를 좋아해본 적은 없어, 그가 말했다. 단지 전설이 된 이야기가 담겨 있어서 마실 뿐이야.

죽은 염소들이 곱절로 불어난다. 염소는 들판으로 끌고 나갈 수 있지만, 기억은 햇살 속으로 끌고 나와 건조되길 바라는 수밖에. 바스러지고 향기도 없는 어떤 것으로.

우리는 걷는다. 첫번째 산비탈, 첫번째 나무들에서 반시간쯤 왔다. 밤은 무게가 없다. 소멸성이 내재되어 있는 어둠은 금방이라도 달아날 채비를 하는 사슴처럼 가볍다. 방금 떠오른 생각과도 같은 아침 햇살. 평화롭고 고요한, 높은 별들, 바람도 없이.

나는 대평원의 원주민 부족을 생각한다, 한때 이곳에 살았고, 이곳을 관통해 이주한 사람들. 우트족 어래퍼호족 샤이엔족. 코만치족도 여기까지 들어왔고, 수족도 이주하고 사냥하고 습격했고, 카이오와족도 있었고, 이따금 아파치족도 있었다. 어릴 때 그들 간의 전쟁과 습격에 관한 책을 읽으면서 나는 이렇게 큰 나라에서 도대체 왜들 싸우는지 궁금했다. 이 넓은 땅이 왜 구획이 필요한 영역이 되었는지. 하긴. 뱅리와 난 단둘인데도 때때로 우리 구역이 복닥거리는 것처럼 느껴진다. 먹을 게 부족해서 그런 것도 아니고, 천연자원이 부족한 것도, 퀼트 이불이 부족한 것도 아니다. 이념의 문제다. 나라를 찢어놓는 이념. 찢어놓았던, 과거형이다. 이제 나라가 어디 있는가? 누가 됐건 남아 있는 사람들은 남은 것을 긁어 가려고 여전히 싸우고 있다. 어쩌면 나와 뱅리처럼 서로 뭉쳐서.

여전히 우리는 패가 갈려 있고, 연합에는 균열이 있다. 원칙의 문제 때문에. 그의 원칙: 죄책감은—보류하라, 영원히. 일단 쏘고 그다음에 질문하라. 죄책감을 느끼면 죽는다. 그것 말고 다른 선택이 뭐가 있는가? 나의 원칙: 방문객이 스스로 인간임을 증명할 때까지 일 분이라도 더 살게 한다? 왜냐하면 그들은 항상 그러니까. 뱅리가 처음에 했던 말: 절대 타협하지 마라. 그건 네 죽음을 타협하는 것이다.

나 대對 뱅리. 뱅리의 신념을 끝까지 따라가다보면 고독이 울려 퍼진다. 모두가 혼자이고, 심지어는 죽음을 맞이할 때도 그렇고, 당신은 완전히 혼자가 된다. 당신 그리고 우주. 차가운 별들. 우리가 걷는 동안 스러져가는, 고요한 별들처럼. 소통의 가능성을 믿는 순간 다른 것을 얻는다. 깃대에 꽂혀 휼날리는 너덜너덜한 작업복. 도움을 청하고 도움을 주는 것. 더러운 마당을 가로지르는 미소, 파장 하나. 이제, 그다지 외롭지 않은 새벽.

우린 철학자야, 그렇지, 재스퍼?

재스퍼는 그저 움직이는 것에 만족한다. 함께. 우리가 어디로 가는지 녀석은 알고 있다.

★

냇물 길을 따라 올라간다. 우리가 걸어가기 훨씬 전에 난 길, 어래퍼호족, 앞서 언급한 샤이엔족이 오기도 한참 전에. 오래전에 사슴과 엘크, 큰뿔양이 있었다. 그리고 그들을 쫓던 코요테, 쿠거. 늑대들. 그리고 또 늑대들. 그다음엔 아마도 산山 버팔로. 가끔은 회색곰들도 지나갔겠지만, 녀석들은 대체로 길을 피해 다니고 심지어는 사냥 길조차 피해 다닌다.

우리는 더 깊은 어둠을 만드는 미루나무 숲 안과 밖을 드나든다. 버드나무 수풀. 저 위 수풀이 우거진 비탈길은 점점 흐릿해지다가, 낙숫물 소리가 울려퍼지는 야트막한 바위 협곡으로 파고든다. 그다음엔 폰데로사 소나무 숲, 보이기 전에 향이 먼저 풍기고, 그 향기는 하류까지 바람에 실려간다. 바닐라 향을 연상시키는 냄새, 마치 과자 가게처럼. 그것들은 아직 살아 있다. 썰매가 걸리적거리는 나무뿌리와 돌출된 바위들을 긁는다. 사슴의 똥 무더기들은 이미 말라버린 지 오래. 나는 멈춰 서서, 썰매 줄을 놓고, 커다란 나무를 끌어안는다. 나는 달콤한 세이지 테두리 안에 서 있고 세이지는 밤

보다 더 옮은 빛깔이고, 나무 아래 땅들은 향긋하면서도 싸하다. 두껍고 거친 나무 몸통을 끌어안고, 송진이 배어나온 틈새에 코를 대고, 그 어떤 조그만 갈색 병만큼이나 강렬한 바닐라 향을 들이마신다. 나무는 스카치 캔디만큼이나 자극적이고 달콤하다. 이런 냄새가 나는 가게에 들어간 적이 있다. 앞치마를 한 고등학생들이 딱딱한 아이스크림을 퍼담느라 고생하던 가게. 그때는 잔인할 정도로 딱딱하다고 생각했다. 왜 그렇게까지 차갑게 보관할까? 날씬한 소녀들은 머리카락을 불어 넘기며 매번 숙명적인 대결에 임하듯 아이스크림콘으로 다가갔다. 내가 가장 좋아했던 건 럼레이즌. 멀리사는 피스타치오. 아니면 토피*가 덩어리로 든 것 아무거나. 하지만 버터스카치 선디**는 사랑했다. 나무 밑에 있는 내 입안에 침이 고인다. 그걸 위해 살인이라도 할 수 있을 것 같다. 심지어 이건 상징적인 표현도 아니다.

재스퍼는 인내심이 있다. 녀석은 앉았다가, 드러눕는다. 예전 같으면 앞으로 튀어나가 양쪽으로 넓게 움직이고, 흔적을 가로지르고 또 가로지르면서, 자신의 후각을 따라 사냥감을 쫓고, 도저히 욕구를 억누르지 못했겠지만, 이제는 기꺼이 쉰다. 나도 마찬가지. 우리는 급할 게 없다. 공항에 엄청난 양의 식량을 비축해두었고 뱅리도 며칠은 나 없이 지낼 수 있다. 너무 잘 지내진 않길 바라지만. 산에 갈 때면 항상 두려움을 느낀다. 뱅리가 이 상황을 좋아할까

* 설탕, 버터, 땅콩을 섞어 만든 사탕.

** 기다란 유리잔에 아이스크림을 넣고 시럽, 견과류, 과일 조각 등을 얹은 것.

봐 더 좋아할까봐. 혼자 있는 상황. 하지만 그는 영리한 친구고, 장기적으로는 혼자 지내는 것의 이점이 사라질 거라는 사실을 아는 훌륭한 전략가다. 더구나 그는 농부가 아니다. 재스퍼는 이미 여러 차례 이런 일을 겪었고 노골적으로 날 창피해하지 않을 정도의 예의는 갖춘 녀석이다. 나무를 끌어안는 것, 중얼거리는 것. 오늘밤—비록 설익었지만 그래도 여전히 밤인 오늘밤—나는 한마디도 하지 않는데, 왜냐하면 내가 지금 나 자신을 약간 경계하는 중이기 때문이고 항상 감상적인 것을 경멸해왔기 때문이고, 아마도 그것이 익숙한 나약함이기 때문일 것이다. 하지만 나무 냄새는 거의 지금 이 세상에 남아 있는 그 무엇보다 달콤하고 그래서 꼭 지난날의 냄새 같다.

사과는 한때 가장 달콤한 것 중 하나였다. 북미 지역에서는. 그것이 바로 사과가 그토록 큰 선물이었던 이유고, 아부하려는 학생들이 선생님의 책상 위에 사과를 올려놓았던 이유다. 꿀과 사과. 당밀. 북미 숲의 단풍 설탕. 크리스마스에는 지팡이 모양 사탕. 그들 머릿속에서 춤을 추는 설탕 요정의 이미지들.* 어느 가을 순찰 비행을 마치고 돌아오는 길에 롱몬트 북부의 어느 과수원에 착륙한 적이 있다. 사과나무밭이, 이름 모를 수많은 과일나무들이, 끝도 없이 펼쳐져 있었는데, 대부분 수분 부족으로 죽은 지 오래였고, 아직 물이 흐르는 오래된 도랑을 따라 살아 있는 나무들이 듬성듬성 서 있었다. 새싹들이 촘촘히 돋아나 일종의 야생식물로 변화하는 중이

* 차이코프스키의 〈호두까기 인형〉에 나오는 '설탕 요정의 춤'을 언급한 것.

었고, 사과들은 못 자라고 쪼아먹히고, 애벌레들에게 유린당했지만, 달았다. 예전보다 더 달았다. 무엇에서 무엇을 정제하고 남은 것인지 몰라도 완벽하고 위험한 자유 속에서 더 농축되어 있었다.

나는 숨을 깊이 들이마시고, 양팔을 둥글게 뻗고 왠지 공기보다도 따뜻한 거친 나무의 살갗에 손바닥을 대고, 손가락으로 마치 여체의 굴곡을 만질 때의 친밀감으로, 그런 익숙함으로, 벗겨진 나무껍질의 결을 만진다.

이 작은…… 무엇일까? 희열. 그리고 냄새는 언제나 냄새 그 자체이면서 동시에 추억이기도 한데, 이유는 나도 모르겠다.

우리는 냇물을 따라 산을 오르고 거친 잿빛의 냇물은 크고 앙상한 나무들 사이로 흐르고, 딱정벌레가 폰데로사 소나무와 로지폴 소나무를 죽여서, 나뭇가지들은 뾰족한 잎사귀 없이, 빈손으로 죽었다.

나는 아직도 여기가 마음에 들지 않는다. 죽은 숲. 이십 년 전 대개발 때부터 죽어가기 시작했다. 우리는 산을 오른다. 자갈로 뒤덮인 둑에 발을 내디딘다. 자갈들은 달걀처럼 둥글게 마모되었다. 휴식을 취하고, 목을 축이고, 다시 산을 오른다. 여전히 향기롭고 여전히 짙은 녹음이 우거진 가문비나무와 전나무 숲으로.

재스퍼. 가자. 이 굼벵이 녀석. 몸이 안 좋아?

손가락을 굵고 짧은 털 속에 넣어, 위로 울퉁불퉁한 등줄기까지, 목의 피부를 풀어주고, 찔러준다. 찔러주는 것. 녀석은 그걸 좋아한다. 녀석이 피부를 늘이려고 머리를 돌린다. 다음번엔 아스피린을 가져와야지. 우리에겐 아스피린이 엄청나게 많다. 뱅리는 알츠하이머에 걸리지 않으려면 매일 아스피린을 먹어야 한다고 말한다.

그래야 우리가 왜 여기 있는지 잊지 않을 테니까, 씨발! 그가 소리친다, 최대한 고소해하면서.

그러니까 자네 잊지 말라고. 나보단 자네한테 더 중요한 일인 것 같으니까, 힉. 똥 같은 것들을 기억하는 것 말이야. 그러니까 망할 놈의 아스피린을 먹어.

뱅리는 나름 통찰력이 있고, 사람을 볼 줄도 안다.

우리는 쉰다. 나는 연못 위쪽 바위 벤치에 앉고 재스퍼는 내 발치에 눕는다. 몸 상태가 좋지 않을 때 녀석이 하는 짓이다. 어느덧 아침, 잿빛에 색깔이 스며든다. 가까스로. 맹세컨대, 우리는 태양이 밴조의 현처럼 살짝 띵 소리가 날 정도로 곧장 나무들 틈에 스며들 때까지 쉰다. 냇물이 그에 답하듯, 졸졸 흐르고 철썩 친다.

지난가을 나는 엘크의 흔적을 보았다. 어두운 가문비나무 숲에서 시작된 발자국이 여름에 물이 흘렀던 자리의 진흙에 찍혔고 자갈톱의 매끄러운 먼지투성이 바위에서 다시 사라졌다. 한 놈. 커다란 소. 유령. 그들은, 그들 전부, 이미 사라졌어야 옳다.

한차례의 비명. 물총새. 때때로 물총새가 우리의 길벗이 되어준다. 우리 앞 상류 쪽에서 들려오는 울음소리. 물을 차고 날아오르는 모양새가 얼음의 무게에 내려앉은 전깃줄을 연상시킨다. 똑같은 원 모양을 그리고 또 그리고 또 그린다. 녀석은 냇가 위로 드리운 죽은 나뭇가지에 앉아, 울다가, 다시 날아오른다. 마치 우리에게 말하는 것 같다, 계속 가라고. 몇 마일이고 가라고. 어쩌면 외로운 건지도, 친구가 필요한 건지도. 때로는 물까마귀가 물가에서 자갈을 달그락거린다. 일 년에 한 번은 물수리를 보기도 한다.

우리 그 새들 좋아하는데, 그치 재스프?

녀석은 잠깐 눈을 뜨지만, 내 부츠에서 고개를 들지 않는다. 만약 내가 한마디를 더 하면 녀석이 어떻게 나올지 너무나 잘 안다. 아마도 자기가 정말 걱정해야 될 문제가 있는지, 내가 자기에게 무엇을 숙고해주기를 바라는지 확인하려고 고개를 들 것이고, 그게 뭔지, 혹은 별일 아닌지 알아낼 때까지 내 얼굴에 시선을 고정할 것이다. 그래서 나는 한마디를 더 보태지 않는다. 녀석이 쉴 수 있도록.

★

우리는 몸을 일으켜 산을 오른다. 이곳 오르막길은 가파르고, 언덕의 첫번째 고개까지 꼬불꼬불하게 올라간다.

우리는 정오에 오래된 주립 고속도로를 가로지른다. 파손된 쇄석도로에는 발 한 번 딛지 않고, 그 밑의 거대하고 골이 진 함석판 지하 배수로를 걷는데, 홍수가 잔해물을 씻어내고 냇물을 우회시킨 뒤로 그곳은 말라 있다. 배수로 안은 텅 비었다. 나는 요나와 고래 뱃속을 생각한다. 예전에는 메아리로 울려퍼지는 내 목소리를 들으려고 그 속에서 소리지르고 노래를 불렀지만 더는 그러지 않는다.

재스퍼가 좋아하지 않았다.

우리는 고속도로를 가로질러 냇물을 따라 계속 올라갔다. 나는 재스퍼가 따라잡기를 기다렸다. 녀석은 골반이 뻣뻣해 보였고, 숨 가빠했고, 헐떡거렸다. 올해 들어 첫 장거리 여행이고, 아마 녀석도 나처럼 몸이 불었고, 겨울에 붙은 지방을 안고 다니나보다.

★

늑대 두 마리. 물가 바로 옆의 고운 진흙 위로 들고 나는 두 쌍의 발자국, 빠르게 움직이고 있다. 재스퍼의 관심을 끈다. 잠시 동안. 목털이 곤두서지만 녀석은 이내 흥미를 잃는다. 걷는 것에 주의를 다 빼앗겨버렸는지 날 따라잡는 데만 정신이 팔려 있다.

★

아마도 두시쯤 되었을 시각, 나는 우리 둘에게 휴식을 주기로 한다. 우린 급할 게 없다. 내가 발자국을 보았던 곳까지 아직 몇 마일 더 가야 하지만 그런 건 아무래도 상관없다.

이 근처 어디에든 있을 수 있어, 그렇지, 재스퍼?

나는 썰매에서 낚시 도구 상자를 내리고 녀석은 정식으로 임무 해제되었음을 안다.

★

나지막한 바위 경사면 위로 흐르는 여울, 그냥 잔물결이다. 쓰러진 나무 한 그루가 그 물을 거른다. 아직 협곡에 들어서진 않았지만, 크고 어두운 나무들이 여전히 살아 있고, 푸른 가문비나무와 노르웨이 가문비나무, 미송나무가 서로 가까이 기대서 있고, 스패니시 모스*가 돋은 나뭇가지가 바람결에 기울고 움직인다. 이끼는 얼마나 오래되었을까. 만져보면 건조하고 가볍고, 거의 바스러질 듯하지만, 나무들 틈의 이끼는 마치 서글픈 삼각기들처럼 펄럭인다.

---

* 나무에서 자라는 여러해살이풀.

나는 낚싯대를 모아 연결한 뒤 줄을 걸고 재스퍼는 평평한 바위에 누워 날 지켜본다. 그 바위가 햇볕이 내리쬐는 유일한 자리다. 녀석이 좀더 따스한 햇살 한 움큼 속에 앉아 날 지켜보고, 녀석의 그림자가, 얕은 물처럼 둥근 돌들의 모양대로 자갈들 위로 드리워진다. 지난해 자란 뮤레인 줄기가 불 밝히지 않은 양초처럼 건너편 모래톱에 서 있다. 바로 그 햇살 속에 안개처럼 모여 있는 우화羽化한 조그만 각다귀들이 보인다.

나는 부츠와 바지를 벗고, 수년 동안 사용해온 가볍고 밑창이 끈적이는 운동화를 신는다. 고무창이 닳더라도 여분이 있다. 마지막으로 마트 주차장에 들렀을 때 내 사이즈로 다섯 켤레를 가져왔다. 썩 가볍진 않지만 그런대로 쓸 만하다. 한 켤레로 삼 년은 신을 수 있으니 버틸 수 있을 것이다, 어느 정도는, 그때까지는. 상상할 수가 없다. 그 그림은 내 머릿속에서 논리에 맞지 않는다. 햇수를 곱하고 살고 싶은 욕망으로 나누어봐야 허망할 뿐이다. 우리는 이 조그만 실개천을 놓치지 않을 것이다. 새 티펫을 묶고 술로 장식된 미끼를 묶는 것을 놓치지 않을 것이고, 행운을 빌며 미끼에 입김을 불 것이다. 이번 캐스트* 그리고 그다음 캐스트를 놓치지 않을 것이고, 그리고 운이 따라준다면 그렇게 또 한번의 밤을 보탤 수 있을 것이다.

그리고 저녁식사. 재스퍼에게 외치고 싶었지만 녀석은 자고 있

* 플라이, 즉 미끼를 목적지까지 보내기 위해 낚싯줄을 던지는 행위.

었고 녀석이 그 단어를 알아듣기 때문에 너무 흥분할 게 뻔해서 물고기를 한 마리 잡을 때까진 그러지 않기로 한다. 처음 잡은 물고기는 언제나 재스퍼 몫이다.

★

두어 시간 낚시를 했다. 날도래 애벌레를 던지고 또 던졌다. 강이 굽어지는 지점으로 걸어가 얕은 물에서 낚시를 했는데, 햇빛이 상류의 가파른 둑을 타고 넘어올 때 물은 은빛으로 변했다. 물살이 은색과 검은색 두 가닥으로 꼬였다. 마치 수은과 기름처럼. 그리고 해가 산등성이 너머로 건너가면서 우리는 차가운 그림자 속에 남겨졌고 물은 오직 투명한 하늘만 반사했고 나는 다시 더 얕은 물속의 바위들을 보게 되었다. 초록색 바위들과 물은 주름지고 물결치는 곳에서 푸르게 변했다. 재스퍼는 자다가도 내가 몇 발자국 이상 걸으면 어떻게 알아차렸는지 몸을 일으키고 나를 따라와 50야드 위쪽 바위틈의 움푹한 모래 위에 몸을 웅크렸다. 나는 미끼를 그대로 남겨둔 채 바늘에 티펫을 묶은 다음 구슬 공작새 꼬리*를 달았고 몇 분 만에 잉어 네 마리를 잡았다. 아래쪽 플라이는 물속으로 길게 풀고, 위쪽 날도래는 편안히 떠다니게 했다. 그러다 미끼가 멈추고, 아주 약한 당김. 찰나의 순간, 확 잡아당기는 게 아닌데도 작은 잉어가 밑에서 입질을 하고 있다는 게 느껴졌고, 그 순간 줄

* 인조 미끼의 한 종류.

을 당겨 바늘을 물고기에 걸었다. 잉어는 저항할 때 송어 같은 힘이 느껴지지는 않았지만 그래도 뒷발굽으로 버티는 노새 같은 우직한 저항감이 있었다. 녀석들은 상류로 거슬러올라가지도, 오래되어 쓰러진 나뭇가지로 몸을 휘감지도 않고 단지 버틸 뿐이어서 별다른 재미는 없지만, 이제는 딱히 재미라는 것이 남아 있지 않아서 나는 녀석들의 우직함이나마 음미하고 있었다. 아직은 이 우주에 먹힐 수 없다는 우직한 저항.

우리처럼.

그래서 녀석의 피둥피둥한 몸통을 양손으로 잡고 바위 위에 머리를 내리치면서 고마워 친구, 하고 말했다. 아직 준비되지 않은 것이 어떤 기분일지 알기에.

나는 휘파람을 불었다. 거의 귀머거리에 가까운 재스퍼지만 휘파람 소리의 무언가가 청력보다 더 깊이 뇌의 무언가를 건드리는지 몸을 펴고 약간 비틀거리며 일어나 몸을 털고 기꺼운 종종걸음으로 상류 쪽으로 걸어왔고, 나는 족히 7파운드는 나갈 첫 물고기를 녀석에게 주었다. 뼈를 발라내고, 잿빛 살 두 점을 던져주고, 머리와 꼬리도 던져주고, 뼈는 도로 물에 던졌다. 그다음에 잡은 건 배를 가르고 씻었는데 뱃속이 각다귀로 가득차 있었고 커다란 가재도 몇 마리 있었다.

이미 늦었다. 오후 내내 물속을 걸었고 무릎과 허벅다리를 밀어내는 물살은 차가웠지만 발은 이미 얼얼해진 지 오래라 죽은 감각의 온기 속에 있었다. 한기가 느껴지기 시작했다. 다섯번째 물고기를 잡았는데, 조금 작은 녀석이었고, 손질한 뒤 바늘로 아가리를 찔러 다른 물고기들을 꿰어놓은 줄에 밀어넣었다. 그런 다음 썰매에 두었다. 나는 피가 통하도록 내 맨다리를 문질렀다. 태양은 사라졌고, 개울은 이른 황혼 속에서 빛을 발했다. 기분이 어땠냐 하면, 행복했다. 우리는 그 어떤 것도 아닌 오직 개울만, 저녁식사만, 내가 즐겨 가는 상류 쪽 모래톱에 캠프를 칠 생각만 했다. 다시 바지를 입고 바위에 앉아 부츠를 신었다. 재스퍼는 물고기를 먹은 뒤 활기를 되찾았고, 입을 벌린 채 날 쳐다보고 있었고, 우리가 더 멀리 가지 않으리란 걸, 그리고 물고기 한두 마리를 더 얻어먹을 수 있으리란 걸, 이번에는 구워서 소금을 뿌린 것을 먹을 수 있으리란 걸 알고 미소를 지었다.

좋아, 가자.

우리는 아직 새싹이 돋아나지 않은 버드나무와 오리나무 숲을 돌아 살아 있는 초록빛 장엄한 전나무 숲 오솔길을 찾았다. 전나무는 아주 늙으면 나무껍질이 거의 호박 빛깔의 오렌지색이 된다. 모래밭에 모닥불 피울 자리를 찾았는데 물에서 자갈밭 몇 야드 거리에 있었다. 잠자리는 크고 늙은 나무 밑 평평한 곳에 마련했다.

캠프 뒤쪽에 있는 빽빽한 숲에서 떨어진 나뭇가지 몇 개를 가져와 부러뜨린 다음 깔아놓은 마른 스패니시모스 위에 얹고 얼른 불을 지폈다. 몸을 녹일 수 있도록. 나무는 건조하고 송진으로 가득해 터지는 소리와 부러지는 소리가 들렸다. 그것은 음절을 이루며 중얼거리는 냇물 소리와 높은 나뭇가지를 스치는 바람 소리를 배경으로 흐르는 한 집안의 노래였다. 숲엔 이미 어둠이 내렸고, 어둠은 느린 조수처럼 작은 협곡을 채웠고, 불길이 그 어둠을 더 깊게 만들었지만, 하늘은 세상에서 가장 엷은 파란색으로 여전히 환했고 별 두 개가 보였다.

재스퍼도 기분이 좋았다. 녀석은 바람을 안고 불가에 몸을 웅크리고 앉아 연기를 피하면서 앞다리에 머리를 올려놓은 채, 내가 아마도 백 년 전에 만들어졌을 가볍고 긴 손잡이가 달린 캠핑용 프라이팬에 우리의 생선을 요리하는 모습을 지켜보았다. 손잡이는 열이 전도되지 않도록 광택이 나는 주석으로 덮여 있었고 심프슨 앤드 선스 랜치웨어라는 상표가 찍혀 있었다. 백 년 전엔 여름이 되면 목장주들이 산림청에서 숲을 임대받아 가축들을 산으로 몰고 와서 캠프를 설치하고 며칠씩 지냈고, 가을이 되면 카우보이 노래에 나오는 것처럼 가축들을 불러모았다. 산전수전 다 겪은 그 목동들도 바로 이런 불 앞에 웅크리고 앉았으리라. 그들이 결코 상상하지 못했던 것. 잉어로 묵직해진 팬에, 어렵게 구한 올리브유를 뿌려 생선을 익히면서 우리가 상상할 수 없는 것. 꼬챙이에 끼워 지글지글 굽는 것, 나뭇가지가 탁 하고 터지는 소리, 바람이 방향을 바꿀 때 불길이 퍼덕거리는 소리, 오래전 파도의 유령처럼 높은 산비탈에서 한기를 품고 하류로 내려와 나뭇가지 사이로 돌진하는 바로 그 바람.

재스퍼는 스핑크스처럼 똑바로 앉아 나를 유심히 지켜보고 있다. 녀석만의 순간. 나는 가장 큰 물고기에 소금을 친 다음 평평한 돌 위에 올려놓고 꼬리부터 뼈를 발라냈다.

프로베초.*

녀석이 몸을 일으키고 꼬리를 흔드는데, 오늘 들어 처음 있는 일이다. 녀석은 조용히 쩝쩝거리며 저녁을 해치운다.

나는 우리 캠프의 보초병처럼 선 커다란 나무와 어린 오리나무 사이에 팽팽하게 줄을 묶은 뒤 이슬을 막아줄 방수포를 친다.

내가 먹을 생선을 익히고 물가 바위에 무릎을 꿇고 앉아 물을 마시고 세수를 한다. 물살이 거의 없는 바위틈의 매끄러운 어둠 속에서 소금쟁이가 미끄러지듯 멀어지고 한줌의 별이 반짝인다.

나는 나무 밑에 침낭을 펴고 눕는다. 다시 일어나, 방수포의 두 귀퉁이를 풀어 나무 쪽으로 미끄러뜨린다. 이슬을 좀 맞겠지만 상관없다. 아침이면 불가에서 다 말릴 수 있을 것이다. 오늘밤엔 하늘을 보고 싶다. 다시 누우니 재스퍼가 내 쪽으로 뻣뻣하게 다가온다. 거의 절뚝거리다시피 하는 걸음걸이. 오늘 하루 긴 산행이었

* '드세요'라는 뜻의 스페인어.

다. 녀석이 내가 웃으며 고개를 돌릴 때까지 내 얼굴을 핥는다. 그리고 늘 하던 대로 내 옆구리에 몸을 기대고 웅크린 채 씩씩거린다. 우리는 높이 바람에, 낮게 물에 귀를 기울인다. 나는 팔베개를 하고 밝아오는 북두칠성을 바라본다. 깨끗해지는 기분이다. 깨끗해지고 착해지는 것 같은.

★

아침이 되자 뻣뻣한 상태로 깨어난다. 침낭과 재스퍼가 서리로 뒤덮여 있다. 내 울 모자도 마찬가지. 방수포를 덮지 않고 자는 게 아니었는데. 괜찮아, 금방 불을 지필 거니까.

이 녀석, 추운가보네. 이리 와. 나는 재스퍼에게 덮어주려고 녀석이 깔고 있던 후빌 퀼트 이불을 당긴다. 녀석은 무겁게 늘어져 있고, 움직이지 않는다. 나는 점점 더 뻣뻣해지고, 아침은 점점 더 냉혹해진다.

이리 와, 친구, 이러면 한결 나을 거야. 불 지필 때까지 조금만 기다려. 제발.

녀석이 날 외면한다. 나는 퀼트를 끌어 녀석을 덮어주고 귀를 쓰다듬는다. 내 손이 멈춘다. 녀석의 귀가 얼었다. 나는 녀석의 주둥이 주위로 손을 놀리고, 녀석의 눈을 문지른다.

재스퍼, 괜찮아? 문지르고 또 문지른다. 문지르고 녀석의 목털을 잡아당긴다.

이리 온, 어서.

녀석의 목덜미를 잡아당긴다. 일어나, 이 녀석.

나는 손에 힘을 주어 바닥을 밀며 몸을 일으켜 녀석 곁으로 굴러가, 녀석의 등에 가슴을 대고, 그의 몸을 덮는다.

괜찮아, 괜찮아. 좀더 자.

자.

나는 뻣뻣하게 웅크린 녀석을 가까이 끌어당기고 퀼트를 덮어준 뒤 등을 대고 도로 눕는다. 그리고 심호흡을 한다. 눈치챘어야 했는데. 산길을 오르는 게 얼마나 힘들었을까. 어제까지 없었던 눈물이 홍수를 이룬다. 댐을 무너뜨리고 넘쳐흐른다.

이제 어떻게 하지? 곧 불을 지펴야지.

재스퍼. 나의 형제. 나의 심장.

나는 불을 지필 것이다. 이끼 위에 나뭇가지를 올리고 불을 지필 것이다. 마지막 남은 생선 두 마리를 익힐 것이다. 그리고 한 마리를 먹을 것이다. 한 마리를.

★

우리는 길을 떠났네.
이제 네가 그 길이 되고
나는 걷고 또 걸으리
너를 넘어서.

★

나는 꼬박 하루를 움직이지 않는다. 불에 계속 장작을 넣는다. 녀석을 코만 내놓고 퀼트로 싼 채로 아늑하게 내버려둔다. 그건 내가 떠나고 싶지 않은 녀석의 모습이다.

지금은 녀석이 유일한 존재다. 유일한 광경. 그것. 내일은 나일지도. 나도 모른다.

2부

I

하지 않는다. 하루종일 아무것도 하지 않는다. 불을 지피지도 않는다. 생선을 굽지도 않는다. 나뭇가지에 매달아놓은 줄에 그대로 둔다. 곰이나 쿠거를 유인하겠지. 상관없다. 소변을 보려고 일어서고, 얼음 같은 밤에 더 차가워진 냇물에서 물을 조금 떠 마신다. 강바닥의 물은 수위가 더 낮아졌고, 쓰러진 나무는 상류 쪽 바위에 기댄 채 수면보다 높이 드러나 있다. 그래서. 후퇴. 심장도 냇물처럼 쪼그라든다.

침낭 속으로 돌아가 녀석 곁에 눕는다. 존다. 녀석의 무게를 느껴보려고 다리를 녀석에게 밀어본다. 이제는 느낌이 다르고, 나무토막 같지만, 그래도 여전히 녀석이다. 오후에 물을 마신다. 낮이 서늘하다. 시냇물 위로 해가 높이 떠, 우리 둘 위로 내리쬔다. 서너 시간을 내리쬐고 사라진다. 생선 냄새가 난다. 그래서.

방수포를 말아놓고 밤을 기다린다. 그 노래가 뭐였더라? 내가 죽어서 깨어나지 못하면, 우리 제이크에게 먹이를 주기를, 그 녀석은 착한 개였어요…… 어쩌면 그편이 나을지도. 하지만 그러면 재스퍼가 상심의 고통으로 죽어가야 할 테지. 차라리 이게 낫다. 어둠이 다시 협곡으로 쏟아져내리고 냇물을 덮고 검은 수의로 우리를 덮는 편이 낫다. 여전히. 아무 대책이 없다. 아무것도. 아무것도 결정하지 못했고, 아무것도 끝나지 않았다. 북두칠성이 제자리로 돌아간다. 꼭 한 바퀴. 한 바퀴를 돌았을 뿐인데 우리는 달라졌고, 결코 똑같지 않을 것이다. 결코. 심지어는 저 별들조차도. 저 별들조차도 부패하고, 무너지고, 합쳐지고, 헤어진다. 눈을 감는다. 그것은 내 마음속에 있다. 마음속에 있는 그것이 움직이고, 영원히 헤엄치는 장님 물고기처럼 고통 속에서 헤엄친다. 그것이 남아 있는 자의 삶이다. 새롭게 한다, 사랑과 고통을 새롭게 한다. 사랑은 강바닥이고 고통이 그 바닥을 채운다. 날마다 눈물로 그 바닥을 채운다.

한밤중 어느 때엔가, 쌍둥이자리가 협곡 위에 떠 있는 어느 때엔가, 나는 썰매와 그 안에 들어 있는 총을 떠올린다. 그걸로 무얼 할지를. 재스퍼 밑으로 파고들었던 내 무릎에서 재스퍼의 무게를 느끼고 나는 생각한다. 녀석이 허락하지 않을 거라고, 결코. 녀석은 물을 것이다. 뭐? 녀석은 아무 말도 하지 않을 것이다. 녀석은 자신의 자리를 결코 떠나는 법이 없었다. 녀석은 그런 식으로 내게 힘을 주었다. 우리는 결코 우리 자리를 떠나지 않는다. 안 그런가? 그게 바로 우리다.

어느 때인가 쌍둥이자리 아래에서 나는 잠이 든다.

★

셋째 날이다. 동이 틀 때 나는 몸을 뒤척이고, 퀼트 이불 밑에서 녀석을 느끼고, 그 짧은 순간이 지나간다. 내가 잊었던 순간, 그리고 내가 기억하는 순간, 그러면서도 여전히 녀석이 뒤척이기를 기대하는. 녀석이 다시 살아나기를 간절히 바라는 그 순간. 왜냐하면 녀석은 그럴 수 있으니까. 지금껏 우리는 모든 것을 거역했다 그렇지 않은가? 이번이라고 왜 달라야 하나?

그리고 그 순간 나는 흐느낀다. 흐느끼고 또 흐느낀다. 그리고 일어서서 녀석을 퀼트에 감싼 채 안아 들어 나무 밑에 데려다놓고 땅을 파기 시작한다. 나뭇가지로, 납작한 돌로, 손가락으로.

★

오전 내내 곰이 울고 갈 정도로 깊은 구덩이를 판다. 적당한. 이곳은 우리가 가장 좋아하는 캠프 중 한 곳이다. 아주 오랜 세월 동안. 만약 녀석의 영혼이 지켜볼 수 있다면. 계절마다 바뀌는 냇물을 볼 수 있다면. 퀼트에 감싼 녀석을 구덩이에 눕힌 다음 내가 말

한다

잘 가, 친구. 너는 재스퍼. 나의 심장. 우린 결코 헤어지지 않아, 여기서도, 그곳에서도.

그리고 흙을 다시 구덩이에 넣는다.

남은 시간은 돌을 주우며 보낸다. 조약돌, 달걀만한 돌, 무거운 바위들. 냇물에 매끄럽게 깎이고 둥글려진 것들. 내 가슴 높이까지 돌무더기를 쌓는다. 맨 위에 무엇을 놓아야 할지 모르겠다. 나는 낡은 울 스웨터를 벗는다. 내 체취만큼 녀석의 체취도 배어 있다. 나는 꼭대기에 스웨터를 놓고 돌을 더 올려놓는다. 마치 기도 깃발* 처럼 녀석의 체취와 내 체취가 계절 속에서 삭아가도록. 마치 내가 그를 지킬 수 있다는 듯이.

나는 썰매에 짐을 싣고 상류 쪽으로 걷는다.

★

오늘만 스무 번 녀석을 부르려고 발을 멈추고 돌아보았다. 어서

---

* 티베트 불교에서 사용하는 다섯 가지 색깔의 사각형 천으로 만든 깃발로, 주로 히말라야에서 평화, 연민, 지혜 등을 기원하며 설치한다.

따라붙어. 스무 번 어깨를 언덕 쪽으로 돌렸다. 머리는 아래로, 두 발은 길로.

한번은 멈춰 서서, 태양을 향해 얼굴을 완전히 젖히고, 눈을 감고, 햇빛에 눈물을 말렸다. 목놓아 우는 코요테처럼, 목을 더 뒤로 젖히고.

오른쪽으로 흐르는 개울이 돌출된 바위에 부서진다. 태양이 눈꺼풀을 압도하며, 무거운 물처럼 쏟아져내린다.

다른 건 아무것도 없을지라도 이것만은 있다. 수몰되는 것, 소모되는 것.

★

아무것도 남지 않은 건 아니다. 예전에 있던 것들이 모두 그대로 있다, 개 한 마리가 없을 뿐. 아내가 없을 뿐. 소음이 없을 뿐, 왁자지껄한.

우린 얘기하고 또 얘기하면 뭔가를 물리칠 수 있다고 생각했어. 글쎄. 난 그러지 못했어, 안 그래? 너도 그러지 못했지. 넌 그게 네 일이라고 생각했기 때문에 견뎠던 거야. 내가 바보였나? 우리 둘 다 바보였나? 사랑한다는 건 논쟁의 어느 한 편을 선택하고 죽을 때까지 꽉 붙잡고 있는 거지. 두 발을 한편에 내려놓는 거야. 아니면 네 발을, 안 그래, 친구?

우리 바보들은 산길을 오른다, 두 바보, 이제는 한 바보.

★

출구를 찾을 수 없는 고통이 있다. 말로 풀어낼 수도 없다. 얘기할 사람이 있었으면. 걸을 수는 있다. 한 발 그리고 또 한 발. 숨을 들이쉬고 내쉬고. 냇가에서 물을 마신다. 소변을 본다. 사슴고기 육포를 먹는다. 녀석의 육포는 약탈자 코요테를 위해 길가에 남겨둔다. 그리고. 상실감은 소화가 되지 않는다. 그것은 얼굴, 가슴, 눈 뒤의 세포 안에 있고, 창자의 굴곡 속에 있다. 근육 힘줄 뼈. 그게 너의 전부다.

걸을 때는 그것을 앞으로 밀어낸다. 끌던 썰매를 놓고 쓰러진 나무 위에 앉을 때는 그럴 때는. 녀석이 햇살 한 움큼 속에 몸을 웅크리거나 발치에 앉아 있는 상상을 한다. 별로 몸이 좋지 않은 상태로. 그럴 때 그것이 나와 함께 앉고, 나의 어깨에 팔을 두른다. 고통은 나의 가장 친한 벗. 변함없는 벗. 그리고 밤이 되면 내 숨결에 또다른 숨결이 포개어지지 않는 것을 견딜 수 없고, 그 거대한 정적 아래엔 마치 배경음악처럼 세상에 존재하고 찢겨나가는 모든 것들의 폭포의 포효가 있다. 그리고. 그 고통이 바짝 다가와, 내 곁에 눕는다. 고통은 심지어 숨소리로도 나를 건드리지 않는다.

★

더럽게 거창하지, 재스퍼? 사실은 그냥 네가 너무 보고 싶다는 얘긴데 괜히 시적인 척하고. 씨발 네가 진짜 보고 싶어.

★

사흘을 걸었다. 거의 먹지도, 자지도 않았다. 침낭 속에 눕는 건 일종의 형식일 뿐이었다. 불을 피우고 싶지도, 불가에 앉고 싶지도 않았고, 잠을 자고 싶지도, 자지 않고 싶지도 않았고, 달리 무얼 해야 할지도 몰랐다. 가끔 자갈밭에 무릎을 꿇고 앉아 냇물을 떠 마셨다. 서쪽으로 걷다가 다시 북쪽으로 걸었다. 인디언 피크스 쪽으로 곧장. 진짜 사냥을 할 때면 썰매를 두고 베이스캠프나 랜드마크에서 다시 짐을 챙겨 조용히 돌아다녔다. 봉우리에 가져가거나 물에서 먼 산비탈에 앉아 하루를 보낼 수 있도록 오리털 패딩과 1리터 물병을 포함한 조그만 하루 치 짐을 꾸렸다. 성냥, 사냥용 톱 하나, 파카 하나. 그러나 이제는 그러지 않았다. 나는 썰매를 끌면서 바닥을 긁고 덜그럭거리며 소란을 피웠고 사냥감을 보지도 않았고, 오직 얼룩 다람쥐, 동고비, 까마귀, 놀라서 온 세상이 다 알도록 나무에서 시끄럽게 떠드는 다람쥐 들만 보았다, 저기 힉이 오네. 총을 든 힉이 오고 있어. 하지만 전혀 진지하지 않고, 괴상한 기계를 끌고 쿵쾅거리면서 돌아다니고, 상태가 별로 안 좋아 보여. 데리고 다니던 개는 어디 갔지? 나뭇가지 위에 앉아 있던 다람쥐가 깜짝 놀라, 그 자체로 살아 있는 듯 움찔거리는 꼬리를 등 위로 길게 구부리고는, 알펜호른*처럼 귀청을 찢는 소리로 재잘거린다. 차라리 휘파람을 부는 게 낫겠다. 못 찾겠다 꾀꼬리. 다 숨었니? 그럼 찾는다. 까마귀마저도 나무에 내려앉아 고개를 돌리고, 우리에게, 나에게 반짝이는 한쪽 눈을 고정한 채, 부리를 벌리고 목을 늘이면서, 꺽꺽거리는 웅얼거림에서 성난 한줄기 비명을 뽑아낸다. 내가 그들을 자극하는 것이다. 분노할 정도로. 사냥꾼이 부주의하다는 것. 사냥꾼이 쿵쾅거리며 걸어온다는 것. 사냥꾼이 경솔하고, 시끄럽고, 무지하고, 서툴다는 것. 자연의 질서를 깨뜨리고 있다는 것. 그 사슬. 사냥꾼과 사냥감의. 존경심의 결여. 저 친구 뭔가 문제가 있어. 까악까악꽤애액.

슬픔은 하나의 원소다. 탄소나 질소처럼, 자신의 주기를 갖고 있다. 결코 줄어들지 않는다. 세상의 모든 것에 들고 날 뿐이다.

셋째 날 밤 눈이 내리기 시작했다. 늦봄에 내리는 눈이지만 무겁지도, 젖지도 않았다. 구름이 지나가듯 느닷없이 기온이 떨어졌고, 추웠고, 한겨울처럼 추웠고, 바람도 잦아들었다. 우리는 수목한계선 위 조그만 분지 가장자리에 있었고 분지 바닥에는 오래된 눈 얼

---

* 알프스에서 신호용으로 부는 기다란 나무 피리.

마큼과 최근에 얼음이 녹은 작은 호수가 있었다. 우리. 나. 계속 함께일 수도 있으리라. 누가 뭐래도 내겐 그렇게 느껴졌다. 내 뒤에서 걸어오는 듯한, 옆에서 어슬렁거리는 듯한, 똑같지만 분명하지는 않은. 그렇게 분명하지는 않은. 보석과도 같은 호수는 촘촘한 툰드라와 거친 자갈 비탈의 홈에 박혀 있고, 물은 준보석 같은 돌들의 인정사정없는 야광 초록빛을 띠고 있지만 바람 때문에 표면에 질감이 있다. 그러다 다시 보면 없다. 물 표면이 고요해지고 유리처럼 매끄러워지면서, 곧바로 스스로 광을 내고, 산봉우리마다 모여들어 마치 불에 녹은 쇳물처럼 쏟아져내리는 검은 구름을 반사하고, 갑자기 너무나 추워지고 눈송이가 수면을 건드리기 시작한다. 동그란 파장도 없고, 소리도 없이, 곧 사라져버리는. 썰매의 줄을 놓는다. 나는 물에서 50야드 거리에 있다. 눈발이 거세어진다. 하늘을 어둡게 만드는 흰 막이, 불길이 밤을 더 어둡게 하듯 황혼을 재촉한다. 나는 얼어붙은 채 서 있다. 맨손으로 있기엔 너무 춥지만 나는 맨손이다. 눈이 내 눈썹에 내려앉는다. 내 소매에 떨어진다. 커다랗다. 꽃과 별들. 그들이 서로 포개지고, 형태를 유지하면서, 완벽한 별표와 꽃들의 작은 더미가 되어 마치 아이들 블록 장난감처럼 그들만의 기하학으로 함께 굴러떨어진다.

웃음소리와도 같은 무엇. 한 송이 꽃이 이토록 작고, 이토록 덧없을 수 있다는 것, 하나의 눈송이가 이토록 크고, 이토록 집요할 수 있다는 것. 그 있을 법하지 않은 단순함. 나는 신음했다. 웃음과 울음 사이의 소리를 표현하는 단어는 왜 없는가?

그리고 갑자기 허기가 몰려왔다. 왼쪽 소매에서 눈을 들어 낮은 고개 주변을 둘러보았다. 내 위로 솟은 바위산과 봉우리가 흐릿했다. 씨발 도대체 여기서 뭐하는 거냐? 힉, 대체 무슨 빌어먹을 생각을 하고 여기까지 왔어? 이렇게 늦은 시간에 왜 이렇게 높은 곳에 있어?

이러면 안 되는데. 수목한계선 위쪽으로 어둠이 내렸다. 해마다 이맘때면 빠르게 움직이는 폭풍이 다른 모든 것처럼 철을 따라 이동한다. 추위. 노출 상태. 가슴속에서 해묵은 두려움이 솟아오른다. 밤에 대한, 폭풍에 대한, 벌판에 혼자 있는 것에 대한 두려움. 놀라서 자빠질 뻔한다.

내려가야 했다, 낮은 곳에 있어야 했다.

그러니까 내 말은, 그 두려움은 끔찍한 욕지기나 숙취가 익숙하듯 너무도 익숙했지만 아주 오랫동안 찾아오지 않아 사라졌다고 생각했다는 거다. 삶과 죽음 사이에 끼어 있어서 두려움 따위는 소용없다는 듯이. 그렇지 않았다. 그러니까 사라진 게 아니었다. 전혀 낯설지 않다. 특유의 냄새를 풍기는 가깝고 친숙한 두려움, 모서리로 찍어누르는 그것만의 방식. 나는 썰매 끄는 줄을 잡았다. 남은 눈이 얼어붙은 들판, 그 위의 내 발자국을 돌아보았다. 굵어진 눈발과 함께 더욱 짙어진 어둠. 움직이기엔 너무 늦었다. 씨발.

한 가지 분명한 건 재스퍼가 항상 날 진정시켰다는 것이다. 늑대 발자국만 아니면 녀석은 그다지 흥분하는 법이 없었고, 나 역시 마찬가지였다.

그러나 고요했다. 바람이 없으면 위험도 없었다. 방수포를 바위에 걸쳐 지붕을 만들고 침낭에 들어가 잠을 잘 수 있을 것이다. 내일 아침 눈이 너무 많이 쌓이지 않으면 산을 내려가 별다른 어려움 없이 다시 나무 아래 은신처를 확보할 수 있을 것이고, 반나절 안에 냇가에서 물고기를 쉽게 잡을 수 있을 것이다. 몇 시간만 내려가면.

말린 사슴고기는 이미 다 먹어치웠다. 깊고, 게걸스럽고, 살아 있는 굶주림. 다른 고기를, 재스퍼가 먹을 고기를 내버리지 않았다면, 지금쯤 그걸 먹고 있을 텐데. 누가 뭐라 하겠는가? 그게 녀석이건 나건, 무슨 상관인가, 우린 결국 똑같은데. 하지만 나는 그 육포가 담긴 비닐봉지를 며칠 전 길바닥에 비워버렸다.

좋아. 물이 있었다. 맞은편에, 호수의 경사면에 돌무더기가 하나 있었다. 나는 썰매를 끌고 한 발자국을 내디딘 다음 멈춰 섰다.

산마루에 그림자 하나가 있었다. 그 모든 것이 무척 가까웠다. 호수, 경사면, 자갈이 굴러떨어진 비탈, 그 뒤로 눈보라 속에서 솟아올라 나지막한 구름 뚜껑 속으로 곧장 들어가는 날카로운 능선. 면도날처럼 날카로운 그 돌출부 위에, 구름 속으로 사라져버리는 바로 그 지점에, 크고 어두운 형상이 있었다. 눈꺼풀에 붙은 얼음을 팔뚝으로 문지르고 다시 산등성이에 초점을 맞췄을 때는 이미 사라진 뒤였다.

나는 파란 방수포를 바위에 걸쳐 비스듬한 지붕을 만들고, 작은 돌멩이들을 밖으로 던져 웅크리고 있을 자리를 매끄럽게 만든 다음, 그 안에 들어가 잠을 잤다. 꿈 없는 잠이었고, 압도하는 슬픔이 없는 잠이었고, 거의 완벽한 어둠 속에서 깨어났다가 비닐 방수포 위에서 녹아 떨어지는 눈소리를 들으며 다시 잠들었다. 일어나서 생각해보니 그 형상은 크기가 엘크 한 마리 정도는 될 것 같았다. 그러고 보니 엘크의 흔적을 보지 못했다는 생각이 들었고 존재하지 않는 것이 존재하기를 바란다는 게 좋은 일인지 나쁜 일인지 궁금했다.

★

워키토키로 뱅리에게 무전을 친 건 집을 떠난 지 열흘째 되던 날이었다. 이른 아침. 벌판에서 몇 마일을 걷는 동안, 총에 맞거나 숲에서 미행을 당하는 경우에 대비해 엄호 받는 것을 나는 별로 신경 쓰지 않았지만, 그것이 우리의 의식이었다. 내가 그의 세계로 돌아가기 전에 그에게 적응할 시간을 조금 주는 것이기도 했고, 어쩌면 그에게 어떻게 인간이 되는지 기억을 되살려줄 한두 시간일 수도 있었다. 어쩌면. 또한 그가 탑에서 우리 구역을 망원경으로 관찰하고 있다면, 물론 매시간 그러겠지만, 내 엉덩이가 그의 총알받이가 되는 것을 막아줄 수도 있었다. 나는 어떤 식으로 끝장나건 크게 개의치 않는 편이지만 그런 방식은 사양하고 싶다. 그러니까 내 말은 그 개념이 싫다는 것이다. 뱅리의 실수. 어쩌면 실수가 아닐 수도 있다. 가엾은 프랜시스 머콤버*처럼 인정받지 못하고 끝장나는, 절반의 실수일 수도. 그뿐이었다. '짧고 행복한 삶'의 주인공이 되고 싶진 않았다. 그래서 처음으로 무전기를 켜고 마이크 버튼을 두 번 눌렀다.

썰매에 사슴이 두 마리 있다. 아담한 암컷이지만 그래도 두 마리이고, 그 정도면 내가 떠났던 시간을 정당화할 수 있을 것이다, 아님 말고. 뭔 상관이야. 마음대로 지껄이라지. 더이상 그가 상관할 바가 아니었고, 그렇다고 내가 상관할 바도 아니었고, 생각하면 할수록 점점 모르겠다. 씨발 아는 게 하나도 없다.

일 분, 혹은 그 미만, 그리고 잡음, 그리고

어이고 이게 누구신가. 돌아온 탕자 힉. 난 또 자네가 날 두고 골로 간 줄 알았지. 진짜 그런 줄 알았어.

잘 있었나 브루스.

---

* 어니스트 헤밍웨이의 단편소설 「프랜시스 머콤버의 짧고 행복한 삶」의 주인공. 물소를 쏘아 죽인 영광의 순간 일행의 총에 맞아 사망한다.

계산된 침묵, 다소 길다. 매번 그를 제자리에 얼어붙게 만드는 말. 마치 버튼을 누르는 것과 같은 반사작용. 아마도 그의 엄마가 그 이름을 부른 유일한 사람이리라. 그것도 화가 났을 때.

무슨 문제라도?

장난기가 없었다. 그 사실이 나를 놀라게 했다. 뱅리는 심지어 나를 걱정하는 목소리였다. 무전기상으로는 확실히 알기 어렵긴 했지만.

약간.

좋아. 어쨌든 멀쩡하게 돌아와서 다행이야.

침묵.

맞나? 멀쩡한 거?

나는 무전기를 앞으로 내밀고 바라보았다. 뱅리의 목소리가 더럽게 인간적이었다. 아마도 수신 상태, 잡음, 전파의 굴절과 관련된 무엇 때문이거나, 태양 폭발*로 인한 왜곡 때문이리라. 그가 한

* 흑점군 부근의 태양채층 일부가 갑자기 밝아지다가 수십 분 뒤 원래의 상태로 돌아가는 현상.

말은 이런 의미였을 것이다. 건너오는 데 도움이 필요해?

멀쩡한 거 맞아. 팔 두 개 다리 두 개, 다 있어.

좋아 구십 분만 줘.

10-4*

힉?

응?

자네 빌어먹을 휴가나 즐기고 있는 건가?

그러면 그렇지. 이게 진짜 뱅리다.

나는 마이크 버튼을 눌렀다. 구십 분. 이상.

이미 날이 밝았다. 나는 폰데로사 소나무들이 자란 산비탈 아래 내 자리에 웅크리고 앉아 있었다—첫번째 언덕들 밑에 버드나무와 포플러나무가 빼곡하게 자라 있었고 물줄기는 그곳에서 남쪽

* 무선 통신에서 10과 다른 숫자를 조합해 쓰는 부호 체계 중 하나로, '오케이' '알겠다' '오버'의 뜻.

으로 방향을 틀었고 우리의 길은 곧장 동쪽으로 뻗어 있었다. 트인 벌판을 가로지르며. 내가 만반의 준비를 하고 움직였다면 동트기 몇 시간 전 이곳에 도착했을 테고 뱅리가 햇빛 속에서 탑으로 걸어가게 만들지 않았을 것이다. 그는 체이탁 408을 들고 다니는데, 그 정도 화력을 지닌 총 치고는 가벼웠다. 들고 걸어야 한다면 그럴 수 있게 만들어졌지만 1마일 거리에서도 누군가의 폐부를 쏠 수 있다는 것, 그의 자랑이자 기쁨이었다.

나는 얼굴에 햇살을 잔뜩 받으며 구십 분을 기다렸고, 반쯤 눈이 먼 상태로 걸어들어간다는 건, 솔직히 별로 좋은 전략이 아니었지만, 그가 자신의 탑에서, 태양을 등지고 완벽한 조명 아래 나무들이 시작되는 지점까지 시야를 확보할 수 있어서 다행이었다. 사고가 세 번 있었다. 칼을 든 소녀는 사고 축에도 들지 않았다. 걷기 시작하면서 나는 내가 얼마나 사고 따위는 꿈에도 생각하지 않았는지, 동틀 녘이라 얼마나 따뜻한지, 새로 자란 풀내와 때 이르게 핀 꽃향기가 얼마나 싱그러운지 생각하고 있었다. 한 시간 이상을 걸었고 두 마리 사슴 모두 사등분해서 썰매에 실었기 때문에 짐이 꽤 무거웠고, 탑까지의 거리 절반 정도까지, 몸에 두른 줄과 싸우며 힘겹게 썰매를 끌고 있는데, 가슴에 매단 무전기가 켜졌다.

힉 손님이 있다. 긴급 상황. 중대 경고.

알았다. 손님.

나는 줄을 내려놓고 한 바퀴 빙 돌았다. 지나온 길에는 아무것도 없었다. 키 큰 세이지, 래빗브러시, 벌써 무릎까지 자란 가마그래스. 노란색과 흰색 과꽃이 피어 있었고, 통통한 벌들이 이미 먹는 중이었고, 내 뒤쪽 길은 매끄럽고 텅 비어 있었다. 심장의 방망이질.

헉, 놈들이 자넬 뒤쫓고 있어. 0.25마일 뒤에서. 듣고 있나? 0.25마일, 어쩌면 그보다 좀더 뒤.

알겠어. 알겠어. 알았다고.

10-4라고 말해. 내 말을 반복해. 자넨 조종사잖아 빌어먹을.

젠장 뱅리.

자넬 진정시키려는 거야. 작은 일에 집중해. 한 번에 하나씩.

이거야 원. 대체 누가 이런 새끼를 싸질렀을까.

침묵.

10 씨발 4. 0.25마일. 집중하고 있다.

좋아. 자, 이제 돌아서. 어서. 돌아서! 날 보라고. 물병을 집어. 기지개를 켜. 잠깐 휴식을 취하는 척해. 어서!

알겠어, 알겠어, 알았다고.

놈들이 우리 대화를 듣진 못해, 힉. 바람이 놈들한테서 자네 쪽으로 불고 있으니까. 놈들은 바람을 등지고 있어. 자연스럽게 행동해. 기지개를 켜고. 물을 마시고. 가슴을 긁는 척하면서 마이크를 조절해. 자넨 이 벌판에 완전히 혼자인 거야. 놈들이 보기엔, 힉, 자넨 혼자야. 단 하나의 사냥감.

씨발 경사 났군.

자네 친구는 어디 있지?

내 친구? 아, 재스퍼. 얘기가 길어.

짧은 침묵. 딸깍, 하고 전략이 약간 수정되는 소리가 들리는 것만 같았다.

아홉. 알아들었나? 전부 아홉이야. 아홉 명이 따라붙었어.

아홉? 이런 젠장.

힉 놈들은 자네가 무장했다는 걸 알고 있어. 놈들은 고기와 무기를 원해. 놈들은 무장하지 않았어. 적어도 총으로는. 총은 보이지 않아. 놈들한테 총이 있었다면 자넨 벌써 죽은 목숨이었겠지. 알아들었나?

그래, 씨발 알아들었다. 아홉이라고?

힉 잘 들어. 놈들은 칼을 들고 있어. 칼 아니면 검인 것 같아.

검? 씨발 검이라고?

힉, 진정해. 놈들은 어느 정도의 손실은 기꺼이 감수할 생각이야. 내가 보기엔 그래. 자네의 무기를 간절히 원해.

뱅리 이 씨발놈. 그는 2마일 떨어진 곳에서 이 모든 상황을 내려다보고 있다. 탑 위에 올라가서 삼각대 위 망원경 접안렌즈에 몸을 숙인 채로.

경사 났군.

어느 정도 손실을 기꺼이 감수할 생각이야. 모두들 자기 아닌 다른 놈이 그렇게 될 거라고 생각하지. 놈들은 사슴고기가 먹고 싶고 총을 갖고 싶어. 알아들었나?

알아들었어.

내 말을 반복해 힉. 정신을 집중해.

내 심장이 방망이질하고 있었다. 하마터면 소리 내어 웃을 뻔했다. 나는 태양을 등에 업고 키 큰 덤불숲 사이로 난 길을 바라보고 있고 그 덤불숲에는, 빌어먹을, 말 그대로 빌어먹을 방문객들이 400야드 거리에 있었다.

말해봐.

10-4.

좋아. 숨을 가다듬어.

뱅리, 도대체 내가 어쩌길 원하는 거야 씨발? 내가 어떻게 해야 하지?

숨을 쉬어, 난 자네가 숨쉬기를 원해. 놈들이 자넬 뒤쫓고 있어 힉. 놈들한텐 시간이 얼마든지 있어. 놈들은 그렇게 생각하고 있어. 서두를 거 뭐 있나. 자넨 천천히 움직이고 있고, 놈들은 간격을 좁혀올 거야. 조금씩 조금씩. 그러다가 자넬 덮치겠지. 전에도 해봤던 놈들이야. 전에도 해봤던 놈들처럼 움직이고 있다고. 알아들었나?

씨발 알아들었다. 10-4.

좋아. 자네가 유리해. 유리하다고 힉. 지금은 자네가 유리한 고지에 있어.

그런가?

씨발 그렇다니까 힉. 내 말 들어.

바로 그 순간 그가 조금 걱정하는 것처럼 들렸지만 그 사실은 전혀 위안이 되지 않았다. 사람을, 아니 나를 죽이려는 아홉 명의 방문객이라니 엄청난 수였다.

내 말 잘 들어. 조금 더 걸으면, 동쪽으로, 아마 80야드 지점 정도에, 배수로 같은 데로 길이 움푹 꺼지는 지점이 있어. 얕지만, 그 정도면 충분한 깊이야. 거기 가서 기지개를 켜고 진짜 피곤한 표정으로 썰매 줄을 잡고 계속 걸어서 그 우곡 안으로 들어가.

뱅리 나 진짜 더럽게 피곤해.

좋아 힉. 그게 자넬 침착하게 해줄 거야. 지금 당장은, 우리 힉을 위한 에스프레소가 없으니까. 침착한 손. 우린 자네의 안정적이고 침착한 손을 원해. 이제 걸어. 길 북쪽 우곡의 밑바닥에 크고 빼곡한 세이지 덤불 같은 게 있을 거야. 덤불숲이 두어 개 있어. 완벽하지. 썰매를 덤불 뒤로 끌고 가서 감춰. 필요하면 가지를 좀 꺾어. 보아하니 자네 두 마리를 잡은 것 같군. 맞나?

대단해 브루스. 자넨 정말 놀라워.

내 말을 그가 이해하기까지 잠시 침묵. 내가 빈정거리는 건지 아닌지 확실하지 않고, 사실 그런 건 중요하지도 않다.

마침내 그 사실을 깨닫게 됐다니 기쁘군, 힉, 진심으로. 그 썰매, 그 고기가 자네의 방어막이 될 거야. 놈들한테 총이 없다는 내 말이 틀렸을 경우에 말이야. 혹시 놈들한테 무기가 있는 경우. 석궁이나 내 눈에 안 보이는 뭔가가 있는 경우. 놈들한텐 무기가 없어, 하지만 자넨 보호막이 필요하지. 모든 긴급 상황에 대비해서.

그는 그 말을 즐겨 썼다. 모든 긴급 상황에 대비해서. 하긴, 그게 그가 아직도 버젓이 살아 있는 이유니까. 그것만은 나도 인정해, 그래야겠지. 뱅리.

썰매를 덤불 속에 숨기고 그 뒤에서 대기해. 알겠나?

해볼게. 침묵. 뱅리?

말해 힉.

내 탄창엔 탄약이 다섯 발 들어가. 약실에 하나가 더 들어가지. 여섯 발이군.

침묵. 래빗브러시를 스치는 산들바람 소리가 들렸다. 갑자기 주위가 너무너무 고요하게 느껴졌다.

만약 놈들이 날 덮치면 아홉을 어떻게 죽이지? 여섯 발로?

무전기가 지직거린다. 그 소리가 이렇게 반갑기는 처음인 것 같다. 중재의 소리, 총격전 속 정적의 소리, 전술의 대가의 소리. 뱅리.

좋아 잘 들어, 힉. 숨을 쉬고 들어. 다시 기지개를 켜. 자넨 아무 생각이 없는 거야, 저 개자식들이 자네 뒤를 쫓고 있는 줄은 꿈에도 모르는 거야. 노래를 부르는 것도 나쁘지 않겠어.

노래를?

그래, 노래. 아니면 휘파람을 불거나. 휘파람보다 더 마음을 달래주는 건 없지. 자 이제 내 말 잘 들어, 힉. 놈들이 그 우곡 가장자리에 오거든 일단 기다려. 그리고 사격을 준비하는 거야. 오른쪽에서 왼쪽으로 쓸어. 그편이 쉬울 테니. 알겠나?

알았어.

말해봐.

오른쪽에서 왼쪽으로. 10-4.

좋아. 오늘 아침 자네 운이 아주 좋지 않더라도 둘이나 셋까진 처치할 수 있을 거야. 최소한. 더구나 자넨 숨어 있다가 쏘는 거잖아. 처음 몇 발에 놈들은 놀라 까무러칠걸, 내 말 믿어. 놀라서 까무러칠 거야. 자넬 다 잡았다고 생각했을 테니까. 자네가 아무 생각 없이 집으로 돌아가는 지치고 가엾은 사냥꾼이라고 생각했을 테니까. 자기들이 빌어먹을 우리 구역으로 들어왔다는 걸 몰랐을 테니까.

그가 나를 위해 응원 연설을 하고 있었다. 효력이 있었다. 뱅리이 씨발놈.

힉?

응?

듣고 있나?

그래. 지금 놈들은 뭘 하고 있지?

놈들은 신경쓰지 마. 놈들은 가진 게 시간뿐이라니까. 자네가 멈춰 서서, 휴식을 취하는 동안은, 놈들은 움직이지 않아. 좋아, 힉, 자네가 두세 발 먼저 쏘는 거야. 오늘이 자네의 빌어먹을 생일이라면 네 발까지도. 그러면 나머지 놈들은 피할 곳을 찾으려고 납작 엎드리고 자네 위치를 확인하려 하겠지. 놈들은 자네 위치를 확인할 시간이 없었으니까. 이제 총알을 가까이에 둬. 전부 손에 들고 있진 말고, 그랬다간 총알을 떨어뜨릴 수 있으니까. 총알을 정렬해 하나둘셋넷 다섯. 열 개를 정렬해. 좀 넉넉히 쓰고 싶으면 열두 개까지. 썰매 바로 위에. 열 개.

열 개.

좋아. 자네에겐 측면 장전 방식 탄창이 있어. 그 망할 놈의 레버액션* 308구경에 대한 향수는 도저히 이해가 안 가. 그거 뭐야? 새비지 99**?

그게 뭔지 그는 정확히 알고 있었다.

새비지 씨발 99. 빌어먹을 힉. 아주 기쁜 일이군. 아주 기뻐.

기쁘다고?

씨발 그렇다니까. 탄창을 옆으로 장전하잖아. 그게 회전 방식보다 훨씬 빠를 테니까. 엄지로 밀어넣기만 하면 되잖아. 한 번에 하나씩, 절대 서두르지 마. 시간이 있다면 천천히 조용히 여섯번째까지 밀어넣어야겠지. 놈들이 아직 자네 위치를 파악하는 걸 원치 않을 테니 조용히 해. 놈들이 아직 파악하지 못했다면 말이야. 아직 파악 못했어. 알겠나?

나는 심호흡을 했다. 탈진한 상태였다. 뱅리가 내 뒤를 봐주고 있다는 게 갑자기 너무너무 기뻤다. 이렇게 기쁘긴 처음이었다.

---

* 총을 장전하는 방식 중 하나. 핸드가드 뒤쪽에 있는 로딩스프링에 총알을 넣고 레버를 이용해 장전한다.

** 미국의 총기회사 새비지 암스에서 제조한 레버 방식 소총 시리즈 중 하나.

알았다. 10 씨발 좆같은 4.

역시 우리 힉이로군. 이제 일곱에서 다섯쯤 남았을 거야. 자넨 방어막이 있고, 숨어 있고, 만약 놈들이, 자네가 몇 명을 처치한 뒤에도 자기들의 쓸모없는 매복이 쓸모 있었다고 판단하고 계속 달려든다면, 내가 생각한 것보다 심각한 놈들이겠지. 그러진 않을 거야. 하지만 놈들이 열받을 수도 있어. 열받을 가능성. 그것도 생각해야 해. 네놈이-방금-지능이-모자라는-내-쌍둥이-형을-죽였어, 하는 식으로 완전히 열받는 거 말이야. 그렇게 되면 열받은 쪽이 유리해지거든.

나는 웃음을 터뜨렸다. 거기서 그렇게 얼굴에 햇살을 받으면서, 아마도 약탈자의 향기와 죽은 내 개의 향기를 머금고서 산에서 불어오는 산들바람을 맞으면서, 나는 웃음을 터뜨렸다.

웃는 거야 우는 거야?

진심으로 걱정하는 목소리였다.

웃는 거, 웃는 거야. 재스퍼가 죽었어. 자다가.

그것 참 안됐군, 힉. 정말 유감이야. 이젠 정신 차려. 힉!

알았어 알았어. 모자라는-형-때문에-열받는 경우. 나도 같은 생각이야, 뱅리.

임무에 집중해 힉. 임무만 생각해. 사 분에서 칠 분 정도 남았어. 만약 놈들이 열받아서 덤비면 두어 명 더 쏘고, 그럼 다 끝나는 거야. 나머지 놈들은 줄행랑칠 테니까, 내가 장담해. 만약 놈들이 보기보다 영리하다면 일단 흩어지겠지. 자넬 포위하려 들 거야. 그러면 상황이 심각해지지만 내 위치에서 각이 잘 나와. 자네가 탑을 20피트 높이로 짓자고 했던 거 기억하나? 20피트면 된다고? 그런데 내가 30피트로 하자고 해서 자네가 이주 동안 엄청 까칠하게 굴었던 거? 기억해? 그리고 전망대는? 이중으로 받쳐서 더 견고해진 전망대는? 바로 이런 것 때문이었어. 여기서 놈들이 다 보여. 전부 다. 지금은 숨어 있지만, 놈들이 움직이면, 심지어는 엎드려서 움직여도, 내가 잡을 수 있어. 그러니까 일단 가만히 있어. 놈들이 흩어지면, 그냥 장전을 해, 그러면 내가 놈들을 불러모을 테니까. 자넨 니들 락*을 바라보고, 서쪽으로 향하는 거야, 그게 열두시 방향이고 내가 거기서 놈들을 불러모을 거야. 방향과 거리. 사격 연습용 표적 같겠지.

힉? 알아들었나?

연습용 표적. 니들 락은 열두시 방향.

잘했어. 목소리가 정말 침착해, 힉. 아 참, 그러고 보니 나머지 무기들도 챙겼나? 자네 글록은?

---

* 콜로라도 주 델타 카운티에 있는 돌출 바위.

챙겼어.

착착 진행되고 있군. 내가 말한 대로 하는 거야. 다른 작전이 다 실패하고, 한 놈이 너무 가까이 다가오거든, 무조건 권총으로 놈을 조져. 뒈졌는지 반드시 확인해야 해. 몸을 숙여서 시야에서 빠진 다음 놈이 죽었는지 확인하는 거야. 알겠나?

알겠—10-4.

이제 물병을 들고, 휘파람을 불면서, 줄을 잡고 움직여.

나는 그대로 했다. 휘파람을 불었다. 이마에 거는 짐 멜빵처럼 줄을 이마에 걸었는데, 그게 내가 어깨 근육을 쉬게 하는 방식이었고, 그러고는 다시 걷기 시작했다. 아주 천천히. 갑자기 뼛속까지 피로감이 밀려왔고, 내가 기억하는 그 어느 때보다도 피로했다. 마음 한편으로는 이대로 여기 누워 따스한 아침 햇살 속에 잠들고 싶었고, 놈들이 고기를, 총을, 내 목숨을 가져가기를 바랐다. 그렇게 다 끝내버리고 싶었다. 그러나 다른 한편으로는 뱅리와 함께 이 일을 하고 싶었다. 그러니까 내 말은, 나는 뱅리가 이 도전에 흥분해 있고 그 씨발새끼가 진심으로 날 믿고 있다는 걸 알았다. 내가 이 일을 해낼 수 있다고 믿고 있다는 걸. 이상한 얘기지만, 그를 위해 이 일을 해내고 싶은 마음도 있었다. 아마도 팀은 대체로 개인들의 집합보다 강하기 때문일 것이다. 나는 고삐를 맨 노새처럼 몸을 앞으로 숙이고 썰매를 당겼고 매끄러운 길 위로 썰매가 움직이기 시작했고, 일단 궤도에 오르자 끌기가 수월해졌다. 얕은 우곡 가장자리에 이르러서는 줄을 한 손에 모아 쥐고 뒤로 걸어가 톱으로 자른 카약의 운반용 손잡이를 잡고는, 조심조심 썰매를 둔덕 위로 넘겼다. 짧은 경사면을 내려올 때는 손으로 썰매를 잡아 조절했다. 바닥에 이르렀을 때, 썰매는 여전히 미끄러져내려오고 있었고, 나는 최대한 힘껏 당기며 맞은편으로 향했다. 바닥은 모래였고, 숨을 곳이 없었다. 나는 최대한 빨리 그곳을 지나갔다. 내가 시야에서 사라지는 순간 놈들은 내 뒤를 쫓을 것이고, 달리기 시작할 것이다. 나는 썰매를 얼른 맞은편 빼곡한 세이지 덤불 속에 밀어넣고 길 방향에 모로 세워놓았다. 그와 거의 동시에 벅 나이프를 꺼내 굵은 나뭇가지들을 자르기 시작했다. 일 분도 채 되지 않아 썰매를 잘 감출 수 있었다. 원래 초록색 카약, 숲 빛깔 초록색 카약이었고 내가 밝은 자홍색이 아니라 거의 위장용 군복 색깔의 카약을 고르는 예지력이 있었다는 사실이 그 순간 너무도 기뻤다.

50야드 남았네 힉. 우곡까지 50야드.

나는 썰매에 묶어두었던 소총을 꺼냈고, 탄약 한 상자를 꺼냈고, 엎드린 다음, 권총을 사슴 뒷다리의 평평하고 딱딱한 가죽 위에 올려놓았다. 언제나 나는 사냥한 짐승을 가죽이 있는 상태로 사등분한 다음, 나중에 가죽을 벗겼다. 더 힘들긴 해도 그편이 운반할 때 고기의 상태를 훨씬 잘 보존해주었다. 그렇게 하길 다행이었다. 짧은 털이 308구경 총신을 안정적으로 받쳐주었다.

30야드. 30야드야 힉.

속삭이고 있다, 속삭이는 것에 가깝다.

속도를 늦추고 있어. 평지에서 일렬종대로 가고 있어. 놈들은 아무것도 몰라, 힉. 듣고 있나? 자네한테 유리한 상황이야. 침착해, 놈들이 안으로 기어들어올 때까지 기다려. 그리고 오른쪽에서 왼쪽으로, 앞에서 뒤로 쓸어버려. 다시 장전하고. 한번 더. 문제없을 거야. 이제 입 닥칠 시간. 즐거운 시간 되길.

그가 사라졌다. 뱅리. 별 희한한 소리를 다 하네. 즐거운 시간 되라니. 하지만 그 개자식은 진심으로 한 말이었고, 중요한 건 바로 그것이었다. 그 사실이 내 머리에 어떤 작용을 했다. 나는 흥분했다. 사슴 가죽 위에서 소총의 균형을 잡고, 벨트에 찬 권총집에서 글록 권총을 꺼낸 뒤 슬라이드를 뒤로 당겨 사슴 가죽 위 오른쪽에 놓았다. 2피트 거리에. 상자에서 빨간 플라스틱 재질의 총알 꽂이를 꺼내 총알을 하나씩 뽑아 뾰족한 부분이 위로 향하도록 소총 오른편에 놓아서 방향을 바꾸지 않고도 엄지로 밀어넣을 수 있게 했다. 손이 약간 떨렸다. 아주 약간. 즐거운 시간 되길. 그 말 한마디가 모든 걸 바꿔놓았다. 솔직히 넌 잃을 게 하나도 없어 힉. 이게 내가 나 자신에게 한 말이었다. 그러니까 마음껏 즐겨보자고. 심장이 두근거렸지만, 고등학교 시절 축구 경기 때 느꼈던 것 같은 행복한 두근거림이었다. 나는 골키퍼였고, 종착역이었고, 최후의 보루이자 팀이 신뢰하는 비장의 무기였고, 지금 내가 꼭 그런 기분이었다. 경기를 죽 쑤면 쥐구멍에 들어가겠다고 생각하지만, 일단 경기가 시작되고 나면, 그저 행동할 뿐 생각 따위는 하지 않았고, 두려움을 뚫고 희열이 솟았다. 그 기분이 지금 이 순간 내 기분과 거의 비슷했다. 잃을 것이 아무것도 없다는 건 너는 이미 죽었다는 사무라이 정신과 상당히 유사하다. 그것이 내가 나 자신에게 한 말이었다.

열세 개의 놋쇠 총알을 일렬로 늘어놓는다. 행운의 13. 나는 레버를 앞으로 밀고 총알 한 개를 약실에 넣은 뒤 엄지로 탄창에 밀어넣었다. 열두 개가 남았다, 한 줄로 선 씩씩한 놋쇠 용사들. 완전 장전 두 번 분량. 숨을 한 번 크게 쉬고 호흡을 가다듬었다. 사슴의 근육과 가죽 아래 허벅다리 뼈에 편안히 힘을 실었다. 가슴을 대고 눌렀다. 오른손은 리시버에 손가락은 방아쇠에 올리고 두 눈은 길이 끝나고 경사면이 시작되는 가장자리에 고정했다. 그 지점의 흙은 썰매와 우리의 세월이 문지르고 지나가서 거의 광이 날 정도였다. 아마도 150피트 정도. 그리고

첫 타자는 반쯤 웅크린 상태로 나타났는데, 빠르지도 느리지도 않았고, 주위를 살피면서 속도를 늦추었고, 당황한 표정이었다. 어쨌든 왔다. 잿빛 턱수염을 기른 앙상한 남자인데, 맨살이 드러난 양쪽 팔이 교도소 문신, 별과 십자가 문신으로 뒤덮여 있었고 검을 들고 있었다. 우라질 기사騎士용 검. 먹잇감이 보이지 않자, 먹잇감이 보이기를 기대하면서, 반사적으로 몸을 일으키더니 우곡 안으로 들어와 썰매가 모래 위로 미끄러진 자국을 살펴보았다. 그 뒤로

따라붙은 남자는 돌격하고 싶어 안달이 났는지 첫번째 남자를 밀치며 달려왔는데, 거구였고, 빨간 턱수염을 길렀고, 역시 검을 들고 있었다. 이전까지의 모든 생각들이 멈추었다. 살인자들. 놈들은 살인자들이었다. 나는 놈들을 원했다. 좋았어 씨발, 힉, 잘하고 있어. 마치 텔레파시처럼 뱅리의 목소리가 들렸다. 어쩌면 정말 입안에 군침이 돌았는지도 모르겠다. 그동안 이놈들 앞에 쓰러진 먹잇감들이 딱했다. 세번째 남자는 머리가 길었는데, 철사 같은 더러운 머리카락을 허리까지 길렀고, 얼굴은 깨끗하게 면도했고, 검은색 가죽 바이커 조끼를 입었다—나사못을 잔뜩 박은 야구방망이를 들고 있었다. 4분의 1인치 정도 길이의 못을 못대가리를 쳐내고 끝을 날카롭게 깎아서 박은 것 같았다. 빨간 놈과 나사못 몽둥이가 앞장서던 남자를 앞지르며 살의라고밖엔 말할 수 없는 충동에 휩싸여 우곡 바닥으로 내려왔고, 바닥을 100피트 정도 더 걷고 나서야 멈춰 서서 주위를 살피기 시작했다. 내겐 이 세 놈이 있었다. 다른 세 놈이 더 오고 있었는데, 그들은 움직이는 흐릿한 덩어리였다. 내겐 그들이 있었다. 앞에서 뒤로, 앙상한 우두머리, 빨간 놈, 나사못 순서로 왼쪽에서 오른쪽으로. 조준 망원경의 십자선을 우두머리에게 맞추고, 방아쇠를 당겼다. 익숙한 충격, 총이 털에서 튀어오르고, 가죽이 조금 들추어지고, 레버로 장전한 뒤 오른쪽으로 움직이고, 사슴 두 마리 혹은 세 마리를 잡을 때 여러 번 했던 일이고, 가운데 표적을 향해 오른쪽으로 움직이고, 총열이 나머지와 한 주먹 거리에 있지만, 상관없다, 이상 무, 가운데 빨간 놈을 조준하고 쏜다. 탕! 다시 장전. 결정할 것 없이 그냥 쏜다. 처음 두 놈이 쓰러지는 것을 거의 의식하지 못했던, 마지막으로 남은 나사못이 총탄을 피해 몸을 숙이려는 순간 탕, 그가 어깨인지 옆구리인지에 총을 맞고 빙그르르 돌다 쓰러져 바닥에서 꿈틀거렸고, 그러다가 일어섰고, 우곡 가장자리에 있던 일행이 흩어지고 와해되려는 찰나, 가장 큰 표적을, 두 놈이 함께 있는 곳을 조준하고 당긴다. 팔 하나가 뒤로 젖혀졌다가, 날아가 떨어진다. 장전. 넷. 넷! 뭔가가 밀려든다, 희열도 아니고 승리감도 아니지만 그 비슷한 뭔가가. 나는, 우리는, 팀이었고, 우리는 넷을 해치웠다—

힉, 빠져! 뛰어!

무전기 소리가 크고, 긴박하다, 거의 실성한 수준으로 긴박하다.

나한테로 뛰어 친구! 당장! 글록! 글록을 챙겨. 총알을 줍고 한 손으론 소총을 들고 뛰어! 뛰라고! 나한테로!

맙소사. 나는 그렇게 했다. 그 명령의 뭔가가, 그 명령, 너무도 명확한 순서가, 신이여 그를 축복하소서, 나로 하여금 글록을 챙겨 오른쪽 주머니에 쑤셔넣고, 총알 한줌을 움켜쥐고, 총을 들고, 뛰게 만들었다. 뒤를 돌아보았다. 내가 돌아본 순간 다섯 명이 도랑 안으로 들어와 흩어져서 전속력으로 뛰어오고 있었다. 놈들은 빨랐다. 호리호리하고 빨랐고, 짐도 없이 홀가분한 상태로 손에 무기를 들고 있었다. 이 이미지. 흩어져서 돌격해오는 다섯 명의 장정들. 모래 때문에 속도가 느려지긴 할 테지만 삼십 초 내로 날 따라잡을 것이다. 한 명, 단 한 명이 날 죽일 것이다. 뛰었다. 총, 총알을 손에 들고, 뛰었다. 최대한 빨리. 한번 더 뒤를 돌아보았을 때, 놈들은 우곡 바닥에 있었고, 벌판에 있었고 거리를 좁혀왔고—

타다다탕

뇌진탕 퍼붓는 흙비 입과 눈 속의 흙

우다다다

팔로 머리를 감싸고 오 하느님 성모마리아님

우르르르르

부르르 떨리는 땅 흔들리고 할퀴는 흙 뭉텅이로 움직이는 흙 비처럼 내리는 자갈과 수풀과 나무토막 속에서 쏟아지는 모래 쿵 하고 떨어지는 돌대가리 한 놈 그리고

침묵. 윙윙거리는 귀, 윙윙. 축축하다. 코에서 피가 흐른다.

윙윙거리는 정적 속에서 무전이 들려온다, 힉? 힉? 힉! 살아 있나? 힉!

몸의 각 부위들. 두 손이 땅 위에서 움켜잡는다. 무엇을? 머리를. 머리가 그대로 붙어 있네 머리가. 귀가 윙윙거린다. 옆으로 눕고,

소매를 코에 댄다, 피가 흐르네, 나쁘지 않아. 침을 뱉는다. 눈. 눈도 또렷하다, 무딘 손가락들, 호흡. 다 있다

힉! 젠장 자네 살아 있군! 숨을 좀 쉬게, 숨을 쉬어. 부러진 데는 없고? 다 붙어 있나? 일어서봐. 천천히. 힉!

무릎까진 괜찮다. 한동안 그 상태로 있는다, 아마도 일주일쯤. 손과 발을 짚고. 코에서 땅으로 피가 떨어지는 게 보이고, 이건 좋은 일, 좋은 징조다. 손과 발로 땅을 짚고 숨을 내쉰다. 숨. 괜찮아 난 괜찮아.

힉, 놈들은 없어, 흩어졌어. 한 놈, 아니, 한 놈의 일부가 보이는데, 100피트 후방이야. 사상자가 더 있을 거야. 나머지는 시야에 안 잡혀. 갔어, 힉. 내 말 들리나? 정신이 좀 들거든, 자네 무기 소총 위치를 확인해.

힉? 자넨 멀쩡해. 뇌진탕이 조금 온 것뿐이야. 글록 아직 갖고 있지? 힉? 주머니를 확인해. 글록이 아직 있다고 말해줘. 위험이 완벽하게 제거될 때까지. 말해줘.

손과 발. 몸을 굴려 앉는다. 햇살 속에서 눈을 깜빡인다. 내게 말하고 있다. 뱅리가 내게 말하고 있다. 무전기. 가슴으로 손을 뻗는다. 손이 슬로모션처럼 뻣뻣하고 느리고, 마이크 버튼을 누르는데 기운이 없다.

나. 나

흭 자넨 무사해. 잘했어 친구

나. 나 글록 챙겼어

저런. 좋아. 아주 잘했어, 흭. 몇 분만 그대로 있어. 숨을 쉬어.

정적.

뱅리

왜, 흭?

자넨 늘 나에게 숨을 쉬라고 말하는군.

무전기를 통해 들려오는 웃음소리. 진심으로 안도한 웃음소리. 시원한 물 한줄기.

씨발 숨을 안 쉬는 것보단 그게 낫잖아, 안 그래, 흭?

좀더 이어지는 웃음소리.

잘했어, 흭. 씨발 진짜 잘했어. 초전에 넷을 쐈어. 넷이나! 내 예상을 완전히 뛰어넘었어. 기껏해야 두 명 정도 보낼 줄 알았지, 목소리가 약간 떨리는 것 같았거든.

웃음.

고마워.

침묵.

씨발 방금 뭐가 어떻게 된 거지? 뱅리. 무슨 짓을 한 거야?

박격포. 81밀리 브리티시. 언젠간 그 개새끼를 한번 쓰고 싶었어. 내가 자네한테 만들게 했던 그 전망대 말이야. 바로 이 박격포를 위한 거였어 힉. 덕분에 자네 목숨을 구했지. 언젠가 깜짝쇼를 하고 싶었어, 생일 선물처럼.

치직 소리.

자네 깜짝 놀랐지, 힉? 놀라고말고. 아직도 꽤 남았어. 똥물이 튀기는 상황이 되면 쓰려고.

햇볕을 받으며 땅바닥에 주저앉아 콧속의 피가 바삭거릴 정도로 마르는 동안 나는 박격포 얘기를 이해하려 애썼다. 뱅리 이 씨발 놈. 그 오랜 시간 동안 박격포를 탑 옆에 숨겨놓았다니. 하느님 맙소사.

치직 소리.

아홉 명이 살금살금 자네 뒤를 밟는 걸 처음 본 순간 바로 내려가서 수풀 속에 숨겨둔 그 개새끼를 가져왔지. 아무래도 자네한테 짱짱한 화력의 도움이 필요한 상황 같아서 힉.

침묵.

하지만 자네 정말 잘했어. 어쩌면 박격포 없이도 성공했을지 몰라. 자네의 사격 솜씨를 보아하니. 젠장.

내 소총은 15피트 거리의 관목 덤불 밑에 떨어져 있었다. 나는 전처럼 고개를 뒤로 젖혔다. 눈을 감았고, 햇살이 얼굴에 쏟아졌고, 윙윙거리는 소리가 떠돌이 바람처럼 천천히 잦아들었다. 웃었다. 울기도 했다. 웃으면서 울었다, 얼마나 오래 그랬는지 모른다, 미친 사람처럼.

★

그날 오후 비행을 했다. 도저히 그럴 몸 상태가 아니었지만, 그래도 했다. 나머지 넷을 찾기 위해, 그들이 가족들, 혹은 우리를 치려고 어떤 계획을 꾸미고 있는지 알아보기 위해서였지만 징후를 찾을 수 없었다. 그들은 산 쪽으로 내뺐다. 최선의 방법. 비행. 몇 년 만에 처음으로 재스퍼 없이. 재스퍼의 꿩 사냥 퀼트는 아마도 행운을 위해, 그 자리에 그대로 두었고, 녀석이 앞으로 고꾸라지지 않도록 여전히 선회는 조심스럽게, 하강은 가파르지 않게 했다—그것이 그동안 내가 나 자신을 훈련시킨 방식이었다. 크게 원을 그리며 날아가다가 서쪽으로 첫번째 고개들의 물결이 보일 때 선회해 낮게 날면서 대학살의 현장을 살펴보았다. 수풀 속에 큰 구멍 세 개가 패어 있었고, 시체는 뱅리가 나를 데리러 왔을 때 썰매로 옮겨 버려둔 자리에 그대로 있었다. 나는 썰매를 거의 끌 수가 없었다. 다리에 힘이 없는 건 아니었다. 관자놀이가 욱신거렸고, 이마에 통증이 있었고, 한 번에 다섯 발자국 이상 일정한 힘을 가해 썰매를 끌 수 있을 정도로 집중을 할 수가 없었다. 속도 약간 매스꺼웠다. 뱅리는 인내심을 보였고 썰매를 같이 끌며 이렇게 말했다.

힉 좀 쉬어. 여긴 당분간 내가 맡을 테니까. 긴 하루였어.

나에게 숨을 쉬라고 말할 셈이야?

그는 물통의 플라스틱 튜브로 물을 한 모금 마시고는 다시 본다는 듯 나를 쳐다보았다. 그의 뺨에 담배 부스러기 하나가 붙어 있어서 마치 점처럼 보였다. 메릴린 먼로의 점 위치와 정확히 일치했다.

힉?

응.

숨은 자네가 쉬고 싶을 때만 쉬어. 그런데 말이야, 자네가 그런 말을 하니 안심이 되는군. 자네 지금 뇌진탕 상태야 힉 그건 분명해. 그 점에 대해선 진심으로 미안하네. 하지만. 장거리 사격으로 죽는 것보단 낫잖아. 상황이 그렇게 심각한 건 아니야. 자네 두 눈이 한 방향을 보고 있고 우리의 힉이 유머 감각을 잃지 않았으니까.

그가 썰매 줄을 이마 앞으로 내리고 몸을 숙인 뒤 걸어갔다.

비행기에서는 다 보인다. 모래밭에서 썰매를 끌고 나온 흔적과 썰매를 숨겨두었던 덤불, 흙속에 뒹구는 탄약 상자 속의 빨간 플라스틱 총알 꽂이 조각, 첫번째 포탄이 80피트도 채 떨어지지 않은 지점에 떨어졌을 때 내가 있었던 자리. 내가 쓰러뜨린 네 명, 세 명은 우곡의 모랫바닥에 한 명은 우곡 위쪽에. 새들, 독수리 까마귀 큰까마귀 까치, 내가 지나가니 후르르 흩어지며 날아올랐다. 박격포로 으깨진 사람이 나일 수도 있었다. 팔 하나와 머리 절반이 날아간 남자. 나는 여전히 머리가 아팠고 낮게 비행하며 그를 보는 순간 몸을 기울이고 창밖으로 토했다. 먹은 거라고는 통조림 콩과 뱅리가 격납고에서 만들어준 사슴고기 샐러드가 전부여서 별로 토할 것도 없었지만 그래도 내 위는 기체에 음식을 뿜어냈고 다음날 닦아내야 했다. 그렇다, 나일 수도 있었다. 박격포는 정확성을 기하는 무기가 아니었다. 뱅리는 그 길의 다섯 지점을 정확히 조준했고 자신 있었다고 했다, 그러나. 그것은 엄청난 도박이었고 그는 내가 완전히 압도당하는 모습을 보았다 그리고.

나는 손등으로 입을 닦은 뒤 남쪽으로 그리고 동쪽으로 비행하며 가족들에게로 가는 길을 정찰했고, 아무것도 발견하지 못했다. 동쪽에서 기수를 돌려 돌아오는 길 들판에 서 있는 열두 명 남짓한 사람들을 보았고 빨간 작업복이 장대에 매달려 축 늘어져 있는 걸 보았고 나는 착륙했다. 진입로를 덜컹거리며 달리다가 엔진을 껐다. 뻣뻣한 동작으로 비행기에서 내렸다.

에런은 키가 크고 우락부락한 남자로, 갈고리 모양의 수염을 길렀는데, 마치 나무를 깎아 만든 국자 모양 같았다. 그는 그들 대부분이 그렇듯 혈액병에 감염되어서 제 나이보다 훨씬 늙은 노인네처럼 천천히 조심스럽게 움직였다. 그가 기워 입은 플란넬 셔츠 밖으로 비죽이 나온 가느다란 손목 끝에 붙은 큼지막한 손을 흔들었다.

나도 손을 흔들면서 걸었고 그들 모두가, 엄마들 아빠들 아이들 모두 넝마주이들처럼 나에게 다가와 멈춰 섰고 우리는 밟아 다진 진흙 마당을 사이에 두고 서로를 바라보았다. 15피트. 서부영화에서 산사람이 어떤 초원에서 용감한 자들과 대면할 때처럼 무언의 합의를 이룬, 반드시 지켜야 할 거리. 혹은 정착민들이 토지를 탈취하는 목장주와 그가 고용한 총잡이들을 대면할 때, 말들은 그곳이 벼랑 근처이기라도 한 듯 항상 기둥에 단단히 묶여 있는 것처럼. 늘 서로 존중하는 비무장지대가 있었고 그것을 사이에 두고 말을 주고받았고 총알이나 화살이나 죽음이 뒤따랐다. 우리는 그곳을 그렇게 불렀다, DMZ. 처음엔 어색했지만 이젠 어색하지 않다. 우리는 이 문제를 놓고 토론을 하지도 않았고, 이 정도 거리를 두면 병이 전염되지 않는다는 의학적 근거도 없었다. 어쩌면 5피트 거리에서도 전염되지 않을 수 있고, 가벼운 접촉으로는 전염되지 않을 수도 있지만, 모두가, 누구보다도 내가, 이 공간에 대해 만족했다. 필요한 경우에는 그 공간 한가운데에 물건을 놓아두고 가져가게 했고, 그런 건 상관없었다.

에런이 물었다 재스퍼를 내려놓지 않을 건가요?

나는 그를 바라보며 눈을 깜빡였고, 비행기로 반쯤 몸을 돌렸고, 그러고는 그저 우두커니 서 있었다. 잠시 숨을 쉴 수가 없었다.

모두가 날 지켜보고 있었고, 그 시선을 압력처럼 선명하게 느꼈다. 나는 고개를 떨궜고, 소금물 한 방울이 땅에 떨어지는 것을 지켜보았다. 눈물을 닦았다.

힉 괜찮아요?

에런이 몸을 앞으로 숙였고, 가냘픈 등, 칠면조 같은 목, 턱수염도 숙였다. 상실의 땅. 이미 죽은 존재에 대해 이야기한다는 것. 나는 허리를 폈다.

죽었어요 에런. 산에서. 자다가. 늙었잖아요.

충격의 여파가 그 작은 무리를 뒤흔드는 것이 거의 보이는 것 같았다. 이곳의 가장 최근의 죽음은 어린아이 벤의 죽음이었다. 내가 비행기를 착륙시키고 재스퍼를 내려놓을 때 누구보다 신나했던 여덟 살인가 아홉 살 된 남자아이였다. 아이는 여러 번 규칙을 잊고 신이 나서 비명을 지르며 안전지대를 넘어와, 뒷다리로 서서 꼬리를 흔드는 개에게 팔을 뻗었지만 마치 그리스 자기瓷器에 새겨진 사람들처럼 결코 그곳에 도달하지 못했고*, 자신의 목표를 이루지 못했다—매번 부모 혹은 이모가 낮게 꾸짖으며 긴 팔로 아이를 채갔다.

정말 안타깝네요 힉. 우리들 모두 마음이 아파요.

그 말에 담긴 진정성, 그리고 품위. 그 모든 것을 잃었는데도 그런데도. 그들에겐 상관없는 일이었다. 그 개는 나의 개였고, 나의 가족이었다. 나는 두번째로 흘러내린 눈물을 닦아냈고 더는 눈물을 흘리지 않겠다고 생각했다. 그들 앞에서는 절대로.

고맙습니다.

---

* 영국의 낭만주의 시인 존 키츠가 영국박물관에 전시된 고대 그리스의 자기 표면에 조각된 다양한 형상에서 영감을 받아 지은 시 「그리스 자기에 부치는 노래」에는, 탐욕스러운 추적과 환희의 도피 끝에 낙원 속 나무 아래에 자리잡고 사랑의 행위를 시작하려다 키스하는 순간 영원히 굳어버린 연인의 이야기가 나온다.

한 소녀가 앞으로 나왔다. 소녀의 이름은 마틸다였다. 야생 과꽃을 한 움큼 들고 있었다. 소녀가 안전지대 가운데로 걸어와 꽃을 바닥에 놓고는 내게 미소를 지었다.

미리 꽃을 꺾어두었어요. 소녀가 말했다. 아저씨를 위해서.

선물로?

소녀가 날 바라보며, 고개를 끄덕였다. 미소를 지었고, 예뻤고, 피부는 창백했고, 눈 주위가 검었다.

고맙구나, 내가 말했다. 고마워. 그리고 나는 무너졌다. 그들 모두 앞에 서서 흐느꼈고, 주체할 수 없을 정도로 흐느꼈고, 몸을 떨었고, 눈물 사이로 소녀에게 미소를 지었다. 소녀의 미소가 사라졌고 소녀는 겁에 질린 표정으로 엄마의 치맛자락 뒤로 숨었고 나는 마음이 상했지만 도저히 멈출 수가 없었다. 재스퍼 때문이었지만, 단지 그것만은 아니었다. 이 모든 것 때문이었다. 이것이 지옥인가? 이렇게 사랑하는 것, 15피트 거리, 다가갈 수 없는 거리를 두고 슬퍼하는 것이?

나는 꽃을 주웠지만 뒤로 물러서지는 않았다. 그들은 모두 한 팔, 혹은 두 팔 남짓한 거리에 서 있었다.

고맙습니다. 내가 그들 모두에게 말했다. 재스퍼는 이곳에 오는 걸 좋아했어요.

사실이었다. 아이들 냄새를 맡으면 기분이 좋아졌던 것 같다.

꽃이 예쁘네요. 향기를 맡았다. 흠. 와.

싱긋 웃었다. 소녀가 엄마의 치맛자락을 붙잡은 채 다시 미소 지었다.

깃발을 꽂으셨어요?

에런이 고개를 끄덕였다. 마지막으로 온 것이 스프라이트를 배달하고 나서 일주일 지났을 때였다. 가족들이 밭에 물을 대기 위해 냇물에서 물을 끌어오는 데 사용하던 태양열 펌프가 고장났다. 퓨즈가 망가졌는데 그들에겐 퓨즈가 없었고 내겐 있었기 때문에 내가 다음날 아침에 하나 가져다주었다. 키 큰 여자 하나가 무리에서 앞으로 나왔다. 굉장한 미인이었다, 얼굴 반쪽이. 병이 그녀의 활력을 전부 앗아가진 않았다. 얼굴의 다른 쪽 반은 끔찍하게 불에 탔다, 아마 가스 폭발 같은 것으로. 그녀는 말할 때 불에 탄 얼굴을 돌려 옆얼굴만 보이게 했고 그래서 허공에 대고 말하는 것처럼 보였다. 그녀의 이름은 한때 유명했던 컨트리 가수 이름과 같은 레바였고 그녀 역시 노래를 잘 불렀고, 나도 들어본 적이 있었다. 그녀가 부서진 플라스틱 피클 양동이를 내밀었고 내가 그걸 받았는데,

손에서 손으로, 이렇게 직접 주고받는 건 처음이었고, 그 안엔 어린 상추가 들어 있었다.

우리 농사가 대풍년이에요, 에런이 말했다. 언젠가 상추는 안 심는다고 하셨던 기억이 나서. 그래서 생각했어요. 그가 말끝을 흐렸다.

나는 미소를 지었다. 웅크리고 앉아 내게 꽃을 준 소녀에게 손을 뻗었다.

괜찮다고 소녀의 엄마가 말했다.

소녀는 흙이 묻어 더러운 손을 내밀었고 나는 그 손을 잡고 살짝 움켜쥐며 미소를 지었다. 소녀의 엷은 갈색 눈동자를, 몸안에서 벌어지는 면역체계의 전쟁으로 충혈된 눈을 바라보았고, 그 조그만 손가락들을 한참 동안 잡고 있었다, 마치 그 손가락들이 구명줄이고 나는 물에 빠진 사람인 것처럼.

★

콩이 벌써 싹을 틔우고 있었고, 갈아엎은 땅 위로 조그맣게 말린 입을 내밀고 있었다. 도랑에 물이 흘렀다. 나는 뱅리에게 다시 나갈 거라고 말했다.

우리는 그의 작업실에 있었고 그의 작업실은 내 격납고 북쪽에 위치한 맥맨션의 낡고 퇴락해가는 거실이었다. 서쪽으로 큼직한 이중창이 나 있고, 활주로에서 떨어져 산 가까이에 있었다. 그곳은 소박하고 단순한 총기 제작소였다. 뱅리는 자신이 엔진이나 나무, 모든 종류의 목공, 농사, 특히 농사, 정원 가꾸기, 요리, 특히 요리, 언어, 역사, 산수 이상의 수학, 패션, 가죽 공예, 진 러미*, 재봉, 특히 수사修辭—예의범절, 서로를 존중하는 수사적 논쟁—에 대해 아는 게 일절 없는 것에 대해 변명하지 않았다.

그냥 내뱉어 힉 이 말이 마지막 순간에 그가 늘 하는 말이다. 그냥 내뱉어버리라고 빌어먹을 힘 조절 따윈 하지 말고. 어차피 여긴 너하고 나뿐이잖아 하하! 달리 좋은 인상을 줘야 할 사람이 없어.

하지만 그는 총에 대해서라면 알고 있었고, 총을 변형할 줄 알았고, 향상시킬 줄 알았고, 완전히 처음부터, 파이프와 낡은 접시 따위로 총을 만들 줄도 알았다. 그가 픽업트럭을 몰고 공항에 나타나던 그 오후, 트럭 뒤에 끌고 온 박스 트레일러 안에는 무거운 드릴 프레스, 용접기, 발전기, 분쇄기, 띠톱 같은 것들이 들어 있었다. 내가 그런 기술들—용접, 납땜, 담금질 같은 것—로 온갖 종류의 금속 제품을 만들 수 있지 않겠느냐고 지적하자 그는 특유의 거친 웃음을 웃었다.

* 카드 게임의 일종.

그런 데는 못 쓴다는 게 그가 한 대답의 전부였다.

그것 말고도 포스터를 쉰 장 정도 가지고 왔는데, 포스터 속 여자들은 전부 비키니를 입거나 그것마저도 입지 않은 채 다양한 무기를 들고 있었고 포스터들엔 콜트에서부터 시그, 윈체스터에 이르기까지 소형 무기 제조업계의 유명한 회사 이름들이 적혀 있었다. 그 포스터들은 한때 그림 액자들이 걸려 있던 월넛 패널 벽을 뒤덮었고 심지어 창문 가장자리에까지 붙어 있었다. 그 여자들은 소형 기관단총을 쏘거나 사격 자세를 취하고 마치 무화과 잎*을 들듯 권총을 들고 있었고 때로는 벗은 몸을 굳이 가리려고조차 하지 않았고, 그 사진들이 주는 고통, 발가벗은 여자들의 모습이 실제로 내 목을 조여왔기 때문에 나는 그곳 방문을 최소한으로 유지하고 있었다. 나 원 참. 그곳에 갈 때면 마당에서 그를 부르고 그가 대답할 때까지, 혹은 안으로 들어오라고 말할 때까지 기다렸고, 그런 식으로 그를 훈련해 그가 내 격납고에 느닷없이 나타나 심장마비를 일으키는 짓을 그만두기를 바랐지만 부질없는 짓이라는 것 역시 알고 있었다.

사슴고기가 엄청 많아, 힉, 그가 쥠틀에 고정한 커다란 파이프에서 몸을 일으키며 말했다.

* 회화나 조각에서 전통적으로 나신의 국부를 가리는 데 쓰인다.

얼마 전의 그 격전 이후 그는 수류탄 발사대를 설치하겠다고 선언했다. 그는 사실 발사대를 하나 갖고 있었는데, M203이었다. 하지만 사정거리가 내 목숨을 구하기엔 부적절하다고, 그래서 다시 만들 거라고 했다. 좀더 정확성을 기해야겠다고.

우리 힉을 또다시 뇌진탕에 빠뜨릴 순 없어, 그러면 너무 바보같아질 테니까.

그가 몸을 일으키고 눈을 찌푸리며 날 쳐다보았고 그동안 나는 벌거벗은 살인마 아가씨들을 보지 않으려고 애썼다. 이상도 하지. 그가 버리지 않기로 결심한 가죽 소파 옆, 낮은 테이블 위에, 한때 이곳에 살았던 가족의 사진 액자가 있었다. 스키 휴가를 떠난 가족, 헬멧을 쓰고 파카를 입은 금발의 세 아이와, 그 뒤에서 스키를 들고 환하게 웃고 있는 그들의 부모, 그들 뒤로 펼쳐진 눈 덮인 산처럼 새하얀 그들의 치아. 베일*이나 어디 산꼭대기인 것 같았다. 나는 그 사진에 대해 한 번도 물어본 적이 없었다. 한때 이곳을 채웠던 화기애애한 가족의 온기를 상기시키기 위한 게 아니라는 것 정도는 직관으로 알 수 있었고, 그보다는 뱅리식의 점수 계산법일 공산이 더 컸다. 이 여피새끼들아, 너희들이 다 가진 것 같았겠지, 하지만 이 쇠락한 거실에 지금 누가 사는지 한번 봐, 말처럼 혈기왕성한 이 몸이 너희들이 지키지 못했던 이 집을 지키기 위해 더 훌륭한 무기를 만들고 있다고.

* 콜로라도 주의 스키 리조트.

단지 추측일 뿐.

또 낚시 휴가 가고 싶은 거야? 지난번 휴가가 충분히 짜릿하지 않았나?

고개를 젓는다. 그냥 비행할 거야.

비행?

그랜드정크션. 얼마 전에 거기서 무전을 받았어. 관제탑에서.

그의 손이, 너무나 크고 뭉툭해 짐승의 발 같은 그 손이, 파이프를 놓고 줄을 내려놓았다. 처음 이 생활을 시작할 때 나를 시켜 만든 총 진열대 밑에 서서 그가 나를 바라보았다—그는 일개 소대의 화력을 손닿는 거리에 확보해두지 않고는 아무것도 하지 않았다.

얼마 전?

삼 년.

그의 미소는 반듯한 가로줄이었다. 그가 뺨에 난 짧은 수염을 문질렀고 거실 맞은편에서도 털이 버석거리는 소리가 들렸다.

삼 년이라.

그는 반쯤 돌아서서 마치 시공 속에서 그 거리와 계절의 변화의 관계를 가늠해보려는 듯 서쪽으로 난 창밖으로 정크션 방향을 바라보았다. 아주 짧은 순간, 처음으로, 나는 그에게서 나이들어가는 남자의 모습을 보았다. 그가 돌아섰다.

젠장 힉. 자네 전화에 응답을 썩 잘해주는 편은 아니었군.

내가 그에게 미소 지었다.

힉?

응?

자네 지금 중년의 위기라도 겪고 있는 건가?

그의 바로 뒤 왼쪽 커다란 창문 옆의 벽에는 유명한 체코인 모델이 짤막하고 괴상하게 생긴 기관총을 들고 있었는데, 아마도 우지 기관단총 같았다. 그녀는 왼쪽에 체중을 싣고, 오른쪽 골반을 옆으로 내밀고 있었는데, 그 모든 기하학이 보는 이의 시선을 그녀의 초록빛 눈동자에서 삼각형 모양의 아주 성글고 검은 털이 덮인 수줍은 듯 돌출된 부위로 이끌었고 그 성긴 털은 짧은 길, 약속의 땅으로 이르는 그 길을 가리지 못했다. 나는 죽을 것 같았다. 바로 호흡이 가빠졌다. 문득 뱅리는 뼛속까지 전략가라는 생각이 들었다. 그는 어떤 상황도 즉각 파악했고, 시계태엽을 감는 스프링, 그 취약한 진입로를 찾아냈다. 내가 중년의 위기를 겪고 있었던가?

그런 거 믿지 않아, 내가 말했다. 우리의 빌어먹을 인생 자체가 위기니까.

그렇게 생각해?

아니.

처음엔 엘크, 이제는 관제탑. 300마일 거리야. 귀환불능지점이 어디지?

연료를 말하는 거였다. 다시 돌아오기에 연료가 충분하지 않아지는 지점.

260.

아무래도 자넨 허상을 좇는 것 같아 힉. 우리 둘 다 죽게 만들고 싶은 거야?

나는 어느 가족의 거실 한복판에 서 있었다. 대형 평면 TV가 있고, 입체 음향 스테레오 시스템이 있고, 사이드테이블 위에는 만곡이 넘는 노래가 담긴, 컨트리 팝이 많이 담긴 오디오 플레이어 장식장이 있었다. 뱅리는 그걸 전부 뜯어내고, 진열대를 걸고 포스터들을 붙였다. 거실 한복판의 테이블에는 게임기가 있었다. 그 게임을 틀어본 적이 있다. 세계 전쟁 7편. 뱅리가 그 게임을 좋아할 줄 알았다. 그런데 내가 그 게임을 틀자 그는 고개를 돌렸고, 게임을 끄자 눈에 띄게 안도했다.

알아, 내가 말했다.

그가 나를 바라보았다. 그의 광물성 눈빛, 그의 경직된 미소.

위험한 일이라는 건 알고 있어. 거기서 무전을 보낸 사람이 누구든 전력을 가진 사람이었을 테지. 관제탑에 있었으니 강력한 무전 시스템을 갖고 있었겠고. 어쩌면 뭔가 알고 있는지도 몰라.

뭔가 알고 있다고?

어떤 소식.

소식이라.

아랍인들에 관한 소식이나 뭐 그런 거.

뱅리는 움직이지 않았다. 그러다가 짐승의 발 같은 손으로 줄과 파이프를 집어들고 고개를 낮추었다.

힉 자넨 상어야, 그가 말했다. 계속 움직이지 않으면 죽지. 하고 싶은 건 기어이 하고야 말고.

둔덕 아래 혼자 누워 나는 밤새도록 그 말을 생각했다. 다리에 느껴지던 재스퍼의 무게가 고통스러운 부재로 다가왔다. 그리고 마지막 겨울 별자리들이 서쪽 지평선으로 사라지는 모습을 지켜보았다. 그것이 그만의 허락 방식이었다. 허락은 필요하지 않았다. 그래도.

★

이른 5월의 청명하고 고요한 아침, 연료 펌프 옆의 풍향계는 가만히 걸려 있고, 산 위의 하늘은 투명한 파란 빛깔로 동그랗게 파문이 이는 물 한 그릇이다. 우리와 함께 사는 흰이마딱새는 이제 겨우 따뜻해진 아스팔트의 첫 온기를 타고 떠다닌다. 편안한 선회. 그 수컷 흰이마딱새의 짝의 둥지는 우리가 물고기를 잡는 연못 가장자리의 미루나무 위에 있고 어제는 아기 새들이 악을 쓰며 짹짹거리는 소리도 들었다. 내 생각엔 세 마리 같다. 어미 새가 일어서더니, 커다란 날개를 한 번 퍼덕이고 살기등등한 날카로운 눈빛으로 나를 보았다. 어미한테 함부로 개기지 마. 그런 건 꿈도 안 꿔, 라고 나는 소리 내어 말했다.

펌프를 작동시켜 6갤런들이 연료통 두 개를 채우고 내 좌석 뒤에 싣는다. 75파운드 미만. 탱크를 완전히 채우면 55갤런을 쓸 수 있다. 여분의 연료가 한 시간 남짓한 시간을 벌어주겠지만, 가는 길에 정찰을 한다면 충분한 양은 아니고, 돌아오기에 충분한 양도 아니다. 하지만 필요할 때 가뿐히 착륙하고 이륙할 수 있어야 하기 때문에 더이상의 연료는 싣지 않을 생각이다. 생존을 위한 30파운드 무게의 배낭에는 열흘 동안 먹을 육포, 말린 토마토, 옥수수, 올리브유 두 병이 들어 있다. 그리고 물 5갤런도 넣었는데 아마도 필요치 않을 것이, 그랜드정크션이라는 이름은 두 개의 큰 강줄기가 만나 양다리를 벌리고 앉은 형상을 이룬 데서 붙여진 것이기 때문이다. 하지만 폐허가 된 마을이라 무슨 일이 일어날지, 강까지 가는 길이 얼마나 험할지 알 수 없다. 물은 언제나 필수.

재스퍼의 꿩 사냥 퀼트를 조수석에 놓았다. 그리고 AR 소총과 기관총을 녀석의 자리 앞 수직 거치대에 세워놓았다.

계획이 뭔데, 힉? 거기까지 날아가야지.

그다음엔? 그곳 사람들을 만나봐야지.

그다음엔? 소식을 주고받아야지.

너한텐 전할 소식이 없잖아.

나한텐 다른 게 있어.

그다음엔? 집으로 날아오나?

좋은 질문이군.

연료를 다시 채워야지.

행운을 빌어.

나와 내가 나누는 대화. 뱅리는 어디 있는지 보이지 않는다. 사다리를 올라가, 비스트의 뚜껑을 연다. 펌프를 작동하기에 충분한 직사광선, 펌프의 계기창에서 아날로그식으로 딸각거리며 숫자 넘어가는 소리가 듣기 좋다. 왼쪽 뺨에 닿는 가볍고 따스한 바람, 한 타래의 매 울음소리. 날개만큼이나 소리도 거칠다. 여행의 익숙한 흥분, 진짜 여행, 새로운 나라를 의미하는 진짜 여행. 근거 없는 낙관이 밀려든다. 뱅리 말이 옳다. 쓸모 있는 소식을 얻을 가능성은 낮고, 탑에 있던 남자가 해골이 되었을 가능성은 높다. 그리고 어떤 소식이 쓸모가 있을까? 그날 이후 매일 나 자신에게 그 질문을 던졌다. 소식이라는 게 뭐지? 우리는 먹고 자고 우리 구역을 지키고 우리 자신을 방어하고 나는 가끔 산으로 올라가 냇물이나 나무에 관한 소식을 얻는다. 비스트로부터 바람의 소식을 얻는다. 그 외에 어떤 소식이 있는가?

뱅리에게 처음으로 텃밭에 물을 어떻게 주는지, 도랑에서 어떻게 물의 방향을 여러 갈래 물길로 틀어주는지, 도랑을 어떻게 청소하는지 가르쳐줘야 했고, 어떤 게 잡초고 어떤 게 잡초가 아닌지도 알려줘야 했다. 그는 성질이 고약했다. 그가 고백하길 자기는 절대로 농부로 살지 않겠노라고, 평생 땅을 팔 일이 있다면 그건 자기 무덤뿐이라고 맹세했다고 했다.

그가 그 말을 할 때 내 뒷목의 털이 쭈뼛 섰다. 이토록 오래 그를 알았는데 아직도 놀라다니.

아버지가 농부였다고 그가 말했다.

오클라호마에서?

그가 나를 응시했는데, 들고 있는 70구경 삽*이 그렇게 자연스러워 보일 수가 없었다.

그럼 전에도 해봤다는 거네.

그가 나를 응시했다. 입술을 힘주어 오므리고, 진흙으로 얼룩지고 매끄럽게 흐르는 물길에 반쯤 잠긴 삽날을 바라보았다.

* 탄약의 단위로 삽의 크기를 표현한 것.

이건 자네 작품이야, 마침내 그가 말했다. 나였다면 북쪽 그 집 뒤뜰에 있는 구멍 뚫린 관을 사용했겠지.

이번엔 내가 그를 응시할 차례였다.

자네 농부로군, 내가 말했다.

아무 말도 없었다. 그는 찡그리며 눈을 내리깔았다가 서쪽 태양을 바라보았다. 부랑자 바람이 모자 뒤로 삐져나온 그의 머리카락을 흔들었다. 냇물에서 끌어온 관개용수의 물살이 차가운 물결과 기포를 일으켰다. 물은 가장자리에서 떨어진 흙덩이를 밀어내고, 부드러운 혹을 이루면서 타넘고 흘러, 조그만 잔물결을 뒤에 남겼다. 가장자리를 따라 소용돌이가 일었다. 오랫동안 보고 있으면 상상 속에서 그 도랑을 확대할 수도 있었고, 직선으로 흐르는 그 어떤 물줄기로도 완벽한 송어 개울을 만들 수 있었다. 항상 맨발로 밭에 물을 댔기 때문에 발이 얼얼했다. 나는 재스퍼가 날 감독하곤 하던 둔덕에 앉아 햇볕을 쪼일 때 발의 감각이 되살아나는 그 간지러운 느낌을 사랑했다. 헝겊 조각 위에 발꿈치를 올리고 발을 말렸다. 다시 신기 전에 부츠와 양말의 흙을 털어냈다.

내가 그를 바라보았다.

바로 그런 거였군, 내가 말했다. 뱅리의 예전 삶이라는 건. 그 뱃

족삽. 자네의 일부처럼 보여 젠장. 마치 태어날 때부터 들고 있었던 것 같아.

그가 고개를 돌렸고 나를 쳐다보았고 다시 털이 쭈뼛했다. 오른발 위로 물이 흐르는데, 얼음장처럼 차갑고 섬뜩했다.

납작삽이지, 그가 말했다.

내가 고개를 끄덕였다.

알아.

우리는 서로를 바라보았다. 도대체 이게 무슨, 아침에 떠날 생각이었는데.

자넨 아버지를 별로 좋아하지 않았어, 그렇지?

망설이다가, 그가 고개를 천천히 끄덕였다.

그 개자식을 증오했던 거야.

뱅리의 턱이 양쪽으로 움직였다.

자넨 다 해봤어. 젠장. 농부였어. 그렇게 배운 거로군. 용접을 하고, 대장간 일을 하고, 말발굽을 만들고, 울타리를 만들고, 축사를 만들고. 아마 나보다 훨씬 솜씨 좋은 목수겠지. 씨발.

나는 삽 손잡이 위로 팔짱을 끼고 산을 바라보았다. 잔잔한 바람. 개구리매, 궁둥이가 하얀 개구리매가, 냇물 건너편의 세이지 덤불을 공략한다, 토끼 한 마리를 겁주기 위해 덤불 바로 위를 퍼덕거리며 질주한다. 두 마리 매, 흰이마딱새는 아니고, 좀더 작고, 아마도 쿠퍼매인 듯한 새가, 나선으로 선회했다. 고운 소리로 노래하는 여러 새들은 한참 전에 사라졌지만, 맹금은 이런 세상에서조차 잘 버티고 있는 것 같다. 매의 세상.

얼마나 오래? 아버지하고 얼마나 오래 일했지? 그를 증오하면서?

우리는 그렇게 서 있었다. 밭고랑에 차오른 물이 실개천들로 포개어지며 서로 도란거렸다. 아무 말도 오가지 않았지만 나는 뱅리가 자신의 늙은 아비를 죽였다는 걸 분명히 알았다.

자네가 돌아오면, 마침내 그가 입을 열었다. 좀더 개선해보자고. 자네가 원한다면. 훨씬 더 쉽게 물을 댈 수 있어. 그러다가도 난 늘 생각했어. 흑 이 친구는 맨땅을 돌아다니며 햇살 속에서 일하는 걸 좋아하는데.

사려 깊었군.

그가 오른쪽 눈 밑 광대뼈를 긁었다. 이상했다. 나는 배우자가 증인 보호 프로그램으로 보호받고 있다는 사실을 방금 알아낸 사람이 그 배우자를 바라볼 법한 눈빛으로 그를 보았다. 한때 암살자였거나 다른 무엇이었을 사람. 아니면 상원의원이었거나.

잘한다 씨발.

잘한다 씨발.

화를 내야 할지 아니면 분통을 터뜨리며 발작을 일으켜야 할지 알 수 없었다.

그가 나를 보며 미소를 지었다. 어둡고 경직된 미소가 아니라 진짜 반쪽짜리 미소였고 미소 짓는 순간 그 자신도 멋쩍어했다.

개인의 선택이라는 거, 그가 말했다.

뭐?

개인의 선택이라는 거. 그게 가장 힘든 일이야. 그런 똥 같은 문제를 선택해야 할 때.

씨발 자넨 미쳤어. 미친 농부새끼야.

역시 팔짱을 낀 채로 그가 앞으로 몸을 숙였고 그의 미소는 다시 미소가 아닌 반듯한 가로줄이 되었고 나는 우리의 대화가 끝났으며 어쩌면 다시는 그를 그렇게 부르지 말아야 할지도 모른다고 생각했다.

나는 날개의 연료 탱크 뚜껑을 열고 있었다. 알루미늄 사다리를 주입구 근처로 가져가 왼쪽 날개 밑에 세운 다음 무거운 호스와 노즐을 어깨에 메고 올라갔다. 딸깍 딸깍 딸깍, 숫자가 넘어갔고, 주입구에 도달하는 동안 연료가 쿨쿨거리고 쉭쉭 소리를 냈다. 17.3갤런. 이 모든 게 어떤 의미인지 알면서도 연료를 공짜로 넣을 때마다 여전히 조금 설렌다. 아직은 공짜다. 태양이 동쪽 언덕에서 두 손가락 위로 올라가 있었고, 팔 뻗은 거리에서 손가락 두 개 높이는 삼십 분을 의미하고 그렇다면 거의 여섯시라는 뜻이었다. 1300줄루타임*. 그리니치 표준시. 그리니치. 영국 어딘가에 있다는. 시계의 고향. 시간이 있는 우주의 중심. 한때는 그랬다. 그러나 이제 시간 따위는 아무도 신경쓰지 않는다는 게 나의 짐작이다.

피트 삼촌은 암 때문에 급진전된 간경변 같은 걸로 죽었는데 자기가 몇 달 못 살 거라는 사실을 알고 나서 내가 보기엔 너무도 그답지 않은 행동을 했다. 오두막에서 자기 슬라이드를 정리하며 시간을 보낸 것이다. 방대한 컬러 포지티프 필름** 컬렉션. 그는 필름

---

* 통상 군대에서 쓰이지만 선박이나 비행기의 항해 시에도 통용되는 만국 공동시(UCT)로, 그리니치의 영국 해군 관측소 위치에 기준을 두고 있다.

** 보이는 색이 그대로 담기는 필름.

과 함께 성장했고 슬라이드 필름이 훨씬 선명하다면서 유독 그걸로만 사진을 찍었다. 노란 종이 상자들, 흰색과 파란색 플라스틱 상자들, 필름 롤이 하나씩 들어 있는 상자들을 1피트 높이로 쌓아 놓았고, 그것은 부엌 식탁을 거의 뒤덮었다. 종종 격한 통증 속에서, 낮에는 조그만 창으로 들어오는 햇빛 옆에서, 밤에는 스탠딩 램프의 불빛 아래서, 한 번에 한 롤씩 상자에서 필름을 꺼내 틀에 끼우고 한 장씩 투명 파일의 사진 꽂이에 넣었다. 그리고 마커로 슬라이드에 설명을 달았다. 슬라이드 위에 파일 번호/슬라이드 번호를 썼고, 파일에는 같은 번호를 다시 한번 적은 뒤 찍은 날짜와 세 단어 이내의 사진 설명을 추가했다. 여을멸* 낚시 키스** 등. 촬영 활동을 얼마나 왕성하게 했느냐에 따라 일 년에서 오 년 치 사진들이 담긴 링 파일 세 개 말고도, 중요한 내용을 기록한 줄이 그어진 또다른 파일이 있었다. 그 파일에는 보다 상세한 설명과 그의 기억 속에서 반짝이는 추억들이 들어 있었다. 그 시기에 삼촌을 찾아간 적이 있다. 삼촌이 분류를 하는 동안 나는 우리 두 사람이 긴 겨울을 날 수 있도록 장작을 팼다. 삼촌이 그 겨울을 보지 못하리란 걸 둘 다 알고 있었지만. 단풍나무 너도밤나무 물푸레나무 자작나무 세 묶음을, 완만한 언덕 옆 삼촌의 조림지에서 베어서 쪼갠 다음 앞쪽 포치와 뒤쪽 포치의 반을 차지하도록 쌓아놓았는데, 삼촌은 그 모든 것—나는 일하고 자신은 집안에 앉아 있는 그 시간—을 창피해했다. 처음에 나는 삼촌이 미쳤다고 생각했다. 그러니까 내 말

---

* 바나나피시, 레이디피시라고도 불리는 물고기. 최대 몸길이가 104센티미터, 최대 몸무게는 10킬로그램이다.

** 플로리다 남부의 산호섬.

은, 삼촌이 자신의 아담한 포치에 앉아 버몬트의 봄이 급격히 초록 빛깔로 변해가고 무더운 여름으로 접어드는 풍경을 마지막으로 감상할 수도 있었다는 말이다. 굴뚝새와 종달새와 부엉이 들이 짝을 짓고 둥지를 트는 서정적인 풍경을 구경하고, 나뭇잎과 바람을 구경할 수도 있었다. 흑파리, 각다귀, 모기 들에 뜯기며 멋진 마지막 밤들을 보낼 수도 있었다. 왜 포치에 나와 다트머스* 흔들의자에 앉아 있지 않았을까? 기타를 들고 몇 소절 연주를 해볼 수도 있지 않나?

하지만 어느 날 밤 창문을 활짝 열고 낡은 침상에 누워, 여자의 비명소리를 흉내내 나를 깜짝 놀래주려다 결국엔—그 씁쓸하고도 달콤한, 도저히 감당할 수 없는 아름다움과 밀려드는 엄청난 상실감으로—날 행복하게 만들고 마는 부엉이 울음소리를 들으면서, 나는 마침내 선명히 깨달았다. 삼촌은 자신의 삶을 한번 더 살고 있다는 것을. 아뿔싸. 슬라이드 한 장씩, 사진 한 장씩. 그는 소멸에 대항해 벽을 쌓듯 추억을 쌓고 있었다. 조그만 슬라이드 상자들은 그의 벽돌이었다.

포근한 아침 사다리 위에 서서, 마지막 연료 한 방울이 날개의 연료 탱크로 들어가는 소리를 들으며 해의 위치로 시간을 가늠한다. 그 순간의 뭔가가 피트 삼촌을, 그리고 송진 냄새와 장작 타는 냄새와 커피 냄새 그윽했던 그의 어둠침침하고 아늑한 오두막 식

* 다트머스 대학교 학생과 졸업생들이 설립한 다트머스 협동조합 브랜드.

탁 쪽으로 비스듬히 기울어진 채 쌓아올려져 있던 슬라이드 앨범들을 떠올리게 했다. 잦아들 줄 모르는 바람 앞에 몸을 숙인 남자 같은. 단지 망각에 저항해 쌓는 벽에 불과한, 아무짝에도 쓸모없는 물건들을 정리하는. 완전한 상실의 어둠에 저항하는.

어쨌건. 나는 시간을 헤아리지 않을 생각이었다. 내겐 연료를 가득 채운 비행기와 화창한 날씨가 있고 곧 이륙해 서쪽으로 날아가서 내가 얼마나 멀리 왔는지 볼 것이다. 연료 탱크 뚜껑을 단단히 닫고 있는데 질질 끄는 발소리가 들리고 램프를 가로질러 오는 뱅리의 모습이 보였다. 한 손에 바구니를 들고 있었다.

나는 미소를 지었다. 오래된 철도 노래 같았다. 피트 삼촌이 부르곤 했던. 조니의 엄마가 한 손에 바구니를 들고 왔네/ 그녀가 말했네 사랑하는 내 아들/ 될 때 조심하거라/ 많은 사람들이 잃어버린 시간을 만회하려 애쓰다 목숨을 잃는단다……

파이는 아니야, 그가 말했다.

내가 미소를 지었다. 뚜껑을 소리 나게 닫고 사다리에서 내려왔다.

그가 나에게 바구니를 건네고는, 몸을 사다리 쪽으로 돌려 잠금장치를 열고 사다리를 반으로 접은 다음 펌프 옆에 가져다놓았다. 바구니 안에는 여섯 개의 수류탄이 있었다.

전에 왜 이 생각을 못했는지 모르겠어, 그가 말했다. 발사대를 만들다보니 생각이 나더군.

바구니 속에 수류탄이 둥지 안의 알들처럼 담겨 있었다. 죽음의 알. 어느 동화에서 그 비슷한 내용을 읽은 적이 있지만 정확히 기억이 나진 않았다.

AR 탄창은 얼마나 있어?

네 개. 큰 걸로.

그가 고개를 끄덕였다.

수동 펌프는 챙겼고?

지하 탱크를 포함해 어떤 탱크에서건 연료를 뽑아올릴 수 있는 기다란 호스가 달린 펌프를 말하는 거였다. 여분의 연료를 제외하면 30피트짜리 호스가 가장 무거운 물건이었다. 나는 고개를 끄덕였다.

연료가 떨어지면 어쩔 셈인데?

착륙.

그가 고개를 끄덕였다. 그는 비스트를 보았고, 산을 보았다. 양손은 주머니에 찔러넣고 있었다. 산들바람 속에서 서쪽을 보며, 그가 말했다

자넨 훌륭한 파트너였어 힉. 가끔 좀 떨떨하긴 했지만.

아 씨발. 가슴이 조여들었다. 이러다가 자칫하면—이거야 원.

가족 같았어 그가 말했다.

나는 아스팔트 위에 얼어붙은 듯 서 있었다.

난 같이 지내기 편한 사람은 아니야. 같이 지내는 것 반만큼이라도 갔던 사람은 아내와 아들뿐이었어. 그리고 자네. 빅 힉.

내 입이 실제로 떡 벌어졌다는 생각이 들었다. 나는 그를 향해 눈을 깜빡였다.

얘기가 길어, 그가 말했다. 그는 반쪽의 미소를 지었다.

눈 똑바로 뜨고 다녀 힉. 정신을 바짝 차려야 해. 지난 일 생각하면서 멍 때리다가 어떤 개자식한테 골로 가지 말고. 한번 나가보고 다시 돌아와.

내가 그를 바라보았다.

잡초는 내가 뽑고 있을 테니까.

그가 돌아서서 걸어갔다. 나는 그의 뒷모습을 응시했다. 잘한다, 씨발.

잘한다, 씨발.

나는 무거운 호스를 롤러에 도로 감아두고 비스트에 올라타, 문을 잠갔다. 주전원 스위치를 켜고, 자석발전기에 꽂은 키를 돌린 다음 시동 버튼을 눌렀다.

★

이 세상에 콘티넨털* 엔진이 점화되어 살아날 때의 폭발음보다 더 짜릿한 소리는 없다. 프로펠러의 처음 몇 차례의 거친 회전. 굉음이 부드러워지고 회전 속도가 빨라지면서 프로펠러가 모습을 감춘다.

우리가 사라지기에 충분한 속도로.

---

* 항공기 엔진 제조회사.

부서지고 분해되어 널려 있는 비행기들을 지나 램프를 가로지른 뒤, 유도로를 지나 활주로로 접어들어서 중간 지점에서 이륙했다. 자신의 작업실이 있는 집 문을 열고 들어가는 뱅리의 모습이 보였는데, 그는 올려다보지 않았다.

★

비스트는 굶주려 있다. 흥분한 말처럼 바람을 삼킨다. 나는 옆을 돌아본다. 오른쪽 빈자리, 뱅리가 준 달걀 바구니와 날아오르는 꿩을 겨누는 사냥꾼 퀼트를 보고 또 본다. 퀼트가 문 쪽으로 구겨져 있다. 재스퍼는 반은 귀먹고 몸도 뻣뻣했지만 대다수의 인간보다 나은 부조종사였다. 그 어떤 인간보다 나은. 결국 결론은 이것이다. 생명은 낡은 담요 한 장 속에 정제되어 남는다는 것. 총탄은 영원히 꿩을 명중하지 못할 것이고, 새는 결코 떨어지지 않을 것이지만, 사냥꾼 역시 결코 꿩을 놓치지 않을 것이다. 아무것도 잃지 않을 것이다. 그의 개는 영원히 죽지 않을 것이다.

개 한 마리가 남긴 가장 커다란 구멍.

……지난 일 생각하면서 멍 때리다가 어떤 개자식한테 골로 가지 말고……

나는 날아간다. 디바이드 위로 곧장. 아래 보이는 불타버린 볼더 협곡, 더 커다란 폐허가 된 산에서 비죽이 튀어나온 플랫아이언스의 평평하고 매끄럽게 깎인 삼각형 모양의 암벽들이 마치 텅 빈 묘비들 같다. 지상에서 가장 아름다운 도시도 버텨내지 못했다. 기록해두길. 오래된 길들과 경사면들이 얽혀 있는 스키 리조트 엘 도라, 우리 바로 밑으로 보이는 리프트 줄, 바람에 대롱거리는 빈 의자들이 보인다. 몇 번의 덜컹거림, 이제 비스트는 고분고분한 정도가 아니다. 눈이 덮인 안부鞍部 위를 항해한다. 산등성이에 선을 그은 커다란 짐승의 발자국이 보일 정도로 낮게 비행한다. 있을 수 없는 일이겠지만. 너무 높다. 우리 모두 너무 높은 곳에 노출되어 있다.

우리가 비행하는 동안 윈터파크와 프레이저 밸리가 건너편에서 모습을 드러낸다. 수십 개의 스키 코스는 죽은 숲의 짙은 녹색과 대비를 이루는 여린 녹색이다. 한때 우린 거기서 스키를 타곤 했다. 지난번 멀리사와 내가 스키를 타다 잠시 떨어졌을 때 나는 겨울방학이라 네브래스카의 교회 사람들과 함께 왔다는 거구의 남자 옆에서 리프트를 타게 되었다. 초교파 교회였다.

자기들은 성경 구절을 한 글자 한 글자 그대로 따를 뿐이라고 그가 말했다. 한 글자 한 글자 따라가다보면 잘못될 일이 절대 없다고. 그가 고개를 저으며 사람 좋은 미소를 지었다. 그의 말을 믿지 않는 내가 미친놈이었다.

나는 강물 속의 돌들을, 돌다리 건너기를 생각했다. 이 돌에서 저

돌로, 생각할 일은 아무것도 없다. 한 글자 한 글자. 그저 그 말을 따른다니, 세상에. 곧장 하느님에게로 가는 빵 부스러기들. 60피트 상공에서 스키를 대롱거리면서, 그의 곁에 나란히 앉아 있을 때, 나는 생각했다. 어쩌면 온유한 자라는 말을 달리 번역할 수도 있지 않을까. 어쩌면 온유한 자가 세상을 물려받는 것이 아닐지도 모른다*, 단순한 자가 세상을 물려받는 것일지도. 세상을 물려받을 뿐 아니라 이미 소유하고 있는 건지도.

나는 늘 구약성서의 가계도에서 막힌다고 그에게 말했다. 그리고 애가만 읽었는데, 꼭 〈매드맥스〉 같더라고. 여자들이 자기 아기를 먹고, 모두가 죽어가고.

그는 웃지 않았다.

그는 말했다, 자신은 성경의 올바른 측면Right Side을 고수하려 한다고. 좌측Left Side은 유대인이 쓴 거라고. 주의해야 할 부분들이 있다고, 내가 당신이라면 요한복음부터 시작하겠다고.

우리 모두가 좌측Left Side에 더 관심을 가져야 한다고 나는 지금 생각한다. 잘못된 쪽, '모든 것이 개판이 되는 쪽'.

---

* 성경의 마태복음 5장 5절의 '온유한 사람은 행복하다. 그들은 땅을 물려받을 것이다'에 대해 이야기하고 있다.

하강해서 테이버내시를 지나 프레이저를 따라 날아간다. 계곡 대부분이 불타버려서 지금은 큰뿔양들이 우글거리는 들판 가장자리에 소방서와 주류할인점만 우두커니 남아 있다. 내가 지나가자 양들이 술렁거리며 동요했고, 겁에 질린 채 검은 숲을 향해 빠른 걸음으로 걸었고, 초원에 나와 있던 늑대 네 마리가 마치 양치기 개처럼 양들의 행렬을 되돌렸다. 계속 비행.

나는 이곳을 속속들이 알고 있다. 독 애먼스, 그랜비 이쪽 편에 자리한 수백 에이커의 벌판에 여전히 그의 축사가 남아 있는 게 보였다. 집은 사라졌지만. 그의 아들 스위프트는 대학 시절 내 친한 친구였고 그들은 나에게 또하나의 가족이었다. 우리 셋은 자주 프레이저로 낚시를 갔다. 통나무 울타리들이 보였고, 베키가 자기 말들과 승마 학생들을 훈련하던 원형의 훈련장도 보였다. 내가 묵곤 했던 통나무 별채에 가면 전에 읽던 책들을 찾을 수 있을지도. 오늘 나는 추억을 원하지 않는다. 나는 비행한다.

사격 조준기 장착 구멍 같은 고어캐니언을 관통해 비행기 날개 끝을 양쪽 암벽에 바짝 스치며 날아간다. 언젠가 여기서도. 낚시를 했던 것 같은데, 물살이 아주 빠르고, 급류가 몹시 거세어, 소리가 절벽 전체로 울려퍼졌다—철로를 따라 계곡으로 내려갈 때면 주의를 기울여 자주 뒤를 돌아봐야 했다. 기차가 오는 것을 듣지도 보지도 못한 낚시꾼이 여럿 있었다. 물위의 공기가 차고 무거워서 안개를 드리우고, 비스트는 그걸 정말 좋아한다.

나도 좋아하느냐고? 한때는 나도 이렇게 비행하는 것을 정말 좋아했다. 물에서 50피트 높이로 협곡 위를 구불거리며 날아가는 것을.

이젠 아무것도 느낄 수 없다. 신발을 신지 않고 녹은 눈 속에 십 분 동안 발을 담갔을 때와 똑같은 기분이다. 감각이 무뎌지고 그래서 좋다. 감각이 무뎌지는 게 좋다.

산 자와 죽은 자의 다른 점. 산 자는 때로 무뎌지길 원하지만 죽은 자는 결코 무뎌지길 원하지 않는다, 어쩌면 아무것도 원하지 않을지도 모르지만.

햇살. 반대편 끝. 강은 검은 물로 고요해지고, 바위들은 언덕 위로 도로 접히고, 숲은 불타지 않았다. 연못 물을 핥는 오리들이 보인다. 비행기의 굉음에 왜가리들이, 앙상한 모습으로, 거대한 날개를 펼치며 갈대숲 위로 날아오른다. 연기의 빛깔.

원하는 게 뭐야? 힉. 도대체 뭐냐고?

연기의 빛깔이 되고 싶어.

그다음엔?

그다음엔. 그다음엔.

조종간을 힘껏 뒤로 당겨 스테이트 브리지의 굴을 벗어나 가파르게 날아오른다. 양들의 메마른 언덕, 영양과 사슴 무리가 흩어졌다. 이글 강을 따라 평지 위를 비행하면서 한때 호화로웠던 이글 공항을 바라본다. 마이크를 맞추고 관제탑을 부른다. 공항 상공을 비행할 수 있도록 허가를 요청한다. 희망이자 습관. 트리플 스리 알파 스리 동쪽 9마일 지점에서 상공을 지날 수 있도록 요청한다 목적지는—

내 목적지가 어디지? 아마도 정크션. 남쪽으로 방향을 틀어 언컴파그레 고원, 한때 내가 사냥을 하던 곳으로 향한다. 아무 이유 없이.

목적지는—

씨발 목적지는 전혀 다른 어딘가, 라고 말하고 싶다. 나는 비행한다.

II

갑자기 휘청하면서 흔들린다. 또 한번. 왼쪽으로 기울고, 왼쪽 날개가 내려간다. 조종간을 힘껏 잡고, 중심을 잡으며 고도계를 바라본다. 이 순간을 사랑한다. 손안의 조종간은 중립이지만 비행기 고도와 고도계의 바늘은 시계 방향으로 돌며 상승한다. 상승기류. 나무들이 작아지고, 좌석 쿠션에서 느껴지는 압력이 마치 거대한 손에 의해 들어올려지는 것 같다. 늦은 아침의 온기, 여전히 어두운 숲이 태양을 삼켰다가 이 따스한 공기 기둥을 토해낸 것이다. 예기치 않은 상승은 빠르고, 짜릿하고, 조금 놀랍다.

아무 힘도 들이지 않고 1500피트 고도를 확보. 카본데일 바로 위로 흐르는 로링포크 강 상공을 가로지른다. 불타지 않았고, 강과 초록색 목장들로 둘러싸여 있다. 나는 눈을 깜빡인다. 가축들이 있는 것 같다. 오래전의 가축. 검은색과 붉은색. 틀림없다—그 색은 다른 것일 수 없다. 젠장. 야생동물이 된 가축들이, 목장에 머물면서도, 기적적으로 늑대들의 주둥이를 피했다. 잠깐 내려가 살펴보고 싶지만 이 고도를 잃고 싶지 않고 다음번 항로로 상승하기 위해 연료를 낭비하고 싶지 않다.

목장. 가축들. 봄날의 강물이 그 옆을 흐른다. 새잎이 돋아난 미루나무와 버드나무 그늘에 자리잡은 목장 주택. 갈라지고 부서진 길이 꼬불거리며 그 옆을 지나간다. 눈을 가늘게 뜨면 뜰에 나와 있는 누군가를 상상할 수도 있으리라. 파종기를 트랙터에 끼우려고 몸을 숙이고 있는 사람. 젠장, 이놈의 허리, 아직도 뻣뻣하네, 라고 생각하는 사람. 열린 부엌문 사이로 커피 향을 맡고 있는 사람. 환한 곳에서 빨래를 널고 있는 또다른 사람. 저마다의 구질구질한 고민거리들을 갖고 있고 그게 얼마나 축복인지 모르는 사람들. 눈을 가늘게 뜨고 세상을 다시 만든다. 정상으로. 하지만.

부재가 더 정상이다.

헌츠먼스 리지. 한때 우리가 스키를 타곤 했던, 끝없는 활강로라고 불렀던 긴 암반 경사로가 보인다. 그때는 그렇게 보였다. 지금은 완벽하다. 봄날의 싸라기눈이 단단히 다져져서 안정적이다. 눈사태 위험은 제로.

사시나무 숲의 반은 아직 잎이 있고, 아직 살아 있다. 우리 왼쪽으로 래기즈 야생 지구의 암벽이 보인다. 나는 고개를 끄덕여 인사

하고, 그 위로 비행한다.

어느덧 풍경이 한결 보드라워진다. 앞으로는 몇 마일에 걸쳐 사시나무 숲이 이어질 것이다. 나는 연료계를 확인한다.

29.3갤런. 집으로 돌아가기에 충분한 양이 아니다. 이렇게 간단한 일이었다.

경계를 넘는다는 것은 이렇게 간단한 일이었다.

★

나는 생각한다. 죽는다는 게 바로 이런 것일까? 이렇게 혼자인 것? 사랑을 간직한 채 넘어서는 것?

★

우리는 한때 이곳으로 이사할 뻔했다. 파오니아Paonia. 피어니Peony*의 철자를 잘못 쓴 것. 멀리사는 가르치는 일에 지쳤고, 원칙에, 교육구에 지쳤고, 뭔가 새로운 것을 하고 싶어 안달이 난 상태

* 작약.

였다. 유기농 사업은 어떨까. 우리 주의 이 지역은 집을 짓는 데 시간이 훨씬 오래 걸렸지만 개조용 자재들, 벽장들을 짜깁기하면, 독특한 집을 만들 수도 있을 거라고 생각했다. 처음 집을 봤을 때 나는 기차놀이 세트 같다고 생각했다. 지금도 기차놀이 세트 같아 보인다. 나는 비스트를 하강시킨다.

전원을 끄고 그랜드메사 남쪽 경사면으로 미끄러진다. 보드라운 사시나무 숲 꼭대기가 우리 기체에서 불과 몇 피트 아래에 있다. 여전히 초록빛이고, 창백한 나무 몸통은 여전히 놀랍고, 그 밑의 양치식물은 여전히 두툼한 카펫처럼 자라 있고 틀림없이 사슴을 품고 있다. 줄지어 늘어선 낭떠러지를 쉭 하고 지나간다. 그러자 계곡이 열린다. 계곡 바닥의 초록빛 강 뒤로 높은 산봉우리 둘이 버티고 있고 두 봉우리 사이는 움푹하다. 과수원이, 촘촘한 나무들의 행렬이 강 양쪽에 가지런히 들어서 있다. 포도밭도 있다. 키 큰 미루나무 숲이 서쪽으로 꼬불꼬불 흐르는 강물의 흐름을 표시해준다. 서쪽에, 계곡물이 넘쳐 마른 잡목숲으로 흘러드는 지점에, 철로가 보이고, 꼭대기가 평평한 메사들과 거대하게 솟아오른 플래토*가 아침 안개 속에서 자줏빛을 띤다. 그리고 마을, 아주 작은 마을이, 강과 흰 암벽 플래토의 경사면 사이에 들어앉아 있다.

여기서 식료품을 사고 탄약과 개 사료를 샀었다. 건널목에서 석탄 열차가 지나갈 때까지 칠 분 정도 기다리곤 했다. 시간을 재본

---

* 콜로라도 주의 산간 고원지대.

적이 있다, 해가 지는 걸 안타까워하면서. 재스퍼의 자리를 본다.

너 여기 좋아했잖아, 안 그래, 친구. 마을 공원 아래로 흐르던 강으로 내려가 물속에 막대기를 던졌었지. 넌 막대기 줍기는 별로였어. 수영도 그렇고. 그런데도 좋아했지. 우리 모두 그렇게 살아야 하는데 말이야, 그치?

강 하류로 기수를 돌려 높고 건조한 고원으로 향한다. 아랫배가 조여온다.

★

이런 식으로 살 수는 없다. 이렇게는 못 살겠다 정말로. 그동안 나는 뭘 했던가. 구 년간의 가식.

★

우리가 다니던 길에는 녹색 다리가 있었다. 그 협곡의 이름은 도밍게스였다. 나는 지상 800피트 고도에 있다. 그 다리가 보인다. 협곡 벽에 바짝 붙은 과수원이 보이고, 비포장도로가 보인다. 그 길을 따라간다.

성긴 숲, 잣나무들, 향나무들은 거의 검은빛이지만 여전히 살아 있다. 사막의 나무들은 자라지 않지만 옹이 지고 굵어진다. 성장을 멈춘 고집스러운 나무들. 뱅리를 연상시킨다. 그 어떤 대가를 치르더라도 죽는 것만큼은 거부한다. 그중에는 같은 이름의 스페인 신부가 자신의 하느님과 함께 이곳에 왔을 때부터 존재하던 나무들도 있다.

이 지역은 비행해본 적이 없다. 우리는 늘 트럭을 타고 이곳에 왔다. 도로는 잡초에 잠식당했다. 잡초가 무성한 도로는 그보다 더 가느다란 강줄기에서 방향을 틀어 산고개를 넘는다. 오른쪽으로 선회해 물길을 따라 물이 빠져나가는 또다른 지역으로 들어가보니 한때 내가 사냥을 했던 곳이다. 그런데. 개울 왼쪽으로 언뜻 붉은 바위가, 어느 협곡 위쪽의 암벽이 갑자기 모습을 드러냈다. 이렇게 작은 물줄기가 이렇게 엄청난 랜드마크를 남긴다는 건 항상 놀랍고, 이 협곡 안에 이렇게 커다란 마을이 숨어 있다는 것도 놀랍다. 나는 자세히 보려고 기수를 돌린다.

가까이 다가갈수록, 가장자리로 높은 절벽의 불그스름한 얼굴, 짙은 붉은색이고 검은색과 황토색으로 물 얼룩이 진 모습이 드러난다. 군데군데 돌출 바위들. 커다란 돌출 바위가 붙어 있다 떨어진 자리에는 엷은 윤곽만 남아 있다. 절벽은 못해도 200피트 높이는 돼 보인다.

박스 캐니언*이다. 이럴 수가. 폭발하는 듯한 연두색 미루나무의 정수리들, 털을 곤두세운 폰데로사 소나무들. 그리고. 나는 좀게 선회한다. 왜 이걸 이제야 봤을까? 왜냐하면 항상 길을 따라 다녔으니까, 그것도 길이라고 말할 수 있다면.

협곡의 작은 균열이 넓어져 이 싱그럽고 커다란 초록색 구멍이 된다. 냇물이 굽이치며 관통한다. 냇물 왼쪽으로는 목초지가 펼쳐져 있다. 그리고. 너무나 놀라고 호기심이 일었던 나머지 나선형으로 하강하다 하마터면 절벽으로 곧장 돌진할 뻔한다.

절벽 아래 돌집이 있다. 거기서 연기가 피어오르고 있다. 냇물에는 들판으로 건너가는 돌다리가 있다. 촉촉한 풀밭에 흩어져 있는 소들. 대여섯 마리.

소들.

그리고.

우리 것보다 넓은 텃밭. 쇠뿔 모양으로 굽은 도랑에서 물을 끌어오고 있다. 그리고.

텃밭에 몸을 구부리고 있는 사람 하나.

* 양쪽이 절벽인 깊은 협곡.

그리고.

그 사람은 여자다.

길고 검은 머리카락을 뒤로 묶었다. 허리를 펴고 일어선다. 손을 이마에 대고, 그늘을 만들어 비행기를 쳐다본다.

반바지를 입었고, 남자 셔츠를 허리에 묶었다. 맨발인가? 맨발이다. 키가 크고 호리호리하다. 똑바로 서 있고, 키가 크고, 얼굴을 가리고 나를 쳐다본다. 커다란 동그라미 모양의 입. 소리를 지르고 있나? 그렇다.

집에서 사람 하나가 나온다, 그것도 집이라고 부를 수 있다면, 총을 든 늙은 남자가. 늙은 남자. 총을 든 노인이 하늘을 향해 총을 들고 조준한다. 젠장.

엄청난 굉음은 들리지 않는다 그러나. 새 사냥용 산탄의 팅 소리, 알루미늄이 찢어지는 소리, 그리고 쉿 하는 바람 소리. 젠장. 그리고 터지는 소리, 뜨겁고 따갑고, 얼굴 왼쪽 전체가 불에 덴 것 같다. 양손은 조종간을 붙들고 있다. 조종간을 힘껏 당겨 힘겹게 상승해 오른쪽 날개가 절벽의 키 작은 향나무 꼭대기를 스치듯 가까스로 넘기며 그들의 시야에서 벗어난다. 부서진 유릿조각이 옷깃으로 파고든다. 이런. 이런. 창문이 작살났군. 왼쪽 창문이, 부서진 강화유리의 모자이크가 창틀에 매달려 있다.

피가 셔츠를 적신다. 바람.

★

바로 그 순간 내가 무얼 찾아 이곳에 왔는지 알았다.

★

당신이 생각하는 그런 게 아니다. 당신은 여자일 거라 생각하겠지만 아니다. 살아서 다시 한번 다행이라는 생각이 들었다는 것이다.

그 순간 내가 치명적인 내부손상을 입진 않았고, 비행기도 그렇다는 것, 다시 하늘로 올라가고 있고, 균형을 잡고 있다는 것, 엔진이 으르렁거리고 있다는 것, 조종간을 단단히 붙잡고 있다는 것을 깨닫는다. 떨리는 손가락으로 피가 나는 얼굴을 만져보고, 조심스럽게 만져보고, 네 개의 유릿조각이 만져지고, 그게 다라는 것. 몇 개의 유릿조각. 씨발. 그리고 조종석 지붕에 구멍이 몇 개 뚫렸지만, 안쪽에만 박히고 금속을 뚫고 나가진 않았다. 그 정도로 아슬아슬했다. 그 씨발놈이 하마터면 날 죽일 뻔했다. 협곡 밖으로 재빨리 빠져나가지 않았다면 총알은 전부 내 머리에 박혔을 것이다. 젠장. 그리고 그 순간 나는 웃음을 터뜨렸다.

내가 가장 먼저 느낀 기쁜 본능은 AR-15를 들고 산을 내려가 가까운 거리에서 그 영감탱이를 곤죽으로 만들어버리자는 것이었다. 기분이 좋았다. 우울함이 아닌, 다른 감정이었으니까. 힉, 그 개자식은 너한테 호의를 베푼 거야. 가엾은 네놈이 정신을 차리게 해준 거라고. 자기 삶의 터전과 집과 여자를 지키기 위해 너라도 기꺼이 했을 일을 한 것뿐이야.

여자.

그의 여자였을까. 늙은 오소리 같은 새끼. 이런 세상에서 두 사람 사이에 어떤 합의가 있었는지 알 게 뭔가. 처음 느낀 본능은 산을 내려가서 그 씨발놈을 죽이고 그의 여자를 차지하는 것이었다. 그리고. 안 될 게 뭐야?

하여간, 어찌됐건 힉, 네가 좋은 남자든 나쁜 남자든, 아니면 이 엿 같은 세상에선 그런대로 괜찮은 남자든 간에, 먼저 비스트를 착륙시켜야지. 더는 길이라고 할 수도 없는 길들이 있는 굽이치는 바위투성이 마을에 비스트를 착륙시켜야지.

나는 기수를 돌려, 봉우리를 넘고 협곡에서 벗어난 다음 세이지 초원으로 향했다. 초원을 가로질러 정남향에 바큇자국 난 길이 있었다.

ㅇ-ㅕ-ㅈ-ㅏ.* 처음 보는 순간 살 가망성이 있어 보이고, 키가 큰, 아마도 혈액병에 감염되지 않은 여자, 뱅리의 작업실 포스터에 얼어붙어 있거나, 내 뒤쪽 바닥에 뒹굴고 있거나, 너무 어리거나, 손에 부엌칼을 들고 있지 않은 여자—처음 보는 순간 기꺼이 모든 걸 잊을 수 있다. 이를테면 착륙 시의 점검사항 같은 것들.

씨발 힉, 제발 정신 좀 차려.

나는 정신을 차렸다. 낮게 선회했다. 도로는 바큇자국으로 깊이 파여 있었다. 비행기 앞바퀴의 지지대까지 파묻힐 정도로. 잘했군, 힉. 어디로 가든 돌아가려면 꽤나 걸어야겠어.

그게 문제가 아니다. 그게 다는 아니다. 1000피트 상공의 나를 휘갈긴 보지라니. 나는 깨달았다, 웃음을 터뜨리면서, 어쩌면 남자들이었거나, 할망구였을지 모른다고. 중요한 건 성별을 떠나서 나와 또다른 인간과의 새로운 관계였다. 나에겐 그들을 죽일 의무가 없었다. 아니면 뱅리가 그들을 죽이게 할 의무도 없었다. 그러니까 내 말은, 여긴 그들의 집이고 내 집이 아니라는 것이다. 나는 방문객이었다.

누군가를 죽일 필요가 없다는 게 얼마나 인간관계의 새 지평을

---

* 원문에는 Double U-O-M-A-N. 원문의 형식을 살리면서 강조의 의미를 더하기 위해 지금처럼 번역했다.

열어주는지 놀랍다. 비록 그 영감탱이가 날 죽이려고 했어도. 어쨌든. 지나간 일이다. 나는 그곳으로 걸어가 그를 쏘아 죽일 수도 있고 안 죽일 수도 있고, 그 사실에 해방감을 느낀다. 어쩌면 놈들일지도. 일개 소대가 그 집에, 혹은 어딘가에 숨어서 날 기다리는지도 모를 일이었다. 나는 낮게 두어 번 선회한 뒤 바큇자국이 파인 도로를 찬찬히 살펴보고, 도랑이 시작되는 지점, 끝나는 지점, 덤불과 구멍이 있는 지점을 확인했다. 1마일 밖 협곡 안에서도 내 소리를 들을 수 있을까? 아마도. 지금쯤 12구경 산탄총을 바위 조준대에 설치하고 있을 수도 있고, 어쩌면 여자가 머리칼을 풀어헤치고 셔츠 단추를 푼 채 세이렌*처럼 날 유혹하려고 기다리고 있을 수도 있다.

힉!

집중해 힉, 숨을 쉬어. 10-4라고 말해.

10-4.

작은 일에 집중해. 정신 차려.

10 씨발 4.

---

* 그리스신화에 나오는 바다 요정. 아름다운 노랫소리로 뱃사람들을 유혹하고 위험에 빠뜨린다.

바큇자국이 난 길을 건너뛰고 세이지 초원에 착륙시키고 싶었지만 내겐 툰드라 타이어도 없었고 수풀 속에 돌이라도 숨겨져 있는 경우엔 바퀴 하나가 부러질 수도 있었다. 모르는 위험보다는 아는 위험이 낫다. 나는 파인 홈들의 양쪽 몇 피트까지 시야가 확보되는지 확인했다. 왜냐하면 한쪽 바퀴를 두 홈 사이의 솟아오른 부분에 내리고 나머지 한쪽 바퀴는 수풀 가장자리를 때릴 계획이었기 때문이다. 그러다가 인색하게 굴지 않기로 했다. 착륙은 몇 인치의 오차만 허용할 정도로 정확해야 했다. 바람의 방향을 정확히 아는 편이 나았다.

나는 조종간을 당기고, 300피트 고도를 확보한 뒤, 재스퍼의 퀼트 한 귀퉁이로 빰을 찍어냈다. 그리고 좌석 사이에 놓아둔 작은 나무상자에서 연막탄 하나를 꺼내 입으로 마개를 뜯은 뒤 창밖으로 던졌다. 연막탄에서 두툼한 오렌지색 기둥이 피어오르며 흔적을 남겼다.

도로에서 20피트 떨어진 지점에 떨어진 연막탄에서 낮고 빽빽하게 연기가 동북동 방향으로 피어났다.

젠장, 아주 훌륭한 생각이었군. 늦은 아침의 강한 맞바람이 내 계획을 엉망으로 만들 수도 있었어. 이것 말고 또 잊은 거 없나?

뱅리가 아직도 살아 있는 이유는 그가 아무것도 잊지 않기 때문이다. 어쩌면 너무 많은 것을 기억하는지도, 너무 많은 것을 쓸데없이 반복해서 기억하는지도 모르지만. 그는 개의치 않았다. 그것말고 그가 해야 할 일이 뭐가 있겠는가? 문득 내가 아직 살아 있는 것도 뱅리가 절대 그 어떤 것도 잊지 않기 때문이라는 생각이 들었다. 뱅리. 남편이자 아버지. 농부. 젠장.

아, 나도 안다. 힉, 넌 지금 잘 보이지도 않는, 바위와 수풀로 뒤덮인 마을의 깊이 파인 도로에 착륙하려 하고 있다는 걸 잊고 있어—이번에 네가 끝장날 수도 있다는 걸 잊고 있어. 어쩌면 비스트가 끝장날 수도 있다는 걸 잊고 있어, 결국 같은 얘기겠지만.

좋아, 숨을 쉬어. 나는 마지막으로 착륙을 시도하기 위해 하강했고 레버를 당겨 플랩을 반만 내렸고 기수를 낮추고 방향키 페달을 최대한 밟아 기체를 완전히 기울어지게 한 다음, 사선으로 지면에 접근했다.

★

오지 착륙을 시도하다보면 정신이 번쩍 든다. 이미 정신이 들지 않았다면 말이다. 주전원을 끄고, 엔진을 공회전시키고, 착륙 직전 비스트를 똑바로 세우자, 왼쪽 날개가 바람 속으로 낮아지면서 왼쪽 바퀴가 요란하게 수풀을 때렸다. 강한 바람 때문에 고전했다. 비행기 앞부분이 도랑의 왼쪽 가장자리로 향하되 그 속에 처박히지는 않게 하기 위해. 그다음엔 오른쪽 주기어, 오른쪽 뒷바퀴가 오래된 바큇자국 사이의 높은 부분을 때렸고 그 순간 기체가 왼쪽으로 틀어졌다. 나는 바퀴가 도랑에 처박히지 않도록 안간힘을 썼다. 그렇게 되었나보다, 왜냐하면 뭐가 부러지는 소리는 들리지 않았고, 대신 굵은 세이지 덤불이 기체를 때리면서 요란하게 찢기고 뒤집히고 꽥꽥거리는 소리만 들렸으며 내가 최대한 오래 기수를 들고 있다가 마침내 내려놓았을 때 낮은 돌들과 뜯어먹힌 풀이 있는 평지가 펼쳐졌다. 큰뿔양아 고맙다, 다른 누구라도, 비스트가 덜컹거리며 전율했고, 나는 잣나무들 코앞에 가까스로 멈추었다.

휴. 숨을 내쉬었다. 첫번째로 떠오른 생각, 내가 칠한 페인트. 나의 아름다운 비스트가 온통 나뭇가지에 긁힌 자국 투성이였다. 두번째 생각은 너무 아슬아슬했다는 것이었다. 더럽게 멍청한 짓이었다. 모든 게 멍청했다. 만약 연막탄을 던져보지 않았다면 그대로 부서졌을 거다. 주전원을 끄기 직전에 디지털 연료계를 보았다. 12갤런 조금 넘게 남았다. 한 시간 미만. 그리고 두 개의 여분 연료통으로 또 한 시간 미만. 돌아가기엔 턱없이 부족한 양이다. 멍청하긴. 하지만. 조금 전 착륙할 때처럼만 운이 따라준다면 정크션까지는 갈 수 있을 것이다.

★

비스트를 세 개의 말뚝으로 고정하고 이륙 방향으로 묶어놓은 다음, 뱅리가 준 '죽음의 알' 두 개를 챙겨 재킷 주머니에 넣고, 어깨에 AR 소총을 메고 비스트로부터 멀어졌고, 그날 아침 들어 처음으로 멍청하지 않은 짓을 했다. 연료통을 꺼내고 바퀴 지지대를 타고 올라가서 양쪽 날개 탱크에 마지막 남은 연료를 부었다. 지금 채워둬야지. 성가신 일이 한가득 생기기 전에 미리 연료를 채워두는 편이 낫다. 그러고 나서 열쇠를 챙겼다. 바지 오른쪽 주머니에 열쇠를 넣고 말했다

힉. 열쇠는 바지 오른쪽 주머니에 있어.

나중에 얼마나 다급한 상황에 처할지 누가 알겠는가.

III

여자는 냇가에서 발가벗고 나를 기다리고 있지도 않았고, 옷을 입고 집 앞 풀밭에서 노래를 부르고 있지도 않았고, 심지어 어디에도 없었다. 돛대에 몸을 묶을 필요가 없었다.* 굴뚝에서 피어올라 협곡 안에 퍼지던 연기도 사라졌다.

그곳은 갑자기 죽어버린 것 같았다. 뒤뜰에 양동이가 나뒹굴었고, 그 옆에 지저분한 주걱이 놓여 있었다. 소들, 양 몇 마리는, 하나같이 하류 쪽을 바라보며 초원에 고개를 박고 있었다. 갈비뼈가 앙상했고, 골반도 뾰족했고, 거의 굶주린 몰골이었다. 커다란 새가 높은 암벽 표면을 따라 나선형으로 높이 날아올랐다. 송골매. 흰

---

* 트로이의 전쟁 영웅 오디세우스가 세이렌의 노래에 홀리지 않으려고 선원들에게 자신의 몸을 돛대에 단단히 묶으라고 명령한 일을 빗대어 말한 것.

구아노* 띠가 둘린 돌출 바위가 녀석의 둥지인 모양이었다. 원을 그리며 날아갔다가, 원을 그리며 돌아왔다. 이 조그만 구멍에 꼼짝없이 갇힌 오리들이 불쌍하다. 닭들은 없다. 문득 떠오른 생각. 매 때문인가? 아니, 그 영감탱이에겐 총이 있었다. 종족을 유지하려면 수탉이 한 마리, 혹은 두 마리는 필요했을 거다—숨어서 키우기에 수탉의 소리는 매일 아침 너무 크게 울려퍼져 온 세상에 나 여기 있다고 떠벌리는 꼴이 되었을 것이다. 영리하군.

나는 망원경을 협곡 위쪽으로 돌려 냇물이 20피트 길이의 폭포를 이루며 떨어지는 지점을 살펴보았다. 협곡은 이 절벽으로 완벽하게 위가 덮여 있었다. 그리고 양쪽 옆면이 높았다. 꽤 훌륭한 장소. 죽은 소나무 한 그루가 폭포 옆 바위에 박혀 있었는데, 나뭇가지가 조잡한 사다리의 모양새를 이루고 있었다. 좋아. 저쪽으로 달아난 거라면 사다리를 끌어올려 숨길 생각을 못했나보군, 어쩌면 너무 무거웠거나 시간이 없었는지도.

나는 절벽 가장자리에, 바위 두 개 사이에 누워 아래를 내려다보았다. 그 지점에서 절벽은 대략 100피트 높이, 혹은 그 미만이었다. 나는 좁은 공간에 끼어 있었고 권총집에 넣은 글록이 긁히지 않도록 등뒤로 밀어야 했다.

뱅리처럼 생각해. 그게 네가 할 일이야. 뱅리의 목소리가 들렸다.

---

* 바닷새의 배설물이 쌓여 굳어진 것.

젠장, 힉. 노인네하고 앙상한 여자가 널 완전 열받게 했어. 지금까지 벌어진 상황으로 보면 자네 허리춤에 있는 화력이 그 노인네가 가진 것의 열 배는 될 거야.

맞아 하지만 사람이 더 있으면? 노인네가 총보다 더 센 무기를 갖고 있으면?

그런 조짐이 있었어? 정원의 의자들, 널려 있는 빨래들, 침구, 낡은 신발에서?

흠.

그런 식으로 생각하는 건 좋은 현상이야, 힉, 그런 걸 놓치면 안 돼. 긴급 상황 발동이야. 힉은 늙은 개지만 차근차근 배워나가지. 하지만 일단 자네 면상 앞에 펼쳐진 정보를 파악해야 해. 숲속에 무기를 숨겨놓은 남자 셋 따윈 없다고 말하는 게 아니야. 그런 상황에 대비하는 건 좋아. 그래도 자네 소신에 따라 움직여야지. 더구나 자네한텐 권총도 있고, 수류탄도 있잖아. 수류탄 갖고 있는 거, 맞지?

맞아, 두 개.

힉?

응?

자네 지금 여기서 뭐하는 거야?

침묵.

그러니까 자네가 원하는 게 뭐냐고. 네가 원하는 게 씨발 뭐지?

침묵.

목표가 없으면 계획을 세울 수 없어. 원하는 게 뭔지 모르면 씨발 목표가 있을 수 없고. 이게 첫번째 규칙이야. 분명한 목표를 세워라, 탈출 작전을 짜라.

나는 첫번째 규칙은 '절대 타협하지 마라'라고 생각했는데. 타협한다면, 힉, 그건 자네 목숨을 타협하는 거야……

그게 첫번째 원칙 맞아. 하지만 씨발 그게 뭐가 중요하지? 지금 당장 해결해야 할 더 큰 문제가 있는데. 그건 바로 이거야. 씨발, 힉, 도대체 여기서 뭘 이루려고 하는 거지?

협곡이 어두워졌고 나는 몸서리를 쳤다. 구름 한 점이, 부풀어오른 뭉게구름이 그림자를 이끌고 협곡의 골을 가로질렀다. 기나긴 겨울의 마지막 한기를 머금고서. 그림자에서 폰데로사 소나무 향이 났다. 구름이 지나가고 재킷 소매에 닿는 햇살에 소름이 잦아들었다. 바위틈에 아늑하게 웅크리고 있으니 편안했다. 대모등에붙이*가 윙윙거리는 소리가 들려왔지만 그다지 거슬리지 않았다. 그 순간 나는 내가 햇볕에 그을린 팔을 베고 얼마든지 잠들 수 있으리란 걸 알았다. 내 코는 땅에서 불과 몇 인치 떨어져 있었다. 개미 한 마리가 조그만 자줏빛 과꽃 줄기를 타고 올라오는 것이 보였다. 여기선 좋은 냄새가 났다. 단단한 흙과 새 풀과 메스키트** 냄새 같은.

힉!

앗, 응. 뭐라고?

집중하라고, 젠장. 꾸물거리지 말고 그만 정신 좀 차려. 씨발 지금 뭐 하는지도 모르는 상태로 이렇게 누워 있는 매 순간마다, 넌 아주 불리한 상황에 놓이는 거야. 네 비행기도 마찬가지고. 저 아래 있는 사람들이 누군지는 몰라도 이미 네 한심한 낯짝을 염탐하려고 작전을 짜고 있을지도 모른다고. 힉이라는 위협을 봉쇄할 작전을 짜고 있을지도 몰라. 그게 바로 우리가 빨리 착수해야 할 일이야. 무방비 상태로, 완전히 노출된 채로, 하염없이 누워 있지 말고. 지금 네가 그 꼴이잖아.

흠.

---

* 사슴이나 말 따위에 꾀는 곤충.

** 미국 서남부와 멕시코가 원산지인 콩과 식물.

씨발. 그 생각을 미처 못했네. 나는 숨을 내쉬었고, 거의 휘파람을 불었다. 넌 도대체 어떻게 생겨먹은 놈이냐? 완전히 넋이 나간 거야? 이젠 아예 맛이 간 거야?

맛이 안 간 적이 있긴 했어?

힉!

아 왜?

네가 지금 왜 졸린지 알아? 왜 갑자기 기지개를 켜고 해가 저물도록 꾸벅꾸벅 졸고 있는지 알아?

왜지?

왜냐하면 씨발 네가 뭘 해야 할지 모르기 때문이야! 목적이 있을 때도 네가 뭘 해야 할지 모를 거라는 건 아니야. 난 널 죽 봐왔어, 힉. 아홉 명의 빌어먹을 약탈자 새끼들한테서 탈출하겠다는 목표가 있었을 때, 그리고 놈들을 쓸어버리겠다는 목표가 있었을 때 넌 더럽게 훌륭했어. 펄펄 나는 힉. 하지만 지금 여기서 넌 뭘 하고 있는 건지 감도 못 잡고 있어. 망할 길 잃은 강아지처럼 굴고 있다고. 병에 걸리지 않았을지 모르는 키 큰 여자 하나를 본 순간 망령이 든 거야.

그건 아니야.

그럼 왜 비행기를 위험에 처하게 했지? 나도 그 곡예비행을 봤어. 씨발 어지간히도 아슬아슬하더군. 그 가랑이를 자세히 보겠다고 그 모든 위험을 감수하다니. 만약 남자를 혐오하는 여자면 어쩌려고? 그런 생각은 안 해봤나?

이미 알려진 것을 위해 모든 위험을 감수하는 것만으로는 모자라느냐, 자네 그 얘기 하는 거지.

그 순간 나는 생각했다. 우리는 모르는 것을 위해 모든 위험을 감수할 확률이 훨씬 더 높다고. 어떤 삐딱한 이유 때문에.

말했잖아, 힉. 전략적으로 중요한 상황에서 철학 놀음이나 하고 있다간 토스트가 된다고.

토스트.

그거 괜찮겠네. 살짝 그을리게 굽고 버터와 잼을 바른 토스트. 구 년 동안 버터를 먹어본 적도 우유를 마셔본 적도 없다. 저 소들이 매일 따뜻한 우유를 제공하겠지. 한 잔 혹은 두 잔. 나는 부풀어 오른 젖을 찾기 위해 망원경을 초원 쪽으로 돌렸고 그들을 보았다. 이게 웬 떡인가. 남자는 적어도 총을 두 자루 이상 갖고 있는 게 분명했고, 그렇다면 엽총뿐 아니라 사냥용 소총까지 갖고 있다고 보는 게 합리적이었다. 왜냐하면 그 순간 소총에 달린 조준기의 섬광을 보았기 때문이다. 찰나의 순간. 집에서 떨어진 초원, 개울 옆, 부들개지 덤불 속에 있는 남자를 포착하기엔 충분한 시간이었다. 거기 자동차만한 사암砂巖 하나가 있었고 남자는 그 뒤에 바짝 붙어 있었다. 나라도 바로 거기 숨었을 것이다. 우리가 공항에서 택한 것과 같은 기본적인 전략이었다. 집은 일종의 유인책이다. 그는, 혹은 그들은, 냇물과 작은 돌집 사이의 트인 공간을 조준할 수 있는 곳에 자리잡고 있었다. 모든 것이 엽총의 사격 반경 안에 있었다. 지나가는 거의 모든 위협은 2연발 엽총으로 다스릴 수 있었다. 그리고 그는, 그들은, 장거리 사격이나 추격전을 대비한 소총도 갖고 있었다. 그들. 그를 포착한 순간 갈대보다 더 검고 곧은 총신을 확인할 수 있었고, 그녀의 헝클어진 검은 머리채도 보였다. 그녀가 또다른 총을 갖고 있었다. 엽총. 그리고 남자는 들판 맞은편을 보지 않고 곧장 나를 겨누고 있었다. 씨발.

총탄이 내 얼굴 오른쪽의 아늑한 바위에서 돌 부스러기를 떨어뜨렸다. 나는 놀라서 뒤로 몸을 뺐다. 두번째 총알은 내 머리 바로 위로 날아갔다. 씨발.

눈을 깜빡였다. 눈에 돌가루가 들어갔다. 이제 얼굴 오른쪽도 따끔거렸다. 관자놀이에 손을 대보았다. 이번엔 출혈은 없었다. 망할 놈의 영감탱이. 두 번이었다. 늙은 개자식이 내 머리를 정조준했다. 빌어먹을 더 조심하지 않으면 다음번 총탄은 명중할 것이다.

뱅리의 웃음소리를 들을 수 있었다. 마치 3피트 거리에 있는 것처럼. 약에 취한 사람처럼 웃는 소리, 그저 착하지만은 않은 유령처럼.

곤란하게 됐군, 힉. 진퇴양난이야. 자네가 원한 건 그저 친구를 사귀는 것뿐이었는데 이제 사람을 쏘아야 할지도. 크고 긴 웃음소리.

★

맞는 얘기였다, 우리의 뱅리, 나의 전술적 슈퍼에고. 저 아래 있는 노인네는 징그럽도록 정확하게 총탄을 날렸다. 전문가처럼, 뱅리처럼 정확했다. 그는 엽총으로 날 골로 보낼 뻔했다. 마치 비스트와 내가 커다랗고 파랗고 날개 달린 오리라는 듯이. 솜씨 좋은데.

왜 이렇게 설레지? 이유는 알 수 없지만 난 이 진퇴양난의 상황이 기뻤다. 그러니까 내 말은, 이건 진퇴양난이 아니었다. 돌아서서 가버리면 그만이었다. 하지만. 나뭇가지에 흰 천을 묶어서 절벽 가장자리로 내미는 장면이 떠올랐다. 할리우드 영화 속 클리셰처럼 그걸 흔드는 장면. 공항에선 아무도 우리에게 그런 짓을 하지 않았는데 그 이유는 첫째, 매번 밤이었기 때문이고, 둘째, 우리는, 주로 뱅리는, 그들이 미처 상황을 파악하기도 전에 죽여버렸기 때문이다. 만약 누군가가 그런 시도를 했다고 해도, 뭐가 달라졌겠는가. 절대 타협하지 마라. 뱅리는 전술상의 우위를 최대한 확보했을 것이고, 그들에게 소리쳤을 것이고, 좋아 무기를 버리고 나와, 그리고 곧바로 그들 머리를 날려버렸을 것이다. 우리의 잘난 뱅리.

그렇다, 그건 어느 정도의 깊은 믿음과 신뢰가 필요한 일이고 설령 그런 것이 있다 하더라도 상황은 언제든 동전 뒤집히듯 변할 수 있고, 더구나 내겐 흰 물건이 하나도 없었다.

나는 뒤로 조금 물러났고, 일어섰고, 기지개를 켰다. 낮잠이라도 잔 것처럼 몸이 개운했다. 그리고 비스트 쪽으로 걸었다. 뒷좌석 주머니에 두었던 복사용지 한 묶음과 크레용 몇 개를 꺼냈다. 손바닥 크기의 돌멩이 몇 개와 고무줄도 챙겼다. 주로 가족들에게 편지를 써서 떨어뜨려야 할 때 쓰려고 갖고 다닌 물건이었다. 하지만 두어 번인가는 공항에서 너무 가까운 곳에서 야영을 하는 떠돌이들에게, 나의 중독성 있는 동서남북 노래, 북쪽으로 돌아가라 아니면 죽는다를 이해하지 못한 사람들에게 떨어뜨렸다. 그건 다이너마이트가 아니었다. 그런 편지들, 돌을 둘러싼 채 비스트에서 떨어진 편지들은 간결하고 생생하고 항상 효력이 있었다. 펜의 위력이란. 불량한 해적들이 짐을 꾸리고 왔던 길을 되돌아가게 만드는 네 줄짜리 문장을 뽑아낼 때마다 그런 나 자신이 대견했다. 나는 종이 대여섯 장과 검은색 크레용을 들고 재스퍼의 퀼트를 챙겨 다시 초원을 가로질렀다.

나는 미소 짓고 있었다. 얼얼한 뺨 위로 미소가 번져가는 게 느껴졌다. 협곡 가장자리에 웅크리고 앉아 최대한 크게 글자를 썼다.

"나"

글쓰기의 만족감. 딜런 토머스*도 때로는 책상에 앉아 새로운 시의 첫번째 단어를 쓰고 나서 술집으로 달려가 자축하며 코가 비뚤어지게 술을 마셨다는 이야기가 떠올랐다. 마침내 침묵의 빈 공간을 깼다는 기쁨.

좋아. 더 종이를 낭비하기 전에 상황이 어떻게 돌아가는지 한번 보자.

살금살금, 꿈틀거리며 절벽 가장자리로 기어갔다. 절벽은 순조롭게도 나의 목적을 달성하기 위한 진짜 입술** 모양을 이루었고, 비록 돌출되지는 않았지만, 사암의 얼굴***에서 날카롭게, 수직으로 깎여 있었다. 파편을 뒤집어쓴 소중한 내 머리는 뒤로 빼고, 손으로 퀼트를 가장자리로 밀어 깃발처럼 흔들어 폈다. 밑에서 사냥꾼과 놀란 꿩과 개가 제대로 보이도록 펼쳐들었고 내 손가락이 절벽 가장자리 밖으로 나가지 않도록 조심했다.

아마도 낚시를 제외하고 이렇게 신이 나기는 몇 년 만에 처음이었는데, 내가 보기에 그것은 이 일이 낚시와 상당히 비슷하기 때문이었다, 낚싯줄 끝에 있는 게 사람들이라는 사실만 빼면. 잡았다가

---

* 1930년대를 대표하는 영국의 시인.

** lip에는 절벽 가장자리라는 의미도 있다.

*** face는 사암의 한쪽 면을 뜻하는 말이기도 하다.

놓아주기.

퀼트 이불이 펼쳐지기 무섭게 또 한 발의 총알이 날아왔다. 내 손, 머리 바로 위로.

서부영화나 전쟁영화를 보면 항상 총탄이 내는 소리가 있는데, 그거 아는지? 실제로도 그런 소리가 난다는 것. 유해한 탄산음료 캔을 따는 소리처럼 퓨이익. 죽음의 탄산음료. 물에 뛰어드는 오리의 속도로 따라붙는 진공 상태. 그와 거의 동시에 나는 윙 하는 작은 소리, 음악적 감탄부호.

그래 내 퀼트를 쏘고 싶으면 마음껏 쏴. 내겐 실과 바늘이 있으니까.

그리고 침묵. 재미있어하는 것 같은. 그런 느낌의 침묵이었다.

낚시를 하다보면 줄 끝에서 물고기의 영혼을 바로 감지할 수 있다. 그 접촉. 그러니까 내 말은 그 순간 바로 안다는 거다. 사나운지, 겁에 질렸는지, 노련한지, 어리고 어리석은지, 교활한지, 공황 상태에 빠졌는지, 체념했는지, 자신만만한지, 짓궂은지. 그중 어떤 느낌이건 갑자기 팽하고 당겨지는 줄에서 느껴진다. 가끔 사람들 간의 침묵도 그와 같은 방식이라고 생각했다.

내가 퀼트를 펼쳤고 그와 거의 동시에 총알이 날아왔고 그뒤로 침묵이 이어졌다. 당혹스러운 침묵. 나는 미소를 지었다. 이놈의 영감탱이가 퀼트 이불을 조준하면서, 같은 행동을 반복하면서, 도대체 뭐야 씨발? 하고 생각한다는 걸 알았다. 그 거리에서도 조준 망원경으로 상황을 파악할 수 있으리란 걸 알았다. 나는 바닥을 더듬어 묵직한 돌 두 개를 집어 퀼트 가장자리를 고정하고 늘어뜨렸다.

나는 그가 퍼즐을 풀도록, 어쩌면 토론을 벌여보도록 했다. 그런 다음 종이를 들고, 4피트 길이의 부러진 나뭇가지 끝에 끼워 가장자리로 내밀었다. "나" 탕! 휙. 완전히 빗나갔다. 헤헤. 종이를 맞추지도, 내 머리를 맞추지도 못했지만, 내가 조금만 더 가까이 다가갔다면 맞았겠지.

침묵. 나는 나뭇가지에 꽂은 종이를 수직으로 들어 그가 읽게 했다. 그는 읽을 수 있었다. 더럽게 가까운 거리였다. 내가 정말 악랄하게 나가고 싶었다면 커다란 바윗덩이 하나를 가장자리로 밀었을 수도 있다. 아니면 침을 뱉거나.

나는 나뭇가지를 뒤로 뺐다. 내가 껄껄거리며 웃었다면 아마 구 년 만에 처음이었을 것이다. 껄껄 웃다—그 표현. 그건 세상이 끝장난 마당에 쓸 만한 표현은 아니었다. 나는 이로 크레용 포장지를 벗긴 다음 두번째 종이에 다시 세로로 썼다. "는"

왜 그냥 밑에 대고 소리를 지르지 않았느냐고? 글쎄, 대화는 너무 빨리 어긋나버릴 수 있다. 내가 알게 된 사실이다. 처음 커피숍에서 멀리사를 만났을 때 나는 말을 걸기가 너무 쑥스러워서 쪽지로 구애했다. 통했다. 말은 목소리 톤만 삐끗해도 그걸로 끝이다. 아니, 이편이 훨씬 나았다. 더구나 시냇물이 흘렀고, 바람이 불었고, 내 입을 그 절벽 가장자리에 가져갈 방법은 도무지 없었다.

"는"을 나뭇가지에 걸어 내밀었다. 이번에는 총알이 날아오지 않았다. 침묵. 씨발놈이 이제야 말귀를 알아먹네. "나는."* 충분히 실존적이다. 젠장, 거기서 멈출 수도 있었고, 그들이 한동안 곰곰이 생각해보게 만들 수도 있었다. 다시 크레용을 들고 "한 마리"라고 썼다. 나뭇가지에 찔러 내밀었다. 바람에 펄럭이게 했다.

둘째 단어의 단정이 내포하고 있는 철학적 의미는 심오했다. 햄릿도 이것에 비하면 아무것도 아니었다. 변증법적 전개. 얼어죽을.

그리고 "꿩이". 나는 "꿩이"라는 말을 종이 한 장 전체에 써서 내밀었다. "꿩이" "꿩이" 펄럭, 부스럭.

그러고 나서 크레용을 돌에 문질러 날카롭게 한 다음 이번에는 종이를 가로로 놓고 한 단어를 썼다. "아닙니다"

그리고 종이를 내걸었다. 돌멩이를 하나 더 주워 나뭇가지를 고정하고, 태양을 바라보며 누워, 혹사당한 가엾은 내 머리에 팔베개를

* 원어로 'I am'. '나는 존재한다'는 의미로도 읽힐 수 있다.

하고, 온기가 나를 감싸게 하고 태양이 내 상처를 치유하게 했다.

그들은 아무데도 가지 않을 것이고, 나 역시 마찬가지였다.

★

만약 여기가 서부였다면 나뭇가지에 모자를 걸었을 것이다. 나는 모자를 쓰고 있었다. 땀으로 얼룩지고 가장자리가 닳아빠진 야구 모자에는 '체리힐스 골프클럽'이라고 적혀 있었다. 어느 밤 방문객에게서 빼앗은 모자인데, 위로의 메시지를 담고 있는 것 같아 마음에 들었다. 모든 것의 끝이라는 것은, 아마도 이 모든 우주에서, 어느 계절이건, 이제 골프는 끝이라는 의미가 아닐까.

골프에 대해 악감정은 없었다.

어쨌든 스코틀랜드에선 전염병에 감염되지 않고 살아남은 스코틀랜드인이 황무지를 거닐면서 이 오래된 게임을 즐기고 있을지도 모를 일이었다—안개와 비 외에는 관개시설도 없고, 잔디 깎는 기계도 없고, 야생 양떼만 있는 곳에서. 안개 속으로 공을 날리면서. 근사한 생각이었다.

영감탱이는 아마 골프를 싫어했을 것이다. 이렇게 작은 글자를 읽을 수 있을지 의문이지만 만약 10배율 망원경을 갖고 있다면, 글쎄, 어쩌면 읽을 수 있을 것이다. 나는 나뭇가지로 종이를 찔렀고, 재미 삼아, 가장자리로 내밀어보았다. 아무 일도 없었다. 늙은 꼰대가 안 넘어오네. 눈 하나, 귀 하나가 보일 때까지 기다릴 셈인가. 흠. 이제 어쩐다? 일어서서 절벽 가장자리로 가 소리를 지를 수도 있었다. 이봐요! 난 평화를 위해 왔어요! 우정을 위해! 그리고, 만약 그들이 브루스 뱅리의 첫번째 원칙을 따른다면 난 죽은 목숨이었다. 신기하게도, 간만에 처음으로, 아직 죽을 준비가 안 되었다는 생각이 들었다. 지금 이 순간은 아니었다. 살아 있는 것에 대해 심드렁함 이상의 관심이 있다는 뜻이다. 이유야 뭐가 됐건.

그렇지. 좋은 생각이 있었다.

나는 비스트로 돌아가 종이 한 무더기를 더 가져왔다. 시간은 얼마든지 있었다. 우리 중 누구도 어디에 가야 할 일이 없었다. 그들이 나무 사다리로 달려오지 않는 한. 그들은 그럴 리 없었는데, 왜냐하면 내가 좋아하는 섬뜩한 헤밍웨이의 글*에 나오는 독일 병사들처럼 내가 그들을 단숨에 뭉개버릴 수 있기 때문이다. 그 철문은 단연 최고였다. 놈들은 어떻게든 철문을 타넘으려 애를 썼는데, 우리가 40야드 거리에서 놈들을 쏘아 죽였다. 놈들은 급했고, 장교들이 맨몸으로 철문 철거 작업에 매달렸다. 정말 완벽한 방해물이 아닐 수 없었다.

* 전쟁과 관련한 단상과 체험을 정리한 헤밍웨이의 책 『전쟁터의 헤밍웨이』를 가리키는 것이다. 고딕체로 서술된 부분은 세계대전 당시 독일과의 격전중 주택의 철문을 떼어 다리 위에 바리케이드로 세워놓고 그 철문을 기어올라오는 독일 병사들을 총으로 쏘아 죽인 일화의 일부다.

내 말은 그것이 내가 여기서 해야 할 일이라면 말이다.

나는 햇살 속에서 내 바위에, 아니 그 뒤에 웅크리고 앉아, 단어들을 더 썼다. 그리고 나뭇가지에 끼워 아까 했던 것처럼 하나씩 가장자리로 내밀었다. 미끼에 걸린 물고기가 생각을 하기까지의 깊은 침묵.

"너희를 산산이 부숴버릴 수도 있지만 그러지 않겠다—평화"

종이를 반 연이나 가지고 있어서 다행이었다.

그러고 나서 주머니에서 '죽음의 알'을 하나 꺼내 꽤 뻑뻑한 핀을 뽑은 다음 협곡 안으로 던졌다.

어림짐작으로 냇물 상류 쪽 초원을 향해 던졌다—소들과 곰팡내 나는 개자식과 그의 여자에게서 한참 떨어진 지점으로.

폭발은 상당히 만족스러웠다. 고마워 뱅리. 나는 새 종이를 준비했고 그들이 여전히 당황한 채 아직 죽지 않았나 자신들의 사지를 확인하는 동안 종이를 내밀었다.

"봤지? 다음번엔 다칠 수도 있어."

긴 침묵.

"종이 다 쓰게 만들지 마."

침묵.

"일어서."

내가 정말 즐기고 있었다는 걸 나도 인정한다. 몇 년 만에 처음으로 머리가 맑아진 것 같았다. 내 생각들은 텁수룩한 노르웨이 말들처럼 초원에 우두커니 서서 지금 여기서 뭘 하고 있는지 궁금해하고 있지 않았다. 한 가지 생각이 어슬렁거리며 숲으로 들어가버리는 그런 상태가 아니었다.

한숨 더 떠서 나는 모자를 가장자리로 밀어보았다. 아무 일도 일어나지 않았다. 마침내 서로를 이해하게 된 건가. 나는 가장자리로 다가가 아래를 내려다보았다. 두 사람 다 부들개지 덤불 속에 서서 밖으로 총구를 겨누고 있었다. 그는 키가 컸고, 체격이 좋았고, 그리 늙지 않았고, 육십대 초반 정도로 보였고, 후줄근한 엷은 황갈색 카우보이모자를 쓰고 있었다. 여자는 남자보다 키가 컸고 외모가 훌륭하다는 것을 인정하지 않을 수 없었다. 앙상하지만 반듯한 턱에 도드라진 광대뼈, 짙은 갈색 눈썹, 하나로 땋은 길고 검은 머리카락. 이유는 알 수 없지만 300피트 높이에서도 그녀는 영리해 보였다. 나는 AR 소총을 들어 조준 망원경을 그들에게 맞추었다. 만약 사람에게서 광채가 날 수 있다면 바로 그가 그랬다. 분노로 입을 꾹 다물었고 잿빛 눈동자는 울분의 빛을 발하고 있었다. 얼굴에는 비바람이 그려놓은 깊은 주름이 있었다. 여자는 눈이 무척 컸고, 빛깔은, 글쎄 보라색인가? 파란색과 검은색의 중간이었다. 뺨이 붉게 물들었고 겁에 질린 표정이었지만 그것 외에도 한 가지가 더 있었다. 약간 재미있어하는 듯한. 정말 그런 건가? 나이는 서른다섯 정도 돼 보였다.

소총 조준 망원경을 통해 사랑에 빠질 수도 있을까? 젠장. 나는 맨눈으로 보려고 고개를 돌렸다. 비율이 좋고, 골반이 컸고, 키가 컸다. 어쩌면 너무 마른 건지도. 나는 다시 눈을 총에, 조준 망원경에 대고 총신을 내려서 망원경이 아래쪽을 훑게 했다. 인정한다. 여자의 다리엔 긁힌 자국이 있었고 염증이 있었고 어쩌면 너무 가늘었지만 길었고 밑으로 내려갈수록 가늘었다.

숨을 쉬어 힉. 10-4라고 말해. 10-4.

한쪽 무릎을 세우고 앉아, 여전히 그들을 겨눈 채, 두 눈을 뜨고. 나는 소리쳤다.

이봐요!

남자가 눈을 깜박였다. 나는 조준 망원경을 그녀의 얼굴로 옮겼는데 두 사람 다 정신이 나갔거나 악몽을 꾸는 것 같은 표정이었다.

이봐요!

조준경을 여자에게 맞추었다. 그녀가 미소를 지었다. 실제로 미소를 지었다. 미묘하고 작은 미소였지만, 10배율 망원경으로 그 망할 놈의 미소를 볼 수 있었다.

우리 어떻게 하죠? 소리를 지른다.

침묵.

영감님! 진정하세요! 내가 죽이고 강간하고 약탈하고 싶었다면 지금쯤 두 분 다 죽은 목숨입니다!

그가 내 말을 받아들이는 동안의 침묵.

용서해드릴게요! 내가 외쳤다.

날 두 번이나 죽이려고 한 거! 내 비행기를 거의 망가뜨릴 뻔한 거! 개인적인 감정은 없으셨겠죠. 나도 알고 있습니다. 나라도 똑같이 했을 거예요.

나의 고함이 바람에 흩어졌다. 그러나 그들이 내 말을 듣고 있다는 건 알 수 있었다. 내 말이 뭔가 접수되고 있었다. 고개를 들어 협곡 아래쪽을 보니 모든 소와 양 몇 마리가 겁에 질린 채 협곡 바닥을 가로지르는 높은 덤불 울타리에 모여 있었다.

소들에게 겁을 줘서 죄송합니다!

그들은 양팔을 뻗고, 그곳에 서 있었다. 나는 조준 망원경을 두 사람에게 맞추었다. 남자는 상황을 파악하기 위해 뺨 안쪽 살을 씹고 있었다. 그리고 여자는, 확신할 수는 없지만, 머릿속에서 뭔가가 돌아가는 것 같았고 그다지 불쾌하지 않은 생각이 고개를 드는 것 같았다. 어디까지나 나의 환상이었다. 나도 알았고, 내가 약간 제정신이 아니라는 걸 알았고, 한편으로는 성인이 된 이후 그 어느 때보다 머리가 맑다는 것도 알았다.

총은 들고 계세요. 난 내려갑니다.

아시겠죠?

아시겠죠?

그가 고개를 끄덕였다. 마침내. 그는 총을 자기 몸 쪽으로 거두고 자신의 세계를 지배하는 남자처럼 다시 똑바로 섰다. 이것만은 짚고 넘어가야겠다. 그 영감탱이의 태도는 어딘가 기품이 있고 당당했다. 사격도 더럽게 정확했다, 나는 그걸 알았다. 그 꼬장꼬장한 노인네가 지금껏 바로 그 자신감으로 모든 일을 해왔으리라는 걸 알 수 있었다. 단지 옥외 관람석에서 본 인상일 뿐이지만.

날 죽일 생각을 한다면 나중에 정말 후회할 겁니다! 분명히 말해두는데, 그랬다간 영감님 인생의 황금기를 놓치는 줄 아세요!

그녀가 미소를 지었다. 이런 젠장. 나는 맛이 갔다. 어쩌면, 어쩌면 노인네가 여자의 아버지일 수도 있었다. 멍청한 놈.

지옥에서는 달리 있을 곳이 없는 법이다. 나는 총을 내려놓고, 재빨리 뒤로 물러나 비행기로 돌아갔다.

행운과 존경의 의미로 재킷 주머니에 또 한 개의 수류탄을 챙겨서 도합 두 개를 가지고 평화의 선물로 사슴고기 육포도 챙긴 다음, AR 소총을 어깨에 메고 세이지 초원을 가로질렀다. 잣나무 숲을 지나 협곡의 움푹한 부분이 나올 때까지 위쪽으로 걸었고 거기서 냇물로 이어지는 사냥로를 찾았다.

IV

작은 북처럼 가슴이 콩닥거렸지만 힘이 들어서 그런 건 아니었다. 지형이 험한 건 사실이었고, 개울로 들어가는 길은 가파르고 바위투성이였다. 나는 바위의 따뜻한 어깨에 손을 짚고 뛰어넘거나 돌았고, 사슴이 다니는 길을 따라가다가 푸석한 땅에서 미끄러졌다. 폰데로사 소나무의 긴 갈색 솔잎들 틈에 사슴의 배설물이 놓여 있었고 태양은 그 두 향을 섞어 인근 소나무 숲에 살아 있는 사슴의 사향내와 묘하게 비슷한 향을 만들어냈다. 가슴속에서 사냥꾼의 본능이 꿈틀거렸다. 그러나 그것도 이유가 아니었다. 처음으로 데이트하러 가는 기분이 들었기 때문에 가슴이 두근거린 거였다.

그 여자, 힉의 실제 첫 데이트 상대—그때 내가 얼마나 긴장했는지 데이트는 그야말로 재앙이었다. 우리는 3D 〈아바타〉를 보러 갔다. 나는 소변을 보려고 계속 자리에서 일어나 나갔다. 돌아올 때마다 팝콘이나 캔디 같은 것을 들고 왔다. 아마도 그녀는 내가 당뇨병 환자거나 아니면 폭식증 환자라고 생각했을 것이다. 데이트가 끝날 무렵 나는 키스를 하지 않았고 시도조차 하지 않았고 그녀는 분명히 얼굴을 붉히고 화를 냈는데, 내가 괴짜 같아서 빨리 떼어내버리고 싶어서 그랬는지, 아니면—몇 달 뒤에나 든 생각이지만—그녀 역시 나만큼이나 긴장했고 내가 마음에 들었지만 어떻게 물어봐야 할지 모르던 차에 내가 그렇게 불쑥 돌아서서 가버리자 거절당한 듯한 기분이 들어서였는지 끝내 알 수 없었다. 다른 사람도 나에게 인정받고 싶어 긴장할 수 있고, 나를 두려워할 수 있다는 사실을 처음으로 깨달은 날이었다. 세상이 끝나기 전에 그것은 심오한 통찰이었는데. 지금은 너무도 당연한 사실처럼 느껴진다. 모두가 나를 두려워하니까.

데이트에 나가는 마음가짐치고는 이상한 감정이었다. 가엾은 힉, 가엾은 프랑켄슈타인.

그런데 그녀는 그렇지 않았다. 미소를 지었다. 미소를 지었다.

내가 그녀를 매혹시켰나? 그래서 그들을 '살육 모드' 밖으로 끌어낸 건가? 무장해제시키고? 내가 그랬나?

나는 갑자기 걸음을 멈추었다. 눈을 가늘게 뜨고 하류 쪽을 보고, 소나무 그늘 속으로 조심스럽게 한 발짝 내디뎠다. 어쩌면 아닐 수도.

퀼트를 이용한 귀여운 작전. 영감탱이는 인내심이 없었다. 그는 자기 시간과 집중력을 중요하게 여기는 사람이었다. 내가 햇살 아래 누워 일광욕을 즐기는 동안, 그들에게 생각할 시간을 벌어주는 동안, 그는 축축한 부들개지 수풀 속에 웅크리고 앉아 있어야만 했고, 피가 끓어올랐고, 또 한편으로는—자신의 목숨, 여자의 목숨을 잃게 될까봐—두려웠고, 저 재수없는 새끼를 죽여버리고 말겠다고 생각했을 것이다. 첫번째 가능성. 저 새끼 자기가 꽤 귀엽다고 생각하는 모양인데, 자기 불알이 모닥불에 익어가는 걸 구경할 때도 그렇게 귀여울 수 있는지 한번 보자.

이를테면.

나는 계속 걸었다. 어쨌든. 뒷목의 털이 좀 곤두선 채로.

개울에 다다라 방향을 돌려 둑을 따라 난 편한 길로 접어들었다. 풀들이 길게 자라 있었고, 데이지처럼 작고 흰 과꽃, 인디언 붓꽃이 피어 있었다. 산딸기, 펜스테몬*. 거대한 폰데로사 소나무들, 차갑고 축축한 바위와 바닐라 향기. 사주 위에서 서로를 맴도는 흰 나방들. 짝짓기. 첫 데이트에 하는 것들, 그런 건 이미 옛날 얘기였다. 내 심장은 여전히 빠르게 뛰었지만 단지 그것 때문만은 아니었다. 나방들이 스치듯 날아다니는 걸 보았고, 세 마리, 그러다가 다

* 북미 대륙이 원산지인 현삼과의 초본으로 대롱 모양의 꽃이 핀다.

시 두 마리가, 햇살 안팎을 드나들었고, 나는 생각했다. 힉, 짝짓기는 아마 이번 패에는 들어 있지 않을걸, 적어도 이번 판에는. 어쩌면 영원히 없을지도.

초원 가장자리의 야트막한 절벽, 폭포가 있는 절벽에 이르러, 나무 사다리로 내려가면서 등을 영감탱이에게 보이는 순간, 그 영감탱이는 입맛을 다시며 날 쏘아죽일 것이다. 잘 왔다. 이 미련한 새끼야, 네 눈엔 이게 장난으로 보이냐? 꿩이 아니시라고. 맞아. 꿩이 아니라 죽은 목숨이지. 종이에 그렇게 한번 써보시지. 탕. 네놈이 우릴 건드렸어. 탕. 그만 좀 쫄지그래? 탕.

뱅리: 내가 말했지, 힉—자넨 진짜 쥐뿔도 모른다고. 부디 편히 잠들기를.

흠. 내가 전에 얼마나 진퇴양난이었는지는 몰라도 지금 역시 그때만큼 진퇴양난이었다. 그것이 바로 냇물을 따라 빠르게 움직이면서 내가 본 상황이었다. 또 한 가지. 그는, 그들은, 나무 사다리를 타고 이 분 안에 강 상류에 도달할 수 있었을 테고 어쩌면 지금쯤 버드나무 숲속 어느 나무 뒤에 잠복해 느긋하게 날 기다리고 있을지 모른다. 나는 얼어붙었다.

죽고 싶진 않았다. 아직은.

우리가 이야기하는 동안 아마도 나는 그의 조준 망원경 안에 들어가 있었을 것이다. 다시 소름이 돋았고 이번에는 추위 때문이 아니었다.

개울을 훑어보았다. 물가에 네군도단풍나무 한 그루, 연두색 잎사귀들. 아래쪽으로 미루나무도 몇 그루 있었다. 바람의 맥박이 고동치자, 나뭇잎들이 뒤집혔고, 햇빛을 향해 내민 손바닥처럼 환하게 반짝였다. 멈춰. 놈들이 굵고 잎이 무성한 저 나무들 뒤에 바짝 웅크리고 있을지도 몰라.

멈춰, 힉, 멈추라고. 순수한 인간적 교감이 얼마나 어리석은 일인지 다시 한번 생각해봐. 나무에 귀를 기울여.

낚시할 때, 그게 자네가 찾는 거라고 하지 않았어? 교감. 하지만 물고기가 치르는 대가를 한번 생각해봐. 물고기는 너와의 교감을 원하지 않았고 만약 송어가 널 한입에 꿀꺽 삼킬 수 있다면 그렇게 했을 거야. 저 영감탱이가 그 물고기야. 널 잡아먹을 수 있다고.

흠.

나는 뒤로 물러섰고, 나무 뒤에 몸을 바짝 붙였다. 개울은 30피트쯤 아래에 있었고, 물살은 이미 투명하고 얕아서 걸어서 건널 수 있을 정도였다. 초여름 수심이 이렇게 낮다면 깊어봐야 허벅지 정도일 것이다. 건너편 둑을 살펴보았다. 새로 돋은 풀과 야생화로 뒤덮인 가파른 경사로가 폰데로사 소나무가 있는 숲속 빈터로 이어졌다. 경사로의 꼭대기 쪽으로는 부슬부슬 부서지는 벼랑 끝 바위가 마치 무너져가는 유적지의 벽과 난간들처럼, 비죽이 솟아 있었다.

완벽한 은신처였다. 그들에게. 그러니까 내 말은 마지막까지 버티기에 완벽한 장소라는 뜻이다. 이곳에서는, 상류에서는, 개울이 그렇게 크고 깊은 구멍으로, 그런 초원으로 빠져나가리라고는 상상할 수가 없다. 애초에 개울을 따라 여기까지 들어올 이유가 없다. 평탄한 길도 아닌데다 저 위의 오래된 길, 내가 착륙한 지점에서 북쪽이나 동쪽으로 가는 편이 훨씬 더 쉬울 것이다. 크게 힘들이지 않고 작은 강과 만날 수 있는 길. 평지 높이에서는 이 구멍, 이 협곡이 전혀 보이지 않았고, 협곡 바로 위, 가장자리에 와야 보였다. 그리고 하류에서 올라오는 길은 보나마나 폭포와 절벽으로 둘러싸여 있을 것이다. 완벽했다. 은신처로는. 옛날 무법자들이 탐낼 법한 곳.

소들을 어떻게 거기까지 끌고 갔을까? 들어오는 길이라곤 사다리뿐인데. 이것이 그 순간 나에게 떠오른 생각이었다.

이렇게 긴박한 상황에서 어쩌자고 내 마음은 호기심으로 방황하고 있는가? 뱅리가 좋아하지 않을 텐데. 뱅리라면 이렇게 말할 것이다, 몸을 낮춰. 매복할 생각을 하다니 잘했어. 몸을 낮추고 상황을 파악해.

그렇게 했다. 뒤로 열 발자국 경사로를 되짚어가서 무성한 덤불처럼 바닥에 붙어 자란 굵은 향나무 뒤에 몸을 숨겼다. 나무 뒤, 나뭇가지 사이로 경사로를 볼 수 있는 지점에 자리를 잡고 웅크려 앉았다. 뻣뻣한 나뭇가지가 딱지 앉은 얼굴을 찔렀다. 향이 어지러웠다. 향주머니 속에 들어앉아 있는 것 같았다. 그 여잔 왜 그랬을까? 먼지 앉은 파란 향나무 열매가 바닥에 우수수 떨어졌다. 이걸로 진을 만들지 아마. 진짜?

이제 어쩐다? 나는 안전했다. 그래서 결국 네가 얻은 게 뭐지?

까칠한 나뭇가지 속에 웅크리고 앉아 있었다. 나는 나무 밑에 사는 트롤*이었다. 뾰족한 나뭇잎과 나뭇가지의 따가운 장막 사이로 세상을 보았다. 빗물로 연명했고, 약간의 노래와 추억을 먹고 살았다.

나는 바닥에 소총을 내려놓고, 무릎을 끌어안고, 좀더 굵은 나뭇가지에 기댔다.

피로했다. 뼛속까지. 엄청난 노력이 필요했던 탈출. 비행은 벌써 딴 세상 얘기 같았다. 그리고 공항은 꿈 같았다. 만약 공항이 꿈이라면, 재스퍼는 꿈속의 꿈이고, 그 이전의 삶은 그 꿈속의 꿈이겠지. 꿈속의 꿈 또 꿈속의 꿈. 꿈을 꾼다. 우리의 상실을 보다 창백한 유령으로 뭉뚱그리는 방법.

---

* 북유럽 신화와 스칸디나비아 전설 속에 등장하는 상상 속 괴물.

해질녘까지 기다리자, 그게 좋겠다. 어둠 속에서 하류 쪽으로 걸어갈 것이다. 그들을 관찰할 것이다. 안전하게 사다리를 내려갈 것이다. 수없이 야간 낚시를 다닌 덕분에, 집착에 가까울 정도로 야간 낚시를 즐긴 덕분에 밤에 두 발로 길을 찾는 거라면 자신 있다.

송어는 칠흑 같은 밤에도 수면 위에 앉은 가장 작은 날벌레까지 본다. 하늘은 언제나 야광이고, 송어에게 하늘은 야광이고 날벌레는 그 하늘을 배경으로 한 그림자다. 나는 어둠 속에서 물고기 잡기를 좋아했다. 때로는 단지 고요한 연못에 번지는 소리 때문에, 그 찰나 조그만 하이픈으로 연결된 첨벙 소리 그리고 당김 때문에. 그 순간을 사랑했다.

어둠. 아무것도 없다. 따스한 솔잎들의 날카로운 향. 잠. 좋아 몇 분만. 잠.

★

일어나.

어?

일어나. 뒤로 나와. 총을 잡는 순간 넌 죽어.

딱딱하고 날카롭고 딱딱하고 날카로운 물건이 목 뒤에 느껴진다. 막대기. 그래 막대기. 기다란 장대. 그 끝에는 총을 든 남자. 씨발. 씨발. 잘했어 힉.

손 땅에 대고. 뒤로 나와. 기어서.

기어. 천천히. 이제 엎드려, 납작하게 엎드려. 손은 머리 뒤로. 어서!

등을 세게 짓누르는 무릎. 재킷 안을 더듬어 허리에 찬 글록을 빼내는 거친 손. 내 등을 훑어내리고, 다시 올라갔다가, 다리로 내려가는 손, 노련하고 민첩하다.

돌아누워.

앞쪽도 똑같이, 빠른 몸수색으로 수류탄을 꺼낸다. 자신의 작업복 재킷에 집어넣는다.

생각보다 젊다. 아닐 수도. 더 말랐다. 머리카락이 희다. 신발 가죽처럼 질기다. 주름. 볼 아래쪽으로 주름이 깊게 잡혀 있다. 찡그린 주름. 눈가에서 시작해 바깥쪽으로 퍼져나가는 주름. 반짝이는 잿빛 눈동자. 벌거벗은 태양 아래 반짝이던 그 눈빛. 빈틈이 없다. 모든 움직임이 정확하고 빠르다.

이유는 모르겠는데 가까이 있으니 두려움이 덜하다. 전혀 당혹스럽지 않다. 아마 지금은 얼떨떨해서 그렇겠지. 영감탱이는 조금도 나를 두려워하지 않았다, 털끝만치도. 어쩐 일인지 나도 같은 방식으로 화답하고 있다.

다시. 돌아누워.

등을 짓누르는 무릎, 뾰족한 나뭇잎들이 얼굴 오른쪽을 따갑게 찌른다. 곁눈질로 그를 보았다. 그는 어깨를 움직여, 왼쪽 어깨에 감아 메고 있던 밧줄을 내리고, 감긴 밧줄을 한 손으로 흔들어 푼 다음, 내 양손을 단단히 묶었다. 한 손으로.

목장 일을 하시나봅니다, 내가 말했다. 모자를 보니 알겠네요.

입 닥쳐.

텐-포. 시답잖은 대화는 하지 않는 게 좋겠다.

그 말은 하지 않았고, 그 어떤 말도 하지 않았다.

무릎이 내 척추 마디들을 세게 눌렀고, 그가 매듭을 확 잡아당기자 아팠고, 매듭이 조여졌다.

그냥 갔어야지. 아무도 우릴 건드리지 않아.

그런데 내가 건드렸군요, 보아하니.

닥쳐.

갈비뼈를 짓누르는 무릎. 그가 뒤로 물러섰고, 다섯 발짝 옆으로 가더니, 감겨 있던 밧줄을 풀었고, 몸을 숙여 나무 밑에 있던 AR 소총을 집어들고 어깨에 멨다.

이제 일어서.

그럴 기회도 주지 않았다. 그가 밧줄을 뒤로 한 번 세게 잡아당기자 나는 일어서 있었고, 어깨가 떨어져나갈 것 같았다.

걸어.

나는 걸었다. 그리고.

다른 사람이 시키는 일을 할 때의 안도감. 자기가 뭘 하는지 정확히 알고 있는 사람이 시키는 일. 그저 명령을 따를 뿐. 비틀거리며 언덕을 내려가면서 그가 날 죽일 생각이었다면 벌써 죽였을 거란 생각이 들었다. 아까 내가 절벽 가장자리에 있고 그들이 그 밑에 웅크리고 있을 때 내가 그랬던 것처럼. 보답. 그는 같은 방식으로 보답하고 있었다. 완벽한 상호관계. 젠장.

난 생각했던 것보다 훨씬 그들 가까이에 있었다. 개울이 절벽 가장자리로 떨어지는, 20피트 길이의 폭포를 이루며 쏟아지는 지점에서 약 200야드 정도 거리에. 개울 왼쪽으로 그들의 나무 사다리 윗부분이 비죽 나와 있는 게 보였다. 작은 폭포가 바닥의 웅덩이로 떨어지는 소리가 들렸다. 폭포는 물보라를 뿌렸고 물보라는 햇살 속에서 움직이는 무지개 한 조각과 함께 반짝였다.

이 각도에서 안개 사이로 보니 움푹한 협곡은 에덴동산 같았다. 초록빛이고 보호막이 둘린, 물이 흐르고, 죽음에서 멀리 떨어진 곳. 저 아래로 어떻게 내려가지? 팔을 묶은 채로 날 내려보내려는 걸까—뒤에서 내 어깨를 부서뜨리면서? 아니면 웅덩이가 몇 피트 깊이는 되겠거니 하고 날 절벽 가장자리에서 밀어버리려는 걸까? 내 발목이나 다리를 부러뜨리고, 불구로 만들면, 금상첨화겠지.

휘파람 소리가 귀를 파고들었고, 나는 놀라서 펄쩍 뛰었다. 홱 돌아보았다. 송골매 소리인가 했는데 내 귀 바로 옆에서 들리는 소리였다. 그녀가 돌집에서 나왔다. 조준 망원경이 달린 소총을 들고 있었다. 볼트 액션*. 조그만 담요 한 장도. 그녀는 원목 테이블 앞에 앉았고, 담요를 둘둘 말아, 마치 모래주머니처럼 그 위에 소총을 올

* 수동연발총의 한 형식으로, 노리쇠에 붙은 볼트를 당겨 탄피를 빼내고 다시 손으로 밀어넣어 장전한다.

려놓고, 위를 조준했다가, 이내 생각을 바꿔, 총을 내려놓고 2각대를 펼친 다음, 총 앞쪽으로 다리 두 개를 펴고, 다시 조준했다. 더 좋은 각도로. 나를. 전에도 해본 적이 있는 듯했다, 확실했다.

솜씨가 좋아. 내가 가르쳤거든. 조금이라도 허튼짓했다간, 바로 죽어.

그가 앞으로 다가와 줄을 한 번 당겨서 내 한쪽 손목을 풀었고, 왼손에 묶인 줄은 그가 쥐고 있었다.

내려가.

한 손으로요? 고소공포증 있는데.

사실이었다. 비행은 얘기가 달랐다.

그가 내 엉덩이를 걷어찼다. 허튼짓하지 마. 날렵한 군홧발이었다. 나는 엉덩이에 발가락이 꽂혀 앞으로 고꾸라졌고, 하마터면 가장자리로 굴러떨어질 뻔했다. 아팠다. 지독하게. 자존심을 건드리는 고통이었다. 그러다가 굴러떨어지기라도 하면 어쩌려고? 그가 날 깨운 이후 처음으로 정말 그를 때리고 싶었다.

두 손을 써.

나는 웅크리고 앉은 뒤, 양손으로 나무를 붙잡고 몸을 내렸다.

★

내 이름은 힉입니다.

나는 쥐의 해에 태어났습니다.

사회보장번호는 없고 조종사 자격증 번호는 135-271입니다.

나는 물병자리입니다.

어머니는 나를 사랑하셨습니다. 나를 정말 정말 사랑하셨습니다. 아버지는. 안 계셨습니다 하지만. 글쎄요. 낚시를 가르쳐준 삼촌이 있었습니다.

대학을 졸업한 뒤 서른 편의 시를 썼고, 그중 스물세 편은 아내를 위한 시였습니다.

재스퍼는 내 개였습니다.

아이는 없었습니다. 아내는 임신중이었고요.

가장 좋아하는 책은 『셰인』 『무한한 흥미』입니다.

나는 요리를 할 줄 압니다. 남자치곤 꽤 잘합니다.

직업: 건설 하청업. 좋아하진 않았습니다. 싫어했습니다. 난 고등학교 영어 선생님 같은 걸 해야 했어요. 아니면 애완동물 조련사.

병에 걸리지 않았고, 내가 아는 한 건강합니다. 한 달에 두 번 정도 혈액병에 걸린 사람들을 방문합니다.

내가 가장 좋아하는 시는 9세기에 이상은*이 지은 시입니다.

예전에는 가장 좋아하는 시는 아니었지만 지금은 그렇습니다.

늘 상실감을 견뎌야 했습니다. 제 생각엔 그렇습니다. 올해는 아주 대풍년인 것 같습니다.

물 좀 주시겠습니까?

★

그는 나를 앞마당 기둥에 묶어놓았다. 햇빛을 정면으로 바라보도록. 날 스툴에 앉혔고, 손은 뒤로 묶었다. 단단히. 그들은 서서 나를 관찰했다. 나는 눈을 가늘게 뜨고, 그들을 보려 애썼다. 그때 떠오른 생각.

내 재킷 오른쪽 주머니.

그가 다가와 안으로 손을 뻗었고, 여기저기 뒤지더니, 신선한 코펜하겐 코담배 두 캔을 꺼냈다. 구 년 혹은 십 년쯤 된, 유통기한이 지났지만, 그래도. 내가 선물로 가져온 것이고, 그러니까. 그가 내 곁으로 다가왔고 그래서 그가 몸을 구부리고, 고개를 숙이고, 가까이에서 곁눈질로 날 바라보는 게 보였다. 그가 캔 하나를 엄지손톱으로 노련하게 열고, 4분의 1 정도 비틀어 열어젖힌 캔 뚜껑 쪽으로 종이를 구겼다. 코를 들이대고, 숨을 들이켰다. 나도 냄새를 맡았다. 소금과 흙. 뱅리한테 들어서 알고 있었지만, 담배는 먼지처

* 중국 당나라 시대의 시인.

럼 말라 있었고, 그는 손가락 두 개로 담배를 집어, 윗입술에 소량을 묻혔다. 그는 윗입술 타입이었다. 뱉었다.

3점.

겨우? 두 캔이잖아요. 6점은 받아야 할 것 같은데.

그가 캔을 여자에게 내밀었고 나는 담배맛을 보는 그녀의 모습에 놀랐다. 그가 스툴을 하나 더 내 옆으로 가져와서, 앉았다.

이십 분만 있으면 해가 눈 밖으로 벗어날 거야.

여자는 여전히 내 앞에 꼼짝 않고 서 있었고, 여전히 해를 등지고 있었다. 키가 컸다. 얼굴은 잘 보이지 않았다. 그러나 그녀의 송곳 같은 시선은 느낄 수 있었다.

여자도 말을 할 줄 압니까?

이런. 마이너스 3점. 다시 0점이군. 0점이 좋은가봐. 내가 보기엔 그래.

가볍게 여행하는 걸 좋아합니다.

그가 살짝 고개를 끄덕였다.

괜찮군. 담배맛이. 꽤 됐거든. 자네가 어떤 식으로 여행하는 걸 좋아하는지는 쥐뿔도 관심 없어. 네가 식탁 세트를 갖고 다니든 말든 내 알 바 아니야. 찾아보긴 했어. 하나 있으면 좋긴 한데.

내가 무슨 말을 해도 점수를 깎을 거죠? 그러니까 묻지 않은 말을 하면. 그렇죠?

그가 고개를 끄덕였다. 마이너스 1점.

단골 고객 마일리지도 없단 거군요.

마이너스 2점. 마이너스 10점이 되면 널 쏴 죽일 거야. 애원해봐야 소용없어. 그 자리에서 죽어. 여자에 대해 다시 언급하면 5점을 깎을 거야. 이쯤 되면 그 정도는 알아야지. 거짓말하면, 마이너스 10점이고, 넌 죽어. 바지에 똥을 싸도 죽어. 오줌은 싸건 말건 네 맘대로 하고.

갑자기 나는 흥미를 잃었다. 쿵쿵거리는 폭포 소리, 원시 부족의 북소리처럼 리드미컬한 소리가 들렸고, 양 한 마리가 우는 소리가 들렸는데 내 기분이 꼭 그랬다. 애처로웠고 일종의 정신적 충격을 받은 상태였다.

내가 그를 쳐다보았다.

그거 알아?

내가 말했다.

그거 알아? 씨발 엿 먹어. 당신이 매기는 점수도 엿 먹으라 그래. 난 평화롭게 이곳에 왔는데 당신은 두 번이나 날 죽이려 했어. 난 여기 뭔가를 찾으러 왔어, 그게 뭔지는 모르지만. 그게 뭔지는 나도 모른다고, 알아들어? 하지만 죽음은 아니야. 공항에서도 죽음이라면 겪을 만큼 겪었으니까. 죽음이라면 지긋지긋해.

나는 스툴에 단단히 묶인 채 그를 바라보았고 눈물이 내 뺨을 타고 흐르는 것을, 왼쪽 뺨의 상처가 따가운 것을 느낄 수 있었다.

내 개가 일주일 전에 죽었어. 재스퍼. 당신들도 당신들 헛소리도 필요 없어. 나한텐 아무것도 없어. 마음대로 해, 20점 깎고 날 죽여. 그래주면 씨발 고맙지. 어서 해.

눈물에서 짠맛이 느껴졌다.

일으켜줘요 아빠, 그녀가 말했다. 그 정도면 됐어요. 일으켜줘요.

그녀의 목소리는 허스키했다. 나는 햇빛 속에서 눈을 깜빡이며 그녀를 똑바로 쳐다보았다. 그의 노련한 손이 밧줄을 푸는 것이 느껴졌다.

★

그들에게서 돌아서서 강가의 미루나무 쪽으로 걸어가 소변을 보았다. 아무래도 상관없었다. 창피하지 않았다. 졸졸거리며 흐르는 물소리가 내 흐느낌을 삼켰다. 짙은 그늘이 시원했다. 얼마나 크게 흐느꼈는지 구역질이 날 정도였다. 그들이 보고 있을지 모른다, 아니, 그들은 분명히 보고 있었다, 씨발놈들. 나는 흐느낌이 잦아들 때까지 기다렸다가, 숨을 쉬었다. 무릎을 꿇고 개울물을 얼굴에 끼얹었다. 상처들이 벌써 딱지로 변하는 중이었다. 물을 마셨다. 씨발 나는 왜 항상 우는 거지? 아무렇지도 않았는데, 정말로. 무너진 건 아니었고, 단지 울고 싶어서 우는 것뿐이었다. 구 년 동안 눈물 한 방울 흘리지 않았다. 그러다 재스퍼, 지금 이렇게.

갑자기 세상이 열리고, 네 마리 양이 있는 좁은 협곡으로 열리고, 우리는 애도한다. 양치기 둘, 어쩌면 제정신이 아닌, 우리는 애도한다. 뱅리도 아니고, 혈액병 환자도 아닌 누군가와 함께 있다는 안도감 때문에, 우리는 애도한다. 우리는 애도한다. 예전에는 그저 아득히 먼 어딘가였던 이곳이 이젠 그마저도 아니어서. 그리고 나는 그것조차도 아니다. 예전에 나는 내 위치를 알았다. 나는 홀아비였다. 나는 생존을 위해 싸우는 투사였다. 무엇인지 확실히는 몰라도 뭔가를 지키는 사람이었다. 적어도 그게 불은 아니었고, 어쩌면 그저 재스퍼였는지도. 이제 나는 알 수 없었다. 내가 누구인지 알 수 없었다. 그래서 애도한다.

나는 흐르는 물의 서늘한 숨결 속에서 나무 그늘에 서 있었고, 그 소리가, 그 산들바람이 나를 관통하게 했다. 나는 껍데기였다. 텅 빈. 나를 귀에 대고 들으면 먼 유령 바다의 파도 소리가 들리리라. 아무것도 아니었다. 아주 약한 물살이나 파도의 압력으로도 날 밀고 굴릴 수 있으리라. 나는 씻겨갈 것이다. 여기 이 강둑에서, 바짝 마르고 표백되고, 바람이 나를 문지르고 거칠게 만들고 종이처럼 바삭거릴 때까지 얇게 벗겨낼 것이다. 모래알로 부서질 때까지. 이게 내 기분이었다. 마침내 아무것도, 아무것도 가진 게 없다는 건 다행이었지만, 다행이라는 감정을 느끼기에 나는 너무 허허로웠고, 그것을 담아내기에는 너무 비어 있었다.

솔직히 이 늙은 개자식이 나에게 한 짓 따윈 전혀 신경쓰이지 않았다. 잃을 게 아무것도 없다는 건 너무도 공허하고, 너무도 가볍고, 그렇게 부서져 모래가 된 나는 바람에 흩어지고, 너무도 보잘것없어서 하늘로 흩어져 별들의 모래 폭풍 속에 묻힌다. 결국 그곳이 우리 모두가 도달하는 곳이다. 나머지는 바람을 기다리며 얇게 해져갈 뿐이다.

타협하기에 좋은 위치는 분명히 아니었다. 거래할 게 아무것도 없었다. 심지어 나는, 내가 그와 그의 딸의 목숨을 보전해주었으니 적어도 내게 한 가지 빚을 진 거야. 뭐? 한 가지 빚. 20점, 이런 생각조차

하지 않았다.

그들에게로 돌아갔다.

나 그만 돌아갑니다. 저 빌어먹을 나무로 올라가요. 불청객을 원하지 않는 게 분명해졌으니.

나는 그녀를 바라보았다.

한번 맛봐도 될까요? 원래 즐기진 않는데, 지금은 왠지 냄새가 좋네요. 고마워요.

두 손가락으로 크게 집어 입에 넣었다. 삼키자마자 니코틴의 강렬한 자극이 느껴졌고 잠시 어지러웠다.

젠장. 잊고 있었군.

나는 뱉는다.

올라갈 때 등에 총을 쏘세요. 말씀드렸다시피 나로서는 오히려 감사할 따름입니다.

그들이 날 바라보았다. 여자의 목에 멍든 것 같은 짙은 자국이 있었다.

제 글록, 소총은 주시죠. 수류탄은 가지세요. 집들이 선물로.

그가 망설이다가, 테이블 위에 있던 권총을 집어들고, 손잡이 쪽을 내게 내밀었다. 나는 권총을 허리에 찼다. 그는 가슴에 사선으로 걸고 있던 소총을 들어 풀고는, 그것도 내밀었다.

고맙습니다. 엉덩이 걷어차주신 것도 고마워요.

나는 돌아서면서 그를 세게 후려쳤다.

아껴두었던, 단단하고 짧은 오른쪽 주먹 한 방이 그의 왼쪽 뺨에 꽂혔다. 그 한 방에 그는 엉덩방아를 찧으며 나가떨어졌다. 모자도 날아갔다. 무척 놀란 것 같았다. 그가 두 손으로 바닥을 짚고 나를 바라보며 눈을 깜빡였고 그제야 나는 큰 그림을 볼 수 있었는데 내가 한 손에 권총을 들고 있었다. 마술처럼. 묵직한 45구경, 경관용 권총을.

내 엉덩이를 걷어찰 필요는 없었어. 사형집행인 놀이를 할 필요도 없었고. 말로 했어도 난 아무데도 가지 않았을 거야.

하긴 다 부질없는 얘기지만.

나는 돌아서서 초원을 가로지르며 상류로 향했고, 내 등은 완전히 노출되어 언제라도 날아오는 총탄에 쓰러질 수 있었고 바로 다음 순간 딸깍 소리가 들려올 수도 있었다.

★

저기요, 저기요, 잠깐만요.

네?

힉스, 맞죠? 그렇게 들었는데.

힉.

힉. 점심 드실래요?

멈춰 섰다. 그녀는 나보다 반 인치 정도 커 보였다. 햇볕에 그을린 흉터가 그녀의 검은 머리카락, 오른쪽 눈썹을 가르고 있었다. 가늘고 날카로운. 목의 멍.

점심? 요즘도 점심을 먹는답니까?

우린 먹어요.

집 쪽을 돌아보았다. 늙은 개자식은 총을 허리띠 뒤에 집어넣고, 모자를 고쳐 쓴 뒤, 우리를 관찰하고 있었다.

저 사람이 정말 아버지인가요?

네. 우리 아버지 쪽이에요.

자기 아버지에 대한 변명은 없었다. 그건 작은 배신이 아닐 테니까. 이해할 수 있었다. 아버지 쪽이라니. 별 우스운 말도 다 있다. 그녀가 미소를 짓고 있었다.

저 작자는 나하고 점심을 먹고 싶지 않을 텐데요.

그 사람은 초대하지 않았어요.

그녀는 엄지손가락을 반바지 주머니에 넣고 양팔을 곧게 뻗었다. 나는 알아차렸다. 그 동작에 그녀의 가슴이 어떻게 움직였는지, 허리띠 위로 그녀의 허리가 어떻게 드러났는지.

하지만 초대할 거예요, 당신들이 서로 때리거나 총을 쏘지 않는다고 약속하면요.

당신들이. 시골 아가씨. 예전에. 나는 그녀를 바라보았다. 솔직히 그들과 점심을 먹고 싶은 건지 아닌지 잘 몰랐다. 나는 아무것도 먹지 않는 것, 총으로 사람을 쏘아 죽이는 것에 어느 정도 익숙해진 사람이었다. 그런 것들이 편안하게 느껴졌다.

힉? 응? 다시 뱅리의 목소리, 유체 이탈한. 자기가 내 슈퍼에고라는 사실을 알게 된 뱅리의 거칠게 웃는 모습을 상상할 수 있었다. 그를 떨쳐버릴 수가 없었다, 한심한 대중가요처럼. 여자가 점심에 초대하고 있잖아. 자네가 바지에 오줌까지 쌀 뻔해서 좀 안됐단 생각이 드나본데. 이거야 원! 공손하게 굴어. 알았어.

그러겠다고 내가 말했다.

시머론이에요. 그녀가 손을 내밀었다.

다들 저를—

그녀는 말을 멈추었고, 협곡을 둘러보았고, 미소를 지었다.

시마라고 불러요.

★

버터 바른 셰퍼드 파이*. 간이 적당했다. 다진 쇠고기. 죽을 것만 같았다. 아버지 얘긴 사실이었고, 태양이 협곡 가장자리로 넘어갔고 우리는 그늘에 놓은 판자 테이블에서 식사를 했다. 개울이 상당히 가까웠고, 체로 치는 듯한 쾌적한 소리가 났다. 그 소리는 미루나무 꼭대기에 주름을 만들며 물 흐르는 소리를 내는 바람에 뒤섞였다. 버터. 으깬 감자 위에서 질척이며 녹아내리고, 웅덩이를 이룬다. 이토록 무기력하고 창백한 것이 한 남자를 매료시키다니. 그녀는 버터를 계속 내왔고 나는 계속 먹었다. 쇠 주전자에 담아 개울물로 시원하게 한 우유는 두 번이나 비웠다. 이런 젠장. 힉 만약 저 허접한 나무 사다리를 올라가 비행기를 타고 날아가버렸으면 혹은 등에 총을 맞았으면 일생일대의 점심식사를 놓칠 뻔했잖아. 눈앞의 음식에 너무나 매혹된 나머지 그녀의 아버지가 나를 '늑대의 눈빛'으로 보는지 '불쾌한 눈빛'으로 보는지 '상어의 눈빛'으로 보는지, 그게 아니라면 방금 자기 얼굴을 퉁퉁 붓게 만들어놓고서 자기 집 음식을 정신없이 먹어치우는 사람에게 던질 법한 그 어떤 눈빛으로 보는지 전혀 알아차리지 못했다.

차가운 우유를 대접받는다는 것. 파란 에나멜 접시가 다시 채워진다는 것. 그것도 여자에 의해. 여자로 하여금 밖에 피운 모닥불에서 내가 먹을 음식을 담아 가져오게 한다는 것. 금속 격납고가 아니라, 고목 그늘 아래 앉아, 식사를 한다는 것. 시끄럽게 나뭇잎이 스치는 소리 사이로 양 울음소리를 듣는다는 것. 맞은편에 노인이 말없이 앉아서, 역시 먹고 있다는 것, 적인지 아군인지 분명하진 않지만, 상관없다. 손님이 된다는 것. 함께 식사를 한다는 것.

---

* 다진 고기 위에 으깬 감자를 올려 구운 파이.

그 기쁨에 나는 마치 속을 채워 굽는 토마토처럼 터질 것만 같았다. 심장이 부풀어오르고 피부는 점점 얇아지고 또 얇아지는 것 같았다, 그 열기에. 함께한다는 것에.

뱅리와도 자주 식사를 했지만, 그건 달랐다. 어떻게 다른지는 설명할 수 없다. 그건 마치 우리가 만든 동물원에서 스스로 먹이를 주는 것과 같았다. 이건 달랐다. 나는 언제든 떠날 수 있었다. 그들 역시 나를 초대하지 않을 수 있었다. 이 특권 같은 기분.

누구도 말을 많이 하지 않았다. 나는 신음했고, 꿀꿀거렸다. 접시에 코를 박은 채. 고개를 들고 그녀가 미소 짓는 걸 보고 나서야 내가 그랬다는 걸 알았다. 그녀의 얼굴은 너무 앙상했다. 커다란 눈동자는 모든 신호를 흡수하는, 흡수하지 않을 수 없는 레이더를 연상시켰다. 잡음 차단기가 너무 낮게 설정되어 있고 그녀가 흡수하는 것은 대부분 고통인 것 같았다. 팔에 멍이 또하나 있었다, 나에게 접시를 내미는 그 팔에. 한 번 고개를 들었는데 그녀가 움찔하면서 목 뒤쪽을 문지르고 있었다. 굶주려 게걸스럽게 먹는 내 모습에 즐거워하는 게 틀림없었다.

외식을 자주 안 하나보군 아버지가 말했다. 자네 말이야.

나는 씹던 것을 멈추었다.

잘 못합니다. 제가 사는 동네는 레스토랑들이 다 너무 비싸서요.

어디 사는데?

덴버. 북부요.

이번엔 두 사람이 날 응시했다. 나처럼 굶주린 표정. 다만 종류가 다른 굶주림.

나는 포크를 나무판 위에 올려놓고, 차가운 우유를 길게 한 모금 들이켠 다음, 재킷 소매로 입가를 닦았다.

끔찍했어요, 내가 말했다. 구십구 점 몇 퍼센트인가. 치사율이요. 거의 다 죽었죠.

가족들도요? 그녀가 물었다.

내가 고개를 끄덕였다.

전부 다. 시설들도 허술해지다가 결국 완전히 와해됐어요. 종말이 오기 전에 이미 끝났죠. 참혹했습니다.

우유 컵에 손을 뻗어 마치 그걸로 열기를 식힐 수 있다는 듯 죽 들이켰다.

광란의 도가니였어요. 다들 지푸라기라도 잡고 싶은 심정이었죠. 자기들은 면역력이 있을지도 모른다고. 왜냐하면 그런 얘기가 돌았거든요, 어떤 집안에는 신비로운 저항력이 있다고. 유전적으로.

그들이 나를 바라보고 있었다. 그가 주머니칼을 펼쳐, 잇새에 낀 음식물을 빼냈다.

아내가 죽고 나서 제 비행기를 세워둔 공항으로 갔습니다. 거기 숨었어요.

자네가 공항을 지켰다고, 내 표정을 살피며 그가 물었다.

나는 고개를 끄덕였다.

도와주는 사람이 있었어요.

그는 지옥에 대한, 죽음에 대한, 그것을 파괴하는 데 대한 내 능력을 가늠해보고 있었다.

우리가 지켰죠. 저와 뱅리가. 그 친구가 어느 날 트레일러 한가득 무기를 싣고 나타났어요.

뱅리? 그가 앓는 소리를 냈다. 뱅리 그 친구 뭘 좀 아는 사람이군. 안 그런가?

그는 테이블에 한쪽 팔꿈치를 올리고, 긴 다리를 쭉 뻗고, 이를 쑤셨다.

그자가 자넬 데리고 있었구만. 말하자면 자넬 훈련시켰겠지. 구역을 정해놓고, 그러지 않던가? 거길 지나가는 걸 죄다 쏘아버리는 데 아무 문제가 없었겠지. 어린애, 늙은이, 남자, 여자까지. 하지만 자넨 문제가 있었어.

있었지만 극복했어요.

아빠.

구십구 점 몇 퍼센트인지 뭔지. 남은 게 뭐야? 영 점 몇 프로? 이백 명 중 한 명? 삼백 명 중에 한 명? 우리는 그게 어떤 건지 봤어. 남은 것들은 대체로 아름답지 않아. 안 그런가 힉스?

힉입니다.

빅 힉.

나는 그를 응시했다.

남은 것들은 아름답지 않아, 안 그래?

나는 그를 응시했다. 그의 눈동자에는 차가운 지식과 따스한 장난기가 똑같이 깃들어 있었다.

그가 혀 위에 있던 음식물 찌꺼기를 뱉었다. 자넨 사냥꾼이야. 사슴, 엘크. 예전에.

고개를 끄덕였다. 그걸 어떻게—?

그는 손을 내저었다.

소총을 잡는 방식이 그래. 개울을 따라 내려오는 방식도. 흔적을 찾는 거지. 도저히 억누르질 못해.

내 입이 벌어졌다. 햇볕에 바짝 마른 침엽수림에 발을 들여놓으며 산짐승의 배설물을 관찰하는 내 모습이 그려졌다. 그가 보고 있었다. 원하면 언제든 날 죽일 수 있었다.

하지만 군에 복무한 적은 없지.

내가 그를 바라보았다.

사람 죽이는 걸 좋아하지 않는 걸 보면. 황소나 엘크를 죽이는 것도 좋아하지 않는다고 장담할 수 있어. 죽일 게 있다 해도 말이야. 송어 한 마리조차도. 송어가 있다면 말이지만. 딱한 노릇이지. 낚시도 무척 좋아하는군.

씨발 도대체 이 새끼 뭐하는 새끼야? 도대체 어떻게—?

자네가 개울을 관찰하는 걸 봤어. 내가 물고기를 놀라게 하지 않으려고 서 있곤 하던 지점에 자네가 서 있더군.

나는 그를 바라보았다.

하지만 사람을 죽이는 건 익숙해질 수 있는 일이야. 안 그런가, 힉?

아뇨.

말은 그렇게 하겠지.

그가 몸을 앞으로 숙였고 그의 눈이 내 눈을 꿰뚫는 듯했다. 그는 잿빛 눈동자로 나를 겨냥했고 그의 눈동자에서 퓨즈에 불이 붙듯 불꽃이 튀었다.

쓸데없는 자기 정당화 따윈 이제 그만 벗어던지라고 말해주고 싶군. 방울뱀이 허물을 벗는 것처럼. 그럼 훨씬 더 쉽게, 매끄럽게 움직일 수 있어. 돌아서서 침을 퉤 뱉겠지. 이 테이블에 앉은 그 누구도 무고하지 않아. 펑이 뭐 어쩌고 어째? 자네가 가까이 있었다면 그대로 목을 땄을 거야. 일말의 주저 없이. 가까이 있지 않았으니 망정이지. 정말 한심한 짓거리였어.

그 모든 것, 그의 말, 그 이미지가 느닷없이 부는 차가운 밤바람처럼 내 몸안에 전율을 일으켰다. 도대체 이자는 누구인가? 그는 향나무 아래서 내 목을 딸 수도 있었다. 내가 잠들었을 때.

그가 일어서서, 기지개를 켰다. 육십대였는데, 그 정도로 보였는데, 몸이 길고 가늘었고 장선*으로 서로 연결된 것 같았다. 그는 자신의 껍질 속에서 편안히 움직였다. 자신이 좋아하는 것에 조율된 삶, 이게 나의 추측이었다, 굳이 추측을 하자면. 그는 분명 목장주였고, 목장주가 되기 전 어느 시점에는 군인이거나 그랬을 것이다. 나도 그와 왓츠 마이 라인** 게임을 해보고 싶은 충동을 느꼈지만 왠지 섣불리 덤벼선 안 될 것 같은 기분이 들었다. 그러니까 내 말은, 그가 유리한 그런 게임에, 그 어떤 종류의 의미 없는 시합에도, 휘말리고 싶지 않았다는 것이다. 그는 방금 아마도 내 인생 최고의 식사를 대접해준 사람이었다. 아니면 그 여자가 그랬거나.

그가 말했다, 점심 잘 먹었다. 그리고 그녀의 어깨를 건드렸다.

---

* 현악기의 현을 만드는 선.

** 1950~1967년에 미국 CBS에서 방송한 패널 게임쇼로, 패널이 참가자에게 예-아니요로 답하는 질문을 해서 그의 정체(직업)를 맞추는 게임을 하는 프로그램.

목은 좀 어떠니?

그녀가 미소를 지었다. 좀 나아졌어요.

그가 고개를 한 번 끄덕이더니, 돌집 외벽의 못에 걸려 있던 활톱을 챙겨 하류 쪽으로 향했다. 그는 덤불숲의 울타리 문을 열고 나갔다. 나는 주전자에서 우유를 한 컵 더 따랐다. 네 컵째인가 다섯 컵째인가.

당신 아직 우유에 익숙하지 않아요. 그러다 탈나요. 최소한 심한 설사병에 걸릴 거예요.

요리사 겸 의사인가요?

음 그래요.

컵이 내 입술에서 멈추었다. 나는 컵을 내려놓았다.

어떤 의사요?

내과. 공중보건학.

그녀의 입술이 미소 짓는 모양으로 늘어났지만 눈은 웃고 있지 않았다. 빈정대는 눈빛도 아니었다.

사실을 말하자면 전염병 전공이에요.

이 동네 사람들은 사실을 말하는 것에 집착하는 것 같았다. 완벽한 사실.

어디서요?

뉴욕시티.

아.

씨발.

목은 어쩌다 그렇게 됐어요?

그는 냉혹했지만 그런 쪽으로 냉혹해 보이진 않았다. 그러나. 그가 이 근방의 유일한 사람이었다. 사람을 공격하는 양이 있는 게 아니고서야.

어쩌다 이렇게 된 건 아니고요. 혈관 손상 때문이에요. 쉽게 출혈이 돼요. 근육통도 심해요. 일종의 섬유근육통이죠. 저도 유행병에 감염됐었어요. 겨우 살아남았죠. 고열이 오랫동안 지속되면 부작용으로 전신 염증이 발생하는데 그래서 이런 상태가 된 거예요.

하지만 저에겐 저항력이 있었어요. 우리 생각엔 아버지한테서 물려받은 것 같아요.

생물학적 저항력이거나 아주 고약한 성질이거나.

그것도 물려받았어요. 겁줘서 미안해요. 당신도 우릴 겁줬잖아요.

이번에도 여자는 딱히 남자를 두둔하지 않았다. 그럴 필요를 느끼지 못했다. 으레 그래야 하듯 단호하게 그의 편에 섰다. 안 그런가?

전에 그런 얘기를 한 적 있어요. 아시겠지만 아빠는 사정을 봐주는 사람이 아니거든요.

여자가 자기 컵에 우유를 따르고, 테이블 앞으로 몸을 숙였다. 그녀의 관자놀이로 눈썹으로 흘러내린 곱슬거리는 머리카락에 산들바람이 장난을 쳤다.

당신이 우리 작전을 가동했어요. 아빠는 언젠가 공격을 당하면 어떻게 할지 미리 얘기해두자고 했거든요. 만약이 아니라, 언젠가. 혹은 우리가 작전에 밀리거나 화력이 달릴 때. 당신이 수류탄을 들고 나타났을 때 드디어 때가 왔다고 생각했어요.

젠장.

나는 생각했다, 어쩌면 그녀의 입가에 번졌던 건 미소가 아니었을지도 모른다. 조준 망원경을 통해 본 그것. 어쩌면 그건 모든 게 끝장났을 때 짓는 표정이었을지도. 끝의 끝.

소 한 마리가 소들이 으레 그러는 것처럼 끝이 올라가는 길고 깊은 울음을 울었다. 마치 질문 같은. 머리 위의 미루나무 잎사귀들이 바람에 스치며 서걱거렸다.

그러니까 두 사람 사이에 약속이 되어 있었군요?

그녀가 고개를 끄덕였다.

아버지가 당신을 쏘기로.

소가 한번 더 울었는데, 이번에는 마치 자신의 질문에 답하듯 짧은 음이었다. 소박한 시골 생활. 질문과 대답.

얼마나 아슬아슬했죠?

상당히요. 아빠 45구경을 꺼냈어요. 당신이 수류탄을 던진 후에. 하지만 그때 아빠가 말했어요. 한 단계 더 나아가보자고. 위험이 따를 거고, 우리가 걸어나가는 순간 그가—그러니까 당신이—절 쏠 수도 있다고 했어요. 하지만 느낌이 온다고 했어요.

느낌?

당신이 약한 것 같다고요. 그러면서 그랬어요, 한번 해보자고.

그 말은 아팠다. 얼굴이 달아오르는 게 느껴졌다. 혹은 젖당이 내 소화계를 공격하는 것이거나.

두 사람 다 사교적 수완이 전혀 없군요.

사교적 수완에서는 이미 너무 멀리 온 세상 아닌가요.

그럴지도. 뱅리도 그렇게 생각했어요. 제 파트너.

어쨌든 만약을 대비해 아빠가 제게 45구경을 줬어요. 당신이 절벽 위에서 아빠를 쏘고 절 데려가려 할 경우에 대비해서.

맙소사.

세상이 그렇잖아요. 우리가 떠나온 세상이 그랬어요.

나는 고개를 끄덕였다.

아빠가 말했어요, 넌 놈을 처치할 수 있어. 만약 놈이 날 죽이면, 놈이 가까이 왔을 때 놈을 죽여. 만약 사람이 더 있다면. 그땐.

그녀는 무의식적으로 자기 목을 만졌다. 나는 고개를 끄덕였다. 만약 그런 상황이 되었다면 여자는 충분히 나를 처치할 수 있었을 것이다. 너무 속상해하지 마, 힉. 이건 일종의 칭찬이야. 이 사람들은 100야드 거리에서 널 파악했어.

그럼 왜 그때 날 죽이지 않았죠? 개울에서? 죽이긴커녕 점심을 대접하고.

내가 눈을 커다랗게 떴다.

설마 나를 살찌우려는 건 아니죠? 혹시 식인 상어처럼 인육을 밝히는 사람들인가요?

이번에는 그녀가 진짜로 미소를 지었다. 그녀가 웃었다. 머리를 뒤로 젖히고, 커다란 멍을 보이면서, 높고 허스키한 소리를 내면서 웃었다.

아야. 그녀는 손바닥으로 기도의 앙상한 골격을 감쌌다. 좀 아프네요 많이는 아니고. 식인 상어. 아뇨. 휴우.

그녀는 우유를 한 컵 더 따라, 천천히 마셨다. 아뇨. 마지막 한 모금을 삼켰다. 아뇨, 우린 당신이 필요해요.

아.

갑자기 구역질이 났다. 우습게도, 가장 먼저 떠오른 이미지는 강제 번식 실험이었다. 그 이미지에 왜 구역질이 났는지는 나도 몰랐다. 그녀의 외모는 꽤 훌륭했는데, 거의 아름답다고까지 말할 수 있을 정도로. 흉터가 있고 너무 가냘프긴 해도. 하지만 나에게 처음 떠오른 이미지는 내가 제단처럼 생긴 돌침대 위에서 그녀와 섹스를 하고 있고 그녀의 아버지가 내 머리에 총구를 겨누고 있는 모습이었다.

★

나는 묻지 않았다. 이 사람들이 생활을 공유하는 방식을, 좋든 싫든 머지않아 알게 될 테니까. 다시 피로. 피로가 나를 덮쳤다. 마치 무슨 독가스처럼. 도대체 나란 놈은 뭐가 문제지? 구 년간의 긴장이 갑자기 풀리는 것 같았다. 거친 나무 테이블 위에 팔을 가로질러 놓고 그 위에 내 머리를 누이고 그대로 잠들고 싶었다. 지금 당장.

낮잠 좀 자도 될까요? 깨어 있기가 힘드네요.

우유 때문일 거예요. 여자가 일어서더니 멀리 물가의 나무를 가리켰다. 나무 밑에 해먹처럼 생긴 것이 있었다. 편하게 쓰세요.

편하게 쓰세요. 손님이 된 기분. 좋건 싫건. 나는 식사 고맙다고 인사한 뒤 물가에 줄로 매단 담요에 누워 겉옷을 덮고 잠이 들었다.

★

꿈에서 내 집이어야 했을 들판의 집 한 채를 보았는데, 무슨 말이냐 하면, 난 내가 지은 집, 안식의 기대가 있는 곳, 내가 사랑했던 모든 것을 지켜준 그 집으로 돌아가는 중이었고, 길도 없는 들판을 가로질러 집에 다가가보니 옆에 추가로 다른 건물이 붙어 있었고, 내가 보는 방향에서 오른쪽에 있었고, 집 자체보다 더 컸고, 각도가 나에게는, 내 감각으로는 이상했다—불안감을 주는 지붕창들은 너무 높았고, 튀어나와서는 안 되는 부분이 튀어나와 있었다. 가슴이 철렁 내려앉으면서 불길한 예감과 함께 깨닫게 된 사실은 내가 증오하는 누군가가 내 집에 살고 있고 불법점유자의 권리*를, 지금 내겐 희미한 그 권리를 갖고 있으며, 내가 기억조차 못하는 한심한 협상으로 그에게 집을 넘겼다는 것이었다. 내가 가던 길을 멈추고 그 집에 들어가 머물 수도 있지만 이 모든 사실을 입증해야만 그럴 수 있고, 그 사실을 입증한다는 건 내게는 악몽이나 다름없었다. 아니면 그냥 그 집을 지나치고 내가 사랑했던 모든 것, 이 고통의 순간에 이르기까지 사랑했던 모든 것을 버려야 했

* 자기 집이 아닌 곳에 일정 기간 거주하고 나면 취득하게 되는 권리.

다. 나는 들어갈지 지나칠지 결정을 내리지 못한 채 그렇게 들판에서 있었고 흐느끼면서 잠에서 깨어났다.

들어가 내 집을 되찾겠다는 생각은 전혀 들지 않았다.

우리가 보지 못하는 모든 선택들. 매 순간.

나는 해먹에 누워 있었는데 이상하게도 이 비현실적인 세상에는 흐느낌도, 눈물에 젖은 옷깃도 없었고, 그저 미루나무 잎사귀들이 내 위에서 움직이며 맴돌고, 개울물이 내 곁을 슬쩍 지나치고 있었다. 그렇게 한 악몽에서 다른 악몽으로 그리고 또다른 악몽으로 깨어나면서 먹지도 않고 싸지도 않고 목이 말라 죽지 않을 수도 있었다.

★

눈을 떠보니 여자가 텃밭에서 일하고 있었다. 개울을 따라 자란 나무들 사이에 웅크리고 앉아서, 아마도 잡초를 뽑으며 앞으로 움직이는 듯한 그녀의 모습이 보였다. 남자가 수풀의 울타리 문으로 전나무 두 그루를 들고 들어왔는데, 가뿐하게 들고 오는 걸 보니 아마도 오래된 나무 같았다. 나무에서 흩날리는 가벼운 깃털 무더기, 미루나무 씨앗의 낙하산들. 잘 날진 못했다. 나는 눈을 감고 목쉰 짐승의 거친 숨소리 같은 리드미컬한 톱질 소리를 들었다. 그다음에는 탁 치는 소리, 나무 쪼개지는 소리가 들렸다. 미루나무 씨앗 하나가 내 눈꺼풀에 내려앉았다.

★

얼마 후 나는 일어났고, 개울물에 세수를 했고, 여자가 잡초를 뽑고 있는 곳, 지금은 절벽의 그늘이 드리워진 곳으로 다가갔다. 나는 그녀 옆 다음 고랑에 쭈그리고 앉아 손가락으로 흙을 파고 잡초를 뽑았다. 그녀가 흘긋 쳐다보고, 미소를 지었다.

우리도 하나 있어요, 내가 말했다. 텃밭.

그녀가 고개를 끄덕였다.

침묵. 우리는 일했다. 침묵 속에서. 그 편안함이란.

★

다음날 아침식사를 하고 나서 우리는 다시 잡초를 뽑았다. 태양이 능선을 타고 올라와, 그늘을 절벽 쪽으로 밀었다.

아이는 있어요? 내가 물었다.

그녀가 종아리를 깔고 앉아, 손등으로 머리카락을 넘겼다.

아이를 가질 때를 기다리고 있었어요. 그 사람이 전임교수가 될 때까지. 그 사람은 음악가였어요.

나는 고개를 끄덕였다. 계속해요.

그 사람이 논문을 끝내고, 구두시험을 통과하자마자 뉴어크에서 첫 사례가 확인됐어요. 그때 우린 파이낸셜 디스트릭트의 시포트 바로 강 건너에 있는 브루클린 하이츠에 살고 있었어요, 크랜베리 스트리트의 엘리베이터 없는 건물이었죠. 창밖으로 세상을 내다볼 수 있었어요. 영화에 나오는 그런 풍경 있잖아요—스카이라인, 다리. 그때 우린 항상 스트레스에 지쳐 있었어요. 의식적으로 그 사실을 기억하려 애쓰지만, 지금 와서 생각해보면 그때 우리의 삶이 누구나 꿈꾸는 행복한 삶이었던 것 같아요. 매일 아침 달걀과 베이컨 베이글을 먹으면서 죄책감을 느꼈죠—계단을 세 칸 내려가서 열차 객실처럼 좁은, 몬터규 스트리트의 델리로 들어갔는데, 항상 줄이 있었고, 항상 출근하는 사람들이 있었고, 초조해하면서 파란색과 하얀색의 그리스풍 컵에 설탕과 크림부터 넣고 커피를 받는 사람들이 있었어요. 그냥 그런 것들. 제가 승강장에서 기다릴 때면 그가 전화를 했어요. 수신부호가 작대기 하나뿐일 때도 있었죠. 집에 뭐 사갈까? 인도 음식? 파스타? 아 정말. 작은 끼니들로 이루어진 삶. 돌이켜보면 그래요. 진짜 미래를 기다리는 두 사람이었는데 그 진짜 미래는 아이가 생기는 거였던 것 같아요. 마치 기차를 기다리는 두 사람처럼. 가장 행복한 기다림. 그땐 그렇게 행복하다고 생각하지 않았는데 지금 생각해보면 그래요. 그 사람은 헌터 대학에서 겸임교수로 일했는데, 월급은 쥐꼬리만했고, 학생들을 사랑했고 학과는 싫어했어요. 학위를 받으려고 기다렸어요. 기다림. 콩깍지 속에 들어 있는 시간. 바람에 날려 열리고 흩어져버린.

★

그녀는 그런 식으로 나에게 이야기했다. 나는 주로 들었다. 그는 일했다. 말 한마디 없이 날 지나쳤다. 나도 돕겠다고 나서지 않았다. 그의 표정에는 범접하기 어려운 무언가가 있었다. 나는 비스트로 올라가 침낭을 가져왔다. 밤은 맑고 시원했고, 별들로 가득했고, 협곡이 별들의 강을 어두운 강의 둑처럼, 어둡지만 빛과 함께 헤엄치는 강의 둑처럼 두르고 있었다. 커다란 미루나무의 잎사귀들 사이로. 버스럭거리는 나뭇잎을 지붕 삼아 해먹에서 잠을 잤다. 나뭇잎들이 별들 주위로 움직였고 별들에 소리를 입혔다. 첫날밤엔 해먹 때문에 등이 아팠지만 다음날부턴 아프지 않았다. 셋째 날에는 소총을 들고 나무 사다리를 올라가 커다란 수사슴을 잡아왔다. 사슴을 냇가로 끌고 가 폭포 가장자리에 밧줄로 매달아놓았고 그날 밤에 염통과 간을 먹었다.

다음날도 똑같이 했지만 그와 나는 굳이 사슴을 4분의 1로 잘라 매달지 않고 나무 테이블 위에 통째로 올려놓고 잘라 대부분을 육포로 만들었다. 대화 없이 신속하고 수월하게 일했다. 그들에겐 소금이 있었다. 20갤런들이 통을 들고 왔다. 우리는 고기를 물동이 여러 개에 넣고 염수로 절였다. 그는 사소한 것 하나 놓치는 법이 없었고, 나는 그에게 그가 그렇다는 말을 해주지 않기로 마음먹었다.

★

평생을 기다리며 살다가 결국 그게 뭔지도 모르고 끝날 수 있다는 게 얼마나 우스워요.

콩깍지가 담긴 그릇에서 푸성귀를 한 움큼 쥐어 들면서 그녀가 말했다. 우리는 커다란 나무 그늘 아래, 테이블에 앉아 있었다.

진짜 인생이 시작되기를 기다렸어요. 어쩌면 가장 진짜인 사건은 종말일지도 모르는데. 그걸 알았을 땐 이미 너무 늦었죠. 이젠 내가 지구상에서 아니 지구 밖에 있는 그 무엇보다 그를 사랑했다는 걸 알아요. 하느님보다 더, 나만의 종교 안에 있는 하느님보다도 더.

그녀는 어린 콩깍지를 깠고, 머리카락이 얼굴로 흘러내렸고, 손등은 자줏빛 피멍으로 얼룩져 있었다. 따가운지 손가락 끝을 조심스럽게 움직였다. 유난히 질긴 콩깍지는 손끝을 사용해 엄지와 검지의 마디 쪽으로 밀었다.

그이는 날 부르면서 죽었어요, 절박하게 병실을 두리번거리면서 내 이름을 불렀어요. 혼란 속에서. 아주 초기였고, 연락망이 다 끊기기 전이어서 그 별관 담당 의사였던 제 친구 조엘이 저에게 전화를 했어요. 그게 무슨 병인지 알기도 전이었어요. 엄마가 죽어가고 있었고 뉴욕으로 다시 날아가기엔 이미 늦었고, 이미 늦었으니 엄마 아빠 곁에 남기로 했어요. 조엘이 토마스를 화장해 재로 보관하겠다고 했어요. 나로선 너무나 고마운 일이었죠. 엄마가 살지 못할게 분명했거든요. 한 주 혹은 두 주 내로 집으로 날아가 북부로 차를 몰고 가서 우리가 자주 주말을 보냈던 킨밸리 외곽의 산속 존스브룩에 그의 유해를 뿌릴 생각이었어요. 저는 도시 공중보건 분야에서 일했기 때문에 주말에 쉴 수가 있었는데, 아시겠지만, 인턴으로서는 드문 경우였어요. 공중보건상의 응급 상황이 아니라면 호출이 오는 일은 없었고 응급 상황도 자주 있는 일은 아니었어요. 우린 마을의 하얀 미늘벽 판자로 만든 작은 집에 머물곤 했는데 그곳 베란다 침실*에선 눈마크 산의 경치가 보였어요. 눈마크 산은 애디론댁 산맥의 작은 산인데 마치 산을 패러디한 것처럼 생겼고, 마터호른처럼 뾰족하지만 아주 작았어요. 더이상 작을 수 없을 정도로 작은 산. 우리는 토요일에 늦잠을 잔 뒤 그 산을 오르곤 했죠. 좁은 낭떠러지 길을 따라 신나게 걸어 제대로 자라지 못한 전나무 숲을 지나면 바로 나오는 바위산 정상까지 갔어요. 밤이 길어지

* 바깥공기를 쐬며 잘 수 있는 방.

면 1단 기어 자전거 두 대를 타고 포장도로를 달려서 조그만 폭포처럼 물이 떨어져 바위가 움푹해진 지점까지 올라갔어요. 물은 항상 얼음장처럼 찼고, 우린 옷을 벗고 뛰어들곤 했어요. 그게 삶이 본격적으로 시작되기를 기다리며 우리가 치른 의식이었고 이제 와 드는 생각이지만 진정한 달콤함은 지옥의 변방에서만 느낄 수 있는 것 같아요. 왜 그런지는 모르겠지만. 우리가 너무도 확신이 없고, 너무나 망설이며 그저 기다리고 있기 때문일까요? 마치 그 정도의 자리, 그 정도의 뻗어나갈 공간은 필요하다는 듯이. 그렇게 아무것도 모른다는 것, 소망한다는 것, 가슴 아픈 무상함. 말하자면, 이건 진짜가 아니야, 정말 아니야, 그래서 우린 그저 가만히, 가볍게 펼쳐지게 내버려두었던 거죠. 쏜살같이 날아갈 수 있는 그런 시간들. 이제 와 돌아보면 그때가 그랬어요. 포근한 저녁에 자전거를 타고 지방 고속도로의 갓길을 달리며 느꼈던 기분좋은 피로감. 어느 다리를 향해. 무거운 단풍나무들 사이로 나무뿌리가 뱀처럼 얽힌 어느 오솔길을 향해. 수영할 수 있는 물웅덩이가 나올 때까지 맨발로 개울을 걸어올라갔던 곳. 심지어 어느 주말 옻이 올라서 일을 이틀 쉬었던 것까지. 지금 생각해보면 그때가 두 사람에게 주어진 가장 행복한 시간이었던 것 같아요. 최고의 시간. 지상에서. 그가 박사 논문을 끝내기를 기다리고, 내게 아이가 생기기를 기다리던, 삶의 진짜 일을 하기를 기다리던 시간.

그녀가 고개를 들었다. 우린 모두 바보들이에요, 그거 알죠?

아 씨발. 내가 빌어먹게 확실히 알고 있는 단 한 가지.

★

아파요? 콩 까는 거?

그녀가 고개를 저었고 머리카락이 그릇 위로 흔들렸고 그녀는 고개를 들지 않았다.

아프잖아요, 맞죠?

아플 게 뭐 있어요? 그냥 좀 따가워요. 건조하면 손끝이 트잖아요, 그런 거 비슷해요.

그뒤로 나는 그녀의 손을 유심히 관찰했다. 꼬투리 위아래로 날렵하게 손가락을 움직였는데 이따금 셋째 손가락과 넷째 손가락으로 바꾸며 고통을 분담했다. 그녀는 불평 없이 신속하게 일하고 있었다.

그러지 마요, 그녀가 말했다. 쳐다보지 마요.

★

한번은 그녀가 지나가는 말로 자기는 쉰이나 쉰다섯을 넘겨 살 것 같진 않다고 했다. 자기가 알기로 고열 때문에 신체기관에 이상이 생겼다고. 여기 사는 동안 이상하게도 그 어느 때보다도 행복했다고 고백하기도 했다. 그 모든 상실을 겪었음에도. 존재한다는 것이, 그게 무엇이건, 더 행복하다고. 기다리는 것보다는.

★

세는 걸 잊어버렸다. 날짜 가는 것을. 아마도 오 일, 어쩌면 구 일인지도. 시간은 쌕쌕거리며 구슬픈 선율을 만들어내는 아코디언처럼 팽창하고 있다.

날씨가 건조하고 따스해졌다. 하루하루. 개울이 조금 더 낮아졌고, 물살도 살짝 약해졌고, 포효하는 소리도 약해졌고, 폭포의 물도 줄어들고, 바위 가장자리에서 떨어지는 폭포의 흰 채찍도 가늘어졌다. 개울이 기분과 같다. 활기가 덜했다. 때로는 한밤중에 일어나 해먹에 누워, 침낭 밖 한기 속으로 발을 빼 거친 바닥에 맨발을 대고 해먹을 앞뒤로 흔들었다. 그리고 나뭇잎 그물 사이로 헤엄치는 별들을 바라보았다. 그물을 건드려보는 물고기들 같은.

그게 우리 모습이고, 우리가 하는 일이다. 그물을 건드려보면서, 밀어보고 또 밀어보고, 존재하지도 않는 어망에. 어망의 매듭은 우리의 믿음만큼이나 질기다. 우리의 두려움만큼이나.

이봐. 인정해. 넌 네가 뭘 하는지 쥐뿔도 모르고, 알았던 적도 없다는 걸. 진짜건 가짜건, 이 세상의 모든 그물에 대해서 말이야. 그저 앞에 가는 물고기 꼬리만 쫓으면서 빠르게 움직이는 혼란스러운 물고기떼 틈에서 함께 헤엄치고 다녔을 뿐. 상당히 유사해. 어떤 물살에서 헤엄을 치고 있건, 지나가는 모든 것에 입질을 하지.

심지어 일생일대의 사랑조차 운처럼 느껴지고, 지느러미를 흔드는 무리 속으로 그녀가 언제든 사라질 것 같았지. 실제로도 그랬고.

너 뭐하고 있는 거야?

나도 모르겠어.

흔들흔들. 앞으로 뒤로. 소강상태. 밀고. 놓고. 되돌아오고. 별들, 나뭇잎들, 개울물 소리도 앞으로 뒤로 고동치고. 보트의. 해먹의. 어린아이 그네의. 자궁의. 앞으로 뒤로. 흔들흔들. 차가운 물의, 바위의, 거름의, 꽃의 내음. 잠.

★

그는 간단한 표현으로 내게 말했다. 동이 트자마자 김이 솟는 에나멜 컵을 들고 해먹으로 왔다. 그들은 이미 한참 전에 커피와 차가 떨어졌고, 이제 구운 잣과 모르몬 티를 섞어 만든 씁쓸하고 탁한 차를 마셨는데, 나쁘지 않았다. 그는 내가 간이 테이블로 쓰는,

톱으로 자른 나무 밑동에 앉았다. 허락을 구하는 의미로 그쪽을 보고 고개를 살짝 까닥이고는, 그 위에 놓여 있던 글록을 내 배낭에 옮겨놓고 앉았다. 그러고 나서 나에게 컵을 건넸다. 나는 일어나 앉아, 말을 타듯 해먹에 앉았다. 뇌의 스위치를 켰고, 온갖 이미지들의 전류가 흘렀다. 나는 다시 우리집 꿈을 꾸던 중이었는데, 이번에는 들판에 있는 집이 아니라, 시내 서쪽 길가에 있는, 호수에서 두 블록 떨어진 곳에 있는 나의, 우리의 진짜 집이었다. 그러나 그 집은 우리집 같지가 않았고, 내가 화장터로 알고 있는 굴뚝들이 솟아난 낮은 벽돌 건물이었고, 나는 어디서 자야 하는지, 어디서 재스퍼에게 먹이를 줘야 할지 걱정하면서 다시 혼돈에 휩싸인 채 건물 밖에 서 있었다.

냇물을 건너오는 그의 발소리를 들었던 것 같다. 나는 혼란스러운 꿈에서 복합적인 상실감 속으로, 보드라운 햇살 속으로 깨어났다. 그러나 온통 상실뿐인 세상이라 공기에서 공기로 깨어나는 것 같았다.

물고기가 물에 대해 뭘 알겠느냐고? 엄청 많이 알겠지.

나는 꿈의 셔터를 내리고, 컵을 받아들었다. 그는 아예 잠을 자지 않은 사람 같았다. 그러니까 내 말은, 그의 어떤 특징도 뭉툭해지지 않았다는 뜻이다. 분노 속에서 모든 것이 더욱 날카로워졌지만 사실 그는 항상 날카로웠다.

몇 주 내로 비가 내리지 않으면, 안 내리겠지만, 그때가 떠날 시간이야.

나는 허리를 펴고 앉았다.

언제든 떠나겠다고 했잖아요. 말씀만 하세요.

그는 고개를 저었다.

너무 친절하게 대해주셨어요, 내가 진지하게 말했다. 저 살도 찌는 것 같습니다.

그는 웃지 않았다.

자네 얘길 하는 게 아니야, 우릴 말하는 걸세. 우리 셋. 자네가 우리 셋을 태우고 어디론가 가줘야겠어.

나는 눈을 깜빡였다. 컵을 무릎 위에 내려놓았다.

바깥세상이 어떤지 알기나 하세요? 네? 여길 왜 떠납니까? 이 작은 에덴동산을? 어르신과 살아남은 가족이 평화롭게 살 수 있는데?

그건 내 생각이었다. 나는 물었다, 왜요?

가뭄.

나는 졸졸 흐르는 개울, 초록빛 초원을 바라보았다.

작년 여름에 개울이 거의 말랐어. 마실 물을 구하려고 개울 바닥을 파야 했지. 소가 반이나 죽었어. 해마다 상황이 점점 더 나빠지고 있네. 점점 더 더워지고. 사람들이 예상했던 대로.

그가 자기 컵을 들고 차를 마셨다.

우린 빨리 여길 떠나야 한다는 걸 알았어. 어쩌면 지난봄에. 하지만 어디로 가야 할지 몰랐지. 물 없이 길을 떠난다는 것도 두려웠고. 여기가 이 정도로 가물었다면 메사 밖은 어떻겠나?

그가 셔츠 가슴에 달린 주머니 단추를 풀고 코펜하겐을 꺼냈다. 조금 집어 입안에 넣고 내게 양철 캔을 내밀었다.

그러던 차에 자네가 비행기를 타고 나타난 거야. 어쩌다보니 내가 자넬 죽일 뻔했지만.

그랬죠 그 생각을 하니 담배를 씹지 않을 수가 없군요. 나는 담배를 조금 집은 다음 담뱃갑을 다시 그에게 돌려주었다. 윗입술 밑에 달라붙는 담배의 익숙한 쾌감, 그 온화한 다급함.

저와 함께 가고 싶으세요?

가고 싶고 말고의 문제가 아니네, 힉스.

빅하고 운율이 맞다고요, 내가 말했다. 이 늙은 개자식.

그가 움찔했다.

두 분 다 저와 함께 이리로, 그 공항으로 가고 싶으세요? 저희랑 함께 사시겠어요? 저하고 뱅리하고? 들판에서?

그가 나무 밑동에 앉은 채로 몸을 숙였고, 침을 뱉었다. 나는 여기 있고 싶어. 내 딸과 함께 여기서 평화롭게 살고 싶어. 여기서 끝내는 거지. 빌어먹을 지난 일들은 다 접고.

머리를 비우려는 듯 그가 고개를 저었다. 다시 돌아왔을 때 내가 알게 된 삶이 이거야. 군에서 제대하고, 이 목장에 돌아왔을 때. 앞으로 모든 게 완전히 달라지리란 걸 알았지. 그러니까 여기서 끝내자.

그가 양쪽 뺨을 부풀렸다. 컵을 다시 입술로 가져갔을 때 그의 손은 떨리고 있었다. 그가 손목 뒤쪽을 눈가로 가져갔다.

여긴 내 할아버지의 목장이었네. 빌어먹을 토지관리국에서 이

땅을 임대하기 전부터 여름이면 여기서 가축들을 방목했지.

그가 이 목초지의 죽음을, 인류의 죽음보다 더, 비교할 수 없을 정도로 가슴 아파하고 있다는 생각이 들었다. 그 순간 그가 훨씬 마음에 들었다.

우물 하나 파지 그러셨어요?

그가 얼굴을 찌푸렸다. 내가 안 해봤을 것 같은가. 이 협곡 아래 전체가 바위투성이야. 4피트 깊이까지. 쓸 만한 무덤 하나도 못 파.

★

우리가 함께 앉아 있던 몇 분 동안, 젖은 자갈 위로 흐르는 투명한 물처럼, 거친 모래 빛깔을 띤 새벽의 회색이 좀더 매끄럽고 좀더 환한 빛과 함께 스며들었다. 이 일대는 죽어가고 있는지도 모른다. 디바이드에 쌓이는 눈이 해마다 줄어가고, 빗물이 일찍 마르고, 개울물은 얕아지고, 가을이 되면 더 앙상해진다는 건 알고 있었다. 그러나 지금 나는 협곡 굴뚝새의 노래를 듣고 있었고, 그것은 인간이 사용한 적 없는 음계로 불어내려가는 육분음표 칠분음표 팔분음표 휘파람이었다. 다른 새가 화답했다. 들판을 가로지르는 들종다리 소리가 들렸고 거의 매일 아침 물총새가 물을 차고 날아가는 모습을 보았다. 상류 쪽으로 빠르게 움직였다. 거니슨 강

같은 좀더 큰 강들은 마르지 않았다. 아직은.

그의 표정이 굳어 있었고, 그는 내 뒤쪽을 보고 있었다. 어떤 사람이었건, 무슨 짓을 했건, 그는 자신의 땅을 사랑했고, 자신의 딸을 사랑했다, 날씨처럼 자연스럽고 진심에서 우러나오는 맹렬함으로.

즉각적으로 대두한 문제는, 과연 내가 더 무거워진 비행기를 짧은 초원에서 이륙시킬 수 있느냐였다. 당연히 말도 안 되는 일이었다. 두 사람을 태우고는 불가능할 것이고, 한 사람만 태워도 안 될 수도 있었다.

돌아갈 연료가 충분하지 않아요, 내가 말했다.

그의 얼굴에 경련이 일었다. 그의 시선이 다시 내 얼굴로 향했고 굳어졌다.

헛소리 집어치우게, 힉스.

힉. 빅하고 운율이 맞죠 혹시 잊으셨다면.

그제야 좀더 전략적으로 행동했어야 했다는 생각이 들었다. 내가 그들을 데리고 협곡 밖으로 날아갈 수 없다면 그는 나를 쏘아 버릴지도 모른다. 젠장. 이용당하는 기분이 들기 시작했다. 단지 비행 능력 때문에 날 좋아했던 거군. 예전에 미국이 그랬던 것처럼. 처음엔 뱅리 이젠 이 사람들까지. 만약 나에게 비행기가 없었다면? 만약 내가 그저 이 부서진 세상을 살아가는 빅 힉일 뿐이고, 내가 가진 것들, 이를테면 약간의 친절, 약간의 연민, 약간의 기술을 베푸는, 그러나 비행기는 갖고 있지 않은 사람이었다면. 장난하냐? 탕!

콜라 트럭 남자들한테 한번 물어보시지, 왜.

뭐?

죄송합니다. 너무 오랫동안 혼자 지내다보니 가끔 제가 혼잣말을 하는 줄도 몰라요.

나는 흐르는 냇물로 돌아서서 침을 뱉었다.

헛소리가 아닙니다. 전 돌아갈 수 있는 지점을 지나쳐 왔습니다. 콜브랜 근처였어요.

그가 다시 한번 내 표정을 살폈다. 감정을 읽기는 어려웠지만 그의 눈은 아주 오래된 담장을 훑어보는 석공처럼 내 얼굴을 훑고 있었다. 그 눈빛에는 나에 대한 적나라한 재평가가 담겨 있었고 그것이 나를 불편하게 했다.

힉스, 자넨 우리를 여기서 데리고 나갈 거야. 타운으로 데려가

건, 요새화된 건물로 데려가건, 아무래도 상관없고, 연료는 내가 알아서 하겠네.

나는 몸을 떨었다. 알아서 하고도 남을 거다.

자동차 연료는 이제 못 써요.

뭐?

삼 년이 지나면 다 그래요. 납을 보충해도 마찬가지입니다. 맛이 가버렸어요. 안정적이지 못해요. 100LL이 훨씬 안정적입니다. 아직은 괜찮지만 구 년이나 지났으니 유통기한이 거의 다 돼버렸어요. 밖에 남아 있는 사람들이 누구건, 그 사람들 연료는 이미 오래전에 쓸모없어졌습니다.

그가 뺨 안쪽을 씹었다. 한 번도 뱉지 않는 걸 보니, 아마 삼켰나 보다.

이리에선 걱정하지 않았어요. 커머스시티에 연료 첨가제가 잔뜩 쌓여 있는 창고가 있는데, 용기에 표기된 바에 의하면 "연료를 정유 상태로 복원해주는" 첨가제라더군요. 마법 같은 일이죠. 앞으로 적어도 십 년은 버틸 수 있을 분량이었어요. 하지만. 여긴 누가 알겠습니까. 항공유조차도 맛이 갔을지. 그건 탱크의 상태에 달려 있거든요, 대체로.

그를 쳐다보기가 힘들었다. 더는 돌담이 된 기분이 아니었다. 토끼가 된 기분이었다. 들판에서 잡힌 토끼.

자네 여긴 왜 왔나? 그가 단순하게 물었다.

대답하지 않았다. 방어하려는 것도 아니고, 감정을 숨기려는 것도 아니고, 그냥 답을 몰랐다. 정말로.

자넨 비행기를 타고 귀환불능지점을 지나왔어. 좋은 연료가 더 이상 남아 있지 않을 수도 있는 이런 세상에서. 안전한 은신처를 떠났고, 훌륭한 동반자를 떠났어. 전혀 안전하지 않은 곳으로, 누굴 만나건 그 사람이 자네를 쏠 확률이 높은 곳으로. 약탈자들 손에 죽지 않는다면 병에 감염되어 죽을 수도 있는 곳으로. 씨발 도대체 무슨 생각을 한 건가? 힉.

제 개가 죽었어요, 내가 말했다.

★

나는 삼 년 전의 무전 수신에 대해 그에게 이야기했다. 사냥과 낚시와 재스퍼의 죽음과, 소년과 사람들을 죽인 일과, 그 모든 상실감의 끝에 대해 이야기했다.

다른 생각은 떠오르지 않았어요, 내가 말했다.

★

그는 다 알았다. 구형 비스트 세스나 182는 보통 55갤런의 연료를 싣고 다닌다는 것. 시간당 연료 연소율이 13 정도라는 것도. 대략의 비행 거리도 알았다. 그는 다 알아냈다. 내가 귀환불능지점을 지나온 게 사실이라는 것도 알았다. 내가 여분의 연료통을 싣고 왔다는 것도 알아냈다. 그가 알아냈지만 잘못 안 것이 있다면 내가 대체 무슨 짓을 하고 있는지 나 스스로가 알고 있다고 생각했다는 점이다.

★

우리는 정크션으로 갈 거야. 거기서 자네가 점검하고 싶은 걸 점검하는 거야. 관제탑, 공항. 그리고 항공유를 구할 거고. 그다음엔 다시 뱅리에게 날아가는 거야. 만약 그 친구가 우릴 좋아하지 않으면 우리가 그 친구를 설득해야지.

두 사람 다 태우고 이륙할 수 있을지 모르겠습니다. 그것도 저 초원에서.

할 수 있어. 자네 다릴 잘라서라도 거기 앉혀놓을 거니까. 방향타 페달은 내가 밟으면 돼.

그가 서늘한 미소를 지었지만 나는 겨울과도 같은 그의 눈동자에 근심의 그림자가 어리는 걸 보았다.

★

가축을 도살해 육포를 더 만들어봐야 의미가 없었다. 내가 잡은 사슴고기 육포만 해도 족히 20파운드는 되었고 더이상의 무게는 감당할 수 없었다. 어쩌면 그나마도 못 실을 수 있었다. 시마는 가축들이 어떻게든 버틸 거라고, 하느님이 이번 계절엔 가축들이 버틸 수 있도록 넉넉하게 비를 내려줄 거라고 했다.

그녀는 양 두 마리를 데려가고 싶어했다, 암놈 수놈 한 마리씩.

이 녀석들은 마리당 20파운드도 안 나가요.

나는 경비행기는 트럭보다 연에 가깝다고 설명하려 애썼다. 그녀에게 몬태나 주에서 데이브 하너에게서 조종을 배우던 이야기를 들려주었고, 처음 며칠간 내가 세스나 172를 플랫헤드 호숫가에 착륙시키려 할 때 그가 내게 뭐라고 소리질렀는지 말해주었다. 최종 착륙을 시도하며 들어올 때 비행기가 마치 병든 오리처럼 뒤뚱거리자 그가 소리쳤다. 젠장 힉! 오토바이 몰 줄 아나? 네! 픽업트럭 몰 줄 아나? 네! 내 그럴 줄 알았어! 이건 그 둘하곤 달라! 이건 새야! 섬세하게 조종해 섬세하게! 빌어먹을! 자네 정말 형편없었어!

그녀가 웃었다.

내 교관 하나는 벌목꾼이었다. 노스웨스트 지역에 아직 거목들이 있을 때 거대한 나무를 벌목하던 사람이었다. 무게가 40파운드에 달하는 50인치 손잡이가 달린 전기톱을 가지고 가파른 산길을 오르내리며 그 지역의 누구보다도 나무를 많이 베었다. 말하자면 그는 살아 있는 폴 버니언*이었다.

기억해요? 폴 버니언?

그럼요.

그냥 물어봤어요. 데이브의 생일날, 서른번째 생일날, 그의 친구들이 데이브에게 인근 공항에서 시범 비행을 하게 해줬어요. 칼리스펠**의 공항이었죠. 그가 나무를 베어 개척한 지역을 직접 보게 해주고 싶다면서. 생각해보면 가슴 뭉클한 일이죠. 그래서 머리

---

* 미국 민화에 나오는 거인 나무꾼.

** 미국 몬태나 주 북서부의 도시.

에 피도 안 마른 오지 비행사 빌리라는 아이하고 같이 비행기를 탔는데, 조종간을 잡고 유도로로 접어들자마자 바로 방향타의 감각을 익힌 거예요. 그 미세한 감각을요—나하곤 달랐어요, 난 처음 유도로를 달릴 때 매점을 들이받을 뻔했거든요—그가 이륙시켜야 할 비행기는 빌리의 비행기였고 그들은 칼리스펠 밖으로 날아갔어요. 데이브는 빌리가 시키는 대로 했어요, 아주 작은 것까지도. 그리고 놀라울 정도로, 섬뜩할 정도로 편안해했어요. 데이브가 그러더군요, 굉음을 내는 전기톱을 가지고 40도 경사의 산길을 달려서 오르내리며 수천 톤의 나무를 쓰러뜨렸던 사람한테 두려울 게 뭐가 있겠느냐고. 비행이 평화로웠다고 했어요. 기분 나쁠 정도로, 어쩌면 거의 신성할 정도로 평화로웠다고. 정확히 그렇게 말한 건 아니에요. 그는 이렇게 말했어요, 힉 그건 마치 사진 속을 날아가는 기분이었어, 내가 사랑하는 나라의 진정한 아름다움이 담긴 사진 속을. 세상은 내가 원하는 방식으로 고요하고 평화로웠지. 그는 비행이 선사하는, 모든 것을 초월한 무심함에 대해 얘기하고 있었어요. 세상이 마치 기차놀이 세트처럼 완벽해 보이고 그 어떤 사악한 것도 닿지 못할 것 같은 느낌.

알 것 같아요.

그쵸? 그는 바로 그렇게 사랑에 빠진 거예요. 완전 미쳐버린 거죠. 나도 거의 똑같았어요, 그 사람은 타고났고 난 아니었다는 것만 달랐죠.

당신도 타고난 게 있나요? 무엇에든?

나는 생각했다, 상실감이라고. 뭔가를 잃는 것. 그게 내 삶에 주어진 사명인 것 같다고. 물론 그렇게 말하진 않았다, 내가 그런 말을 할 입장인가.

낚시, 아마도. 송어들이 나한테 달려들거든요. 당신은요?

그녀가 고개를 저었다.

★

비스트에서 시간을 좀 보냈다. 나무 사다리를 타고 올라가서, 냇가를 되짚어 걸어 협곡에서 벗어났다. 여름이 무방비 상태의 나를 덮쳤다. 나는 햇볕 아래 이 그늘에서 저 그늘로 움직이며 걸었고, 날씨는 더이상 상쾌하지 않았다. 오전이 절반쯤 지나자 더워졌다. 수위는 하루가 다르게 낮아졌다. 개울 바닥이 갈비뼈를 드러내고 있었다. 통나무와 부유물들이 바위에 기대어 있었고, 바위들은 더 두드러져 보였다. 두려웠다. 개울이 일찌감치, 빠르게 말라가고 있었다. 결국엔 바짝 말라버릴 것이다. 따뜻한 물을 견디는 물고기들조차도, 결국엔 죽을 것이다. 잉어와 메기. 가재. 개구리.

마른 솔잎이 부츠 밑에서 갈라지고 부서졌다. 그늘도 없는 곳에 햇빛이 반사되었기 때문에 시선을 아래로 깔아도 편안하지 않았다. 이제 이 주, 아마도 그쯤 되었을 텐데, 꽃들이 거의 사라졌다. 역사상 가장 짧은 봄.

예전의 주기라면 가뭄이 끝나고, 몬순이 오고, 눈이 내리기 시작하고, 생명이 돌아왔을 것이다. 그게 얼마나 미스터리였는지. 나에게는. 송어, 우리보다 이곳에 오래 살았을 컷스로트, 표범개구리와 도롱뇽은, 어떻게든 내년에 되돌아올 것이다. 어디서 오느냐고? 새들의 식도에서 오는 건지 그건 나도 모르겠다. 이제는 아닐지도. 어쩌면.

지그재그로 난 길을 따라 폰데로사 소나무가 만든 그늘의 섬들, 그 군도群島를 가로질렀다. 달궈진 나무껍질 냄새, 아직은 촉촉하지만 말라가는 흙내음이 풍겼다. 여름철 대모등에붙이떼가 성가셨다. 정상의 삼나무 숲은 빼곡했다. 나무들은 몸통이 굵고 옹이졌고, 햇빛을 향해 비틀어졌고, 위로해주는 흉측한 팔들처럼 바위를 품고 있었고, 누가 가지를 쳐준 적이 없어 더디게 자랐다. 그중 몇 그루는 코르테스*가 온갖 꿈에 부풀어 자기 부하들을 바라보던 당시의 묘목이었을 것이다. 나는 트인 초원을 가로질러 걸어가 비스트의 머리를 다독였다.

---

* 아스테카왕국을 점령한 에스파냐 출신의 정복자 에르난 코르테스. 여기에 소개된 내용은 존 키츠가 「채프먼의 호머를 처음 들여다보기」(1816)에서 호머의 시 세계를 코르테스의 지리적 탐험에 비유한 대목을 인용한 것이다.

보고 싶었어.

자그마한 초원을 둘러보았다. 길이가 짧았다. 가장자리의 잣나무와 향나무는 키가 크지 않아 기껏해야 20피트 정도였지만, 그 뒤쪽 소나무들은 모르긴 해도 40피트는 돼 보였다. 나무들은 베어낼 수 있을 것이다.

만약 지금이 한겨울이라면. 열기는 엄청난 차이를 만든다. 차가운 공기는 밀도가 훨씬 높고, 뜨거운 공기는 성능을 엄청나게 떨어뜨린다. 우리는 어두울 때, 해가 진 직후에, 충분히 앞이 보일 정도로 안전하지만 가장 서늘한 시간에 떠날 것이다.

내가 하고 싶은 말이 바로 이거다. 안으로 고개를 들이밀면, 비스트에선 항상 똑같은 냄새가 났다. 재스퍼 냄새가 났고, 아마 1950년대에도 났을 냄새가 났다. 내 좌석 뒤쪽 비닐 주머니에서 POH를 꺼냈다. 『조종사 비행 교범Pilot Operating Handbook』은 1956년판 원본이었다. 표지에 비행기 그림이 그려져 있고 총 88페이지인, 두께가 8분의 1인치나 될까 말까 한 얄팍한 녀석. 뒤쪽에는 성능표가 있었다. 기가 막힌 자료였다—단순 명료하고 유용한 자료. 시험비행 조종사가 바로 이 기종으로 이륙하고 또 이륙하면서 기록한 자료들이다. 이런 고도에서 혹은 저런 고도에서. 이런 기온 혹은 저런 기온. 흰 가운에 검은 뿔테 안경을 쓴 기사들이 데이터를 기록했고, 아름답고, 단순하고, 침착한 곡선을 그려냈다. 그들은 올림머리*를 한 아내가 기다리는 집으로 돌아가 각진 텀블러에 얼음을 넣고 시그램 세븐**을 마셨다. 시험비행 조종사들, 그들은 무엇을 했던가? 그들은 2차대전에 참전했던 전투기 조종사들이었고, 일본을 소이탄으로 공격하고 저공비행하며 오스트리아의 소형 비행장을 폭격했고, 제임스 디키가 쓴 소설의 주인공들처럼 새로 형성된 교외 마을에 정착했고, 모든 프로펠러기가 그러하듯 익숙하고 오랜 방식으로 전율하는 비행기와 함께 위치토*** 세스나 시험비행센터의 조그만 조종석으로 돌아왔을 것이고, 그렇게 해서 전직 공군 중령들은 평생 말을 탄 사람들이 언제 어디서고 말을 탈 때마다 마치 고향에 돌아온 것 같은 복잡하고도 단순한 기분을 느끼듯 속세의 모든 억압에서 해방되었을 것이다.

얇은 『조종사 비행 교범』 뒤쪽에는 그런 도표와 그래프들이 그려진 페이지들이 있었다. 이륙과 활주거리. 나는 책장을 넘겼다—조심스럽게—나는 늘 그 책을 귀한 고대 미술품 다루듯 했다—'이륙 데이터'라는 소제목이 나올 때까지 페이지를 넘겼다. 손끝으로 이착륙장 고도 7500피트를 찾은 다음 화씨온도표를 훑어내렸다. 무게가 없는 상태에서 장애물 높이 50피트에 화씨 32도(섭씨 0도)이고 맞바람이 없는 경우 이륙거리가 950피트. 이것 봐. 내가 뭐랬어? 공기의 밀도는 온도가 높아질수록 낮아진다. 그러고 나서 내가 결코 하지 않는 일, 조종사 자격 시험을 치른 뒤 한 번도 하지 않은 일을 했다. 무릎 옆 칸막이벽에 달린 주머니에 접어 넣어두었던 중

* 1960년대 유행한 여성의 헤어스타일.

** 미국의 블렌디드 위스키 브랜드.

*** 캔자스 주 남중부에 위치한 도시로 항공기 산업의 중심지.

량과 균형표를 꺼냈다. 모든 비행기에는 그 기종에 대한 도표가 있다. 중량과 모멘트*. 나는 깨끗한 복사용지를 꺼내 문제를 풀었다. 180파운드의 아버지를 앞자리에 태우고 120파운드인 시마를 20파운드의 식량 자루와 함께 뒤에 태운다. 물 5갤런은 40파운드. 양들은 빼고. 연료를 탱크에 부었기 때문에 꽉 찬 연료통도 없다. 연료, 총기, 소총 두 자루, 엽총, 권총들, 수류탄 네 개. 끝. 오일 2쿼트.

나는 연필로 종이에 끼적거리며 계산했다. 그러고는 자리에 종이를 놓고, 문을 열었고, 바람이 없었고, 나는 초원 위의 길을 따라 걸었다.

★

백팔십 백팔십일 백팔십이. 발자국 수를 셌다. 총격전 때 뱅리를 기다리며 초를 세던 기억이 떠올랐다. 파인 곳을 지나갔다. 긴 풀을 정강이로 밀었다. 북쪽으로 선회하는 터키콘도르가 보였다. 이백 발자국에 이르렀을 때 내 앞에 남아 있는 평지를 보고 깨달았다. 길이가 충분하지 않았다. 기껏해야 640피트. 어림도 없었다.

마지막으로. 이미 답은 나왔지만 다시 확인했다. 나는 동일한 좌석 주머니에서 페인트로 표시가 되어 있는 짤막한 막대를 꺼냈다.

---

* 중량과 거리를 곱해서 얻는 값으로, 무게중심을 구하기 위해서 반드시 필요하다.

막대 전체에 일정한 간격으로 마커 표시가 되어 있었는데 5 10 15 이렇게 30까지 있었다. 갤런. 나는 바퀴 지지대를 타고 올라가 날개 위 연료 탱크의 마개를 돌려 열고 막대를 담갔다. 막대를 빼들고 햇빛 반대 방향으로 돌려서 빠르게 말라가는 젖은 연료가 가리키는 눈금을 확인했다. 반대편에도 담갔다.

★

흰 가운을 입은 남자들. 조종사 복장을 한 전투기 조종사들. 올림머리를 한 아내를 둔. 콧노래를 흥얼거리며 〈Rock Around the Clock〉에 맞춰 손가락으로 세스나의 조종간을 두드리던. 1955년에. 그 모든 것이 봇물처럼 터지기 직전이었다. 미치광이 같은 음악, 훌라후프, 서핑하는 여자들, 엘비스, 지금 돌이켜보면 그 모든 것이 미친 보상처럼 느껴진다—무엇에 대한? '엄청난 두려움'. 도사리고 있는. 노아의 방주 이래 인류 역사상 처음으로 사람들이 '인류의 종말'을 생각하던 때였다. 역겨운 오해가 빨간 전화선*을 타고 건너갈 수도 있다는 것, 떨리는 손가락이 빨간 버튼을 누르면 모든 것이 끝날 수도 있다는 것. 모든 것이. 그렇게 빨리. 버섯 모양으로 부풀어오르는 먼지와 불길 속에서, 가장 끔찍한 죽음으로. 그것이 인간 심리에 미쳤을 영향. 비브라토가 갑자기 시작되었고 그 비브라토는 이전의 그 어느 음색보다도 깊었다. 가장 무거운 종鐘, 산

* 워싱턴과 모스크바를 연결하는 직통 전화를 말한다.

길에 매달려 있는 녹슨 청동 평판들마저 처음으로 움직일 만큼 거센 바람처럼. 들어보라. 그 깊고 섬뜩하고 느린 음색을. 내장 속으로, 뉴런 사이의 공간으로 파고드는, 절대적인 죽음의 신음을. 당신이라면 어떻게 하겠는가? 엉덩이를 흔들고, 로큰롤을 발명할 것이다.

세스나의 시험비행센터에서는 그런 숫자와 거리들을 취합했다. '대형 사건'에 꿈을 저당잡힐지도 모른다는 원초적 두려움 속에서도 그들은 가장 작은 사고들을 막으려고 분투했다. 정말 그렇게 된 것일까? 나도 모르겠다. 나는 지나치게 극적으로 말한다. 그러나 그뒤로 일어난 일을 생각해보면, 무엇인들 지나치다 말할 수 있을까? 그 무엇도 지나칠 수 없다. 과장법이란 더이상 존재하지 않고 냉혹한 소멸만 늘어갈 뿐이다. 아무도 믿지 않으리라.

시험비행 조종사들은 매끄러운 아스팔트 위에서 완벽한 조건하에 작업했다. 매끄러운 평지에서라면 어느 정도 묘기가 가능하다 해도, 이 세이지 들판의 거친 도로라면 얘기가 다르다. 파인 곳은 막을 수 있고, 최대한 매끄럽게 만들 수 있을 것이다, 그렇지만.

나는 호스를 풀어 여분의 연료 12갤런을 연료통들에 도로 옮겼다. 정크션까지 가는 데는 그 연료가 필요하지 않을 것이고 그러면 무게를 72파운드 줄일 수 있다. 그러고는 생각했다, 너무 아슬아슬하게 남기지 마. 나는 다시 올라가서 2갤런 정도를 도로 넣었다. 꽉 찬 연료통 하나를 세이지 수풀 속에 두고 다른 통 하나는 흙에 쏟아부은 다음 빈 통을 다시 비스트에 실었다. 그리고 낚시를 하러 갔다. 내 자리 뒤쪽 거치대에 있던 낚싯대 케이스를 꺼내고 플라이 통과 티펫이 든 나일론 재질의 가벼운 캠핑용 가방을 챙겨 협곡 아래로 내려갔다.

★

내 계산에 의하면 우리가 숲을 벗어나 이륙할 수 있는 가장 좋은 방법은, 노인을 남겨두는 것이었다.

이야기가 어떻게 전개될지 상상할 수 있었다. 그 대화를 예상할 수 있었다. 그의 큼직한 칼이 플라스틱 칼집에서 나오는 소리와, 칼끝이 내 목을 관통하는 순간 내가 낼 꽥 소리를 들을 수 있었다. 헛소리 집어치워 힉스! 씨발 헛소리하지 말라고 했어.

나는 잉어를 다섯 마리 잡았다. 미끼에 공작새 깃털을 감아 연거푸 잡아올렸다. 송골매가 절벽을 따라 날아올랐다가 하강하다가, 개울 위쪽 나무들 바로 위에서 날아올랐다. 녀석이 날 관찰하는 것 같았다, 호기심을 느끼면서. 송골매가 물고기를 먹던가? 잉어는 가냘팠고, 가늘고 길었고, 그제야 나는 묵직한 슬픔을 느끼며 녀석들이 굶주렸다는 걸 깨달았다. 물의 온도 변화가 잉어에게, 역시나, 혹은 그들의 먹이에 영향을 미치고 있었다. 나는 조심스러운 손길로, 언제나 송어를 위해 아껴두었던 그런 섬세한 손길로 바늘을 빼고, 잉어가 내 오므린 손안에서 물살을 거스르며 헤엄칠 때까지, 아가미가 채워지고 꼬리의 너울거림이 강해지고 마침내 빠져나갈 때까지 가만히 가두고 있었다. 나는 낚시를 포기했다, 더이상 낚시할 기분이 아니었다.

송어는 사라졌고, 엘크도 호랑이도 코끼리도 서커*도 사라졌다. 내가 한밤중에 울면서 깨어난다면, 물론 실제로 그랬다는 건 아니지만, 그건 아마도 잉어마저 사라졌기 때문일 것이다.

나는 대화를 그려보았다. 따님과 육포 20파운드만 태울 수 있겠습니다 어르신은 빼고요.

그러나. 번쩍 떠오른 생각. 힉, 자네한테 소위 깨달음이라고 부를 만한 순간이 찾아왔군. 뭔가를 발견하고, 지적 연결이 이루어지고, 황금의 가치를 지니는 그런 순간이. 유레카.

나는 중량과 균형표, 연필과 종이, 덜렁거리는 표지에 반박할 수 없는 도표가 수록된 닳아빠진 교범을 가져가 마치 처음 해보는 것처럼 숫자를 짚어내려가고 모두가 각자의 결론을 도출하도록 할 것이다.

그녀는 그늘 아래 테이블에 점심을 차려놓았다. 차가운 우유 한

* 주로 북미에 서식하는 잉엇과의 민물고기.

주전자, 소금에 절인 고기, 명아주와 새로 난 상추, 골파로 만든 샐러드. 내가 앉았다. 아버지가 나를 주시했다. 그는 눈으로 날 좇았고, 음식을 씹으며 날 관찰했다. 그녀도 먹었다. 오늘은 좀더 편안하게, 가볍게 움직였다. 멍이 줄어든 것 같았고, 기분도 더 밝아진 것 같았다. 그녀는 천천히 먹었고, 개울 냄새를 맡듯, 새로 핀 꽃들의 향기를 하나하나 맡아보듯 숨을 들이켰다.

할 수 있겠나? 마침내 그가 물었다. 그는 컵을 내려놓고, 소매로 입을 닦고 기다렸다.

아뇨.

그녀가 포크를 내려놓았다. 가방은 내 발치에 있었다. 나는 가방을 들어 끈을 풀고, 교범과 종이를 꺼내고, 모자 밴드에서 몽당연필을 꺼냈다.

중량과 균형, 그가 말했다. 나는 고개를 끄덕였다. 이륙거리, 그가 말했다.

네.

그는 바보가 아니었다. 나는 공식만 썼고, 중량을 공란으로 남겨두었다. 종이의 맨 위 오른쪽 가장자리에는 무게 몇 가지를 적었다. 여자 한 명=항공유 6파운드. 여자 한 명=물 8파운드. 현재 연료 탱크 안의 연료는 14갤런.

나는 종이를 앞으로 내밀었다. 그리고 먹었다.

★

그는 예리했다. 과거에 목장에서, 혹은 군대에서 무엇을 했건, 그 시간을 헛되이 보내지 않았다. 그가 연필을 들고 계산을 시작했다. 이거 맞나? 이렇게 하는 건가? 하고 묻지 않았다. 이런 걸 해본 지가…… 따위의 변명도 없었다. 자신을 정당화하고 변명하는 습관이 없는 남자. 한 번도, 힉스 내 계산이 맞는지 좀 봐주겠나? 하고 묻지 않았다. 아니, 그 개자식은 공식을 한번 보더니, 바로 곱셈을 시작하고, 공란을 채우면서 등식을 완성했다. 나는 그가 오른쪽 여백에 어림짐작한 무게를 적어내려가는 모습을 지켜보았다. 그는 세 가지 다른 경우를 계산했고 내가 볼 때마다 목록에서 두 개 혹은 세 개를 지웠다. 그가 물을 3갤런으로 줄이는 걸 봤다. 철제 연료통도 지웠다.

이런.

그가 고개를 들었다.

연료통. 사이펀 호스.* 10파운드. 그건 반드시 필요합니다. 연료를 얻기 위해 걸어가야 할 수도 있잖아요?

그가 고개를 끄덕이고, 그걸 다시 목록에 넣었다.

그러고 나서 연료를 빼 탱크를 14에서 10으로 줄였다.

안 됩니다.

내가 다시 그를 막았다. 연필이 멈추었고, 눈썹이 위로 올라갔다.

연료는 놔두세요.

그랜드정크션까지 기껏해야 35마일. 맞바람으로 시속 120마일. 0.3시간. 한 시간에 13갤런. 10갤런이면 충분해.

천만에요. 선회해야 하거나, 활주로나 유도로를 점검해야 하거나, 충격을 당하거나, 길을 찾아야 할 수도 있습니다.

그가 고개를 끄덕였다. 다시 계산을 시작했다. 마침내 그가 연필을 내려놓고, 두 팔을 테이블 양쪽에 대고 펴면서, 뒤로 물러앉았다. 그리고 나를 바라보았다. 나는 증오를 보았다고 생각했다. 아버지의 표정은 읽기 힘들었다.

* 대기의 압력을 이용해 액체를 한 용기에서 다른 용기로 옮기는 데 쓰는 관.

자네 이미 해봤군. 그렇지?

나는 고개를 끄덕였다.

나는 남고, 내 딸은 가고.

고개를 끄덕였다.

자넨 이미 알고 있었어.

고개를 끄덕였다. 그가 날 바라보았다. 움직이는 빛이 그의 이목구비 위로 돌아다녔다. 그 바람에 내가 보기엔 아무것도 움직이지 않았는데도 그의 얼굴에 생기가 돌았다. 핀 하나가 떨어지는 소리라도 들을 수 있었을 거라고 말하고 싶지만, 바로 옆에 개울이 있어서 불가능했다. 그가 날 바라보면서, 천천히 고개를 끄덕였다.

좋아, 그가 말했다.

그뿐이었다. 그걸로 끝이었다. 그 순간 나는 이 늙은 얼간이가 진짜 마음에 들었다, 인정한다. 그는 주는 약을 그저 받아먹었다, 징징거리지 않고.

내가 그에게 미소를 지었다, 아마도 처음으로.

그래서 14갤런이 필요한 겁니다, 내가 말했다. 여러 가지 이유 중 하나예요.

그는 당혹스러워 보였고, 움찔했고, 혀를 입술 안쪽에서 위로 밀어올렸고, 거기가 담배를 넣어둔 곳이라는 걸 나는 알고 있었다.

우리가 착륙했다가 다시 이륙해야 하기 때문에 14갤런이 필요합니다. 고속도로에서 어르신을 태울 겁니다. 어렵지 않을 거예요. 다리에서 빠져나오자마자 썩 괜찮은 직선도로가 있어요. 활주로로 제격이죠. 전혀 어렵지 않을 겁니다.

그의 얼굴은 부드러워지지 않았다, 그렇게 쉽게는 아니었다. 단지 그의 눈빛에, 그 눈빛의 겨울 속에, 약간의 해빙이, 일종의 재평가가 있었다고 나는 생각했다.

하루 일찍 출발하시면 동이 틀 무렵에 태울게요.

좋아, 그가 다시 말했고 그걸로 끝이었다.

3부

I

서두를 필요가 전혀 없었다. 설령 정크션에서 발이 묶인다 해도 큰 강에 물은 얼마든지 있었다. 우리는 몇 주를 기다리고, 살을 찌우고, 계절이 무르익어 완연한 여름으로 접어드는 동안, 즐길 수 있을 때 즐길 것이다. 개울이야 말라버리라지. 나는 즐기기로 했다. 이 시간을 오랜만에 처음 가져보는 휴가처럼 생각하기로 했다.

내가 예상치 못한 비상 대책을 마련한 뒤, 집안 분위기가 조금 밝아졌다. 솔직히 나는, 나중에 그를 태우겠다는 내 계획에 그가 놀랐다는 사실에 놀랐다. 그는 그만큼 예리하고, 그만큼 훌륭한 전략가였다. 뱅리가 그랬던 것처럼, 위기 상황에서 항상 세 단계를 앞서 생각했고, 침착했다.

그제야 그에게도 곧바로 그 차선책이 떠올랐을지 모른다는 생각이 들었다. 그래서 그를 더욱 존경하게 되었다. 그는 알고 있었다.

그는 우리가 그를 두고 이륙했다가 나중에 태우면 된다는 걸 대번에 알았지만, 입을 다물고 있었다. 내 생각에 거기엔 두 가지 이유가 있었다. 첫째, 그는 기꺼이 베푸는 게 아니면 받지 말라는 생각을 갖고 있는 사람이었다. 둘째, 그는 떠나는 것에 대해 갈등하고 있었다. 그의 일부는, 어쩌면 보다 큰 일부는, 이곳에 남고 싶고, 개울이 말라가는 것을 지켜보고 싶고, 가축들이 다른 세상으로 가는 것을 돌봐주고 싶고, 그의 목장과 함께 죽고 썩어서 그 무정한 흙으로 돌아가고 싶었을 것이다.

나름의 가치관을 가진 그 나이 남자에게 그 선택은 여러모로 다른 선택보다 나았을 것이다. 낯선 세계strange land로의 여행—이제 진정한 의미에서 이상한 세계Strange Land로의 여행이 되었기 때문에. 더구나 그곳은 평지이고, 산이 아니었다—새로운 인생을 꾸린다는 것, 자기만의 규율이 아닌 새로운 규율에, 새로운 위협에 적응해야 한다는 것. 그것은 암울한 전망이었다. 그러나 그게 자신이 원하는 바라고 말했다면, 그녀에게 큰 상처를 주었을 것이고, 그녀는 결코 용납하지 않았을 것이고, 그녀처럼 산전수전 다 겪은 여자들이 할 수 있는 한도만큼 히스테리를 부렸을 것이다. 그녀는 그를 용서하지 않았을 것이다.

그래서 이륙거리 도표가 수록된 허접한 『조종사 비행 교범』, 반박의 여지가 없는, 그러나 그 너머에 도무지 새로운 삶이 없는 그 곡선, 비행기가 키 작은 나무들 위로 날아오르려고 애쓰며 흔들리고, 그러다 착륙 기어가 부러지고, 그다음엔 날개가 부러지고, 그다음엔 기체가 재주넘기를 하는…… 그런 상황이 바로 그의 탈출 티켓이었다. 이번 작전에서 빠지는 것. 어쩌면 그래서 충격을 받지 않은 것처럼 보였는지도. 그래서 그녀 앞에서 중량과 균형을 계산한 것일지도.

그렇게 생각하고 보니 그 방법을 제안한 것이 후회스러웠다. 만약 그가 자기 자리에서 죽고 싶은 사람이었다면 그는 대인배였다. 하지만.

나는 해먹에 누워 몸을 흔들었다. 절반이라도 기억하는 모든 시를 읊었다. 상류로 하류로 낚시를 다녔다. 먹었다. 삽을 들고 꼭대기로 올라가 우리의 활주로에 파인 구멍을 메웠고, 덤불을 베었다. 텃밭에서 채소를, 이른 싹을 틔운 채소를 수확하는 시마를 도왔다.

괜찮은 텃밭이었다. 우리 공항의 텃밭보다 토양이 훨씬 비옥했다. 벌레들이 우글거렸고 오랜 세월에 걸쳐 거름을 주어서 검은 빛깔이었다. 가족들이 나에게 닭 거름을 주었지만, 충분하지 않았고, 그건 이렇지 않았다. 이른 아침, 큰 나무 그늘에는, 흙이 차갑고 축축했고, 새로 자란 식물들은 이슬로 뒤덮여 있었다. 그 냄새. 나는 그늘이 협곡 가장자리로 물러난 뒤 트렁크 팬티 바람으로 무릎을 흙에 댄 채 등에 햇볕을 쬐는 게 좋았다. 우리 옆, 밭고랑 사이에 흙 묻은 바구니를 놓았다.

왜 동부로 가려 했어요? 내가 말했다.

다트머스 대학에서 학위를 받았어요.

우리 삼촌도 거기 다녔는데. 외동이에요?

그녀가 고개를 저었다.

쌍둥이 오빠가 있었어요. 열다섯 살 때 죽었어요. 오토바이.

저런.

난 성적이 좋았어요. 점수가 높았죠. 수의사가 되고 싶었고, 콜로라도 주립대학에서 공부를 하고, 돌아와서 커다란 동물병원을 차릴 생각이었어요. 바로 그게 내가 평생 하고 싶은 일이었어요. 우리 학교에 사이크스 선생이라는 진학 상담 교사가 있었어요. 진학 실적이 훌륭했지만, 누구를 어디로 보낼지를 놓고 학생들을 너무 빡빡하게 조여서 모두들 석스sucks라고 불렀죠. 어느 날 3학년 영어 시간에 노크 소리가 들리더니 그 선생이 교실로 들어와서 내게 쪽지를 건네는 거예요. 쪽지에는 12시 45분 내 사무실로, 라고 적혀 있었어요. 점심시간에. 그때 「J. 앨프리드 프루프록의 연가」 얘기를 하고 있었던 게 기억나요. 그 시 혹시 알아요?

고등학교에서 배우기 전까진 그 시 진짜 좋아했어요. 그 시에 숨겨진 의미가 있다는 거 알았어요?

정말요?

네. 섹스, 예술, 학위가 전부 다 계급의 무기라는.

그래요? 학구열에 불타는 학도들에게 그런 걸 가르치다니.

우린 학구열에 불타는 학도들이 아니었어요. 스토리지텍*이나 UPS 같은 데 취직할 애들이었거든요. 아니면 쿠어스**나.

그 쪽지. 사이크스. 내가 말했다.

아. 심장이 미친듯이 뛰기 시작했어요. 다트머스에서는 델타 고등학교 출신 학생 한 명에게 장학금을 줬거든요. 섬유판 공장을 설립한 어느 졸업생이 주는 장학금이었어요. 아마 겨울에 역전층이 생길 때 인근에 진동하는 포름알데히드 냄새 때문에 신경이 쓰였던 모양이에요. 매년 가을, 학생 한 명이 사이크스 선생으로부터 점심시간에 만나자는 쪽지를 받았어요. 그 선생이 그 장학금을 좌지우지했고, 학생을 선정했거든요. 아마 합법적인 절차는 아니었

---

* 1969년에 설립된 미국의 데이터 저장 회사.

** 미국의 맥주회사.

겠지만 어쨌든 일은 그렇게 진행되었어요. 그가 지닌 작은 권력이었죠. 덕분에 온 동네가, 집집마다, 일 년 내내 그에게 아부를 떨었어요. 그날 남은 수업 시간 동안 아무도 집중을 하지 못했죠, 아이들이 전부 날 바라보고 있었어요. 내 머릿속은 온갖 가능성들, 내가 상상조차 못했던 미래의 모습들로 넘쳐났어요. 그 모습들이 뒤죽박죽이 되었어요. 아이비 담장으로 뒤덮인 벽돌담, 아가일 스웨터를 입은 잘생긴 상류층 남자들, 그들과 함께 조정 경기장에 가는 것. 나야 전혀 알 수가 없었죠. 내 일과로 말하자면 해 뜨기 전에 건초를 주고 학교가 끝나면 들판을 가로질러 달려서 집으로 돌아오고, 집에 오면 또 집안일을 하는 거였으니까. 보통 말한테 귀리나 약을 주고, 축사의 배설물을 치우고, 그런 다음 숙제를 했어요.

내 얼굴이 홍당무가 되었다는 걸, 나도 알았어요. 시에 집중하려고 노력할수록 나를 향한 시선들이 느껴졌고 고개를 들고 슬쩍 보면, 실제로 그러고들 있었어요. 벌써 시샘하는 기운이 느껴졌죠. 마치 바람처럼. 일과가 끝날 무렵엔 그게 저주인지 축복인지 분간할 수가 없을 지경이었어요. 어쨌든, 난 사이크스 선생을 만나러 갔어요. 카페테리아에서 아무것도 먹을 수가 없어서 여자 화장실에 가서 변기에 앉아 호흡을 가다듬으려 애썼어요. 사이크스 선생이 말했어요, 시마, 난 네가 리터 장학금을 탈 가능성이 아주 높은 학생이라고 보고 있어. 그 사람은 완전히 대머리였어요. 머리가 달걀 모양이라고 생각했어요. 뜨거운 방석에 앉아 있기라도 한 것처럼, 선생의 얼룩덜룩한 분홍색 정수리에 땀방울이 송골송골 맺혀 있던 게 기억나요. 내 기억으론 일리노이 주, 시카고 외곽 출신이었어요. 그 사람이 말했어요, 지원 서류에 목장 생활과 쌍둥이 오빠 보를 잃은 일에 대한 에세이를 쓰렴.

충격이었어요. 마지막 요청은 환청을 들은 거라고 생각했을 정도로. 더구나, 그건 요청이 아니었어요. 다시 한번 말씀해주세요, 내가 말했죠. 그는 양손을 책상 위에 올리고 있었는데 엄지와 검지로 조심스럽게 삼각형을 만들고는 입술에 힘을 주면서 마치 그 삼각형이 내 운명을 바라보는 프리메이슨 전시안*이라도 되는 듯 그 속을 들여다보더군요. 그가 말했어요, 목장 소녀의 삶과 네 영혼의 짝이었던 쌍둥이 오빠를 잃은 슬픔에 대해 쓰라고.

나는 그를 빤히 쳐다봤어요. 그 사람이 지원 과정에서 모든 걸 쥐고 흔든다는 얘기는 들었었죠. 하지만 나한테 그런 식으로 말한 사람은 아무도 없었어요. 그 크고 뚱뚱한 발로 내 가장 은밀한 내면으로 저벅저벅 걸어들어오다니요. 보의 죽음은 내게 비밀의 정원과도 같았어요. 나만 들어갈 수 있는 곳. 슬픔과 엄청난 힘 둘 모두의 원천. 그가 날 보고 미소를 짓더군요. 그 사람은 세상에서 가장 작은 입을 갖고 있었고 한쪽 끝이 올라가 있었어요. 기억나요. 그 혼돈. 삶이 정말 넓고 환하게 펼쳐지는가 싶었는데 갑자기 밀려드는 두려움. 그곳으로 가려면 내 영혼을 팔 것을 요구당할 거라는. 말하자면 그런 거였어요. 두려웠어요. 나는 얼굴이 있는 대로

---

* 프리메이슨은 18세기 영국에서 결성된 세계 최대의 비밀 결사 단체로, 삼각형 속에 눈을 그린 전시안을 상징으로 삼고 있다.

시뻘겋게 달아올랐고 어떤 대답도 생각해내지 못했어요. 그는 계속 나를 향해 미소를 짓고 있었어요. 그리고 말했어요, 아직은 고마워할 필요가 없다고, 이건 분명 중대한 사건이라고. 데우스 엑스 마키나.* 그가 그렇게 말했어요! 자기가 신이라도 된다는 듯이. 세상에. 그 사람은 내가 고마워서 어쩔 줄 모르는 줄 알았겠지만 사실 난 몹시 화가 난 상태였어요. 침범당한 기분이었어요. 너무 화가 나서 그의 달걀 대가리를 뽑아서 부숴버릴 수도 있을 정도로. 난 되는대로 웅얼거리다가 자리를 떴어요.

보에 대해 썼어요?

네. 진학 상담 교사가 죽은 쌍둥이 오빠에 대해 글을 쓸 것을 요구했다고 썼어요. 아주 긴 에세이였고, 써야 할 분량의 두 배를 썼고, 목장 문화의 일부인 일종의 처세술에 대해 썼고 왜 그런 기술을 터득하게 되었다고 생각하는지 왜 그게 중요한지에 대해 썼고 목장에서 자란 소녀가 죽은 쌍둥이 오빠에 대해 글을 쓰는 게 동부의 명문대학 입시 담당자들한테 통한다는 사실이야말로 우리 사회의 단절을 드러내주는 예라고 썼어요. 동부의 기득권층과 땅을 기반으로 사는 서부 사람들 사이의 단절. 우리는 그 누구의 동정도 원치 않는다고. 나는 너무나 화가 났어요. 그렇게 화가 나긴 처음이었던 것 같아요. 난 사이크스에게 보여주지도 않고 원서를 바로 보내버렸어요. 절차를 완전히 무시한 행동이었죠. 그때까지 누구

* 극이나 소설에서 가망 없어 보이는 상황을 해결하기 위해 동원되는 힘이나 사건.

도 그런 짓을 한 적이 없었어요. 그 사람은 내가 보낸 지원서를 무효화하려고 애썼고, 화가 나서 미친놈처럼 펄펄 뛰었지만, 이미 늦었죠. 대학에서는 목장 소녀 특유의 투지인지 뭔지에 깊이 감명을 받았어요. 물론 합격했죠. 수시합격, 전액 장학금. 대학 측에서는 사이크스를 해임하도록 고등학교에 압력을 가했어요. 그런데 그 일을 생각할 때마다 여전히 마음이 불편한 이유가 뭐냐 하면, 내가 알고 있었다는 거예요. 합격하리라는 걸. 난 그 사람들이 찾고 있던 감정적 보상을 살짝 뒤집은 것뿐이에요, 그렇지 않나요? 정말 화가 나 있었지만, 그 사실이 지원자로서의 제 입지를 더 단단하게 만들어주었던 거죠. 종종 그 일에 대해 참회 기도를 했어요. 대학 입학에 이용한 것에 대해 보에게 사과했어요.

나는 근대의 흙을 털어 바구니에 넣었다.

보를 이용한 건 아니에요. 자기 감정을 정확하게 썼을 뿐.

그래요, 하지만 난 가끔 생각해요. 그런 식의 기대, 그런 식의 가치관을 갖고 있는 다트머스를 포기하고 노던스테이트 대학에 갔다면 그게 가장 정직한 행동이었을 거라고. 다트머스는 아이비리그잖아요. 아니, 아이비리그였죠.

그때 몇 살이었죠? 열일곱? 힘을 보여주고 싶었을 거예요. 아버지처럼 한성깔 했군요. 열일곱 살짜리 아이보다 더 정의에 불타는 사람은 없죠. 그리고 문제는 대학이 아니었어요, 석스 선생이었지.

내 말이 무슨 뜻인지 알잖아요. 결국 그 사람이 옳았어요. 그들을 낚을 수 있는 소재가 뭔지에 관해서는. 모르겠어요. 가끔 그 사람을 생각해요. 중년에, 독신에, 엄청난 능력을 발휘해온 직장에서 수모를 당하고 쫓겨났잖아요. 그 사람이 무얼 하며 여생을 보냈을까, 전염병이 돌기 시작했을 때 어떻게 됐을까. 외롭게, 혼자, 겁에 질려 있었을까. 그 모든 일을 겪고도 결국 이런 것 때문에 한밤중에 잠 못 들고 있으니 우습죠.

아멘, 내가 말했다.

정적. 나는 새로 자란 풀을 몇 포기 뽑았다. 부서지는 흙에 손이 곰 발바닥처럼 시커메졌다. 그녀는 아주 요령껏 내게 질문을 하고 있었다. 역시 목장 소녀다웠다.

내가 한밤중에 잠 못 드는 이유는 뭔지 알아요?

그녀가 햇살 속에서 바닥에 주저앉았고, 허리를 폈고, 얼굴에 흘러내린 머리카락을 입으로 불었다. 강하고 반듯한 코, 커다란 눈을 갖고 있었다. 지금은 멍이 든, 길고 가느다란 목도.

차마 말할 수 없었다. 마지막 순간 베개로 아내의 얼굴을 눌렀다고는. 마지막 몇 초 동안 아내가 자신이 원했던 죽음을 밀어내려 몸부림치는 걸 느꼈다고는. 반사작용이 아니었겠느냐고는. 결국

베개를 꾹 누르고 몸을 숙여 내가 한 약속을 지켰다고는. 그게 옳은 결정이었다고. 그렇지 않으냐고.

우리가 한밤중에 소년을 죽였다는 얘기는 할 수 있을까? 하지만 소년만은 개밥으로 만들지 않았다고. 아마도 도움을 청하기 위해 벌건 대낮에 부엌칼을 들고 나를 쫓아왔던 소녀를 죽였다고. 아니면 재스퍼는 둑에 누워 있고 나는 산속 개울에서 혼자 송어 낚시를 하던 기억이 가장 달콤한 기억이라고. 그 기억 대부분은 하나의 꿈이라고, 아니면 꿈인 편이 낫다고. 더이상 꿈과 기억의 차이를 구분하지 못하겠다고. 나는 이 꿈에서 깨어나 저 꿈으로 가는데 왜 계속 그러고 있는지 모르겠다고. 내 생각엔 오직 호기심만이 나를 살아 있게 하는 것 같다고. 그런데 그걸로 충분한지 더는 잘 모르겠다고.

베개로 아내를 질식시켰어요. 마지막에 아내가 부탁했어요. 마치 개를 안락사시키는 것처럼. 다른 일들도 있어요. 더 끔찍한 일들.

그녀는 뽑혀나온 근대 한 움큼을 여전히 손에 쥐고 있었다. 손이 근대 잎을 꽉 움켜쥐었다. 그녀가 고개를 끄덕였다. 그녀의 눈빛은 따스하고 침착했다.

나도 토머스 곁에 있어줬더라면 좋았을 텐데. 나도 그럴 수 있었더라면. 왜 남편 곁에 머물지 않았을까요? 엄마에겐 엄마의 남편이 있었고, 엄마는 그이가 날 필요로 했던 만큼 나를 필요로 하진 않았어요. 남편은 그때 아직 감염된 상태는 아니었어요. 기침을 좀 하긴 했지만 확신할 수 없었어요. 열도 없었고요. 기침하는 사람이 많았는데, 그중 몇 명만 확진을 받았거든요. 하지만 그때 알았어야 했어요. 직업이 직업이니만큼 처음 보고가 들어오기 시작할 때 알았어야 했어요.

그녀가 허리를 펴고 똑바로 앉더니 가만히 울었다. 나는 내가 뽑은 근대를 바구니에 넣고 계속 잡초를 뽑았다. 뿌리에 묻은 흙을 털어내고 벌레들은 도로 땅에 놓아주었다.

★

가장 수심이 깊은 지점은 폭포 아래였다. 낮은 곳조차 4피트에서 5피트는 되었고 차가웠다. 그 물이 마른다는 건 상상하기 어려웠지만, 눈이 충분히 쌓이지 않으면, 여름비가 충분히 오지 않으면 마를 것이었다. 날이 정말 더워져 나는 매일 그곳에서 목욕을 했다. 오후 느지막이 햇살이 여전히 협곡 바닥에 닿아 있을 때 그곳에 갔다. 더위와 추위, 그 대비가 좋았다. 버드나무로 가려진 곳이었다. 내가 거기 있다는 걸 그들이 알 수 있도록 나뭇가지에 셔츠를 낡은 깃발처럼 걸어놓은 다음 밟아서 다져진 길 끝의 조그만 웅덩이로 들어갔다. 폭포에서 튀는 물방울이 둑의 매끄러운 돌까지 닿았고, 물속의 온도가 아마 10도는 더 낮은 것 같았다. 감사하면서, 하루종일 그랬듯 감사하면서, 나는 바지 단추를 풀고 부츠 끈을 풀고, 옷을 벗었다. 가끔은 물안개 속에, 가장 따뜻한 물가 바위에 앉아, 종아리까지 물에 담그고 발을 흔들었다. 가슴 아래는 서늘했고, 등에는 햇볕이 들었다, 그 대비. 그리고 물보라 속에서 움직이는 한 움큼의 무지개를 보았다.

나는 그녀에게 묻고 싶었다. 전염병에 대해, 세계적으로 창궐한 전염병에 대해 무얼 알고 있었느냐고. 알고는 있었느냐고. 정말 느닷없이 모두를 덮친 것인지? 왜 그렇게 빨랐는지? 그 바로 뒤에 퍼진 혈액병은 무엇이고 전염병의 생존자들이 왜 그 병에 감염된 건지. 처음에 그녀가 의사라고, 그런 분야의 의사라고 말했을 때부터 그녀에게 묻고 싶었다. 그러나 그러던 차에 그녀가 남편이 자기 없이 홀로 병실에서 죽어갔다는 얘기로 선수를 쳤고 나는 그 해묵은 상처를 다시 헤집고 싶지 않았지만 지금은 그렇게 하기로 마음먹었다. 그녀가 그 얘기를 꺼냈다. 그러다가 울기 시작했다. 나도 울려면 울 수 있었겠지만 솔직히 말해서 이미 울 만큼 울었다. 나는 인간 걸레처럼 너덜너덜했다.

맨엉덩이로 바위에 앉아 발을 물에 담그고 흔들며, 폭포에서 번져오는 습한 공기를 느끼며, 오직 떨어지는 물의 포효만을 들으며, 귀 뒤쪽을 햇볕에 그을리고 있었다. 아무 생각도 하지 않는 것. 그게 감사했다. 내가 하루 중 가장 좋아하는 시간. 이제 말할 수 있었다. 나는 평화롭다고. 여기 죽어가는 개울의 둑에서.

아침에 근대를 뽑았던 그날 오후, 나는 폭포에 가서 땀과 흙으로 더러워진 셔츠를 머리 위로 벗은 뒤 셔츠를 빨면 좋겠다고 생각했다. 물에 헹구고 바위에 몇 번 때린 뒤 비틀어 짜면 끝인데. 나는 생각했다, 힉이 감사해야 할 또 한 가지 일. 빨아서 빨랫줄에 널고 개고 너무 작은 옷장 서랍에 구겨넣어야 하는 빨랫감이 없었다. 멀리사와 나는 우리가 가진 물건을 넣을 충분한 공간이 없었다. 목수라면 자기가 쓸 물건을 얼마든지 만들 거라고 생각하겠지만, 그렇지 않다. 셔츠, 바지, 양말. 플리스 재질 보온 내의 하나. 깁고 또 기운, 내가 가장 좋아하는 울 스웨터. 나는 이리를 겨우 며칠 비울 거라고 생각했다.

그래서 셔츠를 벗어 들고 버드나무 가지를 밀어내고 들어갔더니, 그녀가 내 쪽을 향한 채, 내 뒤 절벽의 무언가를 바라보며, 안개 낀 물속에 발가벗은 채로 서 있었다. 젓가락처럼 마른 몸이었다. 갈비뼈까지 보일 정도였다. 긴 다리, 허리의 예쁜 곡선, 두드러지는 봉긋한 가슴, 그녀를 완전히 가려주지 못하는 검은 털. 젖가슴은 작은 편이었지만 아주 작진 않았다. 사과처럼 탱탱했다. 무슨 소리냐고? 단단하고 꽉 찼다는 뜻. 쇄골, 예쁜 어깨. 강한 팔, 가냘프지만 강한 팔. 오른쪽 허벅지 위의 멍. 내가 숨을 멈추었나보다. 그녀는, 모르겠다. 완벽했다. 그 순간 떠오른 바보 같은 생각은, 도대체 그걸 왜 가리고 있었어요, 씨발? 헐렁한 남자 셔츠 속에? 내 눈이 삐었군! 그게 나에게 떠오른 생각이었다. 그 모든 게 순식간에 스쳐지나갔다. 왜냐하면 내가 반사적으로 절벽 위를 올려다보았을 때, 송골매 한 마리가 다른 새 한 마리를, 무지하게 커다란 새 한 마리를 물고 둥지로 내려앉는 게 보였기 때문이다.

저 새를 어떻게 나눌까요? 물속에서 그녀가 말했다.

네? 어떤 것도 현실 같지 않았다. 나는 다시 그녀를 봤는데 그녀가 반쯤 돌아서 있었고, 그녀의 움푹하고 조그만 등, 귀여운 엉덩이가 또하나의 완벽한 곡선을 그렸다. 나. 나를 죽이는 그 굴곡. 죽은 자의 굴곡.* 나는 눈을 깜빡였다. 생각했다, 이 여잔 그런 여자가 아니야, 뱅리의 포스터에 나오는 그런 죽여주는 여자가 아니야. 이 여자가 백만 배는 더 사랑스러워. 나는 놀라게 해서 미안해요, 따위의 말은 하지 않았다. 갈기갈기 찢겠죠, 라고 말했다. 그러니까 내 말은 폭포 옆에서 그녀에게 그렇게 소리치고 돌아서서 내뺐다는 뜻이다.

빅 힉. 비행기를 타면 꽤나 멋지고, 방문객들을 상대할 때도 꽤나 멋졌던 힉, 횡설수설이나 하고 있군.

한참 뒤 그녀가 그늘에 있는 나를 찾아왔다. 당신 차례예요, 그녀가 미소를 지으며 말했다.

그녀가 해먹을 지나치며, 고개를 비스듬히 하고, 머리카락의 물을 짜냈다. 나는 일종의 내분비적 충격에 빠진 상태로 누워 있었다—내가 본 세부 사항들을 전부 기억해내고 동시에 밀어내려고 애쓰면

* Dead Man's Curve. 많은 사람의 목숨을 앗아간 도로의 굴곡을 일컫는 말.

서. 나는 그녀의 모습에 또 한번 놀랐고 그녀가 내 마음을 읽을 수 있다고 확신했다. 나는 열여섯 살 소년처럼 멋쩍은 미소를 지었다.

당신 건 언제 보여줄 거예요? 그녀가 말했다.

아마도 내가 얼굴을 붉히기 시작했던 것 같다. 그녀의 미소가 더 커졌고 순진무구했고 그 짧은 순간 나는 고등학교 대표 선수, 배럴 레이스*에서 우승하고 싶어하는 목장 소녀의 모습을 보았다.

★

비스트를 점검하고, 연료를 가득 채우고, 비행기 뒤에 보관하고 있던 자전거 펌프로 타이어에 공기를 넣었다. 낮잠을 잤다. 옛날 집의 꿈은 더 꾸지 않았다. 요즘은 해질녘 바위를 지나 강으로 내려오는 커다란 고양이, 호랑이 그리고 야생 사자들의 꿈, 모든 것을 보는 깜빡이지 않는 눈들의 꿈을 꾸었다. 꿈속에서 나는 위엄과 힘과 지능을 겸비했다. 나는 그 짐승들을 아주 가까이 일대일로 대면하고 그들의 눈을 바라보면서 뭔가를 주고받았는데 그것은 내가 이름조차 붙일 수 없는 어떤 것이었다. 그러나 잠에서 깨어나면, 뭔가 강하고 두렵고 어쩌면 아름답기까지 한 것으로 가득차 있는 듯한 기분이었다. 내가 행운아란 생각이 들었다.

* 기수가 말을 타고 원통을 최단 시간에 돌아오면 승자가 되는 경주.

한번은 바람도 거의 없는 오후에 해먹에 누워 있다 잠이 들었는데, 꿈에 멀리사와 내가 활로 사냥을 했다. 그녀는 사냥을 하지 않았지만 나는 했다. 일하는 중간중간 좀더 일찍 나갈 수 있게 되고 시간을 많이 낼 수 있게 되면, 서바이벌 활쏘기 세트*를 살 생각이었다. 꿈에서 우린 고양잇과 동물을 사냥한 것이 아니라 이미 아주 오래 전에 멸종된 희귀한 아이벡스** 같은 짐승을 사냥하고 있었고, 히말라야의 어느 작은 언덕 위였고, 그녀가 큰돈을 받을 수 있는 짐승을 겨냥하고 활시위를 힘껏 당기는 순간, 거의 잡을 수 있었는데, 내가 안 돼! 하고 소리를 질렀고 산짐승은 펄쩍 뛰어 달아났고 그녀가 나를 쳐다봤고 얼굴이 분노와 배신감으로 번득이고 있었다. 잠에서 깨어났을 때 나는 해먹 가장자리의 밧줄을 움켜쥔 상태였고 내가 어디에 있는지 깨닫고, 그것이 꿈이라는 사실을 깨닫기까지 잠시 시간이 걸렸고, 거의 현기증을 느끼면서, 생각했다, 꿈이었구나, 그리고 그 꿈이 아니라 이 꿈에 있어서 다행이라고 안도했다.

시마의 멍자국들이 엷어지다 사라졌고 새 멍이 들었다. 우리의 이야기는 끝이 없었다. 그러나 아무 말 없이 조용히 있을 때도 무척 마음이 편안했다. 사실 조용하다고 해봐야 굴뚝새, 종달새 같은

---

* 원문에는 bow tag로 되어 있지만 archery tag를 말하는 것으로 추정된다. archery tag는 끝이 스티로폼으로 된 화살과 활을 가지고 상대편을 맞춰 탈락시키는 서바이벌 게임으로 신종 그룹 스포츠로 각광받고 있다.

** 길게 굽은 뿔을 가진 산악 지방의 야생 염소.

새소리로 가득차 있어서 결코 조용하지 않았다. 황혼 무렵 언뜻 스치는 쏙독새 날개의 흰 날개선들과 함께. 그뒤로는 박쥐 울음소리, 나뭇잎 버스럭거리는 소리, 개울 아랫목의 솨 하는 소리. 온갖 목가적인 소리들이 들렸고, 모든 상황을 감안해보면 조금 낯설었다. 텃밭에 나가 그녀 곁에서 일하거나 나무 테이블 그늘에서 채소를 씻을 때 마음이 편안했다. 하지만 이것만은 알아두기를. 일단 세상이 끝나고 나면 당신은 더이상 자유롭지 않다. 그 여유가 사랑스러울수록, 내 마음속 우리에 갇힌 짐승은 굴복하기를 거부했다. 나는 재스퍼와 멀리사의 꿈을 더 자주 꾸었다. 그리고 그럴수록 더 슬퍼졌다. 이상하지 않은가? 한번은 콩을 까다가 냄비 위에서 우리의 손이 부딪쳤고 그녀는 잠시 손가락을 내 손가락 위에 두었다. 꼭 일 초 동안. 나는 고개를 들었고 그녀의 눈빛은 침착하고, 솔직하고, 타닌 빛깔 검은색을 띤 유리 연못처럼, 잔잔하고, 평화롭고, 조심스럽고, 기다리는 듯했다. 사랑스러웠다. 구름 한 점을 반사하기를, 빗물에 휩쓸려가기를 기다리고 있었다. 나는 숨을 쉴 수가 없었다.

그 열려 있음, 두 눈에 담긴 솔직함, 그 눈빛의 단순한 존재감이 내게는 용감하고도 두렵게 느껴졌다. 내가 움찔했던 모양이다. 그녀가 속으로 미소 짓더니 콩꼬투리 까는 일로 돌아갔다. 내가 보기에 내과 전문의들은 별의별 일을 다 보기 때문에 어떤 일에도 그다지 놀라지 않는 것 같다.

사슴고기가 충분했고, 양이나 소를 잡아먹을 이유가 없어서 잡지 않았다. 아버지는 나중에라도 비가 내린다면, 올겨울이 작년 겨울처럼 포근하다면, 가축 중 몇 마리는 여기서 살아남을 거라고 생각했다. 상황이 나아지면 돌아올 수도 있어, 그가 말했다. 다른 사람은 한마디도 하지 않았다. 아버지는 헛소리나 지껄이는 사람이 아니었지만, 그도 역시 별수없는 것이, 모든 남자에겐 가상의 은신처가 있는 법이었다.

한 주, 그리고 또 한 주가 흘렀다. 내면의 철조망이 느슨해지기 시작했다. 그동안 우리가 얼마나 긴장하고 있었는지 그제야 알았다. 아버지는 나무를 베러 나갔다. 나는 그녀를 위해 마당 구덩이에 저녁 지을 불을 지폈고 우리는 나무 밑동에 앉아 불길이 이는 것을 지켜보았다. 불길이 바람의 리듬과 함께 흔들리며 속삭였다. 하루 중 이맘때면 이 동네 전체가 그렇듯 개울 상류 쪽으로 바람이 불었고, 협곡의 모양 때문에 바람이 안에서 소용돌이쳐서 불가에 앉아 있으면 연기를 피할 도리가 없었다. 우리는 벌써 두 번이나 자리를 옮겼다. 나는 연기 때문에 울고 있었다.

연기가 사람을 울게 만들고 그러다보면 슬퍼지죠, 내가 말했다. 양파를 썰 때처럼. 항상 슬퍼져요.

그녀가 미소 지었다.

난 뉴욕에 못 가봤어요. 뉴욕 좋아했어요?

사랑했어요. 진짜 사랑했죠. 왜 사람들이 그러잖아요. 인생을 두 번 살 수 있다면 한 번은 카우보이로 살고, 한 번은 배우로 살고 싶다고. 그게 아니면 다른 어떤 거라도. 난 두 번 살 수 있다면 한 번은 하이츠—브루클린 하이츠—에서 살고, 또 한번은 이스트빌리지에서 살 거예요. 도무지 질리지가 않았어요. 양키스 경기—메츠 경기 말고 양키스 경기—를 보러 가고, 오프오프브로드웨이* 공연을 보러 가고, 시 낭송회에도 가고, 메트로폴리탄 박물관에서 길도 잃고. 또 잃고. 모든 예술가들의 회고전에 갔었어요. 사브레트는 배탈이 날 때까지 먹을 수 있었죠.

사브레트요?

핫도그요. 크라우트**, 구운 양파, 겨자를 넣은, 향신료는 안 넣고. 저녁이 되면 코트 스트리트에서 캐럴 가든스까지 걸어갔다 돌아오곤 했어요. 접이식 테이블을 펴놓고 스카프랑 동화책이랑 가짜 시계를 파는 잡상인들을 다 알고 싶었죠. 그때 생각했어요, 만약 아이가 태어나면 여기서 첫번째 책을 사주겠다고. 단돈 2달러에! 아마 강도들이 트럭 같은 데서 훔친 장물이었겠죠?

아마도요.

---

* 브로드웨이식 상업연극에 반대하는 오프브로드웨이에서 더 나아가 뉴욕을 중심으로 조직된 전위적인 연극운동으로, 1960년대 중반 그리니치빌리지의 카페와 지하실 등 전위 연극단체에서 비롯됐다.

** 사워크라우트. 독일식 양배추 절임.

강도가 있는 세상이라니. 운치 있어 보였다. 좋은 시절이었다. 마지막엔 어땠어요? 뭐든 좀 봤어요? 내가 물었다.

그녀가 고개를 저었다. 그녀는 몸을 앞으로 숙이고 막대 끝을 불 속으로 밀어넣었고 그러자 헐렁한 셔츠가 그녀의 쇄골을 드러내 나는 그녀의 젖가슴을, 응당 그래야 하는 것보다 더 꽉 찬 젖가슴을, 검게 그을리고 위쪽에는 주근깨가 있고 아래쪽은 우윳빛인 젖가슴을 보았다. 오늘 하루종일 그 젖가슴에서 헤어나지 못했다. 내 몸 일부가 방금 깨어난 것 같았다. 어쩌면 항상 그 자리에 있었는지 몰라, 힉, 네가 안개 속에 있어서 그렇지.

존재의 안개, 내가 말했다.

네?

미안. 내가 가끔 혼잣말을 해요.

알고 있었어요.

정말요?

그녀가 고개를 끄덕였다. 나도 그래요?

난 못 들었어요.

정적.

그 몰락은, 그 떼죽음은 보지 못했어요. 하지만 그것이 임박했다는 건 느낄 수 있었어요. 마치 기압이 떨어지는 것처럼. 나쁜 날씨보다 더 나쁜 거 있잖아요. 목장에서 자라면서 몇 번인가 그런 경험을 했어요. 맥박으로, 폐로 느껴지는 기압의 변화요. 어두워지는 하늘, 이상한 초록빛을 띤 암흑. 소들이 폭풍의 징후가 있던 여느 때보다 훨씬 더 불안해하고 흥분했어요. 그런 느낌이었어요. 그래서 내가 낌새를 챘어야 했다고 생각하는 거예요.

낌새를 챘어야 했다. 이건 나 자신에게 하는 말이었다. 너무나 많은 징후들. 그 징후들로 집을 지을 수도 있고, 태워서 연료로 쓸 수도 있고, 텃밭에 비료로 줄 수도 있었다.

어떻게 시작됐는지 알아요? 뉴델리?

그녀가 고개를 저었다.

그건 언론에서 한 얘기죠. 슈퍼버그의 돌연변이고, 이십여 년 동안 관찰해온 것들 중 하나라고. 수도관을 통한 전염. 조류독감과의 결합. 살인 벌떼 이후로 우리는 아프리카 조류독감이라고 불렀어요. 최초의 환자들이 런던에서 나왔고 뉴델리를 비난했죠. 하지만 거기서 시작된 게 아닐 수도 있어요. 리버모어에서 시작됐다는 소문이 있었거든요.

국가 무기 연구소?

그녀가 고개를 끄덕였다. 소문에 의하면 단순한 배달 사고였대요. 샘플을 실은 군 특송 비행기가 영국에 있는 우리 쪽 사람들에게 샘플을 가지고 가는 중이었대요. 그런데 그 비행기가 브램턴에서 추락했고요. 결국 진실은 아무도 모르겠죠—그녀가 양쪽이 절벽인 깊은 협곡을 둘러보면서 그 말에 담긴 부조리함을 연기 섞인 바람에 날려보냈다.

나는 정신이 번쩍 들었다. 그녀가 심호흡을 했고 나는 보았다—헉! 얇은 셔츠 사이로 보이는 젖꼭지. 젠장. 헉. 근 십 년 가까이, 변변한 소식 한 번 못 듣고 살았지. 지금 너 흥분하고 있냐!

유전적으로 변이된 유행병 얘기는 전부터 있었어요.

있었죠, 내가 말했다.

나한테 말할 땐 내 눈을 보세요.

나는 몸을 떨었다. 그녀가 안개 속에서 내게 미소 짓고 있었다.

칼마테*, 군인 아저씨, 그녀가 말했다.

스페인어는 배운 적이 없어서, 내가 웅얼거렸다.

★

우리는 저녁식사를 했고 몇시인지는 몰랐지만, 하늘이 별을 하나 품을 수도 있는 투명한 파란색이고 쏙독새가 초원을 가로지르며 날아가 개울 건너에서 최근에 부화한 새끼들을 먹일 늦은 저녁의 어느 무렵이었다. 멕시코나 어딘가에서 겨울을 보내고 온 것 같았고 그럭저럭 잘 지내는 것처럼 보였다. 제비처럼 뾰족한 날개에 곡예 수준의 유연함. 갑작스레 방향을 바꿀 때마다 하얀 날개선이 번득인다. 작은 짹짹거림. 하루 중 단 한 번 새끼들을 먹이는 새의 모습을 바라보는 즐거움.

벌레들이 나와 있어서 먹을 수 있는 것이리라. 완전히 어두워지기 전이라 아직 그렇게 춥지 않았고 생기 없는 별 몇 개가 서로 엉켜 있었고 절벽이 뿜어내는 한낮의 열기가 느껴졌다.

나는 접시 몇 개를 냇가로 가져가 모래로 닦았다. 그들은 주로 가장자리를 강돌로 두른 야외 화덕에서 음식을 만들었다. 그런 밤

* '진정하세요.'라는 뜻의 스페인어.

이면 아버지와 딸이 나무 밑동 두 개에 앉아 바람에 꺼져가는 불씨를 TV 보듯 바라보았다. 나는 젖은 접시들을 테이블 위에 올려놓고 해먹에 누워 아무 생각도 안 하는 상태로 얼마나 버틸 수 있을지 생각했다. 내 기록은 6미시시피*까지였다.

하루는 침낭에 들어가기도 전에 발가벗은 채로 잠이 들었는데 내 몸을 덮는 이불의 무게에 어둠 속에서 잠을 깼다. 놀란 건 아니었고, 왠지 당연한 일 같았다. 내가 일어나 앉았더니 손 하나가 나를 도로 밀었다. 쉿, 그녀가 말했다. 소변 보러 나왔는데 그러고 자다가 감기 걸릴 것 같아서요.

나는 도로 누웠다.

고마워요.

그녀가 내 몸 위로 몸을 숙였고 그녀의 머리카락이 내 얼굴을 스쳤고, 그녀의 숨결이 느껴졌다. 그녀가 퀼트를 젖히고, 내 옆에 눕더니, 엉덩이를 움직여, 해먹의 공간을 잠식하며 갈비뼈를 내 몸 뒤에 바짝 붙이고는 내 목에 대고 말했다

이제 됐어요.

---

* 초 단위로 시간을 잴 때 균일한 간격으로 재기 위해 사용하는 관용 표현으로 1미시시피는 1초를 의미한다.

그게 전부였다. 그녀는 바로 잠들었다.

그녀는 남자 셔츠를 입고 있었다. 그것만. 내 다리에 닿는 그녀의 음부를 느낄 수 있었다. 그게 치구恥丘였지, 아마? 골반뼈의 요람. 나는 그렇게 누워 있었고, 심장이 방망이질을 했다. 내 몸에 닿은 그녀의 몸을, 앙상하고 차가운 몸을, 발가락부터 머릿속으로 훑어 올라갔다. 종아리 윗부분, 허벅지, 무릎 안쪽, 내 다리의 움푹한 곳을 파고든 그녀의 무릎—대충 감이 잡혔다. 나의 뇌는 여행을 떠났고, 지도를 따라갔고, 관심 있는 곳, 멋진 풍경이 나올 때마다 기웃거렸다. 신기한 일이었다. 내 심장이 박동했고 내 음경이 펼쳐지고 반듯해지고 길어졌고, 일단 그렇게 되고 나니 그때부터는 거의 통증 수준이었다. 욱신거렸고, 내 마음은 여행을 계속했다. 그녀의 몸 위아래로, 맞닿아 있는 모든 지점들로. 그러다 어느 순간 나도 탈진해버렸고, 연료가 떨어졌고, 잠이 들었다.

★

다음날 아침, 나는 그것이 단지 잠결에 내 공간을 파고드는 또다른 무게였음을, 또다른 누군가의 숨결을 듣는 것이었음을 깨달았다. 그토록 단순한 것이었다. 재스퍼가 그랬다. 그 너머로는 가지 않았다. 그것이 그녀가 원한, 혹은 요구한 전부였다.

★

다음날 차가운 고기와 감자로 아침을 먹을 때, 텃밭에서, 저녁식사 자리에서, 불을 피울 때, 그녀는 똑같았다. 검은 연못이 햇살을 빨아들이듯, 모든 것을 빨아들이는 항상 똑같은 침착한 눈동자. 그 경이로움. 여자들은 그렇다. 아버지는 그렇지 않고, 나도 그렇지 않다. 아버지는 바보가 아니고, 아마도 첫날부터 이와 비슷한 전개를 예측했을 것이다. 그 전개가 무엇이 됐건. 어쩌면 아무것도 아닐 수도 있었다. 결국 우리는 지구상에 남은 몇 안 되는 사람들이다. 외딴섬에 대한 우스갯소리들처럼. 그 모자 이야기. 이런 일이 일어나지 않는다면 그게 더 이상한 거지, 안 그래, 힉?

그런데 그렇지가 않았다. 기분이 그렇지가 않았다. 기분이 더럽게 이상했다. 아니, 이상한 게 아니라 어수선했다. 강렬했다. 글쎄, 어쩌면 아무것도 아닐 수도. 아무 의미 없는 것일 수도. 그저 그 오랜 세월이 흘렀으니 그게 어떤 느낌인지 한번 실험해보고 싶었던 것일 수도. 수면 실험.

그의 눈빛이 나에게 일 초쯤 더 머문다. 그게 전부다. 미묘했지만 분명하다. 나는 그 눈을 볼 수가 없다. 고개를 돌린다. 아버지는 냉혹해야 할 대목에서는 냉혹하지만, 그 외에는 거의 자기 일에만 신경썼고 우리에게도 같은 걸 기대한다.

내 여자친구가 되고 싶은 건가? 이 얼마나 멍청하고 한심한 생각인지. 너 고등학생이냐? 넌 해변의 남자야. 마지막 남자와 여자. 어떤 세상에 남겨진 남자와 여자냐고? 아마 카운티 세 개 정도? 본능을 따르는 게 애국자로서 네 의무인지도 몰라.

그게 그렇게 되는 거야?

아니.

그럼?

으쓱.

네가 원하는 대로 해.

내가 뭘 원하는데?

넌 동시에 두 사람이 되고 싶어해. 둘 중 한 명은 내빼지.

★

그다음날 밤 아주 늦게 그녀가 왔다. 나는 내가 밤새 자지 않고 그녀를 기다리고 있었다는 걸 깨달았다. 그저 기다렸다. 내가 어떻게 할지, 그녀는 어떻게 할지 생각하면서. 그녀는 내가 지퍼를 올리지 않은 채 덮고 있던 침낭을 들추고 들어와 내 귓가에 입을 대고, 내가 보고 싶죠, 하고 웅얼거렸다. 그리고 잠들었다. 그것은 명령이자 질문이었다.

무척 좁았다. 그녀가 내 팔을 베고 누워 잠들었고, 감각이 없었다. 나는 그녀의 키를 느꼈고, 내 허벅지에 닿는 그녀의 허벅지를 느꼈고, 내 옆구리에 닿는 그녀의 가슴을 느꼈고, 그녀의 팽창된 숨을 느꼈다. 그녀에게서는 연기 냄새와 뭔가 달콤한 냄새, 세이지 향처럼 톡 쏘는 향이 풍겼다. 나는 또다시 터질 듯 발기했다. 나는 그저 누워 있었다. 또 왔어요? 이제 단골손님이 될 작정이신가? 잘 왔어요, 아마도, 모범생이라 다시 찾아준 거겠죠. 나는 그렇게 누워 나뭇잎 사이로 별자리를 찾으려 애쓰면서, 그녀의 머리카락 냄새를 맡으면서, 편안히 듣고 나는 그녀의 숨결에 귀를 기울였다. 한밤중에 그녀가 나를, 나의 그것을 찾았다. 그녀의 손이 내 배 아래쪽으로 내려가 쓰다듬기 시작했다. 가볍게. 속삭임도 없었고, 키스도 없었고, 마치 둘 다 자는 것처럼. 그러나 우린 잠들어 있지 않았다. 내 몸은 영화에 나오는, 침입 경보가 울리는 공군기지와도 같았다. 모두가 사방에서 들이닥치는 침입자들을 향해 일제히 달려나갔다. 모든 세포가 나의 놀란 음경에 관심을 집중했다. 진짜 진짜 기분이 좋았다. 끝내줬다. 그녀의 손이 느려지다가, 멈추었다가, 두 번 움찔했고, 그녀는 잠들었다. 나는 여전히 끔찍한 모서리에 매달려 있었다. 유예된, 고통스러운 경이로움에 휩싸인 채 누워 있었다.

★

아버지와 나는 삽과 칼을 들고 초원으로 올라가서, 활주로 만드는 작업을 했다. 침묵 속에서, 돌을 옮기고, 땅을 평평하게 고르고, 흙을 다지고, 덤불을 베어냈다. 작업 과정에 어설픈 게 조금이라도 있었다면 나 때문이었다. 우리는 길 한복판의 메스키트를 뿌리째 뽑고 있었다. 그가 삽으로 들어올렸고, 나는 가냘픈 그루터기에 묶어둔 밧줄을 당겼다. 나는 보다 좋은 방향으로 당기려고 줄을 잡고 호를 그리며 반대편으로 빠르게 움직였고, 줄을 당겼고, 땅딸한 뿌리가 뽑혀나오면서 그의 얼굴에 흙을 뿌렸다. 그가 손을 멈추었고, 앞이 보이지 않는 상태로, 허리를 폈다. 천천히 흙을 털어내고, 침을 뱉었다. 그는 양손으로 창을 들듯 삽을 들고 있었다.

힉, 자네 안절부절못하는군. 평소보다 더 그래.

그는 힉스라고 말하지 않았다. 그가 눈을 깜빡여서 흙을 더 빼낸 다음, 손가락 마디로 눈을 닦았다.

내 축복이라든가 뭐 그런 게 필요한 건가? 삼류 영화에서처럼?

그가 날 두들겨팼어도 그보다 더 놀라진 않았을 것이다. 나는 내가 왜 이걸 잡고 있는지 모르겠다는 듯, 마치 그것이 친해지고 싶은 건지 확실하지 않은 어느 짐승의 꼬리라는 듯, 밧줄을 붙잡고 있었다.

이 게임의 현재 단계에서 나한테는 더 중요한 일이 있네. 어차피 예전에도 그런 아빠였던 적은 없어. 내 딸을 열시까지 들여보내게, 이렇게 말한 적은 한 번도 없지.

나는 밧줄을 잡고 있는 내 손을, 흙투성이가 된 그의 얼굴을 보며 웃기 시작했다. 젠장. 나는 웃었다. 웃을수록 더 우스웠다. 씨발, 나도 잘 모르겠다, 어쩌면 전날 밤 고조되었던 긴장 탓인지도. 한때 우리가 치사량 수준이라고 말했을 정도로 쌓인 정액 때문인지도. 어쩌면 외딴섬 만화 때문인지도, 완고한 아버지 얘기 때문인지도, 더이상 아무도 예전 방식으로 서로를 대하지 않기 때문인지도. 과연 그것 때문이었을까? 아마도 아닐 것이다. 아마도 아버지가 아직 나를 죽이지 않았다는 단순한 안도 때문일 것이다. 아니면 그가 얼굴에 흙을 뒤집어쓴 채 화내지 않고 그곳에 서 있었기 때문일 것이다. 아니면 단지 내가 웃어본 지가, 제대로 웃어본 지가, 까마득히 오래되었기 때문일 것이다.

★

6월 중순이 지났을 것이다. 날짜 세는 것을 잊었다. 어쩌면 별로 좋은 일이 아닌지도. 그러니까 내 말은, 신문도 없고, 날짜를 알려줄 기구조차 없는 상황이니 말이다. 한번 세는 걸 잊으면, 영원히 모를 테니까.

우리는 여행을 위해 비축해둔 분량을 제외한 사슴고기를 전부 먹었고, 그래서 양 한 마리를 도축해 이틀 동안 양고기를 먹었다. 양고기에 여름에 수확한 감자, 새로 자란 채소, 상추, 근대, 콩을 곁들였다. 낮은 더웠고 개울은 느린 도랑이었고 밤은 따뜻했다. 그녀는 어두워지고 나서 조금 뒤, 내가 플란넬 침낭을 밑에 깔고 셔츠만 입은 채 해먹에 누워 있을 때 나를 찾아왔다. 그녀는 긴 남자 셔츠를 입고 있었고 내 얼굴로 손을 뻗어 뺨을 스치더니 턱수염 한 움큼을 잡아당겨 날 웃게 만들었다. 반달이 협곡을 떠다니는 붉은 등대선처럼 떠 있어 그녀의 모습을 제대로 볼 수 있었다. 그녀는 담요를 들고 있었다. 그녀가 담요를 해먹 옆의 바닥에 펼치더니 등을 대고 누웠다. 한쪽 팔로 머리를 받치고서. 그녀는 달을 보았고, 나는 그녀를 보았다. 나는 한쪽 발을 해먹 밖으로 내밀어 담요 가장자리에 대고 밀쳐서 해먹을 흔들었다.

튕기는 거예요? 그녀가 속삭였다.

아뇨.

나는 해먹을 흔들었다. 그녀가 셔츠 단추를 풀었다. 셔츠가 벌어졌다. 그녀가 다른 한 손으로 내게서 먼 쪽 셔츠를 젖혀 가슴을 드러내고 여전히 하늘을 바라보면서 손가락을 단추 밑에 넣어 셔츠 나머지 부분을 한옆으로 당겼다. 셔츠가 완전히 열어젖혀졌다. 오르락내리락하는 그녀의 숨결. 그녀의 기다란 몸. 어둠 속에서 그녀는 마치 밤을 가르는 파장처럼 그녀만의 여린 광채를 발하고 있었다. 매끄럽고 창백한 배. 그리고—그녀의 모든 것.

맙소사, 힉, 고개 돌리지 마, 눈도 감지 말고. 숨을 쉬어, 이 자식! 봐야 한다고, 이 멍청한 새끼! 그건 절대 예의에 어긋나는 게 아니야. 보지 않는 게 여자를 모욕하는 거야. 저 여자가 도대체 누굴 위해서 이러는 것 같아, 널 위해서라고! 저 여잔, 동네 근처에 왔다가 들른 게 아니야.

내 머릿속은 온갖 생각들로 시끄러웠다. 그녀를 존중하라고, 성인답게 행동하라고 스스로를 타일렀다. 작은 것 하나도 놓치지 마. 그녀가 너에게 천운을 하사했어. 고마운 줄 알라고.

녹슨 달이 그늘 없이 그녀를 칠했다. 내 발끝이 울 담요를 파고들었고 나는 해먹 흔드는 걸 멈추었다. 나는 꼼짝도 하지 않고 그녀를 바라보았다. 일종의 경외감에 사로잡힌 채. 마치 사시나무 뒤에서 걸어나오는 여왕 엘크 한 마리를 본 것처럼. 힉, 지금 네가 보고 있는 건 현실일 리가 없어. 그러기엔 너무 웅장해. 까딱 잘못했다간 사라져버릴지도 몰라.

그녀는 사라지지 않았다. 그녀가 날 쳐다보았다. 나는 헛기침을 했다.

근처에 볼일이 있었나봐요, 내가 더듬거리며 말했다. 내 목소리가 마치 자기 음색을 조절할 줄 모르는 사춘기 고등학생처럼 높게 나왔다.

그녀가 한쪽 눈썹을 치켜세웠다. 어쩌면요. 팔꿈치를 올리더니 팔을 빼고 셔츠를 벗었다. 그리고 몸을 돌려 엎드렸고, 양손을 포갠 뒤 그 위에 머리를 댔다. 또하나의 장관을 제공하면서. 세상이 끝나도 절대로 면역력이 생기지 않는 장면, 절대로.

당신이 원하는 게 그거라면, 그냥 보고만 있어도 돼요, 그녀가 말했다. 아마 아주 오래됐을 테니까. 난 하나도 급하지 않아요.

그녀가 아름다운 엉덩이를 위로 들어올렸다.

저기, 좀 급하게 가도 괜찮을까요?

으흠.

나는 해먹에서 내려와, 셔츠를 벗고 그녀 곁에 누웠다. 이유는 알 수 없지만, 비행 생각을 했다. 엔진을 켜기 전에, 활주하기 전에, 이륙하기 전에 확인해야 할 것들의 점검표. 매일 비행을 하면 모든 작업이 매끄럽고, 순차적이고, 거의 목록을 들여다볼 필요도 없지만, 한동안 뜸했다면 머뭇거리고, 모든 걸 되짚어보고, 한 번에 하나씩, 확인해보게 된다. 그래야 추락하지 않을 테니까.

어디서 시작해야 할지 잊어버렸어요, 내가 말했다. 지금 내 기분이 꼭—

열다섯 살짜리도 그딴 소리는 안 해요.

맞아요. 난 조종사처럼 생각하고 있었어요. 확인해야 할 것들이 많은 녹슨 조종사. 그래야 우리가 추락하지 않을 테니까.

내 등을 만져요, 그녀가 말했다.

나는 그렇게 했다. 그녀의 몸 위에서 손가락을 가볍게 움직였다. 그녀의 피부가 손가락 밑에서 단단해지고 매끄러워졌다. 나는 밀밭을 스치는 바람을 생각했다. 그녀가 신음했다.

아파요?

아뇨. 전혀요. 그녀가 자신의 구부린 팔에 대고 말했다. 살살 만져야 했지만 그래도 기분이 좋았다.

내 손이 그녀의 봉긋한 엉덩이를 지나 허벅지로, 그 안쪽, 몸속으로 들어갔다.

음, 그녀가 신음했다. 어쩌면 잊어버린 게 더 나은지도.

그녀가 옆으로 눕더니 손가락으로 내 머리카락, 턱수염을 찾아, 그 속에 손가락을 파묻고는 내 얼굴을 가까이 당겼다. 그녀의 입술이 내 입술에 닿는 순간 나는 분해되었다. 폭탄처럼 폭발한 건 아니지만, 부서졌다. 한 번에 몇 조각씩. 조각들이 떠다녔고, 일종의 궤도에 진입했다. 조각들의 은하계. 현란한 슬로모션 소멸. 유일한 중심은 그녀의 입, 머리카락. 그녀였다. 그녀를 축으로 한 재구성. 아무 생각 없이. 나는 그녀의 몸 위로 올라갔고 그녀가 고통에 숨을 헉 들이켰다.

잠깐—

이런. 젠장. 허겁지겁 내려온다.

괜찮아요, 괜찮아요. 봐요. 나 그렇게 약하지 않아요. 그녀가 나를 밀어 등을 대고 눕게 했다. 그녀가 내게 키스했다. 키스하고 또 키스했고 머리카락이 나를 뒤덮었다. 내 눈에 코에 입술에 키스했고, 그러고 나서 젖가슴을 내 얼굴에 대었다가 키스했고, 젖꼭지로 눈, 코, 혀를 스쳤다. 그러고 나서. 놀라움. 그 충격. 그녀가 몸을 내 위로 낮추었다. 첫 접촉. 젖어 있었다. 그녀의 입처럼. 저항. 그 열기. 아주 천천히, 미끄러지듯, 굴복했다.

오 세상에, 움직이지 마요. 모든 조각들. 그녀가 움직였다. 내 위에서 움직이는 그녀가 조각들을 부르고 또 불렀다. 마치 천 마리의 물고기가 함께 출렁이듯이. 앞으로 뒤로. 나뭇잎 사이의 별들처럼.

나는 도달했다. 그녀의 안에, 그녀의 중심에, 모든 것이 하나로 응집되는 단 하나의 정적이 있는 곳. 오직 도달할 뿐.

그리고 나는 놓아버렸다. 도달하려는 긴장을. 무엇에 도달하려 했느냐고? 아무것도. 놓아버림. 추락. 만약 내가 울었다면, 울었다고 말하는 건 아니지만. 더없는 행복, 추락으로 인한 완전한 상실.

그녀는 갈망했고 나는 폭발했다. 어떤 별자리이건, 무엇을 이루었건, 빛으로 분열되어 어둠 속으로 흩어졌고 씨발, 원래 늘 이래야 하는 거였다. 그녀는 내 몸에 체중을 싣고 떨고 있었다. 우리의 모든 조각들이 마치 재처럼 보드랍고 빽빽하게 비가 내리듯 쏟아졌다.

★

휴, 그녀가 속삭였다. 그녀의 입술이 내 귓가에서 움직였다.

그러게요, 휴.

우리 추락한 거죠?

네. 멋지게.

충전된다는 것. 그곳에 누운 채로. 행복을 닮은 뭔가가, 꼭 물처럼, 순수하고 깨끗한 뭔가가 스며들었다. 너무도 좋아서 반기지도 않는 그것이, 화사한 냇물처럼 몸을 관통하며 흐른다. 늘 그 자리에 있었던 것처럼.

★

우리는 최대한 꼼짝 않고 누워 있었고, 심장과 심장이 맞닿은 채 박동하고 있었다. 그와 함께 뛰는, 튕겨나오고 튀어오르고 반대 방향으로 갔다가 다시 일치하는 교감의 리듬, 우리 둘 다 그 음악에, 그 감각에 심취한 것 같았다. 잠시 후 그녀가 일어나서 플란넬 퀼트를 가져와 우리 위로 덮었고 내 곁으로 파고들었고 우리는 잠들었다. 다른 혼란의 밤들과는 달랐다. 깊고 편안한 잠이었다. 진정한 위로, 단순한 피로.

새벽이 오기 전에, 아마도 아버지가 당혹스러워할까봐 걱정이 되었는지, 그녀가 일어났고, 셔츠 단추를 잠그고 초원으로 돌아가 따듯한 밤이면 그녀가 사용하곤 했던 폰데로사 잎사귀로 만든 두툼한 침대의 담요 속으로 돌아갔다. 별들 아래, 그녀는 말했다, 거기선 모든 게 다 보인다고. 하지만 내 생각엔 소들의 숨소리, 리드미컬하게 풀을 뜯는 소리가 주는 위안 때문인 것 같았다. 밤중에 그녀 곁에, 혹은 그녀 주위에는 소 두세 마리가 항상 풀을 뜯고 있었다. 그리고 아버지가 코를 골거든요, 그녀가 말했다. 그는 늘 그랬던 것처럼 동이 트기 무섭게 개울가로 나왔고, 물소리 너머로 첨벙거리는 소리가 들렸고, 이제는 마모되어 아무 쓸모 없어진 뻣뻣한 칫솔로 이를 닦고, 몇 번 헹구고 뱉고, 기침을 한 번 하는 소리가 들렸다.

그리고 그녀—그녀가 그에게 아침 인사 건네는 소리가 들렸고, 나는 눈을 뜨고, 셔츠 차림에 이제는 침대맡에 놓아두었던 것 같은 바지도 입고 있는 그녀를 보았다. 그녀의 그런 모습을 보는 놀라운 만족감, 비록 제한된 세상일지언정, 세상 밖에서. 지금처럼 그녀를 알아간다는 것. 눈을 감았고 다시 졸기 시작했다. 그녀는 아침에 불 지피는 일을 내게 결코 허락하지 않았다. 이건 내 일이에요, 그녀는 고집을 부렸다. 내 의식이에요. 내 습관을 함부로 망치지 마요. 이게 여기서 우리가 살아가는 방식이에요. 진정해요. 좀더 자요. 나는 그렇게 했다. 내가 일어나면 언제나 씁쓸한 차 한 잔이 준비되어 있었다. 나는 차 한 잔을 건네는 의식 자체만큼이나 얼굴을 찡그리게 하는 그 맛을 반겼다.

그날 아침 나는 천천히 일어났고, 기지개를 켰고, 점검했다. 힉, 팔 있어? 있어. 다리는? 있어. 산산조각 나지 않았군. 전혀. 심장은 있나? 그건 전에 했던 질문이 아닌데? 그 이후로는 처음이지. 심장 있어. 조금 흔들렸고, 조금 채워졌어. 더 가벼워지고 또 더 무거워지기도 했어, 이상도 하지.

그들은 불가에 있었다. 고기 굽는 냄새가 났다. 나는 세수를 하고, 가슴을 닦고, 머리를 물에 담갔다가, 셔츠로 물기를 닦은 다음, 불가로 갔다.

좋은 아침입니다.

아버지가 고개를 끄덕였다. 그녀는 웅크리고 앉아 있었고, 불길에 장작을 던져넣자 동틀 녘의 바람에 연기가 소용돌이쳤고, 그녀를 에워쌌다. 그녀는 움찔했고, 찡그렸고, 얼굴을 옆으로 길게 빼고, 장작을 던져넣었다.

좋은 아침이에요, 내가 말했다.

연기를 너무 쐬어서 내 목소리를 못 들은 건지 아니면 대답을 할 수 없는 건지. 찌푸린 얼굴. 그녀가 일어섰고, 연기 밖으로 걸어나왔고, 손등을 눈물 젖은 눈에 대었다.

좋은 아침이에요, 내가 말했다.

그녀가 눈물을 닦았고, 성난 눈빛으로 나를 바라보며 눈을 깜빡였다. 한숨 쉬는 그녀를 보았다. 한마디도 하지 않았다. 그루터기에 있던 김이 나는 주전자를 들었고, 차를 따랐고, 나를 보지 않고 머그잔을 건넸다.

고기 타겠어요, 그녀가 말했다. 자기 아버지한테 하는 말인지 나한테 하는 말인지 혼잣말인지. 짜증이 폭발하기 직전.

내가 할게요, 내가 말했다. 긴 포크를 잡으려고 손을 뻗었지만 그녀가 팔뚝으로 내 손을 밀치고, 포크를 잡고, 철판 위의 고기를 뒤집었다.

진정해요, 그녀가 말했다.

나의 내면이 얼어붙었다. 아버지에게 눈길을 던졌는데 그는 무표정한 얼굴로, 자기 자리에서 공손하게 옆으로 돌아앉아 있었다. 협곡 맞은편 절벽 꼭대기를 바라보면서, 조금씩 차를 마시고 있었다.

또다시.

진정하자. 곧 고기를 먹을 거니까.

긴 한숨을 내쉰 뒤, 나도 옆으로 돌아앉았고, 아버지와 함께 협곡 맞은편을 바라보았다. 팔 붙어 있어? 힉? 힉? 응, 있어. 다리는? 있어. 거기서 그만. 그것만으로도 감사해.

그대로 울어버릴 수도 있었다. 피어오르는 연기 속에 서서 연기를 방패 삼아. 결국 이렇게 되어버렸다.

조용한 아침식사 후, 조용히 씹기만 한 후, 나는 접시들을 들고 늘 하던 대로 냇가로 갔다. 접시 세 개, 머그잔 세 개, 접이식 나이프 세 개, 포크 세 개, 긴 포크. 석쇠는 열이 식도록 내버려둔다. 손가락으로 고운 모래를 에나멜 접시에 뿌린 뒤, 기름기를 닦아낸다. 손이 하는 일에 집중해, 집중하자, 힉. 물. 따뜻해 보였다. 더 따뜻해 보였다. 그게 더럽게 슬펐다. 슬펐다. 포크의 찍는 부분을 물 밑 자갈에 꽂고, 손가락으로 닦았다. 씨발. 숨을 쉬었다. 설거지가 끝난 뒤 그것들을 나무 테이블 위에 늘어놓고 말렸다. 아버지가 내 곁을 지나갔다. 그는 소총을 어깨에 메고 삽을 들고 있었다.

고속도로 쪽으로 정찰을 다녀오겠네, 그가 말했다. 중요한 날 나갔을 때 도로 상태가 엉망이면 큰일이니까.

맞는 얘기였다. 그가 도로에 난 구멍을 채우고 다지는 동안 상공을 선회하고 있을 정도로 연료가 충분치 않았다.

그가 한 발자국 내딛고는, 나를 돌아보았다.

우리 모두 겪을 만큼 겪은 사람들이야, 그가 말했다.

그 순간 나는 그를 사랑했다.

처음으로 그가 뭐랄까 가족처럼 느껴졌다. 쓰러진 나무와 잔해들 속에서 그나마 지어올릴 수 있는 가족.

네.

그가 고개를 끄덕이고는, 협곡을 가로질러 덤불 울타리 쪽으로 향했다.

그녀는 불 피운 자리 주위의 다져진 흙을 나뭇가지 빗자루로 쓸고 있었다. 고기 부스러기를 흩어서 개미와 쥐들을 부엌에서 쫓으려고 매일 아침 그렇게 했다.

내가 다가갔을 때, 그녀는 비질을 하고 있었다. 멈추지 않고. 빗자루 앞에 있는 흙에 집중했다.

점심에 먹을 채소 좀 따올까요? 내가 물었다.

창자가 조이는 것 같은 기분이었다. 그녀는 계속 비질을 했다.

좋을 대로, 그녀가 웅얼거렸다. 계속 비질.

시마?

비질. 거친 나뭇가지가 긁는 소리.

내가 그녀의 팔을 잡았다. 그녀의 몸이 뻣뻣하게 굳었다.

악!

나는 마치 뜨거운 석쇠를 놓듯 그녀의 팔을 놓았다. 그녀가 나를 응시했다.

멍들 거예요, 그녀가 말했다. 변화 없는 어조.

시마. 젠장. 미안해요.

나는 땅에 뿌리를 내린 듯 그 자리에 서 있었다. 끔찍한 두려움. 똑바로 바라볼 수조차 없었다. 있는 힘을 다해 버텼지만 가슴이 오르락내리락하다 어느 순간 눈물이 턱으로 흘러내렸다. 완전히 마비된 상태. 그녀가 나를 보았다. 마스크. 데스마스크 같지만 눈은 살아 있고 생명을 그러모으고 있다. 그녀의 검은 눈은 여전히 동전처럼 고요했고, 그러면서도 한편으로는, 사람의 눈이 그러하듯 빛을 그러모으고, 상황을 파악하고, 부드러워졌다. 그녀는 몸을 떨면서 그 자리에 서서 내 얼굴을 살폈고 나는 그녀의 눈에 눈물이 차오르는 걸 보았고 그것들은, 그 어두운 연못들은, 다시 그녀의 것이 되었다. 우리는 나무 두 그루처럼 서 있었다. 흔들리면서. 남은 모닥불의 재가 꺼지면서 한 가닥 연기로 피어올랐다.

어젯밤에, 그녀가 말했다. 우리가 잠들었을 때. 토머스 꿈을 꿨어요. 그 사람 꿈을 꾸고 또 꿨어요.

그녀의 입술이 떨렸고 데스마스크가 부서졌다.

날 부르고 있었어요. 자기 침대에서 날 부르면서 죽어가고 있었어요. 곧 도축될 거라는 사실을 아는 가축처럼 서럽게 울면서. 짐승처럼요, 힉! 그런데 나는 벽에 기대어 선 채로 선뜻 그 사람을 도와주려 하지 않았어요. 내 남편을. 내 가장 친한 친구를.

그녀는 저산소증의 격렬함으로 흐느껴 울기 시작했다.

내 사랑은 얼어버렸어요. 겨울 연못처럼. 몇 시간 동안 그 꿈을 꾼 것 같아요. 결국엔 더는 감당할 수가 없어서 수술용 칼을 들고 그에게 다가가 목을 땄어요. 오 세상에!

그녀가 무너졌다. 나는 앞으로 다가가 그녀를 붙잡았다. 뿌리가 거의 뽑힌 나무 두 그루가 서로에게 기대는 상상을 했다.

내가 이걸 해낼 수 있을지 모르겠어요, 그녀가 말했다. 할 수 있을 거라 생각했는데.

★

아버지가 고속도로 상태는 괜찮고 적어도 1000피트 정도는 곧게 뻗어 있다고 보고했다. 그 정도면 훌륭해, 큰 구멍도 없고. 그는 풍향계 삼아 마을 표지판에 헝겊을 묶어두었다고 했다. 시마는 그런대로 다정했지만, 전보다 거리를 두었다. 해먹으로 오긴 했는데 매일 밤도, 이틀에 한 번도 아니었다. 그뒤로 며칠 동안 우리는 사랑을 나누지 않았다. 닷새. 며칠인지 세지 않은 척할 수는 없다. 그러다가 마침내 사랑을 나누려던 순간—그러니까 우리가 담요 위에 발가벗은 채로 누워, 서로를 끌어안은 채로, 키스도 하지 않고, 대화도 없이, 그저 코로 서로의 귀와 목을 탐험하고, 손으로는 새로운 상실의 헤아림으로 전혀 새롭게 느껴지는 영역을 정찰하면서—마침내 완벽에 도달할 시점인 것처럼 느꼈을 때, 적어도 그 새로운 연약함을 축하할 때가 된 것처럼 느꼈을 때, 내가 그녀를 내 몸 위로 올렸는데 그녀가 젖어 있지 않아서 내가 들어갈 수가 없었고, 그녀가 아파한다는 걸 느꼈고, 나는 왠지 토머스를—토머스가 피를 흘리는 꿈을—생각하게 되었고, 공포가 엄습해 발기 상태를 유지할 수가 없었다.

망할 놈의 꿈의 세계. 그의 유령이 꿈속에 스며들어 돌아다니면서 불과 며칠 전에 있었던, 지금까지 내가 경험한 그 어떤 정사보다 황홀했던 정사를 망치고 있었다.

그녀는 위로하듯 내 음경을 두어 번 꽉 움켜쥐었고 나는 기분이 더 나빠졌다. 그녀가 긴 한숨을 쉬었고—나는 실망감을 읽었다—내 옆으로 내려왔다. 그녀의 팔이 부드럽게 나를 끌어안았다. 담요 위에 누워, 팔짱을 끼고, 뜻을 이루지 못한 마비 상태로. 나는 협곡에 오기 전보다 더 외로워졌다. 우리의 심장은 서로 맞닿아 함께 뛰고 또 튀어올랐지만, 영혼은 그러지 못했다. 나는 그저 공허하게 그녀를 애무할 뿐, 키스를 할 수도, 진심을 담아 얘기할 수도 없었다. 육체적 사랑의 결합에 실패한 것이 연인으로서 내 정당성을 모두 빼앗아간 것 같았다. 사랑할 자격, 심지어 애정을 표현할 자격마저 박탈해간 것 같았다. 끔찍했다.

나는 그녀 옆에 모로 누워서 그 새로운 두려움을—사랑이 너무도 가까이에 있는데 헤어져야만 하는 두려움을—분류해보려 애썼다. 그 미묘한 진실의 순간, 삽입의 순간에 송신된 것은, 꿈에 대한 그녀의 기억이었다. 물론 우린 대화 없이 소통할 수 있었다. 바로 그 순간, 혹은 그 직전에 피가 떡이 된 시체의 이미지가 그녀를 관통했을 것이다. 그것은 우리가 아직 준비가 되지 않았다는 뜻이었다. 좋아, 힉, 나는 생각했다. 네가 원하는 대로 합리화해. 그렇게 해서 기분이 나아진다면. 하지만 그래봐야 진실을 새로 쓸 순 없어. 이건 끔찍한 일이야. 그래봐야 나아지지 않는다고. 나는 도저히, 도저히 움직일 수가 없었다. 숨도 제대로 쉴 수 없었다.

힉.

그녀가 내 이름을 불렀다, 내 귓가에 부는 한줄기 바람.

음?

입으로 해줄 수 있어요?

그녀는 프랑스어 억양으로 그 말을 했고 나는 그녀가 오래된 영화 〈펄프 픽션〉을 인용하고 있음을 알았다.

나는 숨을 내뿜었다. 낄낄거리지 않는 소리 없는 웃음.

정말요? 그걸 원하는 거 맞아요?

그녀가 고개를 끄덕였고, 그녀의 머리는 내 가슴에 닿아 있었다.

좋아. 숨을 깊게 내쉬고. 할 일이 생겼군.

나는 그렇게 했다. 젖가슴 사이, 조그맣고 움푹한 배꼽, 골반의 얕은 뾸들, 오목한 배의 낮은 평원, 촘촘하고 곱슬곱슬한 털 무더기, 조그만 입술, 매끄러운 알맹이, 그녀를 들이마셨고, 그러고 나서 작업을 시작했다. 마치 직업처럼. 어떤 게 통할까? 어떤 게 가장 잘 통할까?

한동안 그랬다. 그러다 어느 순간 그녀가 허리를 들고 내 입술과 혀 아래에서 몸을 흔들며 흐느꼈다. 그러고는 신음했고, 나는 이와 입술과 혀로 그녀를 격려하고 응원했다. 그런 다음 수축과 이완. 나는 그녀를 연처럼 날리고 있었다, 꼭 그런 기분이었고, 곧 헛소리나 지껄이는 내 자아 따위는 모두 잊어버렸고 연은 점점 더 높이 날았고 수축이 더 강해졌고 그녀가 절정에 도달하고 있음을 그녀의 피가 확인해주었다. 그녀는 몸을 휘고 절정을 느꼈고 나는 그녀의 몸안에 있었고 그녀가 내 등을 움켜잡고 할퀴었다. 문득 내 무게가 그녀를 아프게 하고 있음을 깨달았다. 나는 서둘러 내려와 공중에 사정했고 우리는 아무 생각 없이 함께 누워 있었고 다시 거의 행복해졌다. 거의 거리낌없이.

이상도 하지.

그리고 그녀의 몸에 멍이 심하게 들어서 사흘 밤이 더 지났다. 그러나 캠프 분위기는 나아졌다. 출발이 임박했음을 느낄 수 있었다.

II

아버지는 동이 채 트기도 전에 떠났다. 거창한 의식을 치르지도, 감상에 젖지도 않았다. 협곡을 한 번 휘 둘러보았고, 마지막 남은 소와 송아지 몇 쌍, 늙은 양과 어린 양들을 보았고, 가벼운 배낭을 지고, 소총을 들고, 말 한마디 없이 하류 쪽으로 가서 덤불 울타리 밖으로 나갔다.

스스로에게 주었던 유일한 삶을 그는 그렇게 떠났다. 그 자신의 혈통, 그의 아버지와 어머니, 그 아버지의 아버지의 삶을. 그것은 정말로 그의 핏속에 흐르는 삶이었지만 그는 문고리를 젖히고 협곡에서 걸어나갔다.

나는 다시 한번 모든 짐의 무게를 쟀다. 1리터짜리 물병과 5갤런들이 들통, 막대와 밧줄로 접시저울을 만들었다. 저울을 개울가의 낮은 나뭇가지에 매달았다. 5갤런은 40파운드고 그 반은 20파운드, 1리터짜리 물병이 2파운드 정도. AR-15 소총의 무게를 재고, 시마의 배낭, 내 배낭, 호스와 수동 펌프의 무게를 쟀다.

어린 양 한 마리가 얼마나 나가죠?

서로 뒤섞인 작은 무리의 가축들이 키 큰 풀숲에서 고개를 숙인 채 움직였다. 양 세 마리가 고개를 흔들고, 귀를 흔들다가, 다시 먹는 일로 돌아갔다. 한 녀석이 젖을 먹으려고 어미 품을 파고들었다. 그들의 삶이 달라질 참이었다. 한 마리라도 겨울을 버텨낸다면 그건 기적이리라.

모르겠어요. 한 20파운드?

한번 달아보죠. 여자 하나 남자 하나 있어요?

그녀가 미소를 지었다. 암컷 한 마리 수컷 한 마리 있느냐고요? 있어요.

노아의 방주처럼. 한번 해보죠.

우리는 작은 녀석 중 한 놈을 셔츠로 만든 그네에 태워 양동이로 무게를 달아보았다. 녀석은 귀를 쫑긋거리면서 나뭇가지 밑에서 그네를 탔고, 다리를 벌리고 작고 완벽한 윤기 나는 검은색 발굽을 뻗고 있었고, 조그마한 얼굴엔 당혹감이 역력했다. 나는 균형이 맞을 때까지 들통을 비웠다. 17파운드.

좋아요, 데려갈 수 있어요. 이륙할 때 아버지가 없으니 괜찮을 거예요.

괜찮을까요?

어차피 위험한 도박이에요. 우린 활주로를 매끄럽게 다졌고, 그 끝에 있던 나무들을 베어냈어요. 교본에 따르면 100피트가 더 필요해요. 하지만 그 사람들은 비스트를 만나본 적이 없죠.

짧은 끄덕임. 시마가 초원을, 협곡을 둘러보았다. 내가 화가라면 좋았을 텐데—그녀는 그만큼 아름다웠다. 어쩌면 그녀만 아름다웠던 게 아니라, 그 순간이 아름다웠던 건지도. 그녀의 자줏빛 눈동자에 어둡게 반사되던 초록빛, 그 순간 난 생각했다, 설령 우리가 추락해서 내일 아침 불타 없어진다 해도, 글쎄.

★

어둠 속에서 마지막 불을 피웠고, 불꽃이 몸을 기울이며 마지막으로 암벽을 밝히는 모습을 지켜보았다. 사슴고기와 감자, 채소를 먹고 차를 마셨다. 불에 물을 붓자 쉭, 증기의 포효와 함께 불이 꺼졌다. 소의 낮은 울음소리, 나뭇잎 스치는 소리가 들렸다.

어제 오후에 양들만 빼고 다 실었다. 시마는 가축들이 풀 뜯는 소리를 들으며, 들판에서 그녀의 가축들과 함께 잤다. 이제 우리는 양 두 마리를 노끈으로 묶어 상류로 끌고 갔고, 녀석들을 안고 폭포 옆 나무 사다리를 올라갔다. 양들이 꿈틀댔고, 애처롭게 울었다. 두 어미가 대답했고, 혼란스러운 울음소리가 들판에 울려퍼졌다. 우리가 사는 세상의 슬픔이, 물처럼 모든 것의 바닥을 흐른다. 양 두 마리를 안전하게 내려놓자 양들이 뻣뻣하게 서서 그 고도에서의 삶을 재점검했다. 그리고 우리 뒤를 쫓아왔다.

노끈으로 양을 끄는 것은 개 줄을 잡고 개를 끄는 것과는 전혀 달랐다. 그것은 끊임없는 대화였고, 실랑이였다. 논쟁, 양보, 느닷없는 조건부 항복, 논리를 거부하는 고집의 연속이었다. 그들은 버텼고 우리는 끌었다. 녀석들은 제멋대로 뛰어다녔고, 막무가내였고, 우리는 녀석들을 쫓아갔다. 웃지 않을 도리가 없었다. 이런 곳을 떠나면서 느끼는 감정들, 그것이 의미하는 모든 것들로부터 우리의 주의를 완벽하게 분산시켰다. 결국 나는 양을 붙잡아 안아 들었다.

비스트에 이르자 시마가 노련하게 녀석들의 발을 묶었고 우리는 녀석들을 좌석 뒤 짐 위에 올려놓았다. 우리도 비스트에 올라탔고, 어깨 위에서 안전벨트를 내려 허리에 금속 버클을 채웠다. 나는 점검표가 있는 클립보드를 그녀에게 건넸다.

당신이 부조종사가 되는 거예요. 한동안 부조종사가 없었거든요.

나는 모터를 준비시키고, 계기판의 뻣뻣한 손잡이를 당기고, 연료가 카뷰레터를 채우며 분사되는 소리에 귀를 기울이고는 다시 손잡이를 뒤로 밀었다. 그 과정을 반복. 주전원 스위치를 켰다. 자이로스코프*의 윙 하는 회전 소리. 자석발전기에 꽂힌 열쇠를 돌렸고, 트로틀을 반 인치 정도 앞으로 민 다음, 양발을 브레이크 위에 올리고 시동 버튼을 눌렀다.

쿨렁거림 두 번, 프로펠러 반 회전 두 번, 그런 다음 트로틀을 앞으로 밀자 비스트가 감을 잡고 포효하며 몸을 떨었다. 우리 모두, 나, 시마, 양들도 그랬다. 작은 비행기가 살아나는 건 가슴 벅찬 일이다. 강당 전체가 일어서서 박수 치는 것과도 같다. 웅장하면서 조금 무섭기도 하다. 나는 트로틀을 조금 뒤로 빼서, 좀더 고르게 공회전을 시켜서 좀더 조용하고, 덜 웅장하고, 덜 흔들리고 더 전율하는 상태로 만들었다. 엔진을 약간 달구고, 유압 계기판의 다이얼 눈금이 초록색 구역으로 들어오는 것을 지켜보았다.

됐어요, 내가 소리쳤다. 이제 이륙 전 점검표를 읽어요.

소리를 질러야 했다. 여벌의 헤드셋은 더이상 가지고 다니지 않

* 항공기, 선박 등의 평형 상태를 측정하는 데 사용하는 기구.

았다. 가지고 다녀야 뭐하겠는가? 재스퍼에겐 필요하지 않았다.

트림 휠* 중립!

확인!

방향 지시계 정렬!

확인!

파워 1700!

확인!

기화기!

자석발전기!

연료 공급 펌프 사용 후 잠금!

확인!

---

* 조종간으로 항공기의 날개 상태를 변경한 후 날개가 그 상태로 유지되도록 도와주는 기구.

모터가 달아오르는 동안 모든 것이 각자 힘을 받기 시작했고, 엔진 분석기에 달려 있는 모든 실린더의 디지털 기둥이 올라갔고, 유압이 떨어졌다—그동안 모터는 포효했고, 비행기는 전율했고, 모두가 이륙의 결정적인 순간을 향해 나아가고 있었다. 나는 이 대목을 사랑했다. 바로 이것—마침내 날아오르기까지의 기대감이 하늘을 나는 것 자체만큼이나 내가 계속해서 다시 비행기로 돌아오게 만들었다.

외부 기온은 52도*로 확인되었다. 좋아. 적당히 서늘한 기온. 무거운 공기. 브레이크를 풀어주자 비스트가 달리기 시작했다. 브레이크로 힘을 조절하며 세이지 덤불을 지나 새로 닦은 길로 몰아가다가, 기수를 동쪽으로 돌려 우리가 닦아놓은 길에서 원을 그리며 회전시켰다. 이제 비스트는 서쪽을 향했다. 우리 뒤의 태양이 덤불숲 그림자를 길게 드리웠다. 고지대 사막의 새벽은 톡 쏘는 향이 풍기면서 서늘했다. 우리 앞에 펼쳐진 초원의 끝에는 삼나무 숲이 있었는데, 그 숲이 우리의 한계였고, 넘어야 할 장애물이었다.

그녀가 내게 엄지손가락을 들어 보였다. 나는 트림 휠을 마지막으로 확인하고, 트로틀을 계기판까지 밀고, 유압을 확인했다. 비스트가 포효하고 전율했고, 내가 소리쳤다, 신은 위대해! 그리고 브레이크를 풀었다.

* 섭씨 11.1도.

왜 그렇게 소리쳤는지는 나도 잘 모르겠다. 어쩌면 그게 내가 살아서 하는 마지막 말이 될 수도 있었다. 나는 지하드 요원처럼 생각하는 게 아니고 힉처럼 생각하고 있었다. 흰 가운을 입은 그 세스나 연구원들은 결코 이런 시험비행은 해보지 않았을 것이다. 팔십 년 뒤 자신들의 비행기가 양들을 위한 노아의 방주가 되리라고는 상상하지 못했을 것이다. 비행기가 달렸고, 오랜 휴식에서 깨어났고, 처음에는 버벅댔고, 너무 느렸다. 그 순간 떠오른 생각, 이런 식으론 안 돼!

그런 다음 비스트가 살아났고, 활주로에 진입했고, 그 위를 달렸고, 저 끝의 나무들이 다가왔고, 점점 더 짙어졌고, 커졌다. 나무까지 반 정도 갔을 때, 나는 비스트가 지면에서 떨어지는 것을 느꼈고, 비행의 순간에 기수 부분을 힘껏 내렸다. 압력이 느껴졌고, 비스트는 도약을 원했고, 날아오르기를 원했지만 내가 비스트를 눌렀다. 3피트 고도를 굳건히 유지하면서 활주로의 지면효과*로 최고 속도를 낼 수 있게 했다. 우리는 그런 식으로 지면에서 살짝 떨어진 상태로 날았는데 그 순간 시마의 비명이 들렸다. 맨 앞줄의 나무들이 광고판처럼 바로 우리 얼굴 앞에 있었고, 나는 존슨 바**를 밀어올렸고, 조종간을 끌어당겼고, 끌어당겼다가 가슴에서 풀어주자 비스트가 날아올랐고, 기수 부분이 올라가면서 기체가 뒤로 젖

* 지면 또는 지면 근방에서 고속 자동차나 비행기에 가해지는 부력.

** 비행기 플랩을 수동으로 조절하는 장치.

혀졌고, 마치 곧장 하늘로 날아오르는 것 같았고, 나의 유일한 기도는 씨발 스톨* 걸리지 마, 였다. 실속 경보음이 울렸고, 속도 다이얼의 바늘이 60으로 치달았고, 경보음, 그리고 거기에 동조하는 양 울음소리, 모든 게 아슬아슬한 그 순간 떠오른 이상한 생각은, 빌어먹을 양들의 음역대가 실속 경보음의 음역대와 똑같다는 것이었다. 실속 경보음과 같았다. 마치 녀석들의 엄마라도 되는 것처럼.

시마는 아니었다. 시마는 그저 비명을 질렀다. 한 번. 나는 다시 조종간을 앞으로 밀었고, 기수를 거의 수평에 가깝게 들었고, 제발 속도를 내라 속도를 내라 기도했고, 머지않아 비스트가 감을 잡았고, 벌레를 잡으러 위로 치솟았다 급강하하는 한 마리 제비처럼 가속이 붙기 시작했다. 비행고도 65에서, 나무들을 내려다보면서, 나는 생각했다, 한 2피트 정도나 비켜났으려나.

정상적인 이륙이 아니었다. 교범의 짧고 부드러운 지면에서의 이륙을 설명한 부분에도 나와 있지 않았다. 초원에서 이륙한 우리의 항로는 아마도 이런 식이었을 거다.

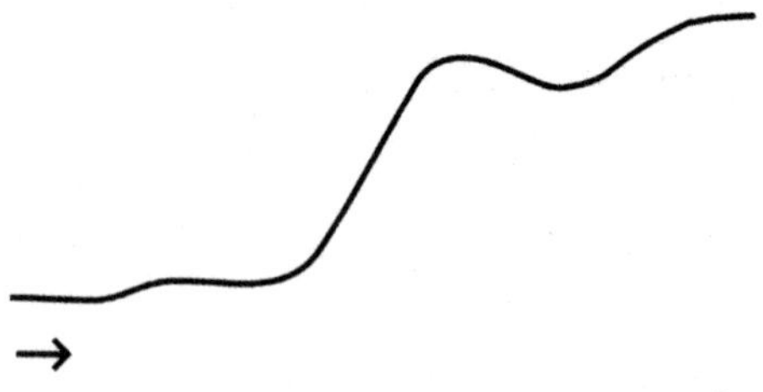

* 비행기를 띄우는 양력이 부족해 비행이 불가능해지는 현상.

★

글쎄, 난 아마도 살아서 기뻤던 모양이다. 내가 괴성을 질렀다. 향나무들이 우리 밑을 스쳤다. 비스트는 나무 50피트 위의 다음 언덕을 향해 날았다. 마치 마법의 양탄자처럼 제힘으로 날아가는 것 같았다. 건너편으로 질주했다. 다음번 꿈으로 들어가는 하나의 길. 그녀는 식스 플래그스 놀이공원의 매직 마운틴 플룸라이드*에서 살아남은 어린아이처럼 환하게 웃고 있었다. 그녀가 손을 뻗어 내 팔을 꼬집었다.

우리 살아 있는 거 맞죠? 잘했어요.

깨어 있는 거죠.

당신 참 이상한 말을 해요.

양들도 분위기를 파악했다. 더는 울지 않았고, 여러 짐들 사이에서 고개를 들고 대화 내용을 따라잡았고, 귀를 축 늘어뜨린 성실한 승무원들 같았다. 그들이 아는 범위에서, 이 모든 일은 평범한 양의 삶의 주기에서 다음 단계로 넘어가는 것을 의미했다.

우리는 큰 강을 건넜고 아버지는 히치하이커처럼 그늘도 없는

---

* 바퀴 달린 뗏목을 타고 빠른 속도로 물위의 경사진 트랙을 낙하하는 놀이기구.

외진 고속도로의 갓길, 자기 짐 위에 앉아 있었다. 결연하면서도 한편으로는 불량해 보이는, 긴 그림자를 드리운 채, 다리 사이에 소총을 세우고 마치 제단의 복사服事처럼 앉아 있었다. 그는 그런 사람이었다. 주어진 임무에 충실했고, 이제 새로운 삶에 헌신하고 있었다. 우리가 그 삶에 도달할 수만 있다면. 마일 표지판에 묶어 놓은 헝겊이 고요한 여름 아침의 바람을 간신히 품었다. 나는 왼쪽으로 기수를 돌려 착륙한 다음 브레이크를 끝까지 밟아 그가 앉은 곳 바로 맞은편에 비행기를 세웠다.

그는 딸 뒷자리에 올라탔다. 노아의 방주로군. 양들을 흘긋 보며 그가 말했다. 그게 다였다. 시마가 문을 당겨서 닫았고, 문고리를 걸었고, 우리는 그랜드정크션을 향해 서쪽으로 날아올랐다.

★

뭔가가 옳지 않았다. 잘못됐다고까지는 말할 수는 없는 것이 내가 파악한 것들 중 확실한 게 하나도 없었기 때문이다. 동쪽으로 10마일 정도에서 처음 교신을 했었다. 우리는 그랜드메사의 저쪽 끝 절벽을, 플레시오사우루스*가 출몰했던 어떤 얕은 바다의 반도였을 것처럼 생긴 그 거대하고 평평한 뷰트** 위를 날았다. 하늘을

* 쥐라기 초기에 번식한 거구의 해양 파충류.

** 꼭대기가 평평한 외딴 언덕.

향해 솟아오른 60마일 높이의 기다란 암반. 자줏빛 낭떠러지가 가장자리를 둘렀고 사시나무 숲으로 덮여 있었다. 여름이면 허리까지 오는 양치식물과 짙은 빛깔 호수와 비버 연못이 곳곳을 수놓았다. 멀리사와 나는 그곳에서 최고의 캠핑을 했고, 그중 한 번은 몇 마일 반경에 길이 보이지 않는 어느 호수 가장자리에서 일주일 동안 캠핑을 했는데 금방이라도 송어가 우리 프라이팬으로 뛰어들 기세였다.

우리는 그곳을 지났고, 연료를 절약하기 위해 낮은 고도를 유지하며, 절벽 가장자리 밑으로 날았고, 아버지가 총을 쏘아 틀만 남은 창문으로 따스한 바람이 스며들었고, 어느덧 두 개의 강줄기로 다리를 벌리고 사막의 언덕에 드러누워 있는 그랜드정크션에 이르렀다. 광활하고 황량한 타운이 북쪽으로 북클리프*까지 뻗어 있었다.

고속도로, 거리, 개발 지역, 막다른 골목, 대형 마트의 평평하고 밋밋한 지붕들, 거대한 주차장이 보였다. 콜로라도 강을 따라 공업단지, 열차 선로, 창고 밀집 단지가 보였다. 미루나무들이 도시를 실 가닥처럼 꿰매고 있었다. 길가에 들어선, 살수撒水에 의존했던 상당수의 고목들은 해골만 남았거나 죽었지만, 깊이 뿌리 내린 나무들은 간선도로에 모스부호처럼 강렬한 초록색 대시 부호와 방점 무더기를 찍었다.

* 콜로라도 서부 사막에 있는 산과 낭떠러지로 이루어진 산맥.

미루나무 차양이 강변 공원에 여전히 그늘을 드리웠고, 가뭄과 싸우던 가장 오래되고 가장 큰 나무들은 빈사 상태였지만 여전히 한쪽에는 잎사귀 옷을 입고 있었다. 그리고 불. 도시 전체가 성한 데가 한 군데도 없었다. 마을을 죽음으로 쓸어버린 것이 전염병이 아니라 불인 것처럼. 차들은, 전부, 불에 그슬린 것 같았다. 도로변에 줄지어 주차되어 있는 차들, 상가 주차장에 있는 차들, 고속도로에 나와 있는 차들, 거인이 이쑤시개 던지듯 던져버려 그 어떤 규칙도 없이 엉망으로 뒤엉켜 있는 것 같은 차들이 전부 그랬다. 동네 전체가 홀랑 타버렸다. 어떤 집들은 제빵사가 브륄레*를 만들 때처럼 표면을 그슬린 다음 그 상태로 녹여서 식혀놓은 것 같았다. 타다 남은 목재의 달콤하고 검은 향기가 코끝을 진력나게 간질였고 실제로 1000피트 상공에서 이 마을 냄새를 맡을 수 있는 건지, 아니면 단지 눈앞에 펼쳐진 광경이 그 냄새를 만들어내는 건지 알 수 없었다. 해골 같은 나무들도 있지만 진짜 인간의 해골도 있었다. 그것들을 보았다. 조직 세포가 삭아버린 진짜 해골이 아니라, 약탈자들이 여기저기 무더기로 쌓아놓은 뼈, 쓰레기를 뒤지는 사람이나 짐승이 흩어놓은 죽은 사람의 뼈들이었다. 뼈 무더기가 얼마나 거대한지 하늘에서도 보일 정도였다.

시마가 토했다. 폐허가 된 도시를 보기만 했는데도. 그녀는 다급하게 옆 창문을 밀어서 열고 입을 그 사이로 내밀었고 뒤쪽 유리에

---

* 크림 위에 설탕으로 막을 입힌 다음 토치로 그슬려 바삭한 캐러멜을 만들어 먹는 디저트.

대고 먹은 것을 게워냈다. 코스트코 같은 대형 쇼핑몰이 있던 곳이었고, 자동차 부품, 농기구 같은 물건을 사러 오는 곳이었다. 델타 극장의 상영작이 시원치 않은 주말에 영화를 보러 오던 곳이었다. 두 도시는 협곡의 목장에서 거의 비슷한 거리에 있었다. 그녀는 이곳이 끝장난 것을 보지 못했다. 그녀와 아버지는 이곳 상황이 정말 나빠지기 시작할 무렵 이곳을 떴다. 아직 TV 뉴스가 있던 시절, 뉴스 진행자들이 하루가 다르게 지쳐가던 시절. 그러다 겁에 질리고 탈진했고, 동료들이 병원과 임시 전염병동에 격리되거나, 아예 그들 소식을 듣지 못하게 되었고, 아프거나 죽었을 거라는 추측을 하면서 공포에 휩싸였고, 그러다 마지막 TV 앵커가 자리에 섰고, 현장 리포터들이 삼각대를 세워놓고 자신들의 모습을 촬영했고, 중계는 더 어수선해졌다. 그리고 결국 아수라장이 되면서 끊어졌다. 나는 그날을 기억했다. 마지막 무렵 그들은 딱히 할 일이 없었고, 가라앉는 배의 갑판에서 연주하는 악단처럼 용감하게 방송을 하거나 아니면 집에 가서 죽거나, 둘 중 하나였다.

협곡에 사는 동안 아버지와 시마는 목장을 떠나기로 결심하고 거위 목 모양의 가축 운반용 트레일러에 가축들을 싣고 그 뒤에 사륜 오토바이용 작은 트레일러를 연결한 다음, 한밤중에 고속도로로 나간 적이 있었다. 소 열두 마리, 같은 수의 양, 안장 올린 말 두 필, 호주산 양치기 개 두 마리와 식량을 싣고서. 크리크 로드까지 15마일을 가는 동안 방어벽을 세운 매복병들을 세 차례나 만났고 삼나무 언덕에서 미친놈 세 명을 쏘아야 했고, 모든 것이 그가 예상했던 일들이라 총으로 놈들을 처단하는 데는 큰 문제가 없었다.

하지만 그들이 그의 말 한 마리와 트레일러 안에 있던 양 두 마리를 쏘는 바람에, 그다음날에는 5월 초의 여느 아침에 늘 그랬던 것처럼 여름철 방목장으로 가축을 이동시키는 중인 척하기가 어려워졌다. 그는 말을 탔고 그녀는 장비와 보급품이 든 작은 트레일러가 달린 ATV*를 몰고 협곡 안으로 12마일을 달렸다. 그녀는 차라리 말을 모는 편을 선호했고 사륜 오토바이를 타고는 한 번도 편안했던 적이 없지만, 아버지가 말을 타고 가축을 모는 데 노련했고 개들도 마찬가지로, 말을 탄 그의 명령을 받는 데 익숙했기 때문에 어쩔 수 없었다.

다음날 아침 그들은 다시 하류로 내려갔고 그는 다이너마이트로 개울 위의 다리를 날려서 걷거나 말을 타지 않고서는, 그것도 수위가 낮을 때 외에는, 외부에서 협곡 안으로 들어오지 못하게 만들었다.

그들은 자기들이 남긴 흔적을 힘닿는 데까지 최대한 쓸어버렸고, 2마일 반경의 흔적들을 모두 지웠고, 그러고 나서 개울과 협곡에 이르는 거친 길만 남겨두었다. 그 작업에 꼬박 하루가 걸렸다. 그리고 이틀 뒤, 때마침 비가 쏟아졌다.

이 모든 게 지난 삼 주 동안 그녀가 나에게 들려준 이야기였다.

---

* All Terrain Vehicle. 지형을 가리지 않고 각종 험로 및 장애물을 주파하는 목적에 특화된 오토바이.

그래서 그랜드정크션을 직접 본 순간 그녀가 받은 충격을 나는 이해했다. 나에게 익숙했던 세상이 사라져버렸다는 걸 아는 것과, 그것을 직접 눈으로 보는 것, 예전에 알던 동네에서 시체 안치소나 살육 현장의 냄새를 직접 맡는 것은 얘기가 전혀 다르기 때문이다.

그녀는 창밖에 대고 토했고, 뒷유리를 더럽혔을 뿐이지만, 그래도 비행기에선 여전히 악취가 풍겼다. 나는 항상 좌석 사이에 두는 물병을 그녀에게 건네면서 혹시 아버지가 토사물 냄새나 저 아래 펼쳐진 풍경에 자극을 받았는지 확인하려고 흘긋 뒤를 돌아보았다. 보트나 비행기에서, 속이 울렁거리는데 누군가 토하면 그때부터 연쇄반응이 일어나기 마련이다. 그러나 그는 마치 부처님처럼 양 한 마리를 무릎 위에 올려놓고 한쪽 손을 양의 어깨 위에 올린 채, 무표정하고 경직된 얼굴로, 창문에 기대어 모든 것을 유심히 바라보며 앉아 있었다.

이게 바로 당신들이 떠난 세상이야, 나는 생각했다. 그날 밤 당신들이 다시 돌아가기로 한 선택의 정당성. 정당성 그리고 공포. 때로 옳은 것이 항상 좋은 것만은 아니다. 지난 몇 년 동안 그 씁쓸한 열매에 대해, 내가 옳았을 때 어떤 일이 벌어졌는지에 대해 얼마나 여러 번 생각했던가—글쎄, 옳긴 했지만 그 옳음을 차마 바라볼 수 없다면.

그러나 잘못된 것, 혹은 옳지 않은 것은, 불에 타고 황폐해진 도시와 신록의 나무 그늘이 아니었다. 여기서 6마일 거리였다. 현재

고도는 900피트였고 나는 삼 년 전 내가 어떤 신호를, 어떤 메시지의 일부를 수신했던 공항으로, 관제탑으로 향하고 있었다. 나는 다이얼로 주파수를 맞추었고—그 주파수는 GPS에 여전히 남아 있었다—두번째로 신호를 보냈다.

그랜드정크션 관제탑, 여기는 세스나 식스 스리 스리 스리 알파 식스 남동쪽 5800 지점에서 착륙 시도중.

나는 다시 한번 말했다. 그리고 기적이 일어났다. 치직거리는 소리. 이어지는 요란한 소리의 눈보라. 나는 잡음 차단기를 돌리고 흥분해서 다시 한번 불러보았다.

세스나 식스 트리플 스리 알파—

또렷하진 않았지만 그 목소리가 맞았다. 그 목소리! 여자의 목소리. 약간 나이들고, 약간 거친. 살짝 유머 감각이 있는, 그런 종류의.

세스나 식스 트리플 스리 알파, 5시 방향 풍속 240, 곧장 활주로로 진입 바람, 209번 활주로 착륙 대기중.

모든 것이 공식적이고, 모든 것이 완벽하고, 규정대로다, 과거의 과거처럼. 진지하게 말하고 있었다. 옛 공항의 평범한 어느 운행일처럼. 평범함으로의 귀환이 내 영혼에 어떤 영향을 미쳤는지 정확히 설명할 수는 없다. 평상시처럼 규정대로 공항이 돌아가는 척하듯이 내 아내와 개도 살아 있는 척할 수 있을 것 같았고, 아내가 임신 칠 개월이고 지금 프런트레인지에서 기다리고 있고 나는 그들을 떠나 세 시간의 비행을 마치고 이제 곧 착륙하려는 중인 척할 수 있을 것 같았다. 진정한 의미의 귀환이 없었던 구 년간의 비행이 아니라.

그런데 옳지 않은 것은 그것조차 아니었다. 바로 유도등이었다. 포장된 도로를 갖춘 거의 모든 공항에는, 초록색과 흰색의 회전 유도등이 있다, 아니, 있었다. 10마일 밖에서 유도등이 반짝이는 걸 보고도 나는 별다른 생각이 없었다. 그런데 6마일 지점에서 다시 유도등이 반짝이는 것이 보였고, 그것은 마치 살아 있는 생명체의 심장박동처럼 펄떡거렸고, 그 불협화음이—우리에게 익숙했던 세상이 끝나면서 불타버린 도시와, 살아 있는, 고동치는 불빛이, 일상적인 명령을 전송하는 관제탑의 목소리가—마침내 내 주의를 끌었고 그 순간 뒷목의 털이 쭈뼛 곤두섰다. 그 이유를 콕 집어 말할 수는 없다. 너무도 당연한 얘기라 이상하게 들리겠지만 그 이유는 이것이었다. 그들이 전력을 보유하고 있다는 것. 혹은, 그들이 전력을 갖지 못할 이유가 없다는 것. 이리 공항에서 우리도 갖고 있었는데. 점점 더 많은 공항들이 태양열과 풍력으로 전력을 대체하고 있었다. 혹은, 유도등은 유시계有視界 비행 규칙에 따라 화창한 대낮에는 켜지 않아야 했다. 이유는 알 수 없지만, 나를 예민하게 만드는 뭔가가 있었다.

나는 활주로에 비행기를 정렬했다. 기체를 왼쪽으로 20도 정도 기울이면서 바로 착륙을 준비했다. 우리 앞에 제트기를 위해 설치한 동서 방향의 긴 활주로가 그림처럼 뻗어 있었다. 활주로는 매끄러웠다. 상공에서 보기엔 그래 보였다. 산 동쪽의 다른 모든 활주로처럼 내려앉거나 부서지거나 구멍이 난 것 같지 않았다. 누군가 보수했다. 1마일 거리에서 하강하는 내 눈엔 그렇게 보였다. 트로틀을 뒤로 젖히고, 플랩을 20도로 맞추고, 시속 500피트로 하강했다. 비스트는 예전의 관행으로 돌아간 것에 안도의 한숨을 내쉬는 것 같았다. 나는 비스트에게도 적대감이라든가 영혼, 혹은 그 비슷한 뭔가가 있다고 장담할 수 있다.

우리가 천천히 하강하는 동안 활주로는 점점 더 넓어지고 길어졌고 우리를 마중하기 위해 일어섰고, 줄지어 들어선 격납고들이 보였고, 그중 어떤 것은 찌그러졌고, 어떤 것은 바람에 지붕이 날아갔다. 우리 왼쪽으로 관제탑이 보였고, 캔틸레버* 방식이었고, 초록빛을 띠고 있었고, 방탄 창문이 있었다. 활주로 양쪽으로 파손된 비행기들이 보였고, 맨 끝에 커다란 제트기가 보였다. 공항마다 있는 것처럼—비바람에 마모된 채 묶여 있는 비행기들, 결국엔 줄이 끊어져 굴러가게 되는, 그러나. 그때 정신이 번쩍 들었다. 마치 빌어먹을 총에 맞은 것처럼.

아마도 30피트 고도쯤이었을 것이다. 전원을 끄고, 프로펠러를 최고 속도로 맞추고, 마지막 순간에 해야 하는 모든 일을 하고, 조

* 벽체 또는 기둥에서 튀어나온 보로 한쪽만 지지되는 형식.

종간 잡아당길 준비를 하고 부드러운 착지를 위해 기수를 들어주는데. 그제야 정신이 번쩍 들었다.

유도등, 관제탑. 차량들처럼 불에 그슬려 있는 비행기들. 사실 내가 뭔가를 생각했다고 말할 수는 없었고, 논리적으로 생각할 수도, 설명할 수도 없었고, 그럴 시간도 없었다. 그것은 단지 이미지의 충격이었다. 불타버리고 망가진 비행기들. 이리 공항과 달랐다. 묶여 있던 줄이 끊어져 낡은 비행기들이 바람에 굴러가 있던 덴버 공항, 센테니얼 공항과도 달랐다. 이건 충돌이었다. 살아 있는 엔진의 충돌. 나는 조종간을 뒤로 당겼지만 기수를 들기 위해서가 아니었다. 나는 조종간을 당기면서 트로틀을 계기판 쪽으로 힘껏 밀었고 엔진이 살아나면서 비명을 질렀고 내 손바닥이 카뷰레터 히트 스위치를 때렸고 우리는 휘청하면서 하늘을 향해 뒤로 젖혀졌다. 우리는 반시간 전 초원에서 이륙할 때보다 더 가파르게 이륙했다. 그리고 양들이 울어댔다.

나는 창문 아래쪽 우묵한 플렉시 유리를 통해 아래를 내려다보았고, 그와 거의 동시에 쇠줄이 모습을 드러냈다. 팽팽해진 줄, 아마 10피트 차이로 내 비행기 바퀴를 놓친. 마치 덫처럼 갑자기 불쑥 나왔다. 실제로 그것은 덫이었다.

이런 씨발.

힉, 자넨 정말 멋진 놈이야. 뱅리가 말하고 있었다. 뱅리가 드물게 엄지를 치켜세웠다. 그리고 그 순간 나는 연료계를 보았고 2갤런이 남아 있음을 확인했다. 기껏해야 십 분. 씨발.

나는 주위를 둘러보기 위해 왼쪽으로 돌았고 지상에서 총탄이 날아올 가능성에 긴장했다.

이런 젠장. 아버지였다. 쇠줄을 팽팽하게 묶어놓다니. 그는 양을 내려놓고 총을 든 채 격납고와 비행기 잔해들을 훑어보고 있었다.

쇠줄은 활주로의 3분의 1 지점에 땅에서 10피트 높이로 활주로를 가로지르며 설치되어 있었고 T자 모양 쇠말뚝의 양팔에 단단히 감겨 있었다. 두 개의 팔이 못된 왜가리의 부리처럼 아래로 향해 있었다. 쇠줄은 아스팔트와 같은 검은색으로 페인트칠이 되어 있었지만 그 그림자와 그 악랄한 가닥이 선명히 보였다. 총격은 없었다. 나는 목을 빼고 주위를 둘러보았다.

아버지?

바로 이거였군, 그가 소리쳤다. 대단한 속임수야.

생각 있으세요? 내가 소리쳐 물었다.

놈들을 잡고 싶으냐고? 씨발 물론이지.

시마?

그녀는 혼란스러운 표정이었고, 여전이 멀미를 하는 상태였고, 방금 전에 일어난 상황을 이해하지 못했다. 그녀가 고개를 끄덕였다.

선택의 여지가 없습니다, 내가 외쳤다. 연료가 다 떨어져가요.

나는 가파르게 기체를 기울이면서 또 한번의 착륙을 준비했고, 이번에는 착륙 점검표도 없었고, 씨발 저 좆같은 새끼들 씨발 좆같은 새끼들 하는 생각 말고는 아무 생각도 없었다. 내가 네놈들을 잡고 만다. 급소를 맞은 듯한 배신감. 그 오랜 세월 동안, 나는 그 응답만을 생각했다. 그 응답이 불러일으킨 희망. 그게 날 미치게 만들었다.

모든 과정이 무의식적으로 이루어졌다. 나는 선체를 기울였고 급강하했고 쇠줄에서 100피트 정도 지난 곳에 착륙했다. 아버지가 몸을 앞으로 기울이고 말했다.

계속 몰아. 저기. 저 건물 뒤에 세우게. 관제탑에서 서쪽으로 두 번째 건물.

나는 계속 빠른 속도로 비스트를 몰았다. 무선장치가 다시 치직거렸다. 멋진 착륙이네요. 목소리가 말했는데 이제 그 목소리는 더 이상 비 숙모*처럼 들리지 않았다. 마모되고 거친 목소리였다. 그리고 웃음소리. 쇠줄이 보도를 긁는 것 같은, 크고 균일한 소리. 축하해요. 당신이 처음이에요.

나는 대답하지 않았다. 왼쪽으로 돌아 넓은 유도로로 접어들어 아버지가 말한 피할 곳을 찾았고 비행기 주전원을 껐다. 우리는 빅 리버 비행학교와 공식 지정 세스나 서비스센터 건물의 서늘한 그늘에 있었고 벽에 충분히 가까웠지만 관제탑 꼭대기는 보이지 않았고 그들이 우리를 조준할 수도 없는 위치였다, 그들이 누구든 간에. 나는 비행기에서 내려 좌석을 앞으로 접어서 아버지가 빠져나올 수 있게 했다. 건물 벽 아래쪽에서 귀뚜라미가 요란하게 울었다. 시마는 앉아 있었다. 안전벨트를 풀지 않았다. 나는 뭐라고 말해야 할지 몰랐고, 그런 그녀의 모습을 본 적도 없었다. 그녀는 충격에 휩싸인 것 같았다. 그녀는 충격에 휩싸여 있었다. 나는 반대편으로 걸어가 문을 열었다. 그녀의 기다란 손이 계기판의 유압계 위를 누르고 있었고 새로운 멍 하나가 그녀의 팔에 퍼져가고 있었다. 그녀가 돌아보았다. 눈빛이 흐릿했다.

그 야비함 때문만은 아니에요. 그 뒷 말이에요. 물론 그것도 그렇지만. 도시 전체가.

내가 고개를 끄덕였다. 그녀와 아버지는 세상이 완전히 불타 없어지기 전 일찌감치 이 세상을 떴다. 그들도 볼 만큼 보았다, 세상

---

* 1960년대 미국 시트콤 〈앤디 그리피스 쇼〉의 등장인물.

을 등질 만큼 보았지만 완전한 종말까지는 보지 못했다. 내가 매일 상공에서 본 것을 그들은 보지 못했다. 뱅리와 내가 눈 감고도 아는 것들을 그들은 몰랐다. 숲이 된 마을과 그 모든 것이 의미하는 바를.

여기 있을래요?

고개를 끄덕였다.

좋아요.

나는 뒤로 돌아갔고, 내 자리에서 우지 기관단총을 꺼내 그녀에게 건넸다.

누가 나타나면, 나와 당신 아버지가 아니면, 무조건 당겨요. 장전돼 있어요.

그녀가 망설였고, 고개를 끄덕였고, 총을 받았다.

나는 AR을 거치대에서 꺼내들었다. 손바닥 크기의 무전기도 챙겼다. 무전기를 켜고 관제탑 주파수인 118.1에 다이얼을 맞추었다. 때로는 적과 이야기를 나누는 게 나을 때도 있다. 대부분의 경우는 그렇지 않다. 뱅리가 가르쳐주었다—과묵함의 가치. 그리고 압도적인 화력의 가치도. 나는 양들 밑으로 손을 뻗어 수류탄이 든 주머니를 꺼냈고, 아버지를 향해 고개를 끄덕인 뒤, 함께 건물 외벽을 남쪽으로 돌았다. 내가 그의 뒤를 따랐다. 그는 관제탑에서 우리가 보이지 않도록 벽을 끌어안고 걸었다. 다음 건물로 이동하기 위해 한때 작은 비행기들이 묶여 있던 램프를 가로지르고, 마침내 누군지는 몰라도 관제탑에 있는 이에게 완전히 노출되기 직전에 멈추었다. 다음 건물까지는 약 50야드 거리였고, 그곳은 단층 벽돌 건물로, FBO 사무실이었고, 뒤쪽으로 격납고 하나가 인접해 있었다. 관제탑 뒷부분이 보였다. 한 줄로 늘어선 어두운 창문들은 여전히 거의 온전했고, 건물 뒤쪽에 철문이 보였다.

힉 저 위에 있는 늙은 여자 말하는 게 꼭 우리 할머니 같더구만.

그래서요?

우리 할머니만 아니면 끝장내자고. 아무것도 묻지 말고. 그가 나를 바라보았다.

나는 고개를 끄덕였다.

저 개새끼들이 속임수로 자넬 유인했어. 저 비행기 잔해들 봤나? 놈들이 저런 짓을 몇 번이나 했겠나?

많이요. 수십 번. 덴버와 피닉스 사이에서는 여기가 로스앤젤레스로 가는 가장 큰 활주로거든요.

그가 벽돌 건물에 몸을 기댔다.

왜지? 그가 말했다.

놈들이 왜 그러느냐고요?

연료 때문은 아닐 텐데 말이야. 비행기 잔해의 절반이 불에 탔더군. 빌어먹을 인육 때문도 아니야. 숯이 된 고기를 좋아하지 않는 다음에야.

생존자가 있었겠지요. 부상이 심하지 않은 사람도 있었을 거예요. 불에 타지 않은 사람도 있었을 테고요. 다 타진 않은 사람, 가끔은 전혀 타지 않은 사람도. 보급품, 음식, 무기도 있었겠죠. 양들도. 젠장.

그렇다면 열받은 생존자들은 어떻게 했을까?

침묵. 그가 모퉁이를 돌아서는데 총탄이 날아왔다. 내 얼굴에 벽돌 가루가 뿌려졌다. 나는 그가 당했다고 생각했다. 그가 뒤로 쓰러졌다. 나는 앞이 보이지 않는 상태로 그를 붙잡아, 내 옆으로 잡아끌었다.

씨발. 내가 방심했군, 힉. 고맙네.

그는 무사했다. 그는 거친 숨을 몰아쉬고 있었다. 나는 눈을 비볐다.

이런 식으로 한 거야, 힉. 한 놈씩 처리한 거야. 추락한 비행기에서 다치고 멍한 상태라 뭐가 뭔지도 모르고 있을 때 탕. 아니면 자기들 필요에 따라 그들을 이용했거나. 좋아 나 이제 진짜 열받았네.

그는 기운 플란넬 셔츠의 단추를 풀고는, 우리 뒤쪽 땅을 살피고 2피트 길이의 녹슨 쇠파이프 하나를 집어들었다. 거기에 셔츠를 묶었다.

내가 말하면 이걸 모퉁이 너머로 들게. 이렇게 위로. 다음 건물까지만 가면 성공이야. 내가 오라고 하기 전엔 절대 여기서 움직이지 마. 그가 노리쇠를 젖히고, 약실의 탄약을 확인한 다음, 웅크리고 앉았다. 셋 둘 하나, 들어!

나는 셔츠를 내밀었고, 총탄이 날아왔고, 핑 소리가 났고, 그가 사라졌다. 그는 뒷문을 향해 마치 하프백처럼 달렸고, 속임수를 써 가며 지그재그로 달렸고, 두 발의 총탄이 더 그의 앞과 그의 뒤 바닥에 꽂혔다. 그는 건물의 사각지대, 위에서 볼 수 없는 지점으로 진입하는 데 성공한 다음 문을 향해 걸어갔다. 돌아서서 내게 엄지손가락을 들어 보이더니 문을 열고 안으로 사라졌다. 씨발 저 영감탱이. 나도 저 나이에, 저 나이는 무슨, 이 나이에라도 저렇게 뛸 수 있었으면. 나는 결코 저렇게 뛰지 못할 것이다. 젠장. 나는 셔츠를 내렸다. 가운데쯤에 깔끔한 구멍이 나 있었다, 그것도 세 겹으로. 복부 총상. 이크. 나는 기다렸다. 일, 이, 뱅리를 기다리며 그랬던 것처럼 숫자를 셌다. 이백까지 세자 상황이 어떻게 돌아가는지 궁금했다. 이백이십삼. 한 발의 총성. 마치 종소리처럼 공항에 울려퍼졌다. 메아리쳤고 잦아들었다. 아버지의 308구경이었다. 난 그 소리를 알았다. 삼십 초 정도 후에 건물 뒷문이 열리더니 아버지가 내게 손짓했다. 나는 달렸다. 그는 천천히, 진정해, 라고 말하듯 한 손을 들어 공중에 흔들었다.

뭡니까? 어떻게 됐어요?

뭐긴, 멍청한 놈이지. 관제탑 위 유리창은 두꺼운 방탄유리야. 9·11 이후로 그렇게 만들었지. 하지만 놈들은 밖을 향해서 총을 쏴야 하잖아. 총안이 있어. 옛날 요새처럼. 일단 건물 안으로 들어가기만 하면, 총 쏠 위치를 잡을 시간은 얼마든지 있으리란 걸 알았지.

내가 그를 빤히 바라보았다.

총안으로 저격수를 쏘았다고요? 놈의 조준경에 쐈다는 겁니까?

그가 고개를 저었다. 아니. 총안이 두 개 있더군—그중 높은 곳에 있는 것은, 아마 가슴 높이 정도에, 장거리 사격을 위한 거고, 다른 하나는 관제탑 하부를 바로 조준하게 되어 있었어. 놈이 높은 쪽 총안으로 내다보고 있어서 내가 아래쪽 총안을 겨냥해서 쐈어. 문 부수고 올라가서 인사 한번 하고 싶은가?

젠장, 아버지.

거기 있던 사람이 누구였건 아버지는 자기 은신처에 있는 사람을 쏜 셈이었다. 그것도 4인치짜리 구멍 속으로.

좋죠. 우리는 관제탑으로 향했다. 관제탑 1층의 문은 육중한 초록색 철문이었다. 그가 기름때 묻은 벨트 주머니의 지퍼를 열더니 테이프로 붙인 다이너마이트 두 개를 꺼냈다.

그동안 아껴뒀는데. 때가 왔구만.

그는 다이너마이트를 육중한 철문의 경첩에, 바닥 가까이에 테이프로 붙인 다음 불을 붙이고 뒤로 물러섰다. 우리는 항공센터 안으로 들어가 최대한 몸을 피했다. 다이너마이트가 터졌다. 포장도로의 파편들이 유리창을 비처럼 때렸다. 트럭이 자갈길을 지나가는 순간을 연상시켰다. 우리는 문으로 돌아갔다. 문짝은 위쪽 경첩에 비뚤게 매달린 채, 피어오르는 연기 속에서 처량한 메트로놈 소리를 냈다. 아버지가 머뭇거리는 배달부처럼 문간에 섰다.

자네 총 이리 주게, 그가 말했다. 그래도 되겠나?

나는 그에게 총을 건넸고, 그가 자기 총을 나에게 주었다.

지금부터 하게 될 일엔 이편이 좀더 나을 걸세.

반사작용. 그는 노리쇠를 당기고, 탄약이 장전되었는지 확인한 뒤, 곧바로 코만도 모드로 돌입했다. 처음인 것 같지 않았다. 빨리 그가 뱅리를 만났으면. 그 순간 나는 그런 생각을 하고 있었고, 아버지가 첫째 계단을 지나 총을 어깨에 메고 조준한 상태로 두 눈을 부릅뜬 채 다음 계단을 올라갈 때도, 그 생각을 하면서 재미있어했다. 계단의 발판은 철근에 콘크리트를 씌운 것이라 우리가 올라갈 때 묵직한 텅 텅 소리가 났다. 계단은 전부 다섯 층이었다. 매번 그는 나를 계단에 머물러 있게 하고 먼저 문을 열었다. 우리는 모든 층을 신속하게 점검하며 위로 올라갔다. 그가 내 귀에 바짝 대고 거친 숨결로 속삭였다.

이곳 인테리어가 아마 마음에 들걸.

상상할 수 있었다. 맨 꼭대기 층의 문, 관제실로 들어가는 문은 잠겨 있었다. 당연했다. 그가 자물쇠를 쏘았고, 문을 박차고 들어갔다. 냄새. 장애물. 나는 구역질을 하고 침을 뱉었다. 사방이 고양이 천지였다. 총소리를 듣고 겁에 질린 고양이들이 레이더 키보드, 통신장비 위로 뛰어다녔고, 죽어버린 검은 화면들을 배경으로 몸을 동그랗게 구부리고 털을 쭈뼛 세우고 하악질을 했다. 삼색 얼룩 고양이와 검은 고양이, 파란 눈의 샤미즈 고양이.

실내에선 고양이 오줌 냄새가 진동했고 냄새는 색유리를 통해 들어오는 빛과 함께 유영했고, 수족관처럼 초록빛이 배어 있었다. 관제탑의 서쪽, 우리 비행기가 들어온 방향, 캔틸레버식 창문 밑 저격수가 쓰러져 있을 것으로 예상되는 지점에는, 한 남자가 콜록거리며 울고 있었다. 그는 바닥으로 쏟아져나온 창자를 움켜쥐고 있었다. 피가 등에서 흘러나왔고, 웅덩이를 이루었다가 냇물처럼 구불구불한 선을 그으며 바닥을 가로질렀다.

나이든 남자였다, 아버지보다 더 늙었다. 수염은 희었고, 자르지 않은 희끗희끗한 머리카락이 서로 엉겨붙어 페인트칠을 한 철제 바닥에서 피를 빨아들이고 있었다. 처음에 응답했던, 몇 년 전 내가 들은, 바로 그 목소리가 틀림없었다. 그는 멜빵을 하고 있었다. 모자는 실내 한복판으로 날아가 있었다. 모자에는 노란색 글씨로, 피오리아 항공센터 '하트랜드 서비스'라고 적혀 있었다. 욕지기 속에서 소름이 돋았다. 개새끼. 그 하트랜드 사람은 유행병을 피해 은신처를 찾아 서쪽으로 왔다가 이 개자식이 쳐놓은 쇠줄에 걸렸을 것이다. 아마도. 그의 소총이 모자에서 몇 피트 떨어진 곳에 뒹굴고 있었다. 총신이 긴 AR-10. 고양이들이 동물병원 대기실에서나 들릴 법한 겁에 질린 긴 울음소리를 냈다. 노인은 캑캑거렸고, 쿨럭거렸고, 흐느꼈다. 비교적 대범한 고양이들은 벌써 자줏빛 연못을 철벅거리고 있었다.

새뮤얼! 차가운 비명. 새미 나의 새미 나의 새미!

나는 펄쩍 뛰었다. 실내 한구석—사실 관제탑은 팔각형 모양이라 사방이 다 구석이고 따로 구석이라고 부를 만한 곳은 없었지만—에 동쪽 구석에, 한 노파가, 뻥이 아니라 진짜로, 쪽진머리를 한 노파가 있었다. 그녀가 비 숙모였다. 그녀는 삼각대로 받친 조준경 옆에, 이번에도 뻥이 아니라 진짜로, 파란 수레국화 무늬가 있는 옥양목 드레스를 입고 서 있었다. 동그란 금테 안경을 쓰고 있었다. 그녀는 학교 사서라고 해도 믿을 것 같은, 사랑이 넘치는 할머니였고, 팬케이크 시럽 상표에 나올 법한 얼굴이었다. 그녀는 항공 스크린을 등지고 서서 그녀의 남편이었을 저격수를 향해 달려가려다가 그 자리에 얼어붙었고, 양손을 가슴에 댄 채, 입을 벌리고 비명을 질렀다. 아버지가 그녀를 쏘았다. 그녀의 이마 한가운데를. 고양이 스무 마리가 관제탑 안을 돌아다니다가, 제각기 다른 공포의 아치 모양으로 굳었다. 반향하는 공간의 데시벨이 반으로 떨어졌다. 이제 고양이와 노인의 소리뿐이었다.

아버지가 노인에게 다가가, 웅크리고 앉았다.

끝내 노인의 목이 메었다. 그의 눈동자가 불거졌다. 눈동자에 수란처럼 막이 씌워졌다. 쏴. 그가 애원했다.

아버지가 말했다 쇠줄을 어떻게 감았지?

무슨—? 그가 피를 한 덩이 게워냈다.

쇠줄. 그걸 어떻게 감았지?

굴차—

굴착기?

노인은 대답 대신 피를 토했다.

연료는? 연료는 어디 있어? 100LL 있어?

쏴 제바—

어디 있느냐고.

동 탱

동쪽 탱크?

으

아버지가 노인의 허리춤에 있는 열쇠 꾸러미를 당겼다.

이게 열쇠인가?

우으

이게 열쇠야?

으

지옥에나 가서.

아버지가 그를 쏘았다. 나는 구역질을 했다.

★

창밖을 한 번 내다보고는 고양이들을, 악취를 내쫓았다. 항공센터의 지붕은 태양전지로 덮여 있었다. 이리 공항처럼. 그래서 물, 연료를 퍼올리고 무선장치와 유도장치에 전력을 공급할 수 있었던 거다. 바로 아래 동쪽 연료 탱크까지는 100야드도 안 되었다. 이곳에서는 저격이 쉬웠고, 그래서 연료 탱크를 지킬 수 있었다. 생존자들은? 비행기 잔해 속에서 기어나온 사람들은? 먼 거리에서 조준했거나, 아니면 비 숙모가 마치 배우처럼 보호막이 쳐진 그녀의 지정 장소에 가서, 걱정하는 할머니처럼 손을 흔들면서, 어서 나오라고 손짓했을 수도 있다. 너무 쉬웠다. 젠장.

★

관제탑을 나서기 전 아버지가 아파트 3층으로 날 초대했다. 나는 보고 싶지 않다고 했다. 그가 말했다, 보고 싶을걸. 고양이들은 이미 아래층을 돌아다니고 있었다. 나는 그를 따라갔다.

은퇴자의 레저용 차량을 본 적이 있는가? 그들이 집을 팔아서 사는 그 차를? 티끌 하나 없이 깨끗하고, 침대에는 조각보 이불, 아마도 해바라기 문양의 조각보 이불이 반듯하게 펴져 있고, 베개 위에는 플러시* 재질 곰 인형이 있는? 베니어합판 간이 테이블 위에 찍찍이로 고정해놓은 커트글라스** 꽃병이 있고 거기에 실크 장미가 꽂혀 있는? 그곳이 꼭 그랬다. 조그만 침실이 하나 있고, 창문이 없고, 티 없이 깔끔한 플러시 카펫이 바닥 이 끝에서 저 끝까지 깔려 있었고, 고양이도 없었다. 다만 한 가지. TV가 있었을 법한 거실이었을 것 같은 한 방 안에, 한쪽 벽에 못들이 박혀 있었고 그 수백 개의 못에는 모자들이 걸려 있었다. 주로 FBO, 항공 서비스센터, 온갖 종류의 항공 관련 부품회사—실린더, 프로펠러, 외피 등등—의 로고가 달린, 미국 각지의 모자들이었다. 나머지 벽은 선반들로 뒤덮여 있었다. 선반 위에는 안경들—선글라스, 독서용 안경, 이중 초점 안경 등 온갖 종류의 안경들—과 온갖 종류의 조잡한 조류 박제품들이 번갈아 진열되어 있었다. 뼈대도 없이 속만 채

* 실크나 면직물을 비로드보다 털이 더 길고 두툼하게 짠 것.

** 무늬를 새겨넣은 유리.

워넣어서 울퉁불퉁하고 색이 탁해진데다 눈도 서툰 솜씨로 꿰맨 부엉이, 파랑새, 까치, 참새, 오리 들. 그리고 조류 관련 서적들이 있었다. 오래된 피터슨, 골든, 내셔널 지오, 시블리 같은 책들이었다. 모두 지난 세기에 출간된 것들 같았다.

아직도 취미 생활이란 게 존재하다니, 아버지가 말했다. 그건 다행이구만.

아무렴요.

★

우리는 거의 그 이전처럼 연료를 채웠고, 그저 레버를 젖히고 전기 펌프가 돌아가는 소리를 들으며 갤런 수치가 넘어가는 것을 지켜보았다. 늘 갖고 다니는 플라스틱 튜브로 색깔과 농도와 미립자를 확인했다. 우리는 5갤런들이 연료통 여섯 개를 더 찾아내 그 통들도 채웠다. 엔진을 점화했다. 부드럽게 돌아가는 걸 보니 연료의 상태가 좋은 것 같았다. 우리는 이륙했다. 아버지가 말했다 지상 두시 방향! 나는 그쪽으로 기수를 돌렸다. 겨울을 나느라 가죽이 얼룩덜룩하고 너덜너덜해진 들소 세 마리가 활주로 끝에서 풀을 뜯고 있었다.

★

버팔로들이 예전의 경로를 따라 움직이고 있었고, 늑대들, 큰뿔양들도 마찬가지였다. 송어는 사라졌고, 엘크도 사라졌지만. 재스퍼의 개울 상류에서 물수리를 본 적 있고 흰머리독수리를 본 적도 있다. 세상엔 생쥐들이 많고, 매들도 많다. 까마귀들도. 겨울이 되면 나무들은 온통 까마귀 천지다. 크리스마스 장식이 따로 필요할까? 수 마일에 걸쳐 죽은 숲이 이어졌지만 가문비나무가 돌아오고 있었고, 전나무와 사시나무도 돌아오고 있었다.

★

우리는 비행했다. 바람이 기체를 흔들면서 창문이 있던 자리로 들이닥쳤다. 크레플링에, 고어 레인지 산자락에, 큰불이 났다. 그날 이후 새로 난 불이었다. 번개가 쳤고. 가장자리의 나무들이 번개에 맞아 불타올랐다. 우리는 비탈 아래로 달려가는 사슴을 보았다.

봐요! 그녀가 말했다.

사슴 뒤에 회색 곰이 있었다. 회색 곰은 성큼성큼, 짧은 앞발로 부지런히 언덕을 내려가면서, 제동을 걸어가면서, 겁에 질린 새끼 두 마리를 몰았다. 새끼들을 아래로 아래로 몰았다.

강물에서, 협곡 위로 평평하게 흐르는 강줄기에서, 사슴이 헤엄치고 있었다.

★

덴버의 자연사박물관에서 본 그림이 떠올랐다. 다양한 종류의 공룡 무리가, 내 기억으로는 트리케라톱스도 있었는데, 풀이 성글게 자란 들판을 불길에 쫓기며 달리고 있었고, 그 뒤로 화산이 폭발하고 있었다. 그들이 회색 곰 어미나 사슴만큼 빨리 달릴 수 있을지 궁금했다.

★

윈터파크 리프트의 의자들이 대롱거렸다. 새로 자란 나무가 거의 의자 높이까지 올라왔다. 우리에겐 이리 공항까지 갈 수 있을 정도의 연료가 있었지만 딱 그만큼이었다. 나는 착륙해서 여분의 연료를 한 통이라도 더 넣고 싶었다. 만약을 대비해서. 어떤 만약이냐고? 그냥 만약. 우리는 스키 타운 서쪽에 위치한 깔끔한 고속도로로 선회했다. 착륙했고, 타운 변두리의 건물에 최대한 가까이 세웠다. 기지개를 켰고, 연료를 채웠다. 내가 사다리 위에 섰고, 아버지가 밑에서 연료통을 건네주었다. 타운의 경계가 70야드 거리에 있었고, 오락센터, 싱클레어 주유소, 짙은 목재로 지은 촌스러운 샬레*가 한 채 있었는데, '헬가 독일 음식과 영혼'이라고 적혀 있었다. 기적적으로 불에 타지 않았다, 이 타운은.

시마가 길가에 서서, 손을 청바지 주머니에 넣고, 멍하니 응시했다. 여전히 충격에 빠진 상태인 것 같았다. 그들이 살던 협곡 밖의 세상. 불타버린 텅 빈 세상. 온전하게 남은 건물이 가장 두려웠다. 나에게는. 거의 평범해 보였기 때문에, 울림이 있었기 때문에. 무엇인지는 몰라도 종을 치고 나서 소리가 한참 전에 사라졌는데도 남아 있는 그런 울림이었다.

들어가보고 싶어요, 그녀가 말했다. 마치 관광객처럼 그 독일 식당 건물을 가리키면서.

저기요?

네.

빨리 연료를 채우고 이륙할수록 안전해요. 비어 있을 거예요, 하지만. 혹시 모르잖아요.

들어가보고 싶어요.

---

* 지붕이 뾰족한 목조 주택.

나는 어깨를 으쓱했다. 아버지는 혼자만의 상념에 잠긴 채 저멀리 있는 고어 레인지, 불타는 네버 서머스 스키장을 바라보며, 얼어붙은 듯 서 있었다. 인간은 참으로 많은 것에 익숙해지지만 아마도 이런 것에는 영영 익숙해질 수 없을 것이다. 그것도 이렇게 갑자기라면. 나는 그에게 휘파람을 불고 곧 돌아오겠다고 말한 뒤 소총을 집어들고 동상작용*으로 융기한 고속도로 쪽으로 걸었다. 풀과 세이지 덤불들, 어린 포플러나무가 균열을 비집고 자라 있었다. 작은 도마뱀 한 마리가 잽싸게 달아났다. 우리는 디바이드에 쌓인 눈 위에 걸려 있는 태양을 향해 곧장 걸었다. 저 위엔 아직 눈이 있다, 어찌됐건.

독일 음식 좋아했어요?

데이트하는 듯한 기분이 들었고, 기분이 이상했다. 협곡은 이런 황량함이 감돌기에는 너무 고립된 장소였다.

싫어했어요, 굉장히.

그랬군요.

그녀가 손을 뻗어, 내 손을 잡았다. 난 아무데도 안 가요, 힉. 그녀가 말했다. 내가 어딜 가겠어요?

---

* 겨울에 심한 추위로 수분이 얼어서 토양이 위로 솟아오르는 현상.

갈 데야 많죠, 라고 생각했지만 아무 말도 하지 않았다. 다른 방향으로 갈 수 있다. 아니면 깊이 안으로 안으로 들어가거나. 다른 사람이 결코 쫓아갈 수 없는 많은 곳들.

나는 입을 다물었다. 문이 열려 있었다, 아니, 문이 없었다. 아마도 가구들과 함께 벽난로에 넣고 태웠는지도. 창문에는 판자를 쳤다. 여기 있던 누군가는 최악의 경우에 대비해 계획을 세우고 있었고, 이 사업을, 그들 평생의 저축을 지켜낼 계획을 세우고 있었다. 그런 희망의 징후들이 이젠 너무 고풍스럽게, 심지어는 기이하게까지 느껴졌다. 우리는 안으로 들어갔다.

그들은 가구를 태우지 않았다. 테이블들, 묵직한 의자들이 모두 어둠 속에 버티고 서서 무심히 자리를 지켰다. 한복판에 난로가 있었는데, 돌로 가장자리를 두른 둥근 난로였다. 모든 감각 없는 스키 뒤풀이 행사 담당 디자이너가 요구했을 법한 핵심 소품이었다. 아마 부엌에는 퐁듀 냄비가 있을 것이다. 건물의 앞쪽, 눈비가 들이친 부분은 목재가 얼룩지고 휘었지만, 더 안쪽엔 마른 먼지가 내려앉았고 쥐들의 흔적과 쥐똥이 남아 있었다. 안쪽에 묵직한 오크나무 바가 있고, 높은 목제 스툴이 있고, 깨지지 않은 뿌연 거울이 있었다. 문간에서 들어오는 빛이 황혼 무렵 개울 수면에 만들어지는 쇳물 웅덩이처럼 거울에 반사되었다. 그녀는 망설였고, 안으로 들어가 바 앞에 섰고, 커다란 거울을 들여다보았다. 몇 걸음 뒤로 물러나서, 가만히 서 있다가, 양팔을 옆으로 들었다. 나는 무용 공연에서 다음 스텝을 잊어버린 어린 소녀를 떠올렸다. 머릿속이 하얘진 아이. 아니면 새로 생긴 술집에 온 목장 소녀, 뭘 주문할지, 어떻게 물어봐야 할지 몰라, 분위기에 압도당한 소녀. 그녀는 자기 모습을 바라보다가 울음을 터뜨렸다.

★

이 여자를 안았던 그 남루하고, 건장하고, 턱수염 난 남자는 누구죠? 그게 당신인가요, 힉? 당신 꼭 겨울을 나느라 지친 들소처럼 얼룩덜룩하고 털이 수북하고 너덜너덜하네요. 이도 하나 빠졌고요. 꼭 떠돌이 하키 선수 같아요.

★

이럴 줄 몰랐다. 마지막 언덕을 넘는데 조금 긴장이 되었다. 록스 상공을 지나야 한다고, 사람들은 비행장에서 말하곤 했다. 그게 무슨 대단한 일이라도 되는 것처럼. 나에겐 그렇지 않았다, 한 번도. 그러니까 내 말은 물론 그곳은 지대가 높았고, 콘티넨털 디바이드였고, 거의 항상 눈이 있었고, 어떤 상황이라도 엔진이 꺼지기엔 끔찍한 곳이었고, 로지폴의 첫 평지가 나오기까지는 긴 거리인데다, 길게 이어진 죽은 소나무 숲이었다. 그 양쪽으로는 윈터파크 혹은 네덜란드. 나는 항상 2000피트의 공간을 유지했고, 높이 날다보면 가끔 멍해지긴 했지만, 그래도 매번 괜찮았다. 하지만, 지금은 그게 대단한 일이었다. 어째서냐고? 내가 예전에 지프들이 다니던, 바위와 눈더미 틈으로 뻗은 도로의 낮은 지점을 향해 나아가고 있기 때문이고, 집으로 돌아갈 때면 늘 그랬던 것처럼, 저지대 마을이 봉우리 뒤로 올라오는 것을, 올림픽에 사용하던 깃발들처럼 솟아올라 펼쳐지는 것을 보았기 때문이고, 마지막 산자락의 절벽 뒤로 그곳을 보았기 때문이다. 예전의 이리. 더이상 반짝이지 않는 송신탑 남쪽으로 뻗은 활주로가 곧 눈에 들어오고, 마치 나만을 위해 깔아놓은 '환영'이라고 적힌 현관 매트처럼 펼쳐진 기다란 포장도로. 뱅리를 다시 만나는 게 긴장된다, 바로 그거다. 그곳을 떠난지, 내 계산으로는, 이제 막 육 주가 넘었다.

★

이제 우리는 작은 산들을 지나며 하강했고, 나는 기계적으로 비스트의 기수를 이리 공항으로 돌렸다. 광고판처럼 높이 솟아오른 주간고속도로 건너편 가파른 경사지를 향해 나아갔고, 그곳은 내 착륙 목표 지점에서 서쪽으로 15마일 정도 떨어져 있지만 우리를 활주로 정중앙에 안착시켜줄 것이다. 그곳을 보는 순간, 열여덟 살의 여름날이 스쳐갔다. 호치키스에 있던 엄마의 아담한 집으로 돌아가던 때. 그래서 엄마를 깜짝 놀래주던 때. 황혼이 질 때 메사의 지그재그 길을 걸어올라가던 기억. 집으로 돌아간다는 설렘, 그리고 내가 기대하는 것과 전혀 다를지도 모른다는 두려움. 심장이 북처럼 울렸다. 엔진의 굉음과 대결을 벌이려는 것 같았다. 하강하기 위해 트로틀을 뒤로 잡아당기자 엔진은 더 낮은 굉음과 진동을 만들어냈다.

우리의 8마일 초원으로. 마지막 나무들, 길 잃은 보초병처럼 들판을 서성이는 살아 있는 마지막 소나무들을 지나고 나니, 우리의 구역, 우리의 안전지대가 보였고, 함께 지은 탑도 보였다. 뱅리의 저격용 거치대, 그가 숨겨둔 박격포를 쏘았던 포치가 보였다—그때 나는 그 지점 위에 있었고 아주 주의깊게 내려다보지 않아서 늑대와 코요테, 그리고 다른 짐승들 때문에 땅속에 묻히지 못한 채 여기저기 흩어진 시체들, 해골들을 보지 못했다. 좀더 자세히 보았다면, 갈비뼈의 곡선 혹은 두개골의 허연 아치를 볼 수도 있었으리라. 문득 묘한 감정이 밀려드는 것을 느꼈다—어떤 감정이냐고? 그 순간 내 가족이 되어버렸음을 깨닫게 된 뱅리에 대한 감정. 왜냐하면, 이십 년 전 내 엄마에게 그랬던 것처럼, 내가 그에게로, 집으로 돌아가고 있기 때문이다. 내 아내도, 내 자식도, 내 어머니도 아닌, 거슬리는 목소리의 뱅리에게 돌아가고 있기 때문이다. 항상 고집불통 또라이처럼 구는 건 자존심 탓이었다. 그리고 나는 두려움과 주눅의 찌릿한 통증을 느꼈다. 혹시 나에게 불같이 화가 나 있으면 어쩌지?

투쟁하는 감정들. 그러고 나서 나는 극단의 두려움을 느꼈다. 6000피트로 하강해 수위는 낮지만 여전히 흐르고 있는 반짝이는 강 위를 지나자 활주로의 남쪽 끝이 시야에 들어왔고 숲이 되어버린 집들이 보였고, 골조가 보였고, 토네이도가 휩쓸고 간 뒤 불에 탄 것처럼 반이 날아가버린 내 격납고가 보였다.

III

뱅리의 집, 북쪽으로 100야드 정도 떨어진 집, 쇠락한 거실에 그의 총기 제작소가 있고 금발의 가족이 스키장에서 찍은 사진이 있는 집—그 집은 그대로 있었지만, 창문이 총을 맞았고, 깨진 2층 지붕창 주위에는 불에 그을린 자국이 있었고, 그 옆에 커다란 구멍이 나 있었다. 오 씨발. 씨발 씨발 씨발.

아버지는 경계 태세로 자신의 짐 위에 꼿꼿이 앉아 있었고, 내가 뒤를 돌아보았고, 그가 뭔가가 잘못됐다는 걸 알아차렸고, 시마는 내 허벅지를 꽉 움켜쥔 채 상어 수족관을 들여다보는 어린아이처럼, 유리창에 바짝 붙인 얼굴을 떼어내지 못하고 있었다.

착륙하기 전에 텃밭을 낮게 한 번 지나쳤다. 망가지지 않은 상태로, 그대로 있었다. 텃밭머리의 큰 물길에 여전히 물이 흐르고 있었고, 고랑의 반 정도에도 물이 있었다.

그러나. 200피트 상공에서도 잡초가 보였다. 잡초가 물 없는 고랑을 메웠고 위로 기어올라 두둑으로 올라가 골진 밭의 두둑을 뒤덮었다.

나는 트로틀을 밀어 급상승한 뒤 좀더 높은 곳에서 한 바퀴 돌았다. 좌측으로 선회한 뒤 중앙을 겨냥하고 멀리서 착륙해 곧장 뱅리의 집을 향해 유도로를 달렸다. 공기 혼합기, 자석발전기, 주전원 오프. 정지. 비스트가 멈춰 서기 무섭게 나는 끈적거리는 문을 열어젖히고 비행기에서 내려 집으로 뛰어갔다.

앞문이 열린 채, 약한 바람에 조금씩 흔들리고 있었다.

뱅리! 뱅리! 이봐! 거기 있나! 뱅리!

내 목소리의 위력에 나 자신도 놀랐다. 낯선 이의 목소리 같았다.

그의 작업실로 뛰어들어갔다. 이상하게도 산이 내다보이는 커다란 통유리는 그대로인데 벽난로 위쪽 벽을 대각선으로 가로지른 총탄 구멍이 있었다. 스키장의 가족사진은 사이드 테이블 위에 그대로 놓여 있었다. 연장들도 뱅리가 둔 자리에 그대로 있었다. 그가 가장 좋아하는 총 중 하나인 시그 사우어 308구경의 총신과 리시버가 두 개의 고정쇠로 작업대에 고정되어 있었다.

젠장.

아버지가 내 뒤에 서 있었다.

자네 친구, 그가 말했다. 우리가 처음 이야기를 나눴을 때부터 자네 친구가 냉혹한 놈일 거라고 짐작했지, 그렇지 않고서야 자네 같은 친구가 어떻게……

그가 말을 멈추었다.

이런 상황은 상상하지 못했다.

뱅리!

절망적이었다. 처음으로 그것이 마수를 뻗어오는 것을 느꼈다, 악취와도 같은 절망이. 이상도 하지. 그 사람의 집이 찢어발겨지고 나서야 그에 대한 감정을 깨닫게 되다니.

움찔했다. 아버지의 손이 내 어깨에 있었다.

놈들이 여기서 그 친구를 붙잡았군. 그 친구는 작업중이었어. 대낮이었고. 대낮에 이런 식의 공격은 예상하지 못했겠지. 놈들은 정문으로 들어왔고 그 친구는 첫번째 총격에서 살아남은 뒤 놈들을 물리쳤어. 놈들이 후퇴하자 보다 나은 시야와 각도를 확보하기 위해 위층으로 올라갔고, 거기서 싸웠어. 아마 놈들 중에 두어 명만 총을 갖고 있었을 거야.

나는 위층으로 뛰어올라갔다. 심장이 조여왔다. 과연 무얼 보게 될까? 위층에는 올라가본 적이 없었다, 한 번도. 복도에 금발 가족의 사진들이 죽 걸려 있었다. 스키, 항해, 대나무 방갈로, 야자수, 꽃이 가득 핀 들판의 래브라도레트리버. 두툼한 카펫이 깔린 복도를 전속력으로 달리면서도 그 모든 걸 보았고, 지붕창이 있던 자리인 집의 정면으로 가기 위해 내 위치를 확인하려고 한 번 멈추었다. 여기 이 방. 반쯤 닫힌 문을 밀어보았다.

어린아이의 방이었다, 남자아이. 침대맡에는 비키니를 입은 모델 리누리누의 포스터가 걸려 있고, 침대에는 뛰어오르는 야생마에 올라탄 카우보이 무늬의 퀼트가 덮여 있었다. 벽에는 핀으로 고정한 나비 액자들이 있고 구석에 전기기타가 있었다. 회전 활강 스키도. 서프보드, 경사진 천장에 붙어 있는 짧은 서프보드, 뱀 한 마리가 있는 사과나무와 몸을 반쯤 돌리고 있는 나체의 이브가 그려진 밝은 초록색 그림, 곱슬거리는 머리카락에 반쯤 가려진 젖가슴. 죄악의 서프보드. 사인을 받은 나스카* 포스터. 차량 번호 13번.

두 개의 사냥용 화살이, 진짜 화살이, 포스터에 꽂혀 있었고 그

* NASCAR. 미국 개조 자동차 경기 연맹.

위 벽에 총탄 구멍이 있었다.

침대 옆 바닥에 침 뱉는 그릇 용도로 놓여 있는 코펜하겐 두 캔과 폴저스 커피 캔. 야간 망원경과 권총집에 든 글록 두 자루가 모자걸이에 걸려 있었다. 젠장. 이건 소년의 방이었고 동시에 뱅리의 방이었다. 그는 여기서 살고 있었다. 왜 아니겠는가. 그는 이 방을 역사박물관처럼 보존하고 있었다. 나는 뱅리의 아버지, 그가 증오했던 아버지를 떠올렸고—그 순간 생각했다, 장담하는데 그는 이런 방을 한 번도 가져본 적 없을 거라고. 뱅리는 이런 박물관, 혹은 소꿉놀이 세트 속에 살면서 자신을 치유했거나 아니면 일종의 보상심리 본능을 따랐던 것이다. 또 누가 알겠는가, 더 기이한 이유가 있었는지. 그리고 천장으로 햇빛이 쏟아져들어왔다. 가로 2피트의 구멍이 있었다. 폭발 흔적은 없는데, 어떻게 저기 구멍이 났지? 앗. 하마터면 바닥에 난 거의 똑같은 크기의 구멍으로 발을 내디딜 뻔했다. 머릿속에서 온갖 질문들이 소용돌이쳤고 나스카의 자동차 충돌 사고처럼 엉망으로 포개졌다. 불타버린 창문. 창틀과 가장자리까지 쌓인 모래주머니들. 그리고 보이지 않는 뱅리, 이 시점에서 그나마 좋은 징조.

나는 방 한복판에서 헐떡이며, 숨을 고르려 애쓰고 있었다. 창 없는 창문으로 다가가 우리의 기지, 우리의 공항을 내려다보고, 그 순간 꺽꺽거리는 고통의 웃음을 터뜨리지 않을 수 없었다.

그는 다 볼 수 있었다. 미끼였던 우리집, 우리집에서 끌고 온 쓰레기 수거함 오른쪽, 나와 재스퍼가 잠을 자던, 활주로 맞은편의 낮은 둔덕을. 뱅리는 그 집의 포치와 앞문을 볼 수 있었고, 일렬로 늘어선 녹슨 비행기의 잔해들을 볼 수 있었고, FBO 건물의 두 면, 내 격납고의 입구를 볼 수 있었다. 여기서 그의 시야에 들어오지 않는 곳은 거의 없었고, 물론 그것이 그가 이 집을 선택한 이유였을 것이다. 왜 그랬는지 모르지만, 그런 생각은 한 번도 하지 못했다. 내가 한밤중에 그에게 침입자가 있다는 신호를 보내면 그가 여기서 망원경으로 상황을 한눈에 파악할 수 있으리라는 생각도 하지 못했다. 쓰레기 수거함 뒤에 몇 명이 도사리고 있는지, 그들이 무얼 들고 있는지, 뒤에서 몇 명이 더 쫓아오고 있는지, 다 알았을 것이다. 어둠 속에서 우리의 둔덕으로 걸어오기 전에, 그는 이미 다 알고 있었고, 누구를 먼저, 어떤 식으로 쏠지 계획을 세웠을 것이다. 그가 한 번도 그다지 놀라지 않았던 것, 내가 보기엔 지나칠 정도로 느긋해 보였던 것도 바로 그래서였을 것이다. 씨발. 그리고 모래주머니들. 여기서 저격용 소총으로 쏠 수도 있었을 것이다. 뱅리 이 씨발놈. 거리가 얼마나 되려나? 대략 300야드 정도. 간단했다. 그에게는. 그곳에 서서 나는 격한 감정의 변화와 경외, 그리고 글쎄—뭐라고 해야 할까? 사랑을, 아마도, 어떤 또라이에 대해 갈수록 커져가는 그것을 느꼈다.

그는 한 가지에는 탁월했고, 정말 탁월했고, 그 나머지에 대해서는 굴하지 않는 비열함으로 일관했다. 짐작건대, 그의 유일한 전략. 그리고 그는 나를 지켜주었다. 단 한 번의 실수도 없이, 조금도 주저하지 않고. 그리고, 또 어떻게 했느냐고? 관대하게. 내 말은,

모든 것을 초월하여 그 일을 했다. 그렇지 않은가? 심지어 자기가 이 작전을 얼마나 잘 수행하고 있는지조차 내게 알리지 않았다. 그래서 내가 떠날 때, 그는 위협이, 위험이 얼마나 늘어날지 정확히 알고 있었다. 탑에서 장거리 저격을 할 때 바람에 의한 탄환의 편차와 상승을 정확히 계산할 수 있었던 것처럼, 정확하게 얼마나 치명적일지 계산할 수 있었을 것이고, 나와 재스퍼 없이, 그리고 그 뒤로는 나 없이, 경보장치 없이 자신이 여기 혼자 있는 게 얼마나 위험한 일인지 섬뜩할 정도로 정확하게 알았을 것이다. 말하자면 그 공생의 의미를, 내가 전혀 인지하지 못했던 범위까지. 내가 떠나는 것에 대해 그가 무뚝뚝하게 지극히 짧은 반감을 표현했을 뿐이라는 게 더 가슴 아팠다. 수류탄 바구니. 내가 가족이었다고 한 말. 나에게 좋은 여행이 되길 바란다고, 안전하라고, 자기를 위해서가 아니라 나를 위해 안전하라고 말해주었던 것도.

그리고 그 외의 다른 여행들. 그에게는 단지 여가 생활이거나 혹은 심리적인, 허가받은 휴가일 뿐이었을 내 낚시와 사냥 여행들은 그를 엄청난 위험에 빠뜨렸다. 그러나 한 번도 반대하지 않았다.

이곳이 그의 방이었다. 왠지 뭉클했다. 왠지 이상했다.

나는 돌아섰다. 아버지가 문간에 서서 회색 눈동자로 어린아이의 물건과 총들을 훑었다.

한마디로 이게 바로 뱅리입니다, 내가 말했다.

흠.

아버지의 눈이 모래주머니를 쌓아놓은 창가로 향했다.

여기서 죽지 않았어.

그가 지붕창이 있던 자리의 그슬린 구멍으로 다가갔다. 아래쪽, 건너편을 훑어보았다.

여기서 부상을 당했어. 아버지가 갈가리 찢긴 커튼을 만져보았다.

여기 머물면 안 된다는 걸 안 거야. 그랬다간 놈들이 그를 태워버렸을 테니까. 부상은 입었지만 움직여야 한다는 걸 알았어. 움직여서 공격해야 한다는 걸. 훌륭한 군인이었군.

군인이었다고요?

아버지가 어깨를 으쓱했다.

우리는 둘 다 그 자리에 서 있었다. 나는 움직일 수가 없었다. 얼어붙은 기분이었다.

그때 두 발의 총성과 비명이 들렸다.

우리는 복도를 달렸고, 계단을 뛰어내려갔고, 부분적으로 파손된 1층을 지나, 고통스러운 햇살 속으로 들어섰다.

비스트는 북쪽의 주택가로 갈 때 유도로로 사용하는 램프에서 몇 야드 떨어진 지점에 있었다. 시마가 자신의 몸을 바퀴만큼 작게 만들려고 애쓰며 비행기 날개 밑에 웅크리고 있었다.

아버지가 갑자기 멈추는 바람에 나는 그와 부딪쳤고, 그를 바닥에 쓰러뜨릴 뻔했다.

기다리게.

아버지가 손가리개를 하고 주위를 훑어보았다. 비행기 옆에 웅크린 시마가 손가락으로 방향을 가리켰다. 닫혀 있는 내 격납고 쪽을. 그러니까 아직 남아 있는 격납고 쪽을. 그녀는 무사했고, 총성 때문에 낮게 웅크리고 있었다.

그리고 아버지가 움직이기 시작했다.

그 친구야, 아버지가 말했다.

나는 세 걸음 만에 아버지를 따라잡고 지나쳤다. 한 사람이 죽었다 다시 살아나기 전에는 결코 그 사람에 대한 감정을 알지 못하는 법이다. 나는 격납고 문을 밀어젖혔다. 들어올리도록 되어 있는 문에 따로 낸 문으로, 한때 한 사람이 드나들곤 했던 문인데, 너무 세게 밀고 들어가다가 늘 있던 움푹한 자리에 걸려 넘어졌다. 다른 집들에서 가져온 온갖 종류의 최고급 페르시아 양탄자를 깔아놓은 널찍한 바닥을 비틀거리며 가로지르다가, 머리부터 아주 세게 곤두박질치는 바람에 허리가 삐끗했고, 씨발, 한쪽 무릎에 무리가 갔고, 악, 몸을 추스르고 일어서 멈춘 다음 마치 나무처럼 그 자리에 서서 어둠에 적응하기 위해 눈을 찌푸렸다.

천장에는 골이 지고 반투명한 패널 두 개가 허접하게나마 채광창 역할을 하고 있어서 문을 닫으면 자연광으로 실내를 밝혀주었다. 나는 우리의 소파, 밸디즈 리클라이너, 재스퍼의 안락의자, 작업대, 스툴, 내가 조리하던 카운터, 이따금 훌륭한 식사를 하곤 했던 빨간 리놀륨 테이블을 보았다. 그것 말고는 아무것도 없었다. 그러나 소리가 있었다. 생쥐 한 마리가 벽을 긁는 것 같은 소리. 금속성.

나에겐 공구 수납장이 하나 있었는데, 바퀴 달린 서랍장으로, 커다란 빨간색 금속 제품이고, 너비가 6피트였다. 아름다운 수납장이었다. 서비스센터 창고에서 그걸 끌어내, 서리 내린 언덕들과 구멍 파인 도로를 지나, 굴리기 어려운 곳에서는 판자로 다리까지 놓아가며 여기로 끌고 오느라 뱅리와 내가 오전 내내 고생을 했었다. 그 서랍장은 북쪽 벽 중앙을 차지하는 영광을 누렸다. 뱅리는 그 서랍장을 빨간 네모라고 불렀다. 래치트 플랫 렌치가 필요해, 4분의 1인치짜리, 그가 말하곤 했다. 잠깐 엉덩이 좀 들고 빨간 네모에 가서 그것 좀 갖다주겠나? 부탁이야. 긁는 소리는 그 수납장 쪽에서 났고 수납장은 벽에서 조금 밀려나와 있었다. 앞코에 금속을 댄 뱅리의 부츠 한 짝이 그 수납장 뒤로 비죽 나와 있었다. 그 옆, 벽에는 그의 수류탄 발사대가, 그가 만들고 있던 발사대가 벽에 기대어져 있었다.

그는 마른 피 범벅이었다. 누군가가 하반신에 피 한 양동이를 부어놓은 것 같았다. 눈은 부어서 거의 붙어 있었고, 팔을 베고 누운 얼굴 옆에는 점액인지 구토물인지 하얗게 굳어 있었다. 왼쪽 다리는 이상한 각도로 비틀어져 있었다. 그는 가장 좋아하는 공격용 소총 M4 위에 누워 있었고, 피 묻은 그의 왼손은 방아쇠 위에 놓여 있었다.

갈라진 그의 입술에서 쉰 소리가 흘러나왔다. 속삭임 중에서도 가장 가냘픈 속삭임이었다.

힉 이 씨발놈.

그게 전부였다. 그의 손이 뻣뻣하게 올라오더니 내 턱수염을 만졌다touched.

★

위태로운 상태touch and go.* 이 주. 하고도 더. 만약 그가 죽었다면 탈수와 출혈 때문이었을 것이다. 그는 죽지 않았다. 질긴 새끼. 우린 그럴 줄 알고 있었다. 시마는 그를 옮기지 않으려 했다. 그를 소파에 눕혔다. 총알이 으깨어놓은 허벅다리에 부목을 댔다. 갈비뼈를 부러뜨리고 위를 비껴간 왼쪽 옆구리의 총탄 구멍을 소독하고 봉합했다. 격납고는 오후에 더웠지만 천장의 문과 서쪽 벽에 생긴 구멍 덕에 나쁘지 않았다. 그가 내 얼굴을 알아보기까지 나흘이 더 걸렸다. 단 몇 초 동안. 그 나머지는 일종의 혼수상태였다. 시마는 칠면조 베이스터**로 물과 스프라이트를 그의 입에 넣어주었다. 엿새째 되던 날 그녀가 물을 먹이고 있는데 그가 눈을 뜨고 그녀를 바라보았다.

힉 부인, 그가 말했다.

웃음이 터졌다고 그녀가 말했다. 그의 표정 때문이었다고. 반쯤 죽은 사람의 표정. 그런데도 마치 도전하는 것 같았고, 어디 한번 아니라고 해보시지, 라고 말하는 것 같았고, 자의식이 없지 않았고, 유머 비슷한 무언가였다고.

---

* 비행기의 아슬아슬한 착륙 혹은 일촉즉발의 불안정한 상황을 일컫는 말로, 앞 문단의 touched와 함께 복합적 의미로 사용한 듯하다.

** 고기 요리를 할 때 소스나 양념을 표면에 뿌리거나 안에 주입하는 용도로 쓰이는 스포이드 모양의 조리기구.

당신한텐 닥터 힉이에요, 그녀가 말했다. 뱅리가 그녀의 눈을 꽤 한참 동안 바라보았고, 가까스로 고개를 끄덕이더니, 다시 잠들었다고 했다.

★

아버지는 하루하루 긴장을 풀어갔다. 나는 비스트에 아버지를 태워 함께 일대를 순찰했다. 여행 가이드처럼 눈에 띄는 것들을 손으로 가리키면서. 헤드셋을 하나 찾아 그에게 주고 비행하는 동안 설명을 해주었다. 관제탑, 강, 거리가 얼마나 되는지, 그가 다 볼 수 있도록. 우리의 해자 역할을 했던 강가의 높은 절벽, 그 건너편에 있는 유일하게 쓸 만한 개울, 그리고 둔덕. 또 가족들을 보여주기 위해 30마일 반경의 도로를 훑었다.

우리가 날아갈 때 텃밭에서, 집에서, 헛간에서, 그들이 달려나와 너덜너덜한 넝마주이 같은 몰골로 환영하며, 손을 흔들었다. 아이들이 펄쩍펄쩍 뛰었다. 나는 아이들을 세어보았다. 일곱. 한 명이 줄었다. 누군지 확실하지 않았다. 선회하며 손을 흔들고, 손가락을 들어 보였다. 돌아올게요.

시마는 뱅리가 사실상 중환자나 다름없다면서, 누구든 곁에서 스물네 시간 지켜야 한다고 했다. 우리는 번갈아 그의 곁을 지켰다. 그녀에게 변화가 있었다. 지난 한 주 동안 뭔가가 자라서 꽃을 피웠고, 협곡에서 동면하고 있던 뭔가가 햇살 속으로 나와 눈앞에 펼쳐진 세상을 즐겼다. 설명하기는 힘들다.

의사의 역할을 수행하는 것이, 의심의 여지 없이 능숙한 그 역할, 생각이 필요 없는 노련함, 어렵게 습득한 유용한 지식의 세계로 돌아간 것이 그녀를 더 큰 존재로 보이게 만들었다. 글쎄 잘은 모르겠다, 왠지 더 키가 크고, 더 넓고, 전보다 더 중력이 강한 행성 같았다. 그게 한 부분이었다. 어떤 사람이 자신이 정말로 노련한 분야에 임할 때 볼 수 있다, 그들이 자기 자신보다 더 커지는 모습을. 그걸 사랑한다. 그러나 그것 말고도 뭔가가 더 있었다. 비록 반이 날아가버린 들판의 공항이, 그녀가 예전에 살았던 곳—뉴욕은 물론이거니와 그녀가 자란 산과 메사—과 달라 낯설긴 해도, 그녀는 이곳에 오기 위해 준비한 사람 같았다. 그녀 자신도 알지 못했지만 아주 오랫동안. 아마도. 잘은 모르겠다. 나에겐 그렇게 보였다. 그녀의 일부가 긴장을 푼 것처럼, 그녀가 낡은 허물을 벗은 것처럼. 나는 의식조차 못했지만 그녀에게 하나의 장막이었던 껍데기. 허물을 벗는 과정에서 그녀는 열리고 꽃을 피웠다. 진부한가? 그렇지 않다. 매혹적이다. 뭔가를 놓아버리고 피어나는 사람을 지켜보는 것은.

그녀가 놓아버린 게 무엇인지는 알 수 없으리라.

내가 소파 높이로 잘라준 스툴에 그녀가 앉아 있는 모습을 지켜보는 게 좋았고, 뱅리에게 몸을 숙이고 부드럽게, 의사가 환자에게 하듯 말하지 않고, 혹은 거룩한 성직자처럼 말하지 않고, 존중과 유머를 담아, 친구에게 말하듯 이야기하는 모습이 보기 좋았다. 부목을 확인하고 붕대를 가는 모습이 보기 좋았다. 그녀의 움직임은 나와 함께 텃밭에서 일할 때보다 훨씬 더 자신감 넘쳤다—제2의 천성으로 마지못해 하는 일과 어렵게 배우고 단련한 기술을 발휘해서 하는 일의 자신감 차이였다. 곱슬거리는 짙은 색 머리카락을 넘기는 모습이 보기 좋았고, 끈으로 머리를 묶거나 긴 팔을 뻗어 기지개를 켜고 뜨거운 여름의 태양 속으로 산책하며 아버지가 갈대밭 그늘 아래 울타리를 만들고 그 안에 묶어둔 양들을 보려고 램프를 가로지르는 모습이 보기 좋았다. 첫번째 날 밤, 옷을 벗고 강가의 연못으로 뛰어들어 물을 튀기며 일어서서는 나에게 들어오라고 손짓하던 모습이 보기 좋았다. 그녀는 빅 힉이 태어나서 본 가장 아름다운 존재였다.

우리는 내가 늘 잠들던 트인 들판에서 잠을 잤다. 재스퍼와 함께 잠들었던 곳. 하지만 갈대로 장막을 두르고 플란넬 침낭 두 개를 우리집, 포치가 있는 집에서 끌어내온 2인용 침대 매트리스 위에 펼쳤고, 나는 지금껏 한 번도 자본 적 없는, 그날 이후 한 번도 자본 적 없는, 그런 잠을 잤다. 우리는 팔다리가 뒤엉킨 채 서로를 붙들고 잠들었는데, 한 번도, 그 누구와도 그런 상태로 잠들 수 있었던 적이 없었다. 예전처럼 한밤중에 깨어나 팔베개를 하고 누워 별들을 바라보고 별자리를 세고 다른 별자리를 만들었지만, 이제는 그녀의 팔꿈치에 빰이 눌린 상태로—조심스럽게 그녀의 팔을 치우면서—그녀의 머리카락이 내 입안에 들어와 있고, 그녀의 허벅지가 내 허벅지 위에 포개어진 상태로, 구원받은 듯한, 축복받은 듯한 기분으로 그 일을 한다.

여전히, 어떤 밤에는 애도했다. 내가 누리고 있는 이 행복이 내 모든 상실, 내 모든 과거와 똑같이 덧없는 것임을 알기에 애도했다. 우리는 굽이치는 들판에서 살고 있을 뿐 아니라, 불안감 속에 살고 있었다. 어떤 공격이 있을지, 어떤 병에 걸릴지 누가 알겠는가. 또다시 찾아온 그 이중성. 마치 비행처럼. 고요함과 속도, 평화와 위험. 비스트를 타고 공간을 집어삼키면서도 거의 움직이지 않는 것 같은 기분, 그림 속에 있는 것 같은 기분.

우리는 모든 게 전혀 새로운 일이라는 듯 사랑을 나누었다. 아마도 아주 조심스럽게, 아주 천천히 해야 했기 때문이리라. 때로는 그녀가 내 위에 올라와 아주아주 부드럽게 나를 자기 몸안에 품고 움직였고 나를 탔고 우리는 그 상태 그대로 꼼짝 않고 있었고 그녀 뒤로 별들이 움직였고 우리는 아주 조금씩 움직였고 그것은 마치 대화를 나누는 것 같아서 나를 행복감으로, 내가 상상조차 못했던 넘쳐나는 기쁨으로 가득 채웠다.

아버지는 뱅리의 옆집을 차지했고, 공항이 보이는 2층 방을 썼다. 타고난 전술가인 그들은 어떻게 보면 하나의 콩깍지 속에 든 콩 두 알 같았다. 어느 날 아침 아버지는 창문 하나에 모래주머니를 놓았고 뱅리에게 자신을 소개한 뒤 공손한 말투로 그의 총 시그 사우어를 빌려도 되겠느냐고 물었다. 그 무렵 뱅리는 건강이 어느 정도 회복된 상태였고, 아마도 열흘째 혹은 열하루째 되던 날이었을 것이다. 소파에 일어나 앉아 아버지를 돌아보고, 봉합한 입술 사이로 말을 할 정도로 회복된 상태였다.

또다른 노인네로군, 그게 뱅리가 거친 목소리로 처음 내뱉은 말이었다.

아버지가 어설픈 미소를 지었고 그 미소가 얼굴을 직선으로 가로질렀고, 그 순간 나는 생각했다, 그러면 그렇지, 두 사람은 웃는 것도 똑같아. 뱅리는 손에 붕대를 감은 상태였고 아버지가 손을 뻗어 그의 팔을 만졌다. 그 동작이 뭉클하면서도 정중하게 느껴졌다.

크게 한판 붙었더군.

뱅리는 산산이 부서질 수도 있고 만화경처럼 변화무쌍해질 수도 있는 눈빛으로, 아버지를 침착하게 바라보았다. 아무 말도 하지 않았다.

열 명에서 열두 명 정도? 그중 셋은 무장했을 테고.

열넷, 뱅리가 쉰 목소리로 말했다. 열넷 그리고 넷.

아버지가 고개를 끄덕였다.

지붕으로 뭐가 떨어진 건가?

바위. 아니면 어떤 망할 놈의 물건. 망할 경량 대포를 갖고 있었어요.

놈들이 시체를 회수해 갔더군.

뱅리는 어깨를 으쓱하는 동작에 최대한 근접하는 동작을 취했다.

그랬나보지요, 그가 말했다. 잠시 침묵한 뒤 그가 말했다. 한 번 몰려왔어요.

그의 목이 잠겨서 헛기침을 했다.

내가 죽은 줄 알더군요. 집에서. 수류탄 발사기로 놈들을 쳤어요. 여기 오는 길에 두 놈을 더 처치했고. 그걸로 충분했습니다. 놈들한테는.

뱅리는 아마도 자신의 새 친구라고 생각하고 있는 그를 유심히 살펴보았다.

어디 계셨습니까? 마침내 그가 물었다.

미 해군 특수부대, 아버지가 말했다. 아프가니스탄. 그리고 여기 저기.

뱅리가 끄덕였다, 간신히.

몽골인들 같은 차림새였어요. 그중 여섯 명이 여자였고. 활도 있더군요. 그들은 알고 있었……

뱅리가 말끝을 흐렸고, 눈동자가 돌아갔고, 기억들을 더듬는 듯했다. 미약한 전율이 그의 몸을 관통했다.

아버지는 기다렸다. 누구든 알고 있었다면.

저기 혹시, 마침내 아버지가 말했다. 실은 내가 북동쪽에 있는 집을 쓰기로 했는데. 한동안 저 시그를 빌릴 수 있을까 해서. 자네가 병원에 있는 동안.

뱅리가 다시 대화에 집중하기까지는 한참이 걸렸다. 마침내 대화로 돌아왔을 때 그가 고개를 반쯤 끄덕였다. 따님이신가요? 그게 그의 대답이었다.

★

나는 시마를 가족들에게 데리고 갔다. 내가 아버지와 함께 착륙하고 나서 곧 그녀도 가고 싶어했다. 그녀는 구급상자를 챙겼다. 우리가 진입로에 착륙하자 사람들이 사방에서 몰려왔고, 몇 명은 뛰었고, 몇 명은 겨우 걸었고, 격리선 주위로 넝마의 무리를 이루며 모여들었다. 우리가 내렸고 시마가 그들에게 다가가자 그들의 표정이 변하는 게 보였다. 검은 테가 둘린 눈동자들이 놀라서 커다래졌고, 여윈 턱이 아래로 떨어졌다. 아이들은 호기심에 차고 반쯤은 겁에 질린 사슴 같았고, 고개를 앞으로 내밀었다. 만약 귀를 움직일 수 있다면 그들은 귀를 움직였을 것이다. 엄마를 돌아보는 그들의 표정, 그 설렘.

시마가 곧장 DMZ를 가로질렀고, 그들은 일제히 반 발짝 뒤로 물러섰고, 거의 몸을 움츠렸고, 그녀 앞에 움푹한 공간을 만들었다. 그녀가 길고, 강하고, 멍든 손을 내밀었다.

괜찮아요. 전 의사예요.

그것이 무슨 의미라도 있다는 듯이. 그녀가 미소를 지었다. 그리고 자신이 한 말이 얼마나 터무니없고 고리타분한지 깨달았다.

안녕하세요. 저는 시마라고 해요.

아마도 그녀의 멍자국, 끔찍한 병을 견디고 살아남은 사람의 연약해 보이는 모습 때문이었으리라. 나는 그들의 표정을 관찰했다. 몇 명이 손을 흔들었고, 내게 고개를 끄덕였고, 미소를 지었지만. 그들은 그녀를 관찰하고 있었다. 매혹된 표정으로, 두려움을 거의 이긴 호기심으로, 동족에 대한 환영으로. 어딘가 그들과 닮은, 그러나 어떻게 닮았는지 확신할 수는 없는 사람에 대한 환영. 그러면서도 그녀는 달랐고, 맹렬한 궁금증에 불을 붙이기에 충분할 정도로 달랐다. 그렇다. 그들은 메노파 교도였다. 손님의 방문이라면 익숙한 사람들이었다. 그리고 나는 내가 하늘에서 내려온 천사라도 되는 줄 알았다. 처음으로 나는 커다란 내 손으로 뭘 해야 할지 몰라, 쓸모없는 인간이 된 것 같은 기분으로, 놀라움과 불편하고 실없는 소리들 속에 웃으며 서 있었다.

그리고. 그녀는 의사였다. 하지만.

시마—내가 불렀다.

그녀가 반쯤 돌아섰다.

이 사람들—

이 사람들. 물론 그녀는 그들이 보균자라는 것을 알고 있었다. 우리는 바로 몇 분 전에 그에 대해 이야기를 나누었다.

그녀가 한 손을 들어 보였다. 걱정 말라는 몸짓이었고, 한편으로는 약간의 무시가 담겨 있었고, 나는 다시 웃어야 했다. 세상 참 많이 변했군. 그들은 그녀와의 공간을 좁혀가며 그녀 주위로 동그랗게 원을 만들었고, 나는 그녀가 이미 그들을 유혹했고 그들의 마음을 샀다는 것을, 내가 그녀를 사랑한 것처럼 그들도 그녀를 사랑한다는 것을 알 수 있었다. 처음부터 그럴 줄 알았다.

아이들이 손을 뻗었고, 그녀의 치맛자락에 매달렸고, 그중 한 소녀는, 내 기억에 이름이 릴리인 것 같은 한 소녀는, 아기 곰이 나무를 끌어안듯 그녀의 다리를 끌어안았다.

안녕! 시마의 목소리가 들렸다. 정말 예쁘구나. 이름이 뭐니? 너는? 우리 잘생긴 꼬마 신사!

낯선 사람의 손길이 닿는 경이로움. 그들은 더이상 만질 수 없는 사람들이 아니었다.

나는 걱정이 되었다, 하지만. 앞으로 무슨 대가를 치르더라도 이 광경은 그럴 만한 가치가 있었다.

그녀는 낡은 농가 안의 예스럽게 응접실이라고 불렸을 법한 공간에 진료실을 차리고, 그들을 모두 검진했다. 그녀는 라텍스 장갑을 꼈다. 그녀가 부엌 쪽으로 난 문을 열고 다음 사람을 부를 때 장갑이 보였다. 다정하게 불렀다. 그녀의 진료가방에 엄청난 물건들이 들어 있었나보다. 그녀는 심각한 상처들을 꿰맸고, 상처를 소독했고, 따뜻한 물을 들통으로 가져다달라고 했다. 임신 육 개월 혹은 칠 개월째라는 젊은 임신부와도 상담했다. 좀더 나이가 있는 어느 남자를 위로했는데, 그의 울음소리가 부엌의 방충문 밖에서도 들렸다. 시마는 나도 그들과 어울려도 된다고 했다. 그건 잘못된 인식이라고. C형 간염처럼, 그녀가 말했다. 에이즈가 그랬던 것처럼. 수액 감염, 혈액. 그런 경우가 아니면—

그 잘못된 인식이 그들의 목숨을 구했다. 들판 가장자리를 두른 울타리에 커다랗게 써붙인 '혈액병 감염' 간판이. 그 간판이 일으킨 공포가. 망원경을 가진 사람이라면 누구든 볼 수 있는 적나라한 현실. 거센 바람에 구부러지듯 지친 몸들, 피로해 보이는 동작들, 퀭한 눈동자들. 그것들이 그들을, 모든 침략자들을 내쫓았고, 그들을 죽였듯이 그들을 살렸다.

성능 좋은 헤드셋을 쓰고 있었는데도 우리는 돌아오는 내내 조용히 있었다.

그날 밤 우리는 둔덕에 몸을 가까이하고 나란히 누워 있었다. 둘 다 바닥에 등을 대고 있었고, 둘 다 산 위의 구름층에서 떨어져나온 반짝이는 구름 암초를 바라보고 있었다. 구름은 반달에 헹구어졌고, 소리 없는 번개를 품고 몸서리쳤다. 날아가는 구름을 바라보면서 나는 장대비가 내려 우리가 격납고 안으로 뛰어들어가기를, 그래서 뱅리의 룸메이트가 될 수 있길 바랐다. 비가 좀 와야 할 텐데. 그녀가 말했다.

마지막에 발표된 연구가 있었어. 몇 가지 믿을 만한 보고들.

혈액병에 관해서?

음.

나는 기다렸다.

스스로 비타민 D를 생산하는 신체능력에 문제가 생기면 이 자가면역질환의 발병이 촉진된다고 했어. 아주 신기한 메커니즘이지. 에이즈와 T세포*의 관계처럼. 그러니까 알려진 질병 중에 그나마 유사한 게 있다면 말이야.

그녀가 하던 말을 멈추고, 구름을 바라보았다.

당신이 그런 식으로 말할 때 좋더라.

그녀가 팔꿈치로 내 귀를 건드렸다.

그 반대가 진실이라는 증거는 아직 없어. 아직 거기까지 가진 못

---

* 항체 생성을 돕고 면역을 담당하는 세포.

했지. 모든 게 너무 새로웠거든.

비타민 D가 진행을 늦출 수 있다는?

응.

월마트에 한번 다녀와야겠군.

그녀는 말이 없었다. 우리는 구름을 바라보았다. 구름은 찢어졌지만 두꺼워지진 않았다. 우리 위에서는. 비는, 만약 만들어졌다면, 산봉우리에 머물러 있었다.

있잖아, 내가 중얼거렸다. 내가 가장 좋아하는 시 한번 들어볼래? 9세기 중국 시야.

나는 그녀가 의학적인 문제를 생각하고 있다고 생각했지만, 내 몸에 기댄 그녀의 몸이 움찔하는 게 느껴졌다. 재스퍼가 가끔 그랬던 것처럼 악몽 때문에 움찔하는 것이 아닌, 빠져드는, 놓아버리는 움찔함.

★

대략. 지금으로선 이렇게 말하는 게 최선이다. 뱅리는 내 겨납고에서 공격을 당하기 전까지 날짜를 세고 있었고 그건 정말 사려 깊은 행동이었다. 그러나. 덕분에 우리가 그 사건이 6월 19일에 일어났다는 걸 알 수 있었다. 그러나 얼마나 오랫동안 빨간 네모 뒤에 누워 있었는지 그는 알지 못했다. 그는 적어도 일주일은 되었을 거라고 생각했다.

대략 7월 4일 무렵 나는 텃밭에서 일하고 있었다. 감자벌레를 한 번에 한 마리씩 죽이고 있었다. 시마는 가족들과 함께 있었다. 아침에 그녀를 내려주었고 그녀는 저녁 먹을 때 데리러 오라고 했다. 그녀는 하루종일 거기 있고 싶어했다. 비타민 D 용액을 주사해야 한다고 했지만 아이들 때문이라는 걸 알았다. 시마는 아이들과 헤어질 수가 없었다.

나는 텃밭에서 일하고 있었다. 시마는 없었다. 뱅리는 아버지와 체스를 두고 있었다. 그게 두 사람이 하는 일이었다. 우리집 포치의 삐걱거리는 의자에 앉아 노먼 록웰*의 종말론적 패러디처럼 거기가 어느 시골 가게라는 듯 체스를 두었다. 뱅리의 지팡이는 난간에 기대어놓고서. 체스 실력은 뱅리가 한 수 위였지만, 그는 딴생각을 했고 그러면 아버지가 그를 이길 수 있었다.

감자벌레를 손가락으로 뭉개 죽이고 있는데 매우 자주 듣던 소

* 미국의 화가 겸 삽화가. 미국인들의 건전하고 이상적인 생활상을 사실주의적으로 그렸다.

리가 들렸고 나는 고개를 들지 않았다. 그러나. 오랜만이었다. 나는 머리를 길게 빼고, 눈을 찌푸리며 태양 뒤쪽을 바라보았다. 그리고 그곳에, 두 개의 비행기 흔적이 보였다. 평행이었지만 한 대가 뒤에 있었다. 도플러효과로 낮아지며 멀어져가는 엔진 소리.

꿈은 아니었다, 절대로.

그렇게 빨리 달려본 적이 없었다. 몇 년 동안. 비스트에 달려가 주전원 스위치를 올리고 무전기를 켰다. 나에겐 나르코* 탐지기가 있어서 정적 속에서 숫자를, 주파수를 훑었지만 아무것도 없었다. 치직거리는 소리. 숫자들이 지나가고 또 지나갔다. 그러다가 룰렛 바퀴처럼 멈추었다. 한 번의 끊어짐, 한 번의 잿빛 너덜거림, 목소리 하나, 말. 마이크 버튼을 누르기 전에 귀를 기울여보았지만 이해할 수가 없었다. 아랍어였다. 틀림없었다. 대화, 웃음. 3만 피트 상공에서 서쪽으로 향하고 있었다. 아마도 캘리포니아 쪽으로. 그 위치에서 우리는, 우리의 공항은, 다른 풍경들, 퇴락해가는 건물들에 가려져 보이지 않을 것이다. 나는 무전을 치고 또 쳤다. 제트기 두 대, 747기, 이리 상공, 747기 두 대, 이리 상공. 방금 덴버 상공을 지난 보잉 747기, 여기는 이리. 무전을 치고 또 쳤다. 목이 쉴 때까지 그리고 증기구름의 기다란 줄들이 그저 하얀 추억이 될 때까지, 신기루가 될 때까지. 나는 멍한 상태로 비행기가 지나간 자리를 쳐다보았다. 좋은 걸까 나쁜 걸까?

---

* 미국의 항공 전자기기 제조회사.

일주일 뒤, 정확히, 두 대가 더 지나갔다. 거의 비슷한 시간에. 그리고 그다음 주에도. 넷째 주엔 아무것도 없었다. 우리 네 사람은 불꽃놀이나 귀한 손님이라도 기다리는 것처럼 오후에 포치에 모여 있었다. 그리고 아무 일도 없었다.

★

그 사람들은 면역력이 있을지도 몰라, 그녀가 말했다. 그들 종족에게 면역력이 있을 수 있어. 아니면 면역 집단이 형성되었거나. 아랍 국가들은 부족국가야. 어쩌면 부족 전체에 면역력이 있을 수도.

9월, 두 대가 더 지나갔다. 내 무전에는 응답하지 않았다.

★

우리는 10월이 되도록 들판에서 잤다. 어쩌면 겨우내 그럴지도. 재스퍼와 내가 그랬던 것처럼. 퀼트를 높이 쌓고. 서리 내리는 밤에는 울 모자를 쓰고, 코만 내놓고 잘지도. 머리를 맞대고, 혹은 엉덩이를 맞대고. 우리는 겨울 별자리들에 이름을 붙였고 우리가 아는 이름들—오리온자리, 황소자리, 플레이아데스, 마차부자리—이 바닥나면, 이름을 지어냈다. 내 별자리는 거의 매번 동물 이름이었고 그녀의 별자리는 거의 음식 이름이었다—시럽을 뿌린 사워도우 팬케이크, 소프트셸 크랩 오 그라탱. 나는 어느 별 하나에 콧대 높고 물고기를 사랑하는 개의 이름을 붙였다.

★

여전히 나는 재스퍼가 살아 있는 꿈을 꾼다. 내 심장이 멈추지 않는 한 계속 그럴 것이다.

★

내가 가장 좋아하는 시, 이상은의 시.

언제쯤 집에 돌아가려나?

언제쯤 집에 돌아가려나? 나는 모른다.
산속의, 비 내리는 밤,
가을 호수는 넘쳐버렸다.
언젠가 우리 다시 함께하리.
서쪽 창가에 촛불을 밝히고 앉으리.
그때 나 당신에게 말하리. 폭풍우 몰아치는 산속의 이 밤
당신을 기억했노라고.

감사의 말

나의 친구들과 가족은 이 책의 집필에 통찰과 에너지를 불어넣었다. 나의 첫 독자인 킴 얀 헬러, 리사 존스, 제이 하인리치, 리베카 로, 헬렌 소프, 존 헬러, 피트 베버리지 그리고 카로 헬러에게 큰 빚을 졌다. 어떻게 보답해야 할지. 리사는 언제나처럼 두려움 없는, 너무도 소중한 독자이자 안내자가 되어주었다. 헬렌의 조언은 언제나 시기적절했다. 나의 부모 존과 카로는 가장 용감하고, 가장 창의적인 롤모델이 되어주었다.

원고를 꼼꼼하게 읽어주고 전문적인 정보를 제공해준 제이슨 힉스, 제프 스트리터, 도나 거슈턴, 마이크 구겔러, 커크 존슨 그리고 미 해군 특수부대의 제이슨 엘리엇에게 커다란 감사의 말을 전한다. 제니스 핼러웰, 네이선 피셔, 마크 러프, 테드 스타인웨이 그리고 데이비드 그린스푼의 도움에도 감사한다.

칼턴 큐스는 나에게 엄청난 영감을 주었다. 보비 리디는 오래전에 나를 제물 낚싯대와 함께 특별한 호수에 풀어놓았다. 보비와 제이슨 엘리엇은 저격총이라는 두려움 없는 위력의 세계에 내가 입문할 수 있도록 도와주었다.

첫 비행 이야기를 비롯한 많은 이야기를 들려준 브래드 위너스에게도 감사한다.

데이비드 할펀은 오랜 세월 동안 나의 친구이자 챔피언이었다. 그가 아니었다면 이 책은 나오지 못했을 것이다. 가슴 깊은 곳에서 고마움을 느낀다. 캐시 로빈슨의 모든 도움에, 루이즈퀘일의 훌륭한 작업에 감사한다. 안목과 열정을 보여준 샬럿 멘델슨에게도 감사를 표한다.

나의 뛰어난 편집자 제니 잭슨을 위해 건배한다.

나에게 비행을 가르쳐준, 지상 최고의 오지 조종사 중 한 명인 데이브 호너에게도 감사한다.

옮긴이의 말

이 책의 번역을 의뢰받았을 때 주저하지 않았던 건 작가에 대한 엇갈리는 평가 때문이었다. 독특한, 시적인, 서정적인 문체라는 평가와 함께 기존의 문법을 완전히 파괴한데다 따옴표조차 없는 난해한 문장들을 끝내 극복하기 어려웠다는 악평이 호기심을 자극했다. 처음 책을 받고 몇 페이지만 들추어보았는데도 희한하게 툭툭 끊어지는 문장들과 주워들은 지식조차 없는 경비행기와 플라이 낚시가 등장하는 장면들이 나를 압도했다. 엄청난 공붓거리가 생겼다는 생각에 처음엔 오히려 설레었다.

번역은 수많은 선택의 결과물이다. 오랫동안 이 일을 하면서 나는 별다른 의식 없이 일관된 선택을 하고 있었다. 내가 장르소설을 좋아하고 또 주로 그런 작품들을 번역했기 때문에 그 선택은 어렵지 않았다. 매끄럽게 술술 읽히는 문장으로 번역했다. 소설인 이상

가독성과 몰입이 중요하다는 판단 때문이었다.

그런데 이 작품이 그런 나의 소신에 처음으로 제동을 걸었다. 작가의 문체가 워낙 독특하고 거칠었지만 그것조차 그의 메시지라는 생각이 들었다. 내 번역으로 작가의 개성을 세탁할 수는 없었다.

3분의 1 정도를 번역했을 때 나는 작가가 기존의 문법을 완전히 무시하고 자기만의 스타일로 이야기를 하고 있고, 그 문체는 번역자가 감히 건드릴 수준이 아님을 다시 한번 확신했다. 고백하건대, 딱 그즈음, 나는 후회했다. 섣부른 선택을 했다는 생각이 들었다. 어느 날은 하루종일 겨우 한 단락을 붙잡고 있었다.

결론적으로 말하자면, 나는 거친 번역을 선택했다. 좋은 문장의 금기로 여겨졌던 것들, 이를테면 툭툭 끊어지고, 접속사로 문장을 시작한다든가 반복해서 주어를 생략하는 것, 따옴표 없이 대사를 이어가는 것 모두 그대로 번역에 담기로. 어떻게 보면 당연한 선택이었다. 이해할 수 없지만 잊을 수도 없는 추상화 같은 작가의 문체가 그 자체로 아름다웠기 때문이었다.

번역자의 입장에서 이렇게 불친절한 책은 처음이다. 생략된 주어가 읽을 때마다 다르게 짐작되었다. 애매한 상태 그대로 번역하면 되지 않느냐고 반문하는 이도 있겠지만, 번역하는 사람이 문장을 완전히 이해한 상태에서 생략하는 것과 이해하지 못한 상태에서 생략하는 것에는 분명 미묘한 뉘앙스 차이가 있다.

"완벽하게 이해하지 못해도 완벽하게 사랑할 수 있다." 내가 가장 좋아하는 영화 〈흐르는 강물처럼〉의 명대사다. 우연찮게도 이 소설의 주인공의 모습은 영화의 주인공과 여러 면에서 포개어진다. 아름다운 플라이 낚시 장면도 그렇고, 자유분방하고 구속을 싫어하고 자연과 인간의 아름다움에 취할 줄 아는 삶도 그렇다.

이 책의 번역을 마친 지금도 작가의 의도를 완벽하게 이해했는지 장담할 수 없다. 그러나 완벽하게 사랑했다고는 말할 수 있다. 번역하는 내내 천당과 지옥을 오갔음에도 나는 그의 독특하고 아름다운 화법에 완전히 매료되었다.

경비행기 조종에 관해 큰 도움을 주신 박상선님과 직접 뵙지는 못했지만 플라이 낚시의 세계에 눈뜨게 해주신, 한국에서는 드물게 플라이 낚시를 소재로 소설을 쓰신 장노일 선생님께 지면을 빌려 감사드린다. 덕분에 망망대해와도 같았던 나의 무지를 조금이나마 걷어낼 수 있었다. 나의 영어가, 때로는 한국어가, 얼마나 갈 길이 먼지 항상 일깨워주시는 스티븐 캐프너 교수님(서울여대 영문과)과 존 프랭클 교수님(연세대 국제학부)께도 감사드린다.

소설의 내용을 여기에 유출하고 싶지는 않다. 그 어떤 말로도 표현할 수 없을 정도로 아름답다는 것 외에는.

이진

옮긴이 **이진**
이화여자대학교에서 문헌정보학을 전공하고 광고대행사에서 근무하다가 현재 전문 번역가로 활동하고 있다. 『저스트 원 데이』『어디 갔어, 버나뎃』『미니어처리스트』『우리에겐 새 이름이 필요해』『사립학교 아이들』『열세 번째 이야기』『잃어버린 것들의 책』『658, 우연히』『갈림길』『비행공포』『페러그린과 이상한 아이들의 집』 등 80여 권의 책을 번역했다.

문학동네 세계문학
도그 스타

초판인쇄 2016년 12월 7일 | 초판발행 2016년 12월 15일

지은이 피터 헬러 | 옮긴이 이진 | 펴낸이 염현숙
기획 이현자 | 책임편집 윤정민 | 편집 이현자 홍유진 최정수 | 모니터링 이희연
디자인 윤종윤 이원경 | 저작권 한문숙 김지영
마케팅 정민호 이미진 정진아 김혜연 | 홍보 김희숙 김상만 이천희
제작 강신은 김동욱 임현식 | 제작처 영신사

펴낸곳 (주)문학동네
출판등록 1993년 10월 22일 제406-2003-000045호
주소 10881 경기도 파주시 회동길 210
전자우편 editor@munhak.com | 대표전화 031) 955-8888 | 팩스 031) 955-8855
문의전화 031) 955-1927(마케팅) 031) 955-2634(편집)
문학동네카페 http://cafe.naver.com/mhdn | 트위터 @munhakdongne

ISBN 978-89-546-4360-3 03840

www.munhak.com